rororo

rororo

Maren Winter, 1961 in Lübeck geboren, begann am dortigen Marionettentheater eine Ausbildung zur Puppenspielerin und gründete gemeinsam mit ihrem Mann das Figurentheater Winter. Die beiden treten mit ihren Stücken mittlerweile in ganz Deutschland auf. Seit 2003 schreibt Maren Winter auch historische Romane.

MAREN WINTER

Das Lied des Glockenspielers

HISTORISCHER ROMAN

ROWOHLT TASCHENBUCH VERLAG

Originalausgabe
Veröffentlicht im Rowohlt Taschenbuch Verlag,
Reinbek bei Hamburg, Juli 2009

Umschlaggestaltung any.way, Sarah Heiß
(Foto: Getty Images; picture-alliance/akg)
Karte Seite 6–7 von Peter Palm, Berlin
Satz aus der Adobe Garamond (InDesign)
bei hanseatenSatz-bremen, Bremen
Druck und Bindung CPI – Clausen & Bosse, Leck
Printed in Germany
ISBN 978 3 499 24993 8

Gewidmet meiner Schwester Mirja, der Flötistin,
deren Instrument lange geschwiegen hat
und nun wieder klingt

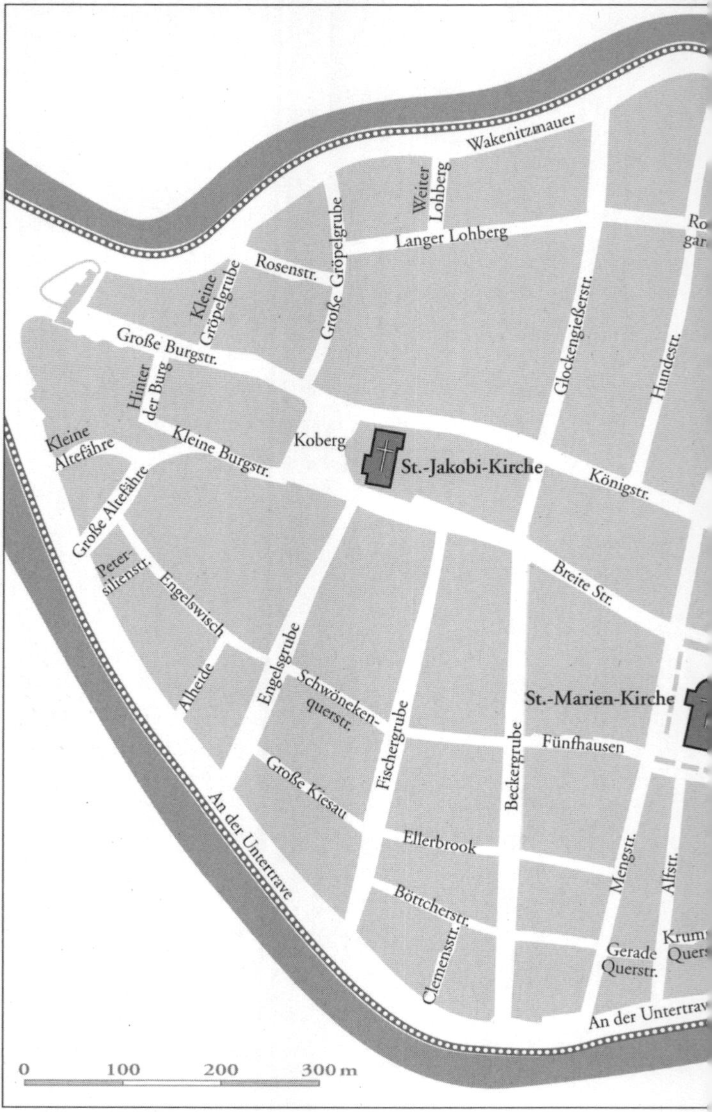
Wakenitzmauer
Weiter Lohberg
Langer Lohberg
Große Gröpelgrube
Rosenstr.
Kleine Gröpelgrube
Glockengießerstr.
Hundestr.
Große Burgstr.
Hinter der Burg
Kleine Altefähre
Kleine Burgstr.
Koberg
St.-Jakobi-Kirche
Königstr.
Große Altefähre
Petersilienstr.
Engelswisch
Breite Str.
Alheide
Engelsgrube
Schwönekenquerstr.
Fischergrube
St.-Marien-Kirche
Beckergrube
Fünfhausen
Große Kiesau
Ellerbrook
An der Untertrave
Mengstr.
Alfstr.
Böttcherstr.
Clemensstr.
Gerade Querstr.
0
100
200
300 m

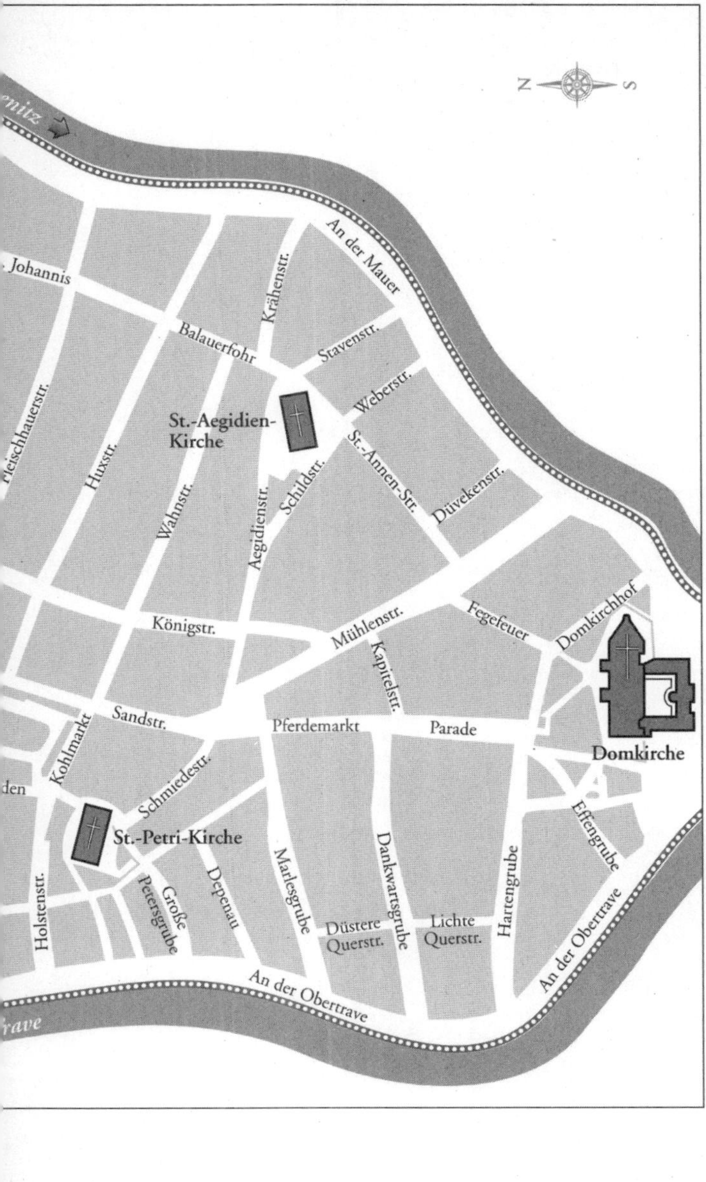
N
S
An der Mauer
Krähenstr.
Balauerfohr
Stavenstr.
Weberstr.
St.-Aegidien-
Kirche
Huxstr.
Wahnstr.
Aegidienstr.
Schildstr.
St.-Annen-Str.
Düvekenstr.
Königstr.
Mühlenstr.
Fegefeuer
Domkirchhof
Kapitelstr.
Sandstr.
Pferdemarkt
Parade
Domkirche
Kohlmarkt
Schmiedestr.
St.-Petri-Kirche
Effengrube
Holstenstr.
Große
Petersgrube
Depenau
Marlesgrube
Dankwartsgrube
Hartengrube
Düstere
Querstr.
Lichte
Querstr.
An der Obertrave
An der Obertrave

1. Kapitel

Wenn Liron Dulzian zuhörte, wurde alle Welt gesprächig. Dabei versuchte er gar nicht, sein Gegenüber zum Reden zu bewegen, er zeigte weder überzogenes Interesse, noch fragte er besonders häufig nach.

Er hörte einfach nur zu, so auch dem Dreimaster *Engel*, der an einem nasskalten Februarmorgen 1665 im Hafen zu Lübeck vor Anker lag. Vom Knattern der Flagge angefangen bis hin zum Schlagen der Takelage hatte der Tonfall der Galeone etwas Gereiztes. Es brauste in den gerefften Tuchen, der Rumpf knurrte, sogar die Masten reckten sich in den eisigen Wind und raunten von widriger Fahrt.

All das vernahm Liron noch tief unter Deck, etwas gedämpft und verwoben mit dem Murmeln der Trave. Kräuselwellen schwappten gegen die Steuerbordplanken, während sich Backbord das Wasser zwischen Schiffsrumpf und Steg in Strudeln verschluckte. Er selbst war nur ein einziges Mal mit einem Schiff gereist, von Dassow über die Trave hierher nach Lübeck. Und keinen Moment war das offene Meer zu sehen gewesen.

Im gewohnten Tempo ging er in die Hocke und wuchtete sich das Heringsfass auf den Rücken. Zum hundertsten Mal folgte er dem Keuchen seines Vordermannes, dem dumpfen Trampeln auf den Bohlen, dann dem hohleren Klang der Schritte auf der Stiege.

Liron liebte den Moment, wenn er mit dem Kopf aus der Schiffsluke tauchte und das Spektakel von Hafen und Stadt plötzlich wieder klar von allen Seiten auf ihn einstürmte.

«He Dulzian», rief Eggert ihm von hinten zu. «Pass auf, wenn du hinuntergehst, Kortholt kontrolliert. Meint wohl, seine Fässer könnten Beine bekommen.»

«Schön wär's», gab Liron zurück.

Eggert lachte. Dieses volle Lachen aus den Tiefen seines massigen Leibes hatte Liron vor ein paar Wochen bewogen, Zimmer und Miete mit dem Hünen zu teilen.

Die meisten Träger fluchten, wenn sie den Namen Kortholt hörten. An den Prähmen, den Schwimmstegen vor dem Ufer, konnten je drei Segler gleichzeitig anlegen, und normalerweise war genügend Stapelfläche für ihre Fracht vorhanden. Nicht jedoch, wenn Görgen von Kortholt dort die Befehle gab. Der drahtige Alte fuchtelte mit seinen Listen, rief scharf nach Gütern, die im Schiffsrumpf hinter allem anderen gelagert waren, und verlangte im nächsten Moment nach dem, was eben noch vorne gestanden hatte. Seine Kästen, Ballen und Fässer verteilten sich bald überall auf dem gesamten Steg, sodass für die Lasten weiterer Schiffe kein Durchkommen mehr blieb. Dadurch wurden Görgens Güter immer als Erstes auf die Wagen geladen, was ihm einen erheblichen Zeitvorteil verschaffte.

Liron beschäftigte die Anwesenheit des Kaufmanns aber aus ganz anderen Gründen. Görgen von Kortholt war als Ratsherr auch Vorsteher von St. Marien. Er regierte über Kantor, Organist und Glöckner der bedeutenden Kirche, die alle Laute der Schöpfung in sich zu bergen schien und in minutenlangem Nachhall zu immer neuen Klängen verwob. Einmal war Liron dem Kaufmann schon so nahe gekommen, dass er ihn hätte berühren können. Wenn es nur eine Möglichkeit gäbe, ihn auf sich aufmerksam zu machen.

«Beachtlich, dass der alte Pfeffersack bei diesem Wetter zum Hafen kommt», sagte er.

«Nee, nee», brummte Eggert, «ich meine nicht den Alten, ich rede vom Junior, vom Sohn.»

Lirons Interesse nahm deutlich ab. Er ruckte sein Fass zurecht und trat vorsichtig auf die Planke, die zum Steg hinunterführte. Das Holz war glatt, denn seit dem Morgen nieselte es schon. Wenigstens war die glitschige Schicht heute nicht gefroren. Er war erst wenige Schritte balanciert, als der schleppende Tross ins Stocken geriet. Zurück konnte Liron nicht mehr, und das schwankende Laufbrett war viel zu schmal, um das Fass darauf abzusetzen. Soweit es ihm in der gebückten Haltung möglich war, hob er den Kopf und spähte an den anderen Männern vorbei zum Prahm hinüber.

Da stand er, der junge Thiedemann von Kortholt, in aufrechter Haltung, als ob er einem Maler Modell stehen würde. Seine Rechte ruhte auf dem Degen, in der Linken hielt er einen Federhut. Das dunkle Haar legte sich über einen Kragen aus kunstvoller Nadelspitze, Rock und Pluderhose glänzten schwarz, ebenso die Schuhe, welche mit großen, samtenen Schleifen geschmückt waren.

Schreiber und der Frachtherr scharwenzelten um ihn herum, während sich vor ihm ein Träger bemühte, den Deckel eines Fasses aufzuhebeln.

Warum, zum Teufel, hatte Thiedemann den Träger ausgerechnet an der engsten Stelle angehalten? Das Fass stand direkt vor der Planke. Sah er denn nicht, dass dem Nächsten der Weg versperrt war und die Männer mit den schweren Lasten auf dem Rücken warten mussten?

Natürlich sah er es. Sein Blick schweifte unablässig über die gebeugten Träger hinweg. Für seine Heringe zeigte er weit weniger Interesse.

Lirons Vordermann schwankte. Auch seine eigenen Muskeln zitterten, und der Eisenring des Fasses schnitt ihm in die Finger. Vorsichtig lehnte er sich weiter vor, um seinen Rücken zu entlasten.

Ein Branntwein hätte ihm jetzt gutgetan. Er fror erbärmlich, da er verschwitzt im Wind stand und zum Stillhalten verurteilt war. Die Augen starr auf die Füße geheftet, passte er seinen Atem dem Knarren des Schiffes an und versuchte, sich auf das Geräusch des Wellenschlags unter sich zu konzentrieren. Rhythmisch klatschte das Wasser an den Steg, gurgelte zurück und nahm neuen Anlauf, immer ähnlich, niemals gleich.

Endlich ging es weiter.

Die Männer hasteten mit gesenkten Köpfen an Thiedemann von Kortholt vorüber. Nur keinen Blickkontakt wagen, nur keinen Anlass für eine weitere Stichprobe bieten.

Unvermittelt hob der junge Kaufmann erneut die Hand.

Die Geste galt Liron. Fast erleichtert blieb er stehen, seine Arme waren nur allzu bereit, die Bürde fahren zu lassen.

Hinter sich hörte er Eggert keuchen, und die Planke vibrierte unter seinen Füßen. Wenn er gehorchte, würde sich die Schinderei für alle Nachrückenden ein weiteres Mal verlängern. Aber den Befehl des Frachteigners zu missachten, war völlig undenkbar.

Links türmte sich eine Mauer aus Kisten, also blieb nur noch die andere Seite neben der Planke, die Stelle, wo der junge Kaufmann stand. Kurzentschlossen drehte Liron sich und ließ das Fass genau dort zu Boden rutschen.

Der Junker sprang zurück.

Eggert begriff und hastete vorbei. Zwei weitere Träger folgten dicht auf.

Thiedemann von Kortholt wischte sich einen Dreckspritzer von der Hose und rückte die goldene Kette zurecht, die ihn als Junker der Zirkelgesellschaft auswies. Dann erst wandte er sich an Liron. «Du verdirbst mir den Tag, verfluchter Samariter. Ich hatte auf Abwechslung gehofft, auf einen dramatischen Absturz in die Trave etwa, womöglich von einem Kerl, der nicht schwimmen kann. Vielleicht wäre ich ja hinterher gesprungen. Vielleicht hätte ich meine Kleider verdorben und einem Mann das Leben gerettet. Ich hätte ein Held werden können.»

Er warf den Kopf nach hinten, sodass er auf Liron herabsehen konnte.

«Du verhältst dich nicht erwartungsgemäß. Deinetwegen muss ich heute eine graue Krämerseele bleiben und noch Hunderte von Fässern zählen. Bist du stolz darauf?»

Verwundert blickte Liron auf. Nicht nur der Worte wegen, sondern weil er statt des erwarteten Unmuts eher Neugierde in der Stimme des Ehrbaren hören konnte. Der Junker hatte die Silben rasch aneinandergesetzt und vor allem die Tonhöhe leicht über seine entspannte Sprechlage gehoben.

Die Miene des jungen Kaufmanns zeigte hingegen nichts davon, sie wirkte völlig teilnahmslos. Wie bei seinem Vater beeindruckte auch sein Antlitz mit vornehmer Blässe, abgesehen von ein paar matten Sommersprossen auf den Wangen. Ihm gegenüber hätte Liron sich sogar in frischen Kleidern schmutzig gefühlt. Seine eigene Haut behielt auch im Winter einen Unterton von Sonnenbräune.

Die scharfgeschnittenen Lippen des Junkers verzogen sich nun zu einem spöttischen Lächeln. «Sieh dich um, du

Wohltäter. Hättest dir die Kühnheit sparen können, die meisten deiner Kumpane stehen genauso unbeweglich da, als würdest du ihnen den Durchgang versperren.» Sein Tonfall schlug in Langeweile um. «Enttäuschend, nicht wahr? Wie immer.»

Er winkte die Männer von der Planke und wies ihnen einen Bereich zu, wo sie die Ware stapeln sollten. Auch Liron schickte sich an, seine Last wieder aufzunehmen.

«Warte. Findest du nicht, dass diese Angelegenheit zum Himmel stinkt? Aufmachen!»

Ein Diener brachte eilfertig einen Geißfuß, und Liron begann, die Bretter zu lösen.

Heringsfässer stanken eben. Der Frachtraum stank, die Prähmen stanken, und Liron selber stank auch. Ein Kaufmann durfte nicht empfindlich sein, wenn er mit Fisch handeln wollte.

Ein Hauch von Musik wehte über den Hafen. Liron hielt unwillkürlich inne. Es war das Orgelspiel von St. Marien, das wie jeden Donnerstag um die Mittagsstunde dünn über den Dächern zitterte, kaum hörbar, zerrissen durch den Lärm der Fuhrwerke, fast erstickt im Qualm der Schornsteine.

Liron blieb nicht mehr viel Zeit. Rasch brach er den Deckel auf, griff nach dem erstbesten Hering, und hielt dem Ehrbaren seinen Fang vors Gesicht. «Alles frisch, nun könnt Ihr wohl zufrieden sein.»

Thiedemann fächelte sich Luft zu. «Was ist los mit dir? Hast du es eilig? Was erwartet dich schon als das Schleppen weiterer Lasten? Ich biete dir Abwechslung. Reizt dich das nicht? Lass uns diesem Fass hier auf den Grund gehen. Oberflächlich gesehen mag die Ware in Ordnung sein, aber wie sieht es in der Tiefe aus?»

Der Kaufmannssohn ließ Liron nicht aus den Augen. Er befahl ihm, in das Fass zu greifen, weit hinab, so weit, wie sein Arm reichte.

In der Ferne hallten Tonleitern durch die Gewölbe von St. Marien.

Liron stieß seine Hand durch das Gedränge aus glatten Fischleibern und packte zu. Was er nun zutage förderte, ließ ihn würgen. Ob die halbzerfallene Masse tatsächlich einmal Hering gewesen war, hätte er beim besten Willen nicht sagen können, aber es handelte sich um Meeresgetier, um ziemlich altes Meeresgetier.

Die Schreiber drehten sich angewidert um, und der Frachtherr rief, er solle das Zeug in die Trave werfen.

Doch Thiedemann von Kortholt legte ihm sanft den Degen auf den Arm. Geschickt spießte er den Unrat auf und betrachtete ihn eingehend.

«Alles vergeht», meinte er, «selbst die ödeste Pflicht löst sich zu gegebener Zeit in Wohlgefallen auf.» Dann schleuderte er den Fisch in die Luft. Gebannt sah er zu, wie die Möwen dem Bissen nachstürzten und sich im Fluge kreischend darum stritten.

«Mit Dreck befasse ich mich nicht. Meine Aufgabe ist somit erledigt. Die Ladung bleibt hier.»

«Hier auf dem Prahm?», fragte der Frachtherr. «Aber das wird Euren hochachtbaren Vater Unsummen von Gebühren kosten.»

«Mein hochachtbarer Vater wäre genauso wenig erbaut wie ich, wenn du das Zeug in unserem Speicher lagern wolltest. Moment, wurde die Ware nicht im Namen meines Onkels Hinrich bestellt? Dann muss Hinrich eins der stinkenden Fässer bekommen, damit er sieht, womit er heute Nachmittag zu handeln gedenkt. Der da soll es in die Fleischhauerstraße schleppen. Das restliche Zeug bleibt hier.»

Mit gleichmütigem Lächeln nahm er die Bücklinge des Frachtherrn entgegen, nickte seinen Schreibern zu und verließ den Prahm.

«Wie Euer Hochwohlgeboren befehlen», rief der Frachtherr ihm nach, bevor er sich an Liron wandte. «Du hast gehört, was der Junker wünscht. Auch wenn der Inhalt verdorben ist, verlangt diese Fracht höchste Sorgfalt. Lass dir ja nicht einfallen, etwas davon fortzuwerfen, damit du es leichter hast. Ich würde davon erfahren und dich aus dem Hafen jagen lassen.»

Cäcilie ließ ihre Finger über die Sitzfläche der langen Wandbank gleiten, während sie die Tafeln des Totentanzgemäldes abschritt. Die lebensgroßen Bilder zogen sich rund um die Plauderkapelle, vom Papst bis zum Handwerker, vom Kaiser zum Mönch, die ganze Menschheit hatte sich versammelt. Auch ein junges Mädchen war dabei, etwa in Cäcilies Alter.

Zwischen den Gestalten tanzte der Tod, er fasste sie an und zerrte an ihren Gewändern.

Cäcilie zwang sich, langsam zu gehen, sie wollte keine der Figuren auslassen, genau wie der Tod niemanden ausließ.

Fast niemanden.

Ihre Hand tastete in der Rocktasche nach der Puppe, die sie vor der Kirche gefunden hatte. Sehr ungewöhnlich für Februar, normalerweise verpuppten sich Raupen im Herbst und verkrochen sich, bevor sie steif wurden. Ihr kleiner

Fund bewegte sich nicht mehr. Hoffentlich war es noch nicht zu spät, dass er unter die Erde kam.

Vier Tafeln noch. Dem Klausner legte der Tod den Arm um die Schulter, beim Bauern hängte er sich ein. Ihnen folgten ein Jüngling und die schöne Jungfrau, die abwehrend ihre Hände hob, doch der Tod hatte sie bereits am Kopfputz gepackt.

Cäcilie atmete auf, als sie endlich beim Schlussbild angelangt war. Die tröstliche Tafel befand sich an der Schmalseite eines Pfeilers und zeigte einen Säugling, der in seiner Wiege lag und mit einer Blume spielte.

Das Kind war das Einzige, was der Tod nicht berührte. Nur ein Zipfel seines Leichentuchs war ganz unten auf dem Bild zu sehen. Er selbst passte nicht mehr darauf und musste hinter der Ecke des Pfeilers bleiben.

In letzter Zeit zog es sie immer häufiger in die Plauderkapelle, um sich zu überzeugen, dass der Tod nicht doch seine Hand nach dem Säugling ausstreckte.

Nein, den unschuldigen Kindern konnte er nichts anhaben. Wenn sie starben, verwandelten sie sich in Engel und flogen direkt in den Himmel.

Als kleines Mädchen hatte sie gedacht, die Verwandlung müsse ähnlich wie bei den Schmetterlingen vor sich gehen, die ja ebenfalls wie leblos schienen, während ihnen Flügel wuchsen.

Sie hatte sogar selbst versucht, den Raupen nachzueifern und sich in den eigenen Leib zurückzuziehen, als wäre er ein schützender Panzer. Manchmal gelang es ihr fast, in ihrem Innersten unterzutauchen, und sie erahnte die tiefe Ruhe, die sie dort erwartete. Die Anwesenheit von Menschen nahm sie dann nur noch wahr, wenn sie berührt wurde, und sie zwang sich dann, nicht darauf zu reagieren. Ihr Gesicht gab schon lange keine Regung mehr preis, und ihr Mund blieb verschlossen, als ob ihre Lippen zusammengewachsen wären. Der nächste Schritt würden ihre Augenlider sein, dann die Ohren, und wenn sie ganz und gar empfindungslos geworden war, würde sie irgendwann nach langer Winterstille rein und neu erschaffen sein.

Die Vorstellung gefiel ihr noch immer, auch wenn sie nicht mehr daran glaubte.

Vorsichtig nahm sie die Puppe heraus und streichelte zart über den harten Rücken. Sie wollte sie unter den Schlehen im Hof eingraben, wie die anderen. Dort im Verborgenen durften sie schlafen, dort waren sie sicher.

Mutter mied den Garten, sie mochte den Geruch des Fleischmarktes hinter der Mauer nicht und grauste sich, wenn die Gefangenen in der angrenzenden Fronerei jammerten. Nicht einmal die Jungs verirrten sich in den hintersten Winkel des Hofes, weil sie keine Lust hatten, zwischen dem Dornengestrüpp Unkraut zu rupfen. Sonst hätten sie die zeitweiligen Gräber sicher längst geplündert.

Cäcilie hätte gerne einen älteren Bruder gehabt. Einen, der ihr ähnelte, so wie Thiedemann. Stattdessen waren ihre Brüder kleine, rotznäsige Strohköpfe, laut, grob und wehleidig. Sie hatten nichts mit ihr gemein.

Ihre Finger zuckten. Rasch steckte sie die Puppe in die Tasche, bevor das Verlangen sie wieder überkam, bevor sie ihren wehrlosen Fund wieder tötete.

Göttliches Leben konnte sich nur in völliger Stille und Abgeschiedenheit entwickeln, das wusste sie genau. Und doch verspürte sie immer wieder diesen Drang, die Erde aufzuwühlen, ihre Nägel in einen der Panzer zu bohren und die braune Hülle aufzureißen, um bei der Wandlung des Lebens zuzusehen.

Einmal hatte sie das getan.

Ihr Herz begann zu pochen, als das Bild eines weißlichen Körpers Gestalt annehmen wollte, die matten Bewegungen der kleinen Glieder, die Augen unter straff gespannter Haut.

Sie versuchte, sich auf das Gemälde zu konzentrieren.

Der Tod berührt die Kinder nicht, der Tod berührt die Kinder nicht, wiederholte sie innerlich so lange, bis sie sich einigermaßen gefangen hatte.

Keine Angst, kleine Puppe, ich will dir ja nicht wehtun. Ich werde dich begraben und über euch alle wachen. Im Frühling sollt ihr Flügel bekommen und in den Himmel fliegen.

Liron hastete keuchend die Beckergrowe hinauf. Er ging vornübergebeugt, und der Nieselregen ließ ihn blinzeln, sodass er in der Eile mehrmals entgegenkommende Passanten anrempelte. Ausgerechnet heute schien Lübeck die engste Stadt der Welt zu sein, eine triefende Schlucht voller Pfützen und Lärm. Dicht an dicht rumpelten Fuhrwerke durch die schmalen Straßen, ließen Dreckwasser spritzen, schrammten an Ecksteinen entlang und zwangen die Fußgänger an die Mauern. Klappernde Hufe, Flüche und Gebrüll vermengten sich mit dem Jammern der Flaschenzüge an den Speicherhäusern. Und über den Dächern kreischten die allgegenwärtigen Krähen und Möwen.

Obwohl Liron bei seinen Ausweichmanövern bereits etliche Fische durch den zerbrochenen Deckel verloren hatte, kam ihm das Fass nicht leichter vor. Er kümmerte sich weder um den Schwund noch um die Hunde, die ihm seit geraumer Zeit folgten, denn gleich würde er das Haus der einflussreichen Kaufmannsfamilie betreten. Vor Herrn von Kortholt wollte er sich gesittet verbeugen, seinen Namen nennen, vielleicht einen Gruß von Thiedemann hinzufügen und dann die Last mit aller Sorgfalt verstauen.

Wieder klatschte ein Hering auf die Straße. Die Hunde stürzten sich auf die Beute und rissen sie in Fetzen. Verwesungsgeruch stieg auf. Der penetrante Gestank hüllte Liron ein und schien sich bei jedem Schritt zu verstärken. Nein, er brachte keine erfreuliche Ware, er brachte verdorbenen Fisch. Wer sollte ihm dafür dankbar sein?

Vor ihm ragten die Zwillingstürme von St. Marien in den blassen Himmel. Das Orgelspiel war nun deutlich zu hören, einzelne Akkorde, kurze Läufe vorerst, doch bald würde die Königin der Instrumente die ganze Macht ihrer vielfältigen Stimmen erheben.

Liron sah keinen Grund mehr, sich zu beeilen. Er lud seine Bürde in einer Nische zwischen den Stützmauern ab, legte ein paar Steine auf den geborstenen Deckel und wandte sich dem Seiteneingang zu.

Sobald er die Tür geöffnet hatte, überwältigte ihn der Klang. Mächtig floss das Orgelspiel durch die immensen Weiten von St. Marien. Liron legte andächtig seinen Kopf in den Nacken und blickte hinauf in das eindrucksvolle Gewölbe. Gänsehaut kroch ihm über die Arme. Hier hätte er aufwachsen müssen, vielleicht wäre er dann ein anderer Mensch geworden, ein Virtuose auf einem Instrument, das er sich unter vielen ausgewählt hätte, vielleicht sogar Tonsetzer, ein namhafter Komponist, dessen Werke von ganzen Orchestern gespielt wurden. Doch stattdessen schleppte er Heringsfässer und stümperte sich seine Musik bloß im Geiste zusammen. Er war längst zu alt, um ein richtiger Musiker zu werden. Bei einem groben Kerl über zwanzig konnte selbst der beste Lehrer keine Wunder mehr bewirken.

Gegen St. Marien kam ihm die kleine Kirche in Mummendorf nun plump und lächerlich schlicht vor. Jetzt schämte er sich für seine Versuche, auf der dortigen Orgel musizieren zu wollen. Mehrfach waren plündernde Soldaten darüber hergefallen und hatten Pfeifen herausgebrochen. Beim Spielen hatte Liron sich die fehlenden Töne vorstellen müssen oder sie eben vermieden, wodurch mancher Choral den Zuhörern völlig neu erschienen war. Trotz allem hatte ihn der Verkauf des ramponierten Instrumentes geschmerzt.

Immerhin hingen die Glocken noch, vier wohltönende Glocken. Nur die Seile waren fort. Liron hatte sich immer eine fünfte gewünscht, solange er noch gewagt hatte, in die Balken hinaufzusteigen, um sie mit einem Holzhammer anzuschlagen.

Klettern würde er nie wieder, aber das Glockenspiel von St. Marien traute er sich zu, denn das wurde von einem festen Spieltisch aus bedient.

Verhaltenes Räuspern mahnte ihn, die Tür zu schließen. Im Hauptschiff saßen vereinzelte graue Gestalten, meist alte Weiber und Kriegsversehrte, die sich mit größtmöglichem Abstand zueinander in den Bänken verteilt hatten.

Liron genoss es, durch die weiten Hallen zu wandeln und zu erlauschen, wie die Musik sich dabei veränderte, wie sie mal fern, mal nah ertönte, in Spitzbögen und Durchbrüchen spielte, die schlanken Säulen umfloss, mit ihnen nach oben strebte, steiler und steiler zum Licht hinauf, und schließlich in die nächste, abermals höher überspannte Gewölbehalle flutete.

Dort oben zwischen den Türmen, irgendwo in dem Portal aus glänzenden Pfeifen verborgen, saß Meister Tunder. Der bärbeißige Graubart war nicht nur Organist, sondern zugleich Werkmeister von St. Marien. Er entschied über Dienstleute und Ausgaben, auch über den Betrieb des Glockenspiels.

Liron musste ihn endlich um eine Stellung bitten. Aus diesem Grund war er nach Lübeck gekommen. Dafür hatte seine Mutter das Reisegeld zusammengekratzt. Er war zu jeder Arbeit bereit, selbst wenn man ihm nicht gleich die Glocken anvertrauen wollte. Ob er nun Steinfliesen schrubbte oder Kerzenstümpfe aus den Leuchtern kratzte, er würde von Musik umgeben sein.

Schon mehrmals war er Tunder auf dem Heimweg gefolgt. Doch statt den Organisten höflich anzusprechen, war er nur hinter ihm hergehuscht und hatte sich bei jedem Innehalten des Meisters hinter der nächstbesten Ecke versteckt.

Heute würde er es wieder nicht wagen. Nicht mit dem Fischgestank in den Kleidern.

Seufzend wandte er sich ab und schritt durch den Mittelgang auf den Lettner zu, der Empore für den Chor und die einflussreichen Bürger. Es war der beste Platz im ganzen Bauwerk, dort umfing die Musik den Zuhörer von allen Seiten. Verstohlen spähte er zu der Gruppe vornehmer Herren hinauf. Sie sahen alle gleich aus in ihrem schwarzen Staat mit den blendend weißen Spitzenkrägen. Und alle hielten einen hohen Hut auf den Knien. Kaufleute, die sich regelmäßig vor Eröffnung der Börse in ihrer Kirche zusammenfanden – und sich lautstark unterhielten.

Ignoranten.

Wie konnten sie ihr Sonderrecht nur so verschwatzen?

Bevor der Ärger in Liron aufwallen konnte, übernahm unvermutet ein Cembalo die Melodie. Zierlich mischte sich der Klang des Clavicimbels in den verebbenden Orgelschall hinein. Angenehm klar und auch ein wenig spröde hörte es sich an, wie ein Zehenspitzentanz in silbernen Schuhen. Fürwitzig geziert und keck metallisch setzte es den Rhythmus neu in Szene.

Durch den Nachhall konnte Liron das Instrument nicht orten. Er suchte mit den Augen den Lettner ab, den Altarraum, die Nebenkapellen. Die Orgel hatte längst wieder mit vollen Werken eingesetzt, als sein Blick nach oben wanderte.

Er schrak zurück.

Auf einem der Balkone, mindestens zehn Klafter über ihm, saß Thiedemann von Kortholt, klappte den Cembalodeckel zu und sah zu ihm herab.

Hastig wich Liron in den Schatten des Seitenschiffes. Im Halbdunkel lehnte er sich an eine Säule. Die Backsteinziegel drückten kalt in seinen Rücken. Er sollte verschwinden. Er sollte sein Fass abliefern und sich umgehend im Hafen zurückmelden. Als er sich vorbeugte und noch einmal zum Balkon hinaufsah, war Thiedemann fort.

Liron schloss die Augen.

Nur noch ein paar Takte zuhören, nur dieses eine Stück noch genießen, bevor er sich mit dem Fass zu den Kortholts aufmachte.

Inzwischen hatten die Hunde das Heringsfass in Besitz genommen. Liron musste nach ihnen treten, damit sie ihm zähnefletschend ihre Beute überließen. Abschütteln konnte er sie aber nicht, bis zur Fleischhauerstraße hechelten sie ihm nach.

Die hohe Flügeltür des Kaufmannshauses und mehr noch die langen Sprossenfenster, die über zwei Stockwerke reichten, ließen großzügige, lichte Räume vermuten. Zögernd stieg Liron die Eingangsstufen hinauf.

«Meines Wissens haben wir keinen Hundefänger bestellt.» Thiedemann von Kortholt stand hinter ihm und blickte betont gelangweilt in eine andere Richtung. Nur seinen Hut schlug er ungeduldig gegen den Oberschenkel. «Würdest du die Güte haben, dich da herunterzubequemen? Du versperrst mir den Weg.»

Sobald Liron von der Schwelle gesprungen war, spazierte der junge Kaufmann an ihm vorbei die Eingangsstufen hinauf. «Ich frage mich, was du mitten am Tag in der Kirche zu suchen hast. Dringende Geschäfte etwa? Bleibt zu wünschen, dass sie erfolgreicher verlaufen sind als deine prompte Lieferung.»

Während Liron noch nach einer Entschuldigung suchte, öffnete der Junker bereits die Tür und trat ein. Er hatte nicht einmal geklopft. Mit einer Kopfbewegung bedeutete er Liron, ihm zu folgen. «Aber deine räudigen Kumpane lass gefälligst draußen.»

Im Inneren des Hauses war es unerwartet schummrig. Beengt durch hölzerne Wände auf beiden Seiten blieb statt einer freundlichen Eingangshalle nur ein schmaler Gang zum hinteren Teil der Diele übrig. Dort lag die Küche mit einem riesigen Schornstein. Gegenüber schluckten schwarze Schränke das wenige Licht, das vom Hof durch Butzenscheiben auf einen Essplatz fiel.

«Thiedemann!», ertönte es von der schmalen Treppe, und ein Bursche stürzte dem Kaufmannssohn entgegen.

Ihm folgte ein ganzer Wildbach aus Getrappel, zwei weitere Knaben, klappernde Schuhe und wildes Krakeel. Überschwänglich fielen sie über ihren Besuch her und scherten sich nicht um Thiedemanns Versuche, sich die Bande vom Leib zu halten.

«Ich liebe Verwandtschaft, insbesondere deren Brut», sagte er mit dem Anflug eines Lächelns und wandte sich dann an Liron. «Stell das Fass dort draußen ab.»

Im Winkel neben der Hoftür lehnte ein junges Mädchen an der Wand. Sie sah etwas verwildert aus, ihre Kleider waren nachlässig geschnürt, und das dunkle Haar fiel ihr in langen Strähnen über das Gesicht. Vielleicht eine Magd. Liron musste nahe an ihr vorbeigehen und rechnete damit, dass sie ihm ausweichen würde. Doch die schlanke Gestalt rührte sich nicht. Sie hielt die Hände neben sich an die Mauer gepresst und starrte ins Nichts.

So stand sie noch da, als Liron seine Last abgeladen hatte und wieder hereingekommen war.

Inzwischen hatte Thiedemann sich der Bengel erwehrt und rief auch der jungen Frau seinen Gruß zu. Da sie nicht antwortete, ging er zu ihr und strich ihr das Haar aus der Stirn.

Als ob ein Vorhang von den Fenstern gezogen würde, dachte Liron. Überraschend helle Augen leuchteten in ihrem Antlitz. Sie sah dem Junker verblüffend ähnlich, die dunklen Brauen und der blasse Teint, die schmale Nase, die hohen Wangenknochen.

«Nun, schöne Cousine», sagte Thiedemann und hob sanft ihr Kinn, «schenkst du mir heute ein Lächeln?»

Sie antwortete noch immer nicht, aber Liron horchte auf. Hatte er einen winzigen Laut vernommen? Oder war es nur das Stocken ihres Atems gewesen? Bevor er die Stimme eines Menschen kannte, blieb dieser fremd und unfassbar für ihn, und dieses Mädchen hatte seine Neugierde geweckt.

«Lass doch den Stockfisch.» Einer der Jungen zerrte an Thiedemanns Ärmel.

Mit einem schnellen Griff packte der Junker den Bengel am Arm. «Pass auf, was du sagst, Nils. Sie ist deine Schwester, vergiss das nicht. Ich persönlich würde sie jeder geschwätzigen Schnepfe vorziehen.»

«Au, was hab ich denn getan? Wir nennen sie immer Stockfisch. Sie ist doch stumm. Stumm wie Stockfisch eben.»

«Lass doch Thiedemann, Kinder sind so, es ist nicht böse gemeint.»

Liron hatte die Dame in der Küche noch gar nicht bemerkt, und nach ihrem Tonfall zu urteilen, wäre sie wohl auch am liebsten im Hintergrund geblieben. Ihr Leib ließ kaum Formen in der strengen Tracht erkennen, und ihre Miene wirkte unentschieden und sonderbar verwischt. «Kommt dein Vater auch?»

Als Thiedemann verneinte, lächelte sie kurz und begann, unstet in der Küche umherzulaufen. Wein, Tabak und eine lange, weiße Pfeife sammelte sie auf einem Tablett zusammen.

«Ach, die Stube ist gar nicht geheizt», sagte sie plötzlich und blieb mitten in der Diele stehen.

Thiedemann fegte ein Kissen von der Bank, setzte sich und klopfte auf den Tisch. «Hier.»

Sofort rutschten die Kinder an seine Seite. Sie krabbelten fast auf seinen Schoß, er konnte kaum die Pfeife stopfen. «Verschwindet, ihr Quälgeister. Lasst eure Mutter sitzen. Der Träger da wird auch nichts gegen eine Pause einzuwenden haben.»

«Aber der Kerl ist widerlich», sagte der Jüngste, musterte Liron schamlos und hielt sich die Nase zu.

«Er ist ein Held», raunte Thiedemann ihm ins Ohr, «hat heute im Hafen mehrere Männer vor dem Ertrinken bewahrt.» Darauf schubste er den Jungen sanft von der Bank.

Die Jungen lümmelten sich an der Treppe und blickten verstohlen zu Liron herüber. Sie flüsterten miteinander, eine Mischung aus Zweifel, Bewunderung und Abscheu mischte sich in ihr Gewisper.

Mit einer einladenden Geste bedeutete Thiedemann der Frau, auf der Bank Platz zu nehmen, Liron wies er einen Schemel zu.

Während der Junker sich bequem zurücklehnte und seinen Wein trank, saß Liron genauso gehemmt da wie die Dame des Hauses. Sein eigener Geruch widerte ihn an, seine Hände waren dreckig, die Kleider ebenfalls. Wahrscheinlich würde die Hausfrau seinen Schemel später mit Unmengen von Seife schrubben. Zu alledem beobachtete Thiedemann ihn unverhohlen.

Ein weiteres Augenpaar ruhte auf ihm, hellgraue Augen, hinter einem Vorhang aus schwarzem Haar. Ihretwegen war er geblieben, ihretwegen hatte er überhaupt Platz genommen.

Sie war stumm. Nicht einen einzigen Ton würde er von ihr hören, nicht einmal eine Ahnung vom Klang ihrer Stimme haben. Sie entzog sich ihm ganz und gar.

Aber musste stumm denn lautlos heißen?

Er wagte nicht, direkt zu ihr hinüberzuschauen, daher heftete er seinen Blick auf das Muster des Tischteppichs und horchte konzentriert auf das Hauchen ihres Atems. Sie atmete ganz flach. Nach wenigen Augenblicken bemerkte er winzige Unregelmäßigkeiten. Vielleicht sprach sie innerlich.

«Möchtest du etwas essen?», fragte die Hausfrau und sprang auch schon auf. «Ich habe Kuddeln auf dem Herd, die magst du doch immer.»

Thiedemann schüttelte den Kopf und legte ihr die Hand auf den Arm. «Ich bin aus anderen Gründen hier. Dein Mann hat Dreck gekauft, den Beweis findet ihr in dem Heringsfass. Da hat jemand beim Pökeln mit Salz gespart. Ich fürchte, die ganze Ladung ist verdorben.»

«Lieber Herr Jesus!», rief sie und sackte auf die Bank zurück. «Es muss ja niemand bemerken, Fisch wird doch oft weit ins Binnenland versendet.»

«Dieser nicht, Grethke, ich habe Onkel Hinrich soeben daran gehindert, auf der Börse einen Abschluss zu machen.»

«Was?» Mit aufgerissenen Augen sah sie ihn an. «Wir brauchen jeden Pfennig, das weißt du. Dein Vater hat uns die Summe vorgestreckt, jetzt wird er seinen Gewinn verlangen. Die Fracht kommt auch noch dazu. Wir schulden ihm schon so viel. O Gott, soll das denn niemals enden?»

Sie presste die Hände in ihren Schoß. Ihre Schultern zitterten, während sie leise schluchzte.

Liron rutschte unruhig auf seinem Schemel hin und her. Wie sollte er verhindern, jedes Wort mitanzuhören? Das hier betraf nur die Familie.

«Hör auf zu weinen, Grethke», sagte Thiedemann, und sie verstummte. «Dein Mann darf das Zeug nicht verkaufen, nicht hier, auch nicht in Hamburg. Um seinen Ruf steht es ohnehin nicht zum Besten. Salzhering im Februar. Das Zeug hat Monate gelegen, da muss man doch misstrauisch werden.»

«Ich verstehe ja nichts davon, aber Hinrich hat den Fisch bestimmt sehr günstig bekommen, und weil dein Vater gerade für drei Last Platz auf der *Engel* hatte …»

«Drei Last.» Thiedemann blies eine Rauchwolke zur Decke. «Hinrich muss über Land fahren und die Fässer einzeln irgendwelchen Mecklenburgern andrehen. Sag ihm das.»

«Ich? Er bespricht seine Geschäfte nie mit mir …»

«Sag's ihm trotzdem. Am besten macht er sich erst am Ende des Winters auf den Weg, da hilft ihm der Hunger, und in der Kälte riecht man die Fäulnis nicht.» Plötzlich lächelte der Junker. «Wie in Nowgorod, wahrhaftig, ich hätte Lust, Onkel Hinrich zu begleiten, wie früher, als ich noch sein Lehrling war.»

«Ja, wie früher», wiederholte Grethke, und für einen Moment verjüngte sich ihr Antlitz.

«Ich komme mit», rief einer der Burschen von der Treppe zu ihnen herüber. Der Kleinste drängelte sich an ihm vorbei, um als Erster am Tisch zu sein. «Ich auch!»

«Du willst schon reisen, Nils? Werde erst mal einen Meter groß.» Thiedemann hielt seine Hand über den Kopf des Jungen, gerade so hoch, dass der sie nicht berühren konnte. «Bald schon segeln Lars und Lukas fort, nach Bergen oder Skåne, wo die Leute sprechen, als hätten sie heiße Rüben im Maul. Dann bist du deine Brüder los und kannst der Mann im Hause sein. Ja, dann beschützt du die Weiber.»

Das Mädchen an der Wand drehte sich brüsk zur Hoftür um und schlüpfte hinaus.

Um ein Haar wäre Liron ihr nachgelaufen, doch Thiedemanns Stimme hielt ihn davon ab: «Zum Henker, Grethke, du musst dich besser um sie kümmern. Wie kannst du sie nur derart vernachlässigen? Hast du ihren Rock nicht gesehen? Als ob sie auf Knien durch den Garten gekrochen wäre, Ihre Hände sind auch ganz schwarz vor Dreck, und warum trägt sie keine Haube?»

Nichts von dem, was der Junker bemängelte, hatte Liron

störend gefunden. Er hatte ihre Augen gesehen, die hohe Stirn, vor allem ihre Lippen, die sich nicht bewegen wollten, um mit ihm zu sprechen.

Der Junker dagegen wusste offenbar auch ohne Worte, was ihr fehlte. Liron konnte nicht umhin, ihn zu darum beneiden.

Scharf fügte Thiedemann hinzu: «Wenn deine Tochter herumläuft wie Soldatengesocks, wirft das ein schlechtes Bild auf die Familie, zu der ich schließlich auch gehöre.»

«Was soll ich denn tun?», fragte Grethke mit gesenktem Kopf. «Donnerstag und Samstag ist die Magd beim Waschen, dann macht sie, was sie will. Von mir lässt sich meine Tochter ja nicht anrühren.»

«Waschtag am Sonnabend?», fragte Thiedemann.

Grethke ging nicht darauf ein. «Stur wie ein Ochs ist sie. Du ahnst nicht, was ich heute wieder auszustehen hatte, als ich sie zum Gottesdienst ankleiden musste. Und hinterher wollte sie einfach nicht mit nach Hause kommen, sondern lief in der Plauderkapelle im Kreis. Manchmal denke ich, sie wäre in einem frommen Stift besser aufgehoben.»

Unvermittelt stand der Junker auf. Grethke wischte sich die Tränen von den Wangen und erhob sich ebenfalls. Doch bevor sie ihren Gast hinausgeleitete, fragte sie: «Ist Görgen in der Stadt? Will er uns später aufsuchen?»

«Bestimmt nicht. Vater verschont selbst mich die ganze Woche schon mit seiner Anwesenheit. Er hat sich ein neues Spielzeug zugelegt, eine Bierbrauerei auf dem Gut. Deshalb sitze ich ja in seinem muffigen Speicher fest und darf von früh bis spät Kisten zählen.»

«Oh ... das tut mir leid.» Doch es klang, als hätte Grethke eher «Gott sei Dank» sagen wollen.

Sorgfältig setzte sich Thiedemann seinen Hut aufs

Haupt. «Ihr müsst kreditwürdig bleiben, alles andere ist zweitrangig. Ich habe Mehlstaub auf Hinrichs Wams gesehen, und Ihr, liebe Tante, seid heute auch nicht ganz präsentabel.»

«Trine hat Waschtag …»

«Behauptet sie das? Wie auch immer, gebt eine Feier im Gasthaus und macht die Lästerer mundtot. Wie ihr hier drinnen haust, interessiert dann niemanden mehr.»

Mit langen Schritten durchquerte er den dunklen Flur, gefolgt von Liron und Grethke. Auf der Schwelle drehte er sich noch einmal um und wandte sich an den kleinsten der Burschen: «Ich erwarte dich am Montag in der Gröpelgrowe, Nils. Und bring deine Brüder mit. Dieses Jahr ist es an mir, das Fastnachtsschwein für die Blinden zu stiften.»

Es dämmerte bereits, als sie auf die Straße traten. Wenn Liron nicht bald auf den Prähmen erschien, konnte er den heutigen Verdienst vergessen.

«Ich muss jetzt gehen», sagte er.

Thiedemann hob eine Braue. «Was denn, du verlangst keinen Botenpfennig? Kaum zu glauben. Ein gewöhnlicher Hafenknecht überrascht mich gleich mehrmals an einem Tag. Wenigstens das muss belohnt werden.»

Er kramte in seiner Manteltasche und warf ihm eine Münze zu. Liron fing das Geldstück auf und ließ es in seinen Beutel gleiten. Kein Klirren. Bis auf diese eine Münze war das Säckchen betrüblich leer. Er dankte mit einem Kopfnicken und eilte auf die Beckergrowe zu.

An der Ecke lungerte eine Gruppe von Handwerksgesellen. Fünf Männer waren es, die Hände in den Taschen, die Köpfe missmutig vorgereckt. Sie starrten genau in Lirons

Richtung und tuschelten miteinander. Alle trugen sie Messer am Gürtel, einer sogar ein Zimmermannsbeil.

Liron verlangsamte seinen Schritt und wechselte die Straßenseite. Nach der Wache zu rufen kam nicht in Frage. Die Stadtsoldaten hatten ihre eigene Vorstellung davon, mit wem sich Prügeleien lohnten; und wen sie einmal in den Klauen hatten, den ließen sie nur gegen Bares gehen. Daher beeilte er sich lieber, im Gewimmel der Karren und Fuhrwerke unterzutauchen, um unbehelligt an den Kerlen vorbeizukommen.

Aber sie folgten ihm nicht einmal mit den Blicken.

«Da hinten! Seht euch den Gockel an!», hörte Liron einen der Männer rufen.

«Stolziert in Samt und Zobel einher, der kommt sich wohl vor wie ein Fürst mit seiner bleichen Visage.»

Das raue Lachen des Gesellen ging in Husten über.

«Ach, lasst ihn, das ist Thiedemann, den kenne ich», erwiderte ein anderer. «Der hat immer pünktlich gezahlt.»

«Ja und? Seinen Vater kennen wir noch besser – Görgen von Kortholt. Der hockt im Rat und hütet angeblich die Bürgerordnung, aber auf seinem Gut hält er sich einen Schreiner.»

«Und einen Schmied, heißt es. Wer weiß, ob er nicht noch weitere Bönhasen beschäftigt, die uns die Preise verderben.»

Der Mann rotzte abfällig auf das Pflaster. «In die Stadtkasse zahlt ein Görgen von Kortholt natürlich nichts für seinen unbilligen Verdienst – aber uns pressen seinesgleichen die letzten Pfennige aus den Rippen.»

Die Kerle rückten zusammen. Langsam setzte sich die Rotte in Bewegung.

2. Kapitel

Cäcilie kauerte hinter den Schlehen und hatte sich an die Mauer gelehnt. Ihr Atem flog noch immer, als wäre sie gerannt. Sie winkelte die Beine an, fasste ihren Rock neben den Knöcheln und zog ihn so weit zurück, dass ihre Füße nicht nach vorne rutschen konnten. Der Stoff spannte über ihren spitzen Knien.

Durch das Gewirr der schwarzen Dornenzweige konnte sie die Hoftür sehen. Ob er wohl noch da drin war?

Er hatte kein einziges Wort gesprochen, genau wie sie. Aber er hatte sich nicht in sein Schweigen zurückgezogen, im Gegenteil, seine Präsenz konnte sie immer noch fühlen.

Und riechen.

Sie rümpfte die Nase. Er hätte nach Zimt duften müssen. Zimt, wie die Farbe seines Haars. Es würde sich weicher anfühlen als ihre schweren Strähnen. Sicher war es weich, sein Ohr hatte sich immer wieder daraus hervorgemogelt.

Warum lächelte sie? Und warum hoffte sie insgeheim, Trine würde nicht gerade jetzt nach Hause kommen?

Ihre Miene fror ein.

Der fremde Bursche hatte sie heimlich beobachtet. Er war mit seinem widerlichen Fass unverschämt dicht an ihr vorbeigetrampelt, sodass sie die Muskeln an seinen Unterarmen sehen musste, die Sehnen an seinem Hals, die dunkelgeschwitzte Jacke mit Flecken am Rücken und auf den Schultern. Nicht einmal unter Bettelvolk konnte es üblich sein, fremden Menschen so nahe zu treten.

Und jetzt stand sein Fass in ihrem Hof. Er hatte ihr dreist eine stinkende Duftmarke in den Garten gesetzt. Wie ein Straßenköter. Die ganze Zeit hatte er sie bedrängt. Obwohl er den Blick auf den Tisch gerichtet hielt, hatte er ihr nicht erlaubt, sich abzuwenden. Sie hatte ja kaum noch zu atmen gewagt. Ausgehorcht hatte er sie, so intensiv, als ahnte er, dass sie ein Geheimnis in sich barg, als hätte er versucht, es ihr abzulauschen.

Unsinn!

Der dreckige Tagelöhner kannte nun höchstens das Muster des falschen Gobelins, auf den er die ganze Zeit gestarrt hatte. Von ihr wusste er nichts, konnte er nichts wissen.

Es war unnötig, sich Gedanken zu machen, schließlich war er nur ein Kerl wie all die anderen, die Fässer oder Kisten hinein- und hinausschleppten, die kamen und gingen, fraßen, prügelten und soffen. Cäcilie würde ihn kaum jemals wieder treffen, und falls doch, würde sie ihn vergessen haben und nicht mehr erkennen.

Es bestürzte sie, dass sie vor sich selber log.

Winzige Schweißperlen sammelten sich über ihrer Lippe. Sie spürte es deutlich, wenn der Wind darüberstrich.

«Da kommt die Schlechtigkeit heraus», hätte Onkel Görgen jetzt gesagt. Görgen schwitzte nie. Immer perfekt, kein Knitter im Mantel, kein Fleck, kein Geruch. Manchmal dachte Cäcilie deshalb, die Schlechtigkeit könne womöglich in ihm stecken bleiben.

Wie auch immer, ihr Onkel hatte sich selbstlos um die

Familie gekümmert, als Thiedemann und Vater monatelang zur See gefahren waren. Und er hatte ihr damals gesagt, was sie tun sollte, zumindest nahm sie das an. Wenn sie sich doch nur an jene schreckliche Nacht erinnern könnte, wenn doch der Schlüssel nicht so tief in ihr verborgen läge.

Sie musste danach suchen.

Warum war es nur so schwer? Wieso ließ sie sich in letzter Zeit dauernd ablenken. Was ging sie der Krakeel auf dem Fleischmarkt an? Viel zu oft ertappte sie sich beim Lauschen. Dann wieder ließ sie sich hinreißen, im Geiste zu ihren Puppen zu sprechen, manchmal richtete sie ihre lautlosen Worte sogar schon an Menschen. Heute nun dieser Hafenknecht. Und morgen?

Wenn es ihr nicht gelang, sich zusammenzureißen, würde sie bald ihrer Mutter gleichen und all den anderen willensschwachen Weibern, die ihren Launen haltlos ausgeliefert waren, ebenso den Forderungen ihrer Gatten, der Brüder, der Nachbarn …

Der verhasste Kloß stieg in ihrer Kehle auf. Aber Cäcilie hatte über die Jahre gelernt, ihren Leib zur Räson und den geschwätzigen Geist zum Schweigen zu bringen. Sie blinzelte, damit sich keine Tränen in ihren Augen sammeln konnten, holte tief Luft und schlüpfte aus ihren Schuhen.

Ihre Fußspitze bohrte sich unter das Moos.

Die Kälte betäubte.

Wenn sie jetzt an einen Stein schrammte, würde sie keinen Schmerz mehr verspüren. So ähnlich musste er sein, der stille, wunschlose Winterschlaf unter der Erde.

Erst als ihre Zehen zu eisigen Fremdkörpern wurden, zog sie ihren Fuß zurück.

Liron blieb stehen und versuchte, durch die Fuhrwerke hindurch die Handwerkerrotte im Blick zu behalten. Sie gingen zu zweit und zu dritt nebeneinander, ihre Schultern berührten sich. Langsam schob sich der Pulk auf die Breite Straße vor. Wenige Schritte vor ihnen schlenderte Thiedemann gemächlich einher, begrüßte hier einen Bekannten, schwatzte dort mit einer Dame.

Niemand würde es wagen, einen angesehenen Herrn auf offener Straße zu behelligen. Kein Grund also, beunruhigt zu sein. Überhaupt, was scherte Liron sich um den Kaufmannssprössling? Welten lagen zwischen ihnen.

Aber er spielte Cembalo, direkt neben Tunder. Und sein Vater stand der Marienkirche vor. Und er hatte eine Cousine, die nur mit den Augen sprach.

Ohne einen Entschluss gefasst zu haben, zog Liron die Schultern hoch und folgte ihm unauffällig in einigem Abstand.

Thiedemann stellte seinen Fuß auf einen Schwellenstein und zupfte an seinem Strumpf. Kurz hatte Liron den Eindruck, der Junker würde unauffällig hinter sich spähen. Wie es aussah, bemerkte er die Handwerkerrotte aber nicht, denn er beschleunigte seinen Gang keineswegs.

Die Kerle hielten sich ebenfalls zurück, als würde ein unsichtbares Hindernis sie zwingen, gebührenden Abstand zu halten.

Thiedemann ging auf den Koberg zu. Die Feder an seinem Hut wippte im Gleichklang mit seinem Degen. Dann wechselte er überraschend die Richtung und verschwand hinter der Ecke der Schiffergesellschaft.

Sofort begannen die Kerle zu laufen.

Auch Liron rannte los und bog in die Engelische Growe

ein. Hier, im oberen Bereich, schien die Straße selbst bei Tage düster. Mehrere Stützbögen spannten sich zwischen den Häusern, und doch blieb der Eindruck, die Mauern drängten unaufhaltsam aufeinander zu. Wer Lasten transportierte, bevorzugte andere Wege, wer unbehelligt sein Ziel erreichen wollte, auch. Besonders in der Dämmerung.

Regen setzte ein. Liron konnte Thiedemann nicht mehr sehen, doch er hörte dessen harte Absätze weiter unten auf der Straße klappern. Der Handwerkertrupp nahm jetzt die ganze Breite der Gasse ein. Schulter an Schulter folgten sie dem Kaufmannssohn bergab. Das waren sichere Schritte in breit getretenen Schuhen. Sie alle gebrauchten täglich ihre Muskeln, wie es auch Liron gewohnt war. Sein Leib war hart und seine Hände unempfindlich vom Zupacken – ganz im Gegensatz zu Thiedemanns langen Cembalofingern. Der Junker würde verloren sein, wenn er den Kerlen nicht entkommen konnte.

Liron hörte die erregten Stimmen der Männer. Sie raunten sich gegenseitig Anweisungen zu, und der Zimmerer ließ den Stiel seines Beils rhythmisch in die hohle Hand klatschen.

Auf einmal veränderte sich das Klappern der Schleifenschuhe. Das Geräusch versank in aufgeweichtem Lehm. Thiedemann musste einen der Hinterhöfe betreten haben, wahrscheinlich den Capellengang, der nicht gepflastert war – und keinen zweiten Zugang besaß.

Der Junker tappte geradewegs in die Falle!

Liron stürzte los.

Zwei der Kerle drehten sich nach ihm um. Am ersten kam er vorbei, den anderen rempelte er in vollem Lauf an, dann schnellte er nach vorn und warf sich auf den Zimmerer. Lirons Arme umklammerten den Hals des Mannes – keinen Augenblick zu früh, denn der Zimmerer wankte direkt in den schmalen Durchgang zum Hinterhof hinein.

Wo zur Hölle war Thiedemann?

Lirons Schulter ratschte an rauen Ziegeln entlang. Der Kerl rammte ihm den Ellenbogen in den Leib und versuchte, ihn an der Mauer abzustreifen. Sie rutschten auf dem feuchten Boden, schleuderten gegen Wände. Doch Liron hielt sich fest. Sein Knie schlug gegen einen Vorsprung, er brüllte, aber er ließ nicht los. Nur nicht in dem engen Gang unter den Gegner geraten. Er drückte sich gegen die Wand und versuchte, sich abzustoßen. Immer wieder, mit den Beinen, mit der Schulter.

Plötzlich stieß er ins Leere.

Er wurde herumgewirbelt. Sein Rücken krachte gegen eine Mauer. Kurz blieb ihm der Atem weg. Jemand packte ihn am Haar, sein Kopf wurde nach hinten gerissen. Mit offenem Mund starrte er in ein wutverzerrtes Gesicht.

Dann kam die Faust.

Der Schlag traf sein Ohr mit voller Wucht.

Er schrie, doch seine Stimme verlor sich in der Dunkelheit. Hart schlug er auf den Boden.

Es tropfte.

Leise und stetig. Vollkommen gleichmäßig.

Es tropfte in eine Pfütze, die jeden Aufpitscher mit einem winzigen Glucksen quittierte.

Liron fragte sich, ob seine Wange wohl in dieser Pfütze lag. Beim Versuch, den Kopf zu heben, schoss ihm ein stechender Schmerz durch den Schädel, und er verschob seine Absicht auf später. Vorerst reichte es, die Augen zu öffnen.

Seltsam schräg ragten die Giebel der brüchigen Hinterhofbuden über ihm auf, und am Himmel wanderte der abnehmende Mond durch formlose Wolkenschichten.

Keuchen war zu hören und Tappen in schmatzendem Lehm. Es dauerte eine Weile, bevor Liron die wandelnden Schemen einordnen konnte, ihre Konturen lösten sich immer wieder auf und verdunkelten sich zeitweilig im Schmerz hinter seiner Schläfe. Sie bewegten sich in lauernder Haltung im Kreis, wie in einem schwerfälligen Bauerntanz ohne Musik. Einer der Kerle hinkte, und der Zimmerer presste die Hand auf seinen blutenden Arm. Hatte der Mann nicht eben noch ein Beil getragen?

Ein Blitzstrahl funkelte in ihrer Mitte auf. Ein silberner Taktstock, der den Reigen dirigierte. Er zischte dicht an ihren Gesichtern vorbei, zuckte auf und nieder, und zwang sie auseinander.

«Allez!»

Das war Thiedemanns Stimme. Liron drückte sich auf die Seite und stützte seinen Kopf mit dem Arm. Der Schmerz ließ nur zögerlich nach.

Wo kam der Junker plötzlich her?

Thiedemanns schwarze Kleider verschmolzen mit der Dunkelheit des Hofes, seine aufrechte Haltung hinter der wirbelnden Waffe war nur zu erahnen.

«Et flèche – uuh, parée.»

Mal leuchtete sein Spitzenkragen auf, mal schimmerte seine weiße Manschette.

Wieder schnellte der Fechter vor. Sein Degen kam zitternd an der Kehle des Zimmermanns zum Stillstand.

«Victoire!», fauchte Thiedemann atemlos.

Der Zimmerer wich zurück, bis er an der Bretterbude lehnte. «Wir hätten Euer Hochwohlgeboren nichts angetan, ich schwöre es.»

Seine Kumpane nickten. Unmerklich drückten sie sich rückwärts Richtung Ausgang.

Thiedemann bleckte die Zähne. «So? Und was hattet ihr dann im Sinn?»

Die blanke Klinge bog sich. Immer höher musste der Kerl sein Kinn recken, er stand fast auf Zehenspitzen.

«Eine Verwechslung», stieß er hervor. «Wir sind geprellt worden, wollten den Händler bloß zur Rede stellen. Eine Verwechslung, ich schwöre, Eure Kleider, ich meine von hinten –»

«Dein Name», unterbrach Thiedemann.

Der Zimmermann antwortete kaum hörbar, als würde er mit seinem Namen auch seine Seele offenbaren. «Claas Pommer.»

Liron hatte sich oft gewundert, dass auf diese Frage so wenige Männer lügen konnten, selbst abgebrühten Schurken fiel das schwer, und meist verriet sie ihre eigene Stimme.

«Sehr schön», sagte Thiedemann. «Du weißt von dem kaiserlichen Gebot, dass die aufständischen Lübecker endlich ihrem Rat gehorchen sollen? Die Bürgerschaft war einverstanden und hat unterschrieben. Du richtest dich also gegen Kaiser Leopold, wenn du weiter Unruhe stiftest. So etwas nennt man Hochverrat. Überlege dir das gut, Claas Pommer. Jetzt darfst du gehen.»

Mit einem scharfen Geräusch rutschte der Degen in die Scheide.

Die Männer tauschten verwirrte Blicke und schlichen schweigend aus dem Hof. Erst weit unten auf der Engelischen Growe begannen sie zu murmeln und entfernten sich Richtung Trave.

«Kannst du aufstehen?»

Es klang, als würde Thiedemann hilfreich seine Hand ausstrecken. Aber das tat er nicht. Also rappelte Liron sich selber hoch. Ihn schwindelte, in seinem Kopf fiepte es grell, er musste sich anlehnen.

Thiedemann zückte ein Tüchlein und tupfte sich das Gesicht. «Selbstüberschätzung mit Dummheit vermengt, das ist eine riskante Mischung, wie du gerade am eigenen Leib erfahren durftest.»

Liron vernahm den Spott. Wie hätte er denn wissen sollen, dass der verwöhnte Kaufmannssohn ein Fechtmeister war? Wenn ein lobendes Wort zu viel der Gunst sein sollte, verdiente er wenigstens ein beifälliges Nicken für seinen Einsatz. Auch ohne jeden Dank wäre er friedlich abgezogen, aber es gab keinen Grund, sich verhöhnen zu lassen. Sein pochender Kiefer verhärtete sich.

Thiedemann winkte ab. «Du brauchst dich nicht bei mir zu bedanken, ich habe dich schließlich recht lange zappeln lassen. Möglicherweise hättest du dich ja selbst aus der Affäre ziehen können, und ich wollte dir keinesfalls den Triumph verderben.»

Gönnerhaft griff er nach Lirons Kinn, wohl um die Prellung zu begutachten. Liron wandte sich entschieden ab, was ihm eine weitere Schmerzwelle bescherte.

«Schon gut, schon gut.» Thiedemann grinste. «Nur eines noch. Wie soll ich es auffassen, dass du mich für einen Schwächling hältst, dem man zu Hilfe eilen muss?»

«Das könnt Ihr halten wie Ihr wollt.»

«Ein großherziges und leider äußerst seltenes Angebot. Ich nehme es gerne an.» Er lachte, dann schüttelte er den Kopf. «Du bist ein sonderbarer Vogel, verfolgst mich den ganzen Tag, sogar in die Kirche rennst du mir nach, und nun hast du meinetwegen auch noch Prügel eingesteckt. Was willst du von mir?»

«Ich bin nicht Euretwegen in der Kirche gewesen.»

«Wegen der unwiderstehlichen Orgelmusik etwa?»

Lirons Nicken sah der Junker nicht mehr, denn am Ende des Hofs öffnete sich eine Tür, und in dem leuchtenden Spalt erschien der Umriss einer Frau. Für seinen Kampfgefährten hatte der Kaufmannssohn nur noch eine verscheuchende Geste übrig.

Liron ärgerte sich, dass er gehorchte wie ein Hund und brav zur Engelischen Growe hinaustappte. Er blickte in den grauschwarzen Himmel und blieb stehen. Sein heutiger Verdienst im Hafen war längst dahin.

Vielen Dank, Thiedemann von Kortholt.

Es tropfte von den nackten Schlehenzweigen. Darunter hatten sich schon kleine Pfützen gebildet. Und es war kalt. Cäcilie blickte zum Fenster hinüber. Das flackernde Öllicht leuchtete auf den Hof hinaus, und es duftete nach Brühe. Drinnen saß die Familie bei Tisch. Vaters profilloser Schatten residierte am Kopfende, die Brüder hampelten wie üblich herum, und Mutter setzte sich anscheinend nur, um wieder aufspringen zu können.

War Trine denn noch nicht zurück?

Cäcilie hatte plötzlich Appetit auf einen Löffel Suppe. Natürlich musste sie irgendwann essen. Natürlich hätte sie einfach hineingehen können, ohne darauf zu warten, dass die Magd sie holte.

Oder sie aß jetzt eben nicht.

Sollten sie dort drinnen ruhig auch ihren Anteil verspeisen. Vater würde dennoch lauthals nach mehr Fleisch verlangen, was Mutter aber längst den Söhnen zugeschoben hatte. Sie alle stemmten die Ellenbogen breit auf den Tisch, stießen ihre Löffel in die Schüsseln wie gierige Möwenschnäbel und redeten in einem fort. Doch nichts von dem, was sie so dringend zu sagen hatten, drang durch das Fenster.

Cäcilie fühlte sich auf einmal ganz leicht. Das beleuchtete Viereck mit den gestikulierenden Schemen schien immer weiter fortzugleiten. Es gefiel ihr, dem fernen Treiben zuzusehen, als sei sie ein Geist, der nicht dazugehören musste.

Leise richtete sie sich auf und bewegte sich auf das Fenster zu. Wie zum Abschied streckte sie die Hand nach der Scheibe aus. Doch kurz bevor ihre Finger das Fenster berührten, zog sie sie wieder zurück.

Mit wem disputierten sie wohl, wenn ihr Gegenüber doch gerade selber sprach? Und woher kamen die vielen Worte? Wahrscheinlich bestand das Geschwätz aus überzähligen Gedanken, die sich Luft machen mussten, wie Rülpser nach zu schwerem Essen. Cäcilie wandte sich ab, um in die Dunkelheit zurückzuhuschen.

Ihr Knie stieß gegen etwas Hartes. Verflucht, das Fass. Mit Gepolter fiel der Deckel zu Boden. Abrupt blieb sie stehen und hielt den Atem an.

Aber drinnen hoben sie nicht einmal die Köpfe. Wahrscheinlich hörten sie alle nur sich selbst. Der fremde Hafenknecht hätte den Lärm bestimmt bemerkt. Er hatte sogar ihr gelauscht, einer Stummen, die keinen Ton von sich gegeben hatte. Hitze schoss ihr in die Wangen. Schnell hob sie den Deckel auf und legte ihn auf das Fass. Mochte Trine das Zeug als Dünger verwenden, sie selbst wollte nichts damit zu schaffen haben, weder mit dem Fisch noch mit dem fremden Burschen.

Ihre Brüder kletterten aus der Bank. Ein Kuss für Mutter, ein Kuss für Vater, mit Gepolter die Treppe hinauf und ab in die Federn. Vater gähnte und reckte sich, wie jeden Abend nach dem Mahl.

Seltsam, dass Trine so lange ausblieb.

Die Öllampe wanderte in die Höhe, schwebte nach rechts und entschwand aus dem Fensterbereich. Die Hoftür öffnete sich.

«Cäcilie?»

Mutter stand im Türrahmen und hielt die Lampe hoch. «Cäcilie?»

Erwartete sie etwa eine Antwort?

«Der Stockfisch wird schon in der Kammer sein.»

Der leuchtende Spalt klappte zu. Dann das Geräusch des Riegels.

Ein wohltuend endgültiges Geräusch.

Stille.

Leichter Regen setzte ein. Er streichelte kühl ihre Kopfhaut, perlte über ihr Gesicht, durchnässte die Schultern, rann durch die Kleider über ihren Leib.

Nass, verdreckt und frierend schleppte Liron sich zum Koberg hinauf und auf der anderen Seite wieder hinunter, ins ärmlichste Viertel der Stadt. In unregelmäßigen Abständen fiel grünliches Licht auf die Gasse und ließ den Regen glitzern. Nirgends gab es so viele Brauereien wie am Wakenitzufer. In einer davon würde er sich aufwärmen. Gleich würde er den Druck in seinem Schädel fortspülen.

Schmerzlich fiel ihm ein, dass er nichts außer Thiedemanns Botenpfennig besaß. Er musste ohnehin erst die nassen Kleider loswerden. Die Silhouetten der Zecher hinter den dicken Scheiben erschienen ihm wie lockende Geistergestalten – vergeblich versuchte er, das einladende Stimmengewirr zu überhören.

Wie überall in der Stadt hatte man auch an der Wakenitz die Hinterhöfe zu Wohngängen umgebaut, die durch schmale Durchlässe im Vorderhaus zu erreichen waren. Liron musste den Kopf einziehen. Jeder Gang hatte seinen eigenen, typischen Hall, dieser klang nach morschem Holz. Das feine Prisseln auf seinem Haar verstummte und setzte nach vier Schritten wieder ein. Erst der Unterschied verhalf dem zarten Geräusch zu Bedeutung.

Wo früher vielleicht einmal Gärten geblüht hatten, lehnten sich nun zweistöckige Buden an die Hofmauer. Hier hausten Söldner mit ihren Familien, ein Bettelkrüppel und ein Blinder. So groß die Stadt auch sein mochte, so fremd die vielen Menschen, im Hinterhof lernte man sich zwangsläufig kennen und wenig blieb der nachbarlichen Lästerlust verborgen, fast wie in Mummendorf. Doch dort hatte Liron wenigstens die Orgel spielen dürfen und die Glocken geschlagen. Hier schleppte er nur Fisch.

Mit der Unterkunft hatte er allerdings eine gute Wahl getroffen. Die Bude maß immerhin fünf Schritte in der

Breite. Außer Eggert wohnte nur noch Marikke Zink im Haus, ihre Wirtin, die wie alle Frauen verfroren war und gottlob großzügig heizte.

Das Fenster im Untergeschoss hatte sie mit Läden verschlossen, nur durch die Türritze schimmerte anheimelnder Feuerschein. Liron horchte, bevor er öffnete. Er wollte Marikke ungern in die Arme laufen und hoffte, dass sie sich bereits zur Ruhe begeben hatte. Es war nichts zu hören. Erleichtert trat er ein.

«Ah! Du kommst spät. Ich dachte schon, ihr würdet mir absichtlich aus dem Weg ...»

Marikke ließ ihre Näharbeit sinken. «O Gott, was hast du denn angestellt?»

Bevor Liron antworten konnte, war sie auch schon bei ihm, zog ihn in die Stube und drückte ihn auf den Stuhl. Sie trat einen Schritt zurück und musterte ihn, beide Hände in die Taille gestemmt. «Was hast du angestellt?»

Liron schüttelte den Kopf. «Nichts, und es sieht schlimmer aus, als es ist, nur die Kleider haben einiges abbekommen.»

Marikke war nur wenig älter als er und auf den ersten Blick eine sehr zierliche Erscheinung. Doch weder ihm noch Eggert gelang es, sich gegen sie zu behaupten, was nicht nur am geschuldeten Mietzins lag. Sie sprach ohne Umschweife aus, was sie dachte, und handelte nach Möglichkeit sofort. Niemals hatte Liron gezierte Töne von ihr zu hören bekommen, und ihr Tadel konnte schärfer knallen als jeder Peitschenhieb.

«Nur die Kleider? Dumprat. Du musst dich waschen. Das Dreckzeug lass gleich unten. Und wenn du Wunden hast, die verbunden werden müssen, sag mir Bescheid. Den Gestank von Eiter und Geschwüren will ich nicht im Hause haben.»

Sie warf zwei Scheite ins Feuer und schob den Wasserkessel darüber. «Kannst du aufstehen?»

Liron nickte und schloss die Augen. Er fühlte sich plötzlich schwach in der Wärme, unfähig, sich zu regen.

«Jesus», sagte Marikke. «Zieh dich aus.»

Sie warf ihm ihre Decke auf den Schoß und lief die Treppe hinauf.

Im Moment schien es ihm am besten, nur das zu tun, was sie befohlen hatte. Gleich. Erst noch ein wenig ausruhen. Auf dem Tisch vor ihm häufte sich ihr Nähzeug, bedenklich nahe der Lampe, die in der Zugluft vom Fenster flackerte. Liron mochte das unstete Licht. Es huschte über die welligen Lehmwände und verwob die Stockflecke mit weichen Schatten. Bilder besaß Marikke nicht. Die kleine Mandora auf dem Schrank war der einzige Gegenstand, der nicht zum täglichen Leben benötigt wurde. Liron hatte sich vorgenommen, das verstaubte Instrument mit neuen Saiten zu versehen, sobald er einmal ein paar Pfennige erübrigen konnte. Das Feuer knackte, und er spürte die Hitze auf seiner Wange, die sicher schon rötlich glühte.

Marikkes Schritte trappten oben geschäftig hin und her. Jetzt zerrte sie wohl gerade seinen Kleidersack über die Dielen.

Er atmete durch und zwang seinen Leib, sich zu straffen. Die schlammdurchweichte Jacke ließ sich noch einigermaßen leicht ausziehen. Dann zog er den unverletzten Arm nach innen aus dem Ärmel und versuchte vorsichtig, den nassen Kittel über seinen Kopf zu krempeln, ohne dabei die lädierte Schulter zu bewegen. Bei der geringsten Unachtsamkeit schoss ihm ein dumpfer Schmerz in den Nacken, der bis in den Kiefer strahlte. Das Fiepen in seinem Ohr fing wieder an. Er musste innehalten, bis sein Schädel Ruhe gab.

Wie hatte er sich nur den ganzen Weg hierher auf den Beinen halten können? Und Thiedemann, der noble Kaufmannssohn, hatte ihm nicht einmal aufgeholfen.

Als er sich aus Kittel und Hemd befreit hatte und beides zu Boden werfen wollte, berührte er versehentlich sein Knie. Der gleißende Schmerz trieb ihm Tränen in die Augen. Seine Hose war aufgerissen, und die Fetzen hatten sich mit Blut und Dreck in den Abschürfungen verklebt. Liron sog Luft durch die Zähne und hielt seine Hände wie eine schützende Kuppel über die Wunde. Es wurde heiß darunter, sein Knie brannte.

Es half nichts, das Zeug musste weg. Er biss sich auf die Lippen, kniff die Augen zu und riss den Stoff herunter. Eine Weile lang schöpfte er Atem.

Behutsam rollte er die Hose bis zu den Fußgelenken hinunter. Er hätte die Schuhe vorher ausziehen sollen.

Die Tür flog auf und knallte gegen die Außenwand. Eggert langte nach der Klinke, doch mitten in der Bewegung hielt er inne und starrte Liron an. «Ihr beide habt …»

Sein Gesicht rötete sich. «Hier bist du also gewesen! Und ich war noch so drösig, Ausreden für dich zu erfinden.»

«Tür zu.» Marikke kam mit den frischen Kleidern im Arm herunter. «Hilf ihm. Er braucht warmes Wasser. Und schließ endlich die Tür.»

Hastig zog Liron die Decke über seine Blöße. Mit den Füßen streifte er Schuhe und Hose ab.

Eggert musterte Liron und kratzte sich am Nacken. «Nichts für ungut, ich hatte tatsächlich kurz gedacht … na ja, wenn ich denke, kommt nie etwas Vernünftiges dabei zustande.» Betont sorgfältig ließ er den Riegel einrasten.

Mit seinem Eintreten war der Raum sofort überfüllt. Da

er nur zwischen den Deckenbalken aufrecht stehen konnte, hatte er sich eine Haltung angewöhnt, die ihn wie einen geprügelten Riesenhund aussehen ließ, und Liron wünschte, er hätte sich hingesetzt.

«Junge, du siehst zum Heulen aus», sagte der Hüne, «aber das kriegen wir schon wieder hin.» Er stellte den Waschbottich auf die Truhe und schöpfte Wasser aus dem Kessel hinein.

«Und?», fragte er. «Wer hat dich in den Klauen gehabt? Du hättest mich rufen sollen. Zu zweit wären wir doch … oder ging es etwa um ein Weibsbild?»

«In gewisser Weise.»

Vielleicht hätte Liron den Kaufmannssohn tatsächlich seinem Schicksal überlassen, wenn er nicht vorher dessen Cousine begegnet wäre. Wieder sah er sie vor sich, sah das schwarze Haar aus ihrer Stirn gleiten, und für einen Moment strahlten ihre hellen Augen auf.

Rasch verscheuchte er das Bild und wand sich die Decke um die Hüften. Er konnte nur mit winzigen Schritten zum Bottich hinüberschlurfen, was Eggert zu Gelächter reizte.

Verdrießlich schaufelte Liron sich Wasser ins Gesicht. «Warm ist das aber noch nicht», bemerkte er.

«Nun sag schon», drängte Marikke und reichte ihm ein Waschtuch. «Wer ist die Frau, für die du dich geschlagen hast?»

Liron war es nicht gewohnt, über sich selbst zu sprechen. Meistens erzählten die anderen, und er hörte zu. Dabei achtete er weniger auf das Gesagte als vielmehr auf die Betonung und den Klang, auf all das, was hinter den Worten mitschwang.

Eggert ließ sich auf die Wandbank fallen. «Ich bin auch mal so verbohrt gewesen, mich um ein Weib zu prügeln.

Den Kerl konnte man danach vom Pflaster schaben. Aber was tut die dumme Wachtel? Fällt sie dem Sieger um den Hals? Nein, sie heult, wirft sich auf den Schwächling am Boden und …»

Doch im Moment war Liron nicht an Eggerts Geschichten interessiert, es sei denn, der Hüne hätte von einem stummen Mädchen gesprochen.

«Da ihr es unbedingt wissen wollt», fing er an, «ich musste heute ein Fass ins Haus der Kortholts liefern. Die Tochter war dort.»

«Oh Schiet», war Eggerts Kommentar.

«Görgen von Kortholt hat eine Tochter?», fragte Marikke. «Ach, du meinst wahrscheinlich Hinrich von Kortholt in der Fleischhauerstraße. Ja, dort gibt es eine junge Frau. Soweit ich weiß, geht sie nie aus dem Haus, höchstens mal in die Kirche. Selbst dann mischt sie sich nicht unter die Leute, sondern starrt nur an die Wand.» Marikke verzog das Gesicht. «Vergiss das Mädchen, da kommt einer wie du nicht ran. Hinrich soll zwar verschuldet sein, aber sein Bruder Görgen schwimmt im Geld. Kein Wunder, der sitzt ja auch im Rat. Hat er sich nicht ein Landgut unter den Nagel gerissen und residiert nun wie ein Fürst?»

«Allerdings», stimmte Eggert zu. «Der hat seine Finger überall drin. Besser man hält sich fern. Auch von Hinrichs Tochter. Die ist tüdelüt. Sagt jeder.» Er ließ seinen Zeigefinger neben seiner Schläfe kreisen.

Liron ärgerte die abfällige Geste. «Sie ist bloß stumm.»

«Ja und? Was geht es dich an? Komm wieder auf die Erde, Liron.»

«Vielleicht spricht sie ja doch, wenn ihr nur jemand zuhört.»

«Wenn *du* ihr zuhörst, meinst du wohl.»

«Ja genau, wenn ich ihr zuhöre.» Er hatte nicht schroff klingen wollen, dennoch gelang es ihm nicht, seinen Tonfall zu entschärfen. «Mir gegenüber werden viele gesprächig. In diesem Fall wäre mir der Dank der Familie sicher. Kortholt steht der Marienkirche vor, oder nicht? Falls es mir gelingt, sein Wohlwollen zu gewinnen, kann der Organist mich nicht abweisen, dann muss er mir die Glocken überlassen.»

«Görgen von Kortholt als Gönner», stöhnte Marikke, «da würde ich ja eher den Teufel um Beistand bitten. Warum fragst du nicht einfach Meister Tunder? Mal gibt es Arbeit, mal eben nicht, so ist das in der Stadt. Wenn dir das nicht gefällt, geh besser in dein Dorf zurück. Und die Stumme überlässt du lieber unserem Herrn Jesus, der hat nämlich mehr Erfahrung mit Wundern als du.»

Liron schwieg. Marikke hatte recht. Ein Feigling war er, der jeden Umweg nahm, um Tunders Entscheidung hinauszuzögern. Sein Knie schmerzte. Die Schulter ebenfalls. Er würde es nicht ertragen, abgewiesen zu werden. Ganz bestimmt nicht wollte er als gescheiterter Trottel nach Mummendorf zurückkehren. Was sollte er dort tun? Sein Leben lang in der Scholle graben?

Eggert stocherte mit einem Kienspan in den Zähnen. «Liron, ich weiß, was dir fehlt. Am Montag nehme ich dich mit in die Clemenstwiete, keine Sorge, ich bezahle. Wir finden schon einen goldenen Engel, der dich auf andere Gedanken bringt. Wirst sehen, was die vor dem Bug haben ist besser als deine Kirchenglocken.»

«Du bezahlst?» Marikke streckte ihre Hand direkt vor seiner Nase aus. «Ich bekomme acht Schilling. Von jedem.»

Der große Kerl lächelte schief und sah sie mit bettelnden Augen an. «Fünf kann ich dir geben, den Rest nach Fastelabend, in Ordnung?»

«Aber nächste Woche ist es schon das Doppelte. Für jeden von euch.»

Liron beugte sich tiefer über sein brennendes Knie. Billiger als bei Marikke konnten sie kaum wohnen, trotzdem war es ihnen beiden nie gelungen, ihr rechtzeitig die Miete zu geben. Schlimmer noch, sie hatten sich gelegentlich auch an den Vorräten ihrer Wirtin vergriffen. Er tupfte mit dem Lappen auf seiner Wunde herum, und sein Gesicht verzog sich vor Schmerz zu einer Grimasse.

«Sieh doch Marikke», sagte Eggert prompt. «Der arme Kerl hat heute ohne jeden Lohn geschuftet, dem kannst du wirklich keinen Pfennig aus der Tasche ziehen. Du bekommst dein Geld schon noch. Wenn es wärmer wird, laufen wieder täglich Schiffe ein. Dann kaufen wir dir einen Zobel als Dreingabe.»

Marikke schnaubte. Nach einem Blick auf Liron kramte sie im Wandschrank und drückte ihm einen Tontiegel in die Hand. «Streich das auf die Abschürfungen, damit der Schmutz herausgezogen wird und sich die Wunde nicht entzündet. Nichts drüberdecken heute Nacht. Löscht das Licht und schiebt die Glut zusammen, bevor ihr schlafen geht.» Damit zog sie sich in ihre Kammer unter der Treppe zurück.

«Acht Schilling», brummte Eggert und stützte seinen Kopf auf die Fäuste. «Wenn ich bewaffnet wäre, könnte ich in nur einer Nacht schon sechs verdienen. So viel zahlen die Bürger einem Heuerling, der die Wache auf den Wällen übernimmt. Das wäre genau das Richtige für mich. An mir käme bestimmt kein Eindringling vorbei.»

«Sicher», erwiderte Liron.

Es sei denn, der Eindringling hieße Thiedemann und käme mit seinem wirbelnden Degen, vor dem würde selbst Eggert Reißaus nehmen müssen.

Liron roch an der goldfarbenen Salbe, tunkte seinen Zeigefinger ein und probierte: Schmalz, mit einem krautigen Beigeschmack. Brot und eine Prise Salz dazu, und es hätte ein Festmahl sein können. Erst jetzt merkte er, wie hungrig er war.

Was verdiente wohl der Bälgetreter an der Marienorgel? Wie viel würde ein Mann für den Dienst am Geläut bekommen, und was konnte das Glockenspiel auf dem Dachreiter einbringen?

Er musste mit Tunder sprechen. Gleich morgen. Und wenn er alle Gottesdienste über sich ergehen lassen musste, er wollte warten, bis er den Organisten abpassen konnte.

Eggert seufzte. «Glaubst du, dass morgen wieder ein Schiff anlegt?»

«Sicher», sagte Liron und erwähnte nicht, dass morgen Sonntag war.

3. Kapitel

«Verdammt neblig heute.» Eggert schnupperte in den klammen Dunst. «Ich wüsste Besseres an einem trüben Sonntag anzufangen, als auf der kalten Kirchenbank zu hocken», erklärte er und blinzelte Marikke zu.

Die Glocken schwangen bereits aus. Zum letzten Mal vor Ostern war das volle Geläut erklungen.

«Verflucht, Eggert», knurrte Liron, «komm jetzt oder bleib, wo der Pfeffer wächst. Ich möchte nicht zu spät kommen.»

«Ich auch nicht.» Marikke hängte sich bei Eggert ein und zog ihn mit sich.

Die Feuchtigkeit kroch Liron in die Glieder, und sein rotgeschrubbter Hals brannte. Kittel und Hosen konnte er umschichtig waschen, seine einzige Jacke war jedoch so dreckig, dass er heute ganz auf sie verzichtet hatte. Um warm zu werden, beschleunigte er das Tempo.

«Ist der Teufel hinter dir her, dass du so eilig zum Pastor rennst?», schnaufte Eggert.

Marikke lachte und hielt Liron ihren zweiten Arm entgegen.

Gemeinsam wanderten sie durch die nebligen Straßen. Die bleiche Februarsonne konnte den Dunst nicht durchdringen, und das stumpfe Backsteinrot der Häuser verblasste zu weißlichem Grau. Marikke kicherte darüber, dass sie allesamt unsichtbar waren und auf offener Straße Heimlichkeiten begehen könnten.

Aber da irrte sie sich. Liron hätte jede der huschenden Nebelgestalten wiedererkannt. Da zum Beispiel, eine Frau mit ungleichmäßig abgelaufenen Holzsohlen unter den Füßen. Sie musste sehr jung sein und eilte gehetzt um die Ecken, wohl eine Magd, die verschlafen hatte. An den Schuhen und am Gang konnte er mehr als den Stand der Personen bestimmen: Alter, Habitus, sogar die Stimmung. Und er hörte deutlich, ob sie gesittet oder sündig verschlungen beieinander gingen.

Doch das sagte er nicht, denn er wollte den Gleichklang ihrer gemeinsamen Schritte nicht stören und noch weniger Marikkes Arm verlieren, der sich so angenehm vertraulich an seinen schmiegte.

Am Eingang von St. Marien löste Marikke sich von ihren Begleitern und verlangte wieder geziemenden Abstand.

Beim Morgengesang stellte sich heraus, dass noch niemand an der Orgel saß. Auch der Chor würde erst zum Hauptgottesdienst erscheinen. So murkste sich die schlaftrunkene Gemeinde allein durch die Lieder. Wen sollte das kümmern? Zu dieser Stunde hockten in den Reihen vor allem Hausknechte und Mägde. Von der Kanzel summte die monotone Leier zu Estomihi. Ganz wie erwartet mahnte der Pastor vor Mummerei und Herumlaufen in den Gassen am Fastelabend, was die frommen Arbeitsleute nutzten, um vor ihren sonntäglichen Mühen noch ein wenig Schlaf zu genießen.

Tunder würde erst zur zweiten Andacht eintreffen und mit ihm die Bürgermeister, die Ratsherren, die Reeder, die Händler …

Wie die anderen senkte Liron den Kopf und schloss die Augen. Doch seine Gedanken kamen nicht zur Ruhe. Das stumme Mädchen fiel ihm ein. Wie würde ihre Stimme wohl klingen, wenn sie eine hätte? Wie würde sie singen? Seltsamerweise konnte er keine passende Melodie für sie finden.

«O Gott, Cäcilie, was tust du hier draußen?»

Nebel hing im Hof, schwer wie nasses Werg. Cäcilie brauchte eine Weile, bis sie Trine in der Tür ausmachen konnte. Die Holzsohlen der Magd klapperten umso deutlicher, als sie zu Cäcilie eilte.

«Himmel, du bist ja klatschnass. Hast du etwa die ganze Nacht hier im Regen gehockt? Sie haben dich vergessen! Was sind das nur für Menschen? Sperren ihre eigene Tochter aus. Ach, was red ich, in Wahrheit bin ich froh, dass ich dich gefunden habe. Als ich dein unberührtes Lager sah, dachte ich schon, sie hätten dich fortgeschafft. Wäre ich bloß nicht so lange ausgeblieben, es ist meine Schuld, ich hätte mich um dich kümmern müssen. Leichenblass bist du. Es tut mir so leid.»

Trines Wangen dagegen wirkten ungewöhnlich rosig, fand Cäcilie. Und ihr Aufzug sah ihr überhaupt nicht ähnlich, die Haube schief, der Rock zerknittert, als hätte auch sie nicht brav in ihrer Kammer gelegen.

Offenbar bemerkte Trine den skeptischen Blick. Sie senkte den Kopf und sog ihre Unterlippe zwischen die

Zähne. «Ich bin eben erst nach Hause gekommen. Du verrätst mich doch nicht?»

Das fragte sie immer. Ihr hübsches Gesicht konnte dabei schrecklich zerknirscht aussehen. Mal ging es um ein Schmuckstück, das ihrem Stand nicht entsprach, mal traf sie sich unter irgendeinem Vorwand mit anderen Mägden, und manchmal ging sie auch heimlich zum Tanz. Selbst wenn Cäcilie hätte sprechen können, wäre es ihr nie in den Sinn gekommen, die kleinen Eskapaden zu verraten.

Trine wirkte derart bekümmert, dass Cäcilie ihr aufmunternd zulächelte. Sofort erwiderte die Freundin das Lächeln.

«Komm, wir haben nicht mehr viel Zeit.» Die Magd legte ihr den Arm um die Schultern und führte sie hinein.

Oben in der Kammer zog Trine ihr die nassen Kleider aus und stopfte das Zeug hinter die Truhe. Dann musste Cäcilie sich am ganzen Körper abrubbeln lassen, bis ihre Haut brandrot war und prickelte. Das hartgeplättete Wollkleid kratzte umso schlimmer. Am liebsten hätte sie sich die Sachen gleich wieder vom Leib gerissen und wäre in ein altes Hemd geschlüpft.

Nebenan schlugen die Türen, kurz darauf polterte es auf der Treppe. Morgens hatten sie es alle eilig, auf den Abtritt zu kommen.

Trine wischte sich mit dem Handrücken über die Stirn. «Was mach ich bloß mit deinem Haar, das trocknet niemals so schnell. Mit der Bürste brauchen wir wohl gar nicht erst anzufangen.»

Cäcilie legte den Kopf in den Nacken, strich alle Strähnen zurück und hielt sie fest auf dem Hinterkopf zusammen.

«Einfach so unter die Haube damit?» Trine schüttelte

missbilligend den Kopf, half aber trotzdem, die Haube zu binden.

«Hoffentlich tropft es nicht», bemerkte sie noch und schob Cäcilie zur Seite.

Dann wandte sie sich selbst dem Spiegel zu. Mit geübtem Griff rückte sie ihre runden Brüste hoch, zog das Hemd stramm und schnürte sich das Mieder etwas fester. Für Hals und Schultern bevorzugte sie schmiegsame Tücher, die sie bei Bedarf verrutschen lassen konnte. Alles an ihr war weich und rund. Cäcilie überkam das Bedürfnis, ihre Freundin im Nacken zu kitzeln.

«Trine?», rief Mutter von unten.

Trine antwortete nicht, sondern zupfte sich sorgfältig ein paar blonde Löckchen in die Stirn.

«Triiine?»

«Du liebe Zeit, meine Schürze», sagte Trine. «Darf ich mir eine von deinen leihen?» Hastig sah sie die Kleider in Cäcilies Truhe durch. «Gott, sind die alle hässlich. Ich werde aussehen wie ein altes Weib. Aber wenigstens sind sie glatt.»

«Trine, wo bleibst du? Wieso ist kein Feuer im Herd?»

Die Treppe knarrte. Gleich würde Mutter in der Tür stehen. Cäcilie fasste die Magd am Arm und wollte sie mit sich ziehen.

«Warte.» Trine lief zum Bett und zerwühlte die Decken.

«Jetzt sind wir bereit. Darf ich das Fräulein untertänigst in die Diele bitten?», sagte sie mit verstellter Stimme und lächelte. Dann reichte sie Cäcilie die Hand. «Meine Güte, du bist ja immer noch eiskalt.»

Mutter empfing sie im Flur. «Trine, wo steckst du so lange? Wieso hast du nicht geheizt?»

Trine blieb hinter Cäcilie stehen und knickste. «Bitte

verzeiht, Frau von Kortholt, aber ich weiß nicht, was ich machen soll. Das Kleid hat sie sich noch willig anziehen lassen, aber dann nahm sie die Arme nicht mehr herunter, wie sollte ich ihr da den Kragen umlegen? Von dem Kampf mit der Haube will ich gar nicht reden. Ich beklage mich ja nicht, das arme Fräulein muss ja in die Kirche gehen. Nur den Herd konnte ich nicht gleichzeitig …»

Mutter drückte sich die Fingerspitzen an die Schläfen. «Ich weiß, ich weiß, es ist nicht leicht mit dem Kind. Lasst uns jetzt endlich hinuntergehen.»

Sie saßen auf ihren angestammten Plätzen in der kalten Diele und ließen Vaters Gebet über sich ergehen.

Er fasste sich kurz. Die gefalteten Hände noch auf dem Tisch, musterte er Cäcilie. «Schläft sie noch oder habt ihr meiner Tochter das Haar so stramm aus dem Gesicht gekämmt, dass sie nun mit Schlitzaugen herumläuft? Warum zieht sie nie etwas Erfreuliches an? Was ist das für ein steifer Sack, hat sie denn keine Taille?»

Lars und Lukas prusteten, während der kleine Nils unter den Tisch rutschte, um nach Cäcilies Taille zu forschen. Mutter schob ihn fort. Mit gesenktem Kopf murmelte sie: «Auch wenn sie nicht spricht und sich manchmal wie eine Wilde aufführt, ist sie nach wie vor die Tochter eines frommen Hauses. Wir haben einen Ruf zu verlieren.»

«Wir haben leider kaum noch etwas zu verlieren, Grethke.»

«Das ist kein Grund, das Mädchen herauszuputzen und den lüsternen Blicken irgendwelcher …»

«Nicht irgendwelcher. Mein Bruder wird heute in der Kirche sein. Ich habe mich entschlossen, mit ihm über Cäcilie zu sprechen.»

Mutter sah auf. «Görgen? Du willst sie Görgen geben? Aber das ist … Sie ist krank, sie gehört in ein barmherziges Stift.»

Cäcilie krallte sich an der Bank fest. In ein Stift? Den Hof verlassen, ihre Puppen, die Gräber, den Ort, an dem sie zu Hause war? In der Nacht hatte sie sich so frei gefühlt. Und jetzt bestimmte man über sie, als wäre sie ein Möbelstück. Sie biss sich auf die Lippe, bis es wehtat.

«Du zitterst», hörte sie Trine flüstern. «Du brauchst ein heißes Bad, sonst holst du dir noch den Tod.»

Cäcilie schob die vertraute Hand von ihrem Arm. Warum nur meinten alle zu wissen, was sie brauchte? Und den Tod konnte man sich nicht holen, wie es einem passte. Wenn es so einfach wäre.

Vater lehnte sich zurück und hängte seine Daumen in die Armausschnitte seiner Weste. «Was du wieder denkst, Grethke Dummerchen. Görgen könnte Cäcilies Vater sein, der ist ja kaum jünger als ich. Nee, nee, lass mich nur machen, dir wird meine Entscheidung schon gefallen.»

Allgemeines Schlurren und Schlurfen in den Kirchenbänken weckte Liron aus seiner Grübelei. Die Frühgemeinde erhob sich und strömte den Ausgängen entgegen. Das bunte Meer aus weichgetragenen Lumpen machte nun Platz für streng gestärkte Hauben und makellos weiße Manschetten. Diener brachten Fußschemel mit glühenden Kohlebecken darin, Zofen ließen sich auf dem Gestühl ihrer Herrschaft nieder und bewahrten die Wärme vorsorglich unter ihren Röcken. Nach und nach füllte sich die Kirche mit rauschendem Taft und Goldkettenklirren.

«Wo willst du hin?», rief Marikke, als Liron an ihr vorbeistürzte. Er antwortete nicht. Er musste vor Tunder an Orgeltreppe sein.

Der Organist und Werkmeister von St. Marien reckte seinen Bart, schob die ehrbaren Herren rüde aus dem Weg und stampfte durch die Vorhalle.

«Wofür halten die mich? Sollen sie doch selbst ins Gewölbe klettern und Strippen ziehen. Was verlangen sie wohl als Nächstes? Aber mein Salär zu erhöhen, das fällt ihnen nicht ein.»

Mit wehendem Mantel walzte Tunder auf die Turmtür zu.

Liron machte ihm Platz und verbeugte sich. «Verzeiht, Euer Wohledelgeboren, ich …»

Doch schon war der Organist an ihm vorbei, zwängte sich durch die Tür und polterte die steinerne Stiege hinauf. Offensichtlich hatte Liron nicht gerade den günstigsten Zeitpunkt gewählt, um sein Anliegen vorzutragen.

Der Zeitpunkt würde nie günstig sein.

Die Tür stand weit offen. Lautlos stahl er sich hinein und schlich dem Organisten nach. Er hätte sich nicht vorsehen müssen, Tunder grunzte auf der steilen Wendeltreppe wie ein Schwein.

«Trumscheit!», brüllte der Organist, noch bevor er die letzten Stufen erklommen hatte. «Ich brauche Luft! Einen Sturm will ich, verstanden? Fang an.»

Leises Rauschen setzte ein. Es verstärkte sich allmählich, ging langsam in Knarren über, polterte kurz und begann von neuem.

Liron blieb auf der Treppe stehen, bis der Meister die Turmplattform überquert hatte und hinter einer Brettertür verschwunden war. Das musste die Pforte zur Orgelempore sein. Vorsichtig öffnete Liron die Tür einen Spalt. Im Halbdunkel sah er den Spieltisch mit mehreren Tastaturen übereinander. Zu beiden Seiten glänzten in wohlgesetzter Ordnung abgegriffene Registerknöpfe, darüber schimmerten Zinnpfeifen bis in unendliche Höhen.

Tunder ließ seinen Mantel hinter sich fallen. Schnaufend wühlte er in einem Papierstapel und zog ein paar Blätter heraus. Die Noten, die über den Manualen bereitstanden, fegte er beiseite, sodass sie für einen Moment über den Tasten schwebten und sich dann langsam zu Boden senkten. Einzelne blieben zwischen den Fußpedalen stecken.

«Trumscheit!», brüllte er schon wieder. «Wieso ist hier kein Licht?»

Das leise Brausen erstarb. Von gegenüber näherte sich ein humpelnder Mann. «Ergebenster Diener. Euer hochgeehrter Schüler meinte noch gestern, Musik müsse man nicht sehen, sondern hören. Also habe ich gehorcht und ihn im Dunkeln sitzen lassen. Wenn Ihr das jedoch anders wünscht ...»

Die Stimme klang angenehm warm, als würde sie einem Geschichtenerzähler gehören, doch als die Spieltischkerzen aufflammten und plötzlich sein Gesicht beleuchteten, schrak Liron zurück. Eine rotgeränderte Narbe zog sein Maul schief, zerteilte die rechte Wange und reichte bis auf die Stirn. Das Auge war nicht davon ausgespart, es schwamm in weißlichem Gallert und triefte.

Tunder öffnete sein Wams und löste den weißen Kragen, der ihm nun schief über der Brust baumelte. «Was ist? Muss der Wind heut von der Ostsee blasen?»

«Schon zu Diensten, Herr Werkmeister. Aber Ihr denkt doch daran, dass ich die Gottesdienste inzwischen allein treten muss?»

«Ich denke an nichts anderes», brummte Tunder.

Kurz nachdem Trumscheit verschwunden war, rauschte es wieder leise hinter der Orgel, das langsame Knarren folgte, es polterte kurz und rauschte von neuem.

Tunder ließ sich auf die Orgelbank fallen und hievte mühsam ein Bein nach dem anderen darüber. Mit Bedacht wählte er die Register. Schließlich glitten seine Augen zu einem Spiegel, der über dem Spieltisch angebracht war und einen Blick in den Altarraum ermöglichte. Sofort verfinsterte sich seine Miene.

«Ja, finden wir nun endlich einen Platz, verehrte Madam Tremulant?»

Liron hörte den Bälgetreter keuchen. An einer so großen Orgel hätte er mehrere Kalkanten erwartet.

Und wenn er sich einfach dazu gesellte? So könnte er zeigen, dass er zu der kräftezehrenden Arbeit fähig war. Er brauchte nur abzuwarten, bis der Organist in sein Spiel vertieft war, um sich hinter dessen Rücken zu den Bälgen zu schleichen.

Der Meister streckte die Arme vor, sodass seine Ärmel nach hinten rutschten. Einen Augenblick standen seine Hände reglos über den Tasten, bevor sie sich im freien Fall in einen satten Akkord stürzten.

Die Tonfülle schien stetig anzuschwellen. Vibrierend schwappte sie über die Brüstung und flutete den gigantischen Raum. Die Luft selbst wurde zu Klang, zu Schall, den man einatmen konnte.

Dann wallte der Akkord zurück. Er war auf seiner Reise nur gewaltiger geworden und verlangte jetzt nach Antwort.

Auf Tunders Gesicht breitete sich Frieden aus. Ganz leicht tändelten die Finger seiner rechten Hand ein wenig innerhalb des Akkords. Immer weiter wagten sie sich hinaus. Die Linke beorderte sie sanft zurück, doch schon trippelten sie wieder, rannten, jagten davon, flohen über das Manual. Die andere Hand musste folgen, den kühnen, den fiebrigen Läufern; das warme Strömen verwandelte sich in helles Strahlen, bis sich die Töne jubelnd in einem Vielklang vereinten und – still hielten.

Tunder riss die Hände von den Tasten.

Er rührte sich nicht, verharrte im Nachhall und horchte.

Genau wie der Organist hielt Liron den Atem an und kostete die Spannung aus, knapp über das erträgliche Maß hinaus.

«Jetzt», dachte er.

Im gleichen Moment senkten sich Tunders Finger wieder auf die Tasten. Ein kurzer Impuls und der lockere Lauf galoppierte zurück. Allmählich fing er sich in der Melodie eines Chorals, fand den Takt und folgte dann brav den wohlgesetzten Harmonien.

Liron schnappte nach Luft. Er war fast so atemlos wie eben noch Tunder auf der Treppe. Er musste zur Ruhe kommen, bevor er es wagen konnte, zu den Bälgen zu schleichen.

Der Organist griff jetzt lange, weiche Akkorde mit der Linken. Zwei der Züge schob er ein und wählte einen neuen. Sein Oberkörper streckte sich nach hinten, während er seine Füße über die Trittklaviatur gleiten ließ, um den nun einsetzenden Gemeindegesang mit dem Pedal zu unterstützen.

Mit Schrecken bemerkte Liron die Notenblätter, die sich in den äußersten Fußtasten verfangen hatten. Teils staken sie in den Ritzen, teils lagen sie über den Pedalen. Tunders Schuhe rückten immer näher. Schaute der Organist denn niemals nach unten, fand er die Pedale einfach blind?

Liron konnte nicht länger zusehen. Behutsam ließ er sich auf alle viere nieder, kroch hinter die Orgelbank und schob sich vorsichtig darunter. An Tunders Beinen vorbei versuchte er, die Papiere herauszuangeln.

«Ja, schlafen die denn alle?», bruddelte Tunder über ihm. «Wo ist der Chor? Die fähigen Sänger liegen wohl noch in den Betten.»

«Wer zahlen kann, braucht nicht zu singen, das war zu meiner Zeit nicht anders.»

Liron erkannte die Stimme sofort – Thiedemann von Kortholt. Er hätte sich ohrfeigen mögen, dass er auf nichts als die Orgel geachtet hatte, sonst wären ihm die klappernden Absätze des Junkers sicher nicht entgangen. Himmel, wie sollte er dem Organisten nun seine Anwesenheit erklären?

«Du solltest bedenken, Tunder, dass es sich auf den Ruf eines Lateinschülers geradezu fatal auswirkt, im Chorgewand gesehen zu werden.»

Tunder schnaubte. «Wenn ich Kantor wäre, würde es wesentlich fataler für die Bengel sein, nicht im Chor gesehen zu werden.»

«Ach, willst du sie zur Strafe alle unter deine Orgelbank verbannen? Der da scheint mir allerdings etwas zu groß dafür zu sein»

«Was?» Tunder blickte nach unten. «Das ist doch …»

Ohne sein Spiel zu unterbrechen, sah er fassungslos zu, wie Liron rückwärts krabbelte und sich hastig erhob.

«Ich wollte nur die Noten …»

Tunders Hals schwoll an und auf seinen Schläfen bildeten sich rote Flecken. «Raus! Beide!»

Thiedemann lachte. «Ich stopfe dir eine Pfeife für die Predigt.»

«Verschwindet!»

Der Junker fasste Liron am Arm und schob ihn auf die Turmplattform hinaus.

«Vor dir bin ich wohl nirgends sicher.»

Dasselbe hätte Liron sagen können. Sein Einstand bei Tunder war gründlich verdorben. Gewiss, er hatte sich selbst in die widrige Lage manövriert, aber wenn Thiedemann nicht aufgetaucht wäre … Er spürte, wie die Wut in ihm hochkochte. Mit Wonne hätte er dem Kaufmannssohn das selbstgefällige Lächeln aus dem Gesicht gedroschen.

Thiedemann zupfte sich die Handschuhe von den Fingern. Ein schwacher Duft nach parfümiertem Leder breitete sich aus. Das noble Antlitz war bleich gepudert, sodass sein Haar noch schwärzer wirkte als sonst.

«Bis zur Ansprache wird Tunder sich beruhigt haben», sagte er. «Du hättest ihn nicht beim Spielen stören dürfen, in dieser Hinsicht reagiert unser duldsamer Freund etwas empfindlich.»

Die letzte Strophe des Chorals verhallte, und die Stimme des Pastors drang dünn zu ihnen herauf.

Wollte der Junker nicht wissen, was ein Hafenknecht auf der Orgel zu suchen hatte? Warum fragte er nicht?

Doch Thiedemann wandte sich um und verschwand in einer Wandspalte.

Zögernd folgte Liron dem Junker. Zugluft wehte ihm aus dem Spalt entgegen. Ein dunkler, unübersehbarer Raum tat sich vor ihm auf, lang gestreckt und kreuz und quer mit dicken Balken verbaut.

Thiedemann balancierte mit ausgebreiteten Armen auf

einer schmalen Bohle, die wie ein Steg durch das düstere Gebälk führte. Mal duckte er sich unter den Verstrebungen hindurch, mal stieg er darüber. Sein Mantel wirbelte Staub auf, und die kleinen Lichtflecken um ihn herum verwandelten sich in dünne Strahlen.

Als Lirons Augen sich an das Dämmerlicht gewöhnt hatten, trat er ebenfalls mit einem Fuß auf die Bohle. Darunter dröhnte es, er spürte das Holz schwingen. Das tiefe Orgelwerk rumorte. Es floss unter ihm her, ein Klangteppich, tückisch wie das schwarze Moor. Er begann zu schwitzen, und sein Atem beschleunigte sich.

«Es ist nicht tief», murmelte er, «gerade mal drei Fuß.»

Unter den Balken wölbten sich seltsame, gemauerte Hügel. Manche krönte an der höchsten Stelle ein besonderer Ziegel, andere waren mit Eisenankern versehen. Die Rundungen erinnerten an die Leiber von liegenden Riesinnen.

Auf einem dieser Bäuche hockte Thiedemann.

Sie trugen also. Und überall gab es Möglichkeiten, sich festzuhalten. Liron stellte auch den zweiten Fuß auf den Balken und schob sich Schritt für Schritt vorwärts.

Thiedemann hatte beide Hände aufgestützt, beugte sich tief über die Kuppe und spähte in eine Öffnung.

«Herr von Kortholt, verzeiht, wenn ich Euch störe», fing Liron an.

Thiedemanns glattes Haar hing fast bis auf die Steine hinunter und verdeckte das Gesicht, sodass Liron die Miene des Junkers nicht erkennen konnte.

«Da Ihr mit Meister Tunder befreundet seid, Herr ... ein einziger Kalkant ist für diese große Orgel doch sicher zu wenig.»

«Ja, ja, ich werde ihm sagen, dass er den armen Trumscheit nicht mit den tiefen Lagen quälen soll. Der 32Fuß schluckt viel zu viel Luft.»

Kaum hatte der Junker seinen Satz beendet, wechselte die Orgel in den Prinzipal. Triumphierend blickte Thiedemann auf. «Zufrieden?»

Sein Wams und die feine Hose waren mit rotgrauem Ziegelmehl bedeckt und boten einen seltsamen Gegensatz zu seinem sorgsam geschminkten Antlitz.

Er winkte mit seiner staubigen Hand. «Komm her, schau dir das an.»

Als Liron sich umständlich hinunterhangeln wollte, packte Thiedemann ihn und zog ihn zu sich auf die Wölbung. «Dort musst du reinsehen.»

Lirons Blick stürzte in schwindelnde Tiefe.

Zwanzig, dreißig Klafter mindestens ging es hinab. Ihm wurde flau, er musste die Augen schließen, bis das Fallgefühl nachließ. Als er Unterarme und Hände fest auf den Stein presste, wurde es etwas besser. Er sagte sich, dass ihm nichts geschehen konnte, da er niemals durch ein faustgroßes Loch passen würde, und öffnete die Lider erneut. Solange er den Rand der Öffnung im Blick behielt, konnte er den Schwindel in Schach halten.

Schräg unter ihm lag das winzige Ratsherrengestühl, bestückt mit Spitzenhäubchen und glänzenden Halbglatzen. Er konnte auch sehen, wie die Chorknaben auf dem Lettner rangelten. Bis in den Altarraum konnte er schauen. Nach und nach erkannte er einzelne Personen. Thiedemanns Tante Grethke saß dort unten. Der beleibte Herr zu ihrer Linken kratzte sich gerade im Schritt.

«Es hat etwas Erhebendes, auf andere herabzusehen, nicht wahr?» In Thiedemanns Stimme schwang kindlicher Stolz, als würde er ein wertvolles Spielzeug herumzeigen.

«Wo sind wir?»

«Auf dem Gewölbe natürlich. Sind dir die Kreuzrippen nicht aufgefallen? Stell dir das Ganze umgekrempelt vor. Das Mittelschiff geht übrigens noch höher hinauf, aber ach, die Treppen.»

Dort oben musste der Dachreiter mit dem Glockenspiel zu finden sein. Liron biss sich auf die Lippen. Hoffentlich stand der Spieltisch nicht ganz so hoch und vor allem auf festem Boden.

Die Stimmung der Orgelklänge änderte sich erneut.

«Ah, der Gedackt», sagte Thiedemann, machte es sich an einem Balken bequem und kramte seine Tabakspfeife hervor. «Hier oben wirkt er geradezu überirdisch.»

Ganz unrecht hatte er nicht. Der Klang wurde durch das Gewölbe gedämpft, außerdem nahm jeder Balken, jeder Stein die Schwingungen auf und gab sie auf seine Weise weiter. Die Orgel tönte unwirklicher als unten im Kirchenschiff, als gäbe es weder einen Organisten, der die Tasten greifen musste, noch einen Kalkanten, der sich am Gebläse mühte. Nur die Schalmeien quäkten genauso irdisch schräg wie sonst, stellte Liron für sich fest.

Thiedemann kramte Feuerstahl und Zunder heraus und zündete genüsslich seine Pfeife an. Seine Hand bewegte sich über den Knien hin und her, als ob er dirigieren wollte, und der Rauch malte Schlangenlinien in die Luft. Verhalten sang er mit.

Die Töne der Melodie traf er immerhin leidlich, aber er presste seine Stimme, und durch den Tabakqualm klang seine Kehle entsetzlich rau. Manchmal hustete er zwischendurch, was Liron beinahe körperlich schmerzte. Er wünschte, der Junker hätte aufgehört.

«Was ist?», fragte Thiedemann. «Gefällt dir der Choral nicht? Oder hörst du, wie die meisten, ohnehin nicht zu?»

«Ich höre zu, sehr gerne sogar.»

Zumindest der Orgel, dachte Liron.

«Was ärgert dich dann? Die Komposition, die Registrierung? Ich habe doch gesehen, dass du plötzlich verdrießlich wurdest.»

Liron konnte unmöglich zugeben, dass es einzig die Stimme des Junkers war, die ihn gestört hatte. «Ich dachte, die Pfeifen, die wie Schalmeien klingen, wären eine Spur zu tief, nicht alle, nur a und cis, im Zusammenklang überlagern sie sich ein wenig.»

Thiedemann richtete sich auf. Er fixierte Liron und strich sich mit Daumen und Zeigefinger über seinen Oberlippenbart. «Willst du mir allen Ernstes weismachen, du könntest exakt die Töne benennen?»

Das war nicht schwer, die Verstimmungen kehrten im Verlauf der Melodie ja regelmäßig wieder, und nach der Tonart des Chorals mussten es a und cis sein.

Thiedemanns Augen verengten sich. «Ich warne dich, du Großmaul, gleich nach dem Gottesdienst sollst du Gelegenheit bekommen, deine Behauptung zu beweisen. Tunder wird nichts dagegen haben, der schimpft seit Wochen über unangenehme Schwebungen bei den Schalmeien. Aber wehe, du findest die verstimmten Töne nicht. Dann gestehe lieber gleich, dass du gelogen hast, denn sobald die Predigt beginnt, werde ich mit Tunder sprechen. Also?»

«Es sind a und cis», sagte Liron mit fester Stimme. Wenn er die Pfeifen fand, konnte er Meister Tunder vielleicht doch noch für sich einnehmen.

«Du musst irrsinnig sein», sagte Thiedemann. «Wie heißt du, und welches Instrument spielst du?»

«Liron Dulzian.»

«Dulzian», wiederholte der Junker. «Die Oboe für die Tiefe und dulcis bedeutet süß, nicht wahr? Du hast dir offensichtlich einen klanglichen Kontrast zu deiner eckigen Erscheinung gewählt.»

«Nein, verzeiht, ich heiße so. In unserem Dorf gab es immerhin ein Rankett, auf dem ich mich versuchen durfte, und Flöten natürlich. Der Pfarrer besaß auch eine Laute und ein Spinett. Am liebsten waren mir aber die vier Glocken, weil sich ihr Klang nach einem einzigen Anschlag so vielgestaltig entwickeln kann, weit über einfache Tonreihen hinaus, wie Wellen, die sich gegenseitig anregen.»

«Ach», sagte Thiedemann bloß und zog die Brauen hoch. «Mir persönlich reicht ein einziges Instrument, und darauf spiele ich dir jede Tonreihe, die du hören willst. Das Clavicimbel ist allerdings ein empfindliches, geradezu geziertes Gerät, das täglich von neuem in rechte Stimmung gebracht werden will, und zwar das gesamte Saitenwerk, nicht nur a und cis. Manche behaupten, es würde zu mir passen.»

Grinsend lehnte er sich zurück und tat einen tiefen Zug. Eine Weile blickte er in den Dachstuhl. «Meine Mutter hat mir das Cembalospiel beigebracht. Noten brauchte sie nicht, sie folgte einfach ihrem Gemüt und war auf und davon. So schwebte sie in die Welt hinaus, ohne den Raum zu verlassen, und Vater konnte nicht mit.»

Alles Gepresste war aus seiner Stimme verschwunden. So hätte er singen sollen. Liron lächelte ebenfalls.

«Mich hat sie aber oft auf diese Reisen mitgenommen, meine Hände zwischen ihren. Seltsam, ohne sie gelingt es mir nicht recht, es klingt anders … verflucht, es ist nicht mehr dasselbe Instrument, seit sie gestorben ist.»

Er hielt inne. Unangenehmes Schweigen breitete sich aus.

Liron hätte wohl sein Beileid ausdrücken müssen, aber ihm fielen nur Floskeln ein, und selbst die brachte er nicht über die Lippen.

«Warum spielt Ihr nicht mit jemand anderem vierhändig?», fragte er schließlich. «Vielleicht würde sich Eure Tante freuen, oder Eure Cousine.»

«Meine Cousine? Was für ein absurder Gedanke. Hast du nicht bemerkt, dass sie stumm ist?»

«Man braucht nicht unbedingt eine Stimme, um zu musizieren.»

Thiedemann lachte bitter auf. «Wenn es so einfach wäre. Sieh sie dir an, wahrscheinlich steht sie wieder in der Plauderkapelle und stiert gegen die Wand. Seit Jahren vegetiert sie nur noch vor sich hin.»

Er fuhr sich mit der Hand übers Gesicht. Danach war seine Miene verändert, hart und abweisend. «Was rede ich da eigentlich? Meine Familie geht dich nichts an.»

Rasch beugte Liron sich über das Loch, um jeden Eindruck von indiskreter Neugierde zu zerstreuen. Eine Bewegung im Nordschiff erregte seine Aufmerksamkeit. Er lehnte sich zur Seite und blickte aus einem anderen Winkel durch die Öffnung. Tatsächlich, da stand Thiedemanns Cousine, halb verdeckt hinter einer gestikulierenden Magd. Ihr Haar war unter einer Haube verborgen, und sie trug ein unförmiges, dunkles Kleid. Trotzdem wusste er sofort, dass sie es war.

Wie Thiedemann gesagt hatte, verweilte sie im Eingang der Plauderkapelle und blickte zur Wand.

«Herr von Kortholt, ist Eure Cousine denn schon immer stumm gewesen?»

«Verdammt, warum willst du das wissen? Ich war nicht dabei.» Abrupt erhob sich der Junker und hastete über die Bohle zurück.

«Lass uns heimlich nach Hause laufen, Cäcilie. Hier ist es viel zu kalt, um mit nassem Kopf herumzustehen, deine Haube ist schon ganz feucht. Wenn wir uns beeilen, kann ich Wasser für ein Bad heiß machen, bevor der Gottesdienst zu Ende ist.»

Sanft schob Cäcilie Trines Hand von ihrer Schulter und drückte sie für einen Moment.

«Heißt das nun ja oder nein?», fragte Trine.

Nein. Cäcilie schüttelte den Kopf.

«Aber du hast Gänsehaut. Und ich würde mir gerne den sauren Geruch abwaschen. Puh, der hängt mir sogar in den Haaren.»

Trine zog ihr Näschen kraus. Das tat sie oft, und Cäcilie war jedes Mal versucht, es wieder glatt zu streichen.

«Ich hätte dich nicht allein lassen dürfen. Wenn du krank wirst, ist das nur meine Schuld», sagte Trine wohl zum zehnten Mal. «Du verachtest mich doch nicht, oder? Alle Welt würde das tun. Ich hatte solche Angst, dass mich jemand auf der Straße erkennen könnte. Ich dachte, jeder würde mir ansehen, was ich getan habe. Aber der Nebel hat mich sicher verborgen. Das ist bestimmt ein gutes Zeichen.»

Plötzlich griff Trine nach Cäcilies Arm. «Da ist er! Nicht hinsehen, es muss ja niemand wissen. Er steht drüben am Lettner, der Große mit dem Bluterguss unter dem Auge.»

Cäcilie spürte die Hitze, die von der Hand ihrer Freundin ausging. Unauffällig spähte sie über die Gemeinde hinweg zur Lettnertreppe.

«Claas», flüsterte Trine, «er ist so umsichtig, hat mir trotz seiner Verletzung die Wäsche getragen. Er setzt sich nämlich für die Bürger ein, weißt du? Es gab einen Tumult in der Engelischen Growe. Nicht, dass du denkst, er habe damit geprahlt. Im Gegenteil, er wollte nur über mich sprechen, wie ich hier untergebracht bin, ob meine Herrschaft mich schikaniert, wer noch alles im Hause lebt, den ich bedienen muss … Es ist ihm ernst.»

Bei Trine war es jedes Mal ernst, alle drei, vier Monate etwa. Damit hatte sie schon vor ein paar Jahren begonnen, als sie so alt war wie Cäcilie jetzt. Die vielen Namen merkte Cäcilie sich gar nicht mehr, sie kehrte nur regelmäßig den Kummer auf, den die Kerle hinterließen. Sie selbst konnte sich nicht vorstellen, wegen eines Mannes derart aus dem Häuschen zu geraten. Trotzdem, oder vielleicht auch gerade deshalb, nahm sie an Trines Leidenschaften bereitwillig teil.

Als sie sich dabei ertappte, wie sie Ausschau nach dem Hafenknecht hielt, der das Heringsfass gebracht hatte, senkte sie rasch den Blick. Sie wünschte, Trine hätte das ebenfalls getan. Womöglich kam dieser Grobklotz am Lettner sonst noch auf den Gedanken, vertraulich zu winken.

«Er sieht imposant aus, nicht wahr?» Trine hakte sich bei ihr ein. «Zimmermann ist er, nicht irgendein Tagelöhner. Morgen kaufe ich die erste Heetwege, die ich bekommen kann, und beim Tanzen schiebe ich ihm das Küchlein dann in den Mund.»

Sie kicherte. «Dabei wäre solcher Kinderkram gar nicht mehr nötig. Wir …, nun ja, ich bin in seiner Bude gewesen, eigentlich nur, um ihm den Arm zu verbinden.»

Cäcilies Atem stockte. O Gott, Trine hatte doch nicht bei ihm gelegen?

Ihre Freundin blickte versonnen zum Lettner.

Cäcilie musste daran denken, wie Trine in manchen Sommernächten auf ihrer Schlafstatt lag, mit aufgelöstem Haar, das Hemd bis zu den Schenkeln hochgeschoben – und dann dieser Claas …

Sie krallte sich die Fingernägel in die Handflächen und wappnete sich gegen einen Überfall aus Abscheu und Entrüstung.

Aber nichts geschah.

Ein diffuses Bedauern war alles, was sie fühlen konnte.

Hatte die einsame Nacht im Regen sie empfindungslos gemacht? Die Kälte steckte noch tief in ihren Gliedern. Wenn Fleisch und Muskeln steif frieren konnten, warum nicht auch das Gemüt? Nun war sie also unverwundbar. Am liebsten hätte sie laut aufgelacht. Stattdessen wurden ihre Wangen nass von Tränen, und sie schmiegte sich fester an Trine.

«Nein, Cäcilie, bitte nicht weinen. Es stimmt nicht, was die Leute sagen, man wacht nicht als eine andere auf, wenn man zur Frau geworden ist. Glaube mir, ich bin haargenau dieselbe geblieben. Verabscheue mich ruhig, wenn du willst, aber weine nicht meinetwegen. Ich weiß, ich hätte mich wehren müssen, aber ich fand einfach nicht den Moment dazu. Er ist so liebenswürdig. Wenn du ihn erst kennenlernst, wirst du wissen, was ich meine. Vielleicht heiraten wir später einmal, dann wäre gar nichts Anstößiges mehr dabei.»

Obgleich Cäcilie den Arm ihrer Freundin umklammert hielt, hatte sie das Gefühl, Trine würde allmählich entschwinden. Sie, an der alles rund und flaumig war und viel zu weich, um Kerlen wie Claas zu trotzen.

«Berauschend fand ich das Ganze übrigens nicht. Es tat ein bisschen weh, aber wahrscheinlich gewöhnt man sich daran. Wusstest du, dass wir Frauen einen Mann damit völlig hilflos machen können? Ja, hilflos und glückselig, eigentlich sehr schön, oder?»

Cäcilie richtete ihren Blick auf das Gemälde am Pfeiler. Das Bild beruhigte sie sonst immer, denn es bestätigte, was sie seit langem wusste: einem unschuldigen Kind konnte selbst der Tod nicht ernstlich schaden.

Doch heute half es nicht. Sie und ihre vertraute Freundin waren schon lange keine Kinder mehr.

Liron sandte dem stummen Mädchen einen letzten, lautlosen Gruß durch das Loch im Gewölbe zu, denn die Orgel hatte den Choral beendet und der Pastor schickte sich an, die Kanzel zu erklimmen.

Widerstrebend stand Liron auf. Es kam ihm ungehörig vor, sich während der Predigt davonzustehlen. Nun, selbst Meister Tunder, ein Kirchenmann, würde die Kanzelrede versäumen, und das für ein Pfeifchen Tabak. Liron hatte zumindest einen wichtigen Grund. Bevor er den Rückweg über die beängstigend knarrenden Balken antrat, atmete er tief durch und richtete den Blick dann fest geradeaus. Erst als er den Mauerspalt erreicht hatte, fiel die Anspannung von ihm ab.

Beinahe wäre er in Görgen von Kortholt hineingelaufen. Der Kaufmann stand mit dem Rücken zu ihm direkt vor dem Durchlass, eine drahtige Gestalt mit hohem Hut und schmalem Mantel. Eine solche Strenge ging von ihm aus, dass Liron sich nicht vorbeidrängen mochte, sondern stattdessen einen Schritt zurückwich. Über die Schulter des Kaufmanns hinweg spähte er nach Thiedemann.

Der lehnte ein wenig abseits am Turmfenster und wedelte sich mit den Handschuhen den Dreck von den Kleidern.

Gegenüber stand ein weiterer Herr, den Liron nicht kannte. An der Kleidung waren die drei Männer kaum zu unterscheiden, aber ihre Haltung hätte gegensätzlicher nicht sein können. Der Dritte hatte die Schultern so hoch gezogen, dass Hals und Hängewangen unter seinem fahlen Bart zu einer Rolle zusammengedrückt wurden. Die Hände hielt er über dem Bauch verschränkt, und seine Finger drehten beständig an einem Knopf seines Mantels.

«Görgen, ich beschwöre dich», sagte er mit fispeliger Stimme, die überhaupt nicht zu seinem Leibesumfang passte. «Wenn du Thiedemann den Speicher überlässt, hat er doch sein eigenes Auskommen, genug für eine Ehe und für die Partnerschaft mit mir. Ich hänge an ihm, seit er mein Lehrling war. Außerdem ist er mein Neffe. Von einem Fremden würde ich als Brautvater natürlich weit mehr verlangen.»

«Tu das», gab Görgen zurück. «Und leg eine gehörige Mitgift dazu. Dann lässt sich selbst für eine Schwachsinnige noch irgendein Freier ködern.»

Der Fremde blickte auf den abgerissenen Mantelknopf, den er plötzlich in der Hand hielt. «Sie ist nicht schwachsinnig.» Mit einer verschämten Bewegung steckte er den Knopf in die Tasche. «Wenn du darauf bestehst, werde ich ihr das Haus überschreiben. Es ist allerdings bis zum Giebel beliehen. Du bist mir was schuldig, Görgen, deine unbilligen Fässer nehmen inzwischen meinen gesamten Lagerraum ein. Mir bleibt kein geschäftlicher Spielraum mehr, ich war sogar gezwungen, den Knecht zu entlassen. Ich habe keine andere Wahl, als meine Tochter zu verheiraten. Die beiden mögen sich, was ja nicht ganz unerheblich ist. Versteh doch, ich brauche diese Eheschließung.»

«Und ich lehne sie ab, Hinrich.»

«Aber sie müssen heiraten. Willst du tatenlos zusehen, wie die Familie in Schande untergeht?»

Liron zog sich in die Mauernische zurück.

Hinrich – so hieß der Vater des stummen Mädchens. Sie war es, die vermählt werden sollte. Aber, um Himmels willen, von welcher Schande konnte die Rede sein?

Seine Beine zitterten, er bekam sie nicht unter Kontrolle.

«Ich habe bereits nein gesagt», stellte Görgen ruhig fest. «Und ich werde meine Entscheidung nicht ändern. Was auch immer du vorbringst, diese Verbindung ist und bleibt ausgeschlossen.»

Hinrich wollte gerade erneut ansetzen, als die Brettertür der Orgel aufflog. Tunder trat heraus und taxierte die Versammlung mit gereizter Miene.

«Ach, verfolgen mich die hochweisen Ratsherren jetzt schon bis in den Turm?»

Görgen streckte ihm die Hand entgegen. «Einen gesegneten guten Morgen.»

«Das wird sich noch zeigen», brummte Tunder, ergriff aber doch die Hand. «Was führt Euch hier herauf? Ihr solltet in Eurer Bank sitzen und die Worte des Pastors im Herzen bewegen, Herr von Kortholt.»

«Ja, das sollte ich wohl, ganz wie du selbst.»

Tunder schnappte kurz nach Luft. «Zwei Mal am Tag den gleichen Sermon? So weit kommt's noch.»

Er wandte sich Thiedemann zu und schnippte ungeduldig mit den Fingern, worauf der Junker seinen Tabaksbeutel zückte und begann, ihm die Pfeife zu stopfen. Görgen gesellte sich zu ihnen und verschwand damit aus dem Bereich, der durch den Mauerspalt zu sehen war. Vorsichtig schob Liron sich weiter vor.

Der Ratsherr blickte aus dem Fenster. Das Licht betonte die Linie seines schmal geschnittenen Bartes und ließ die markanten Wangenknochen noch deutlicher hervortreten. Die Haut spannte darüber und war für sein Alter ungewöhnlich glatt. Früher musste er ein auffällig gut aussehender Mann gewesen sein.

«Niemand will dir zu nahe treten, Tunder», sagte er mild. «Dein Können wird allenthalben im Rat geschätzt. Weshalb sonst sollte sich der Syndikus ein von dir erdachtes Glockenspiel für seinen Ehrentag wünschen?»

«Schön, ich komponiere, spielen darf er es dann gerne selbst. Der fette Fatz im Dach, umflattert von Falken und Fledermäusen.» Der Organist brach in Gelächter aus, doch dann verschluckte er sich am Rauch und sein Lachen erstickte in Husten.

Im Dach? Was sollte das heißen? Liron hatte fest damit gerechnet, dass es einen Spieltisch für die Glocken gab. Nur aus diesem Grund war er nach Lübeck gereist.

In Mummendorf hatte er klettern müssen, wenn er auf dem Geläut Melodien spielen wollte. Es hatte ihm nichts ausgemacht – bis er abgerutscht war. Seine Knochen waren wieder zusammengewachsen, die meisten sogar recht gerade, aber er war nie wieder hinaufgestiegen. Er konnte es nicht mehr ertragen, in die Tiefe zu sehen.

Tunder erholte sich allmählich von seinem Hustenanfall. «Im Ernst, Kortholt», krächzte er, «dies ist eine Kirche, kein Tanzboden. Ab Mittwoch muss sogar die große Pulsglocke schweigen, und vom Dach werden wir wie üblich ‹Herzgeliebter Jesus, was hast du verbrochen› hören, sieben Wochen lang, bis wir zu Ostern die Auferstehung unseres Herrn feiern dürfen.»

«Wo ist deine Phantasie geblieben, Tunder?», fragte Görgen. «Such dir einen passenden Choral als Grundlage zu deiner Komposition, oder besser noch irgendeinen Psalm als Titel. Daran kann selbst der Fürstbischof keinen Anstoß nehmen. Vergiss nicht, dass du außer der Liturgie ebenso dem Rat verpflichtet bist, der diese Kirche unterhält, Orgeln und Glocken eingeschlossen.»

«Oh, ich erbebe in Dankbarkeit, Euer Hochwohlgeboren», schnaubte Tunder und verbeugte sich. «Erinnert mich auch gleich daran, dass Ihr es seid, der all die Ausgaben kontrolliert, meine Vergütung eingeschlossen. Dennoch seid Ihr umsonst die Treppen hinaufgestiegen. In der Passionszeit kann und will ich das Glockenspiel nicht anrühren.»

Die Stimme des Kaufmanns blieb weiterhin verbindlich. «Sei nicht dumm, Tunder. Wir sind bisher gut miteinander ausgekommen. Ich habe deine Abrechnungen mehr als einmal schön addiert, jetzt brauchst du nur ein paar Passionstage zu subtrahieren.»

«Nein, verflucht. Ich werde den Teufel tun und mich der Zugluft im Dach aussetzen, nur weil Herr Gloxis Geburtstag hat. Eine Zumutung ist das. Was wird dann der Bürgermeister verlangen? Was der zweite, dritte und vierte? Darf's ein Seiltanz zwischen den Türmen sein, vielleicht mit einer Faunsflöte im Maul? In all den Jahren ist mir nie ein solch impertinentes Anliegen untergekommen.»

Görgen lächelte. «In all den Jahren, du sagst es. Ich verstehe allzu gut, was dich zwickt. Mir geht es ja nicht anders. Inzwischen lamentiere ich auch ganz gerne, statt einfach zu handeln wie früher. Die unangenehmen Pflichten habe ich längst meinem Sohn aufgehalst. Verdammtes Pech für dich, dass deine Frau dir nur Töchter beschert hat.»

Beschwichtigend legte er dem Organisten den Arm um die Schultern. Ein sonderbares Bild, der hagere Arm um den pulsierenden, vollen Leib gekrallt.

«Tunder, Tunder, wir sind alt geworden, ohne es zu merken. Ich weiß noch genau, mit welchem Ehrgeiz du die Stelle angetreten bist. Damals hättest du den Frühgottesdienst unter keinen Umständen ausgelassen. Das waren deine Stunden – musikalische Feste. Im Morgengrauen ist noch niemand wachen Geistes, außer Gott natürlich, und du hast ohne Scheu improvisieren können. Nur für dich und für den Schöpfer, der ja ebenfalls ein Künstler ist. Manchmal hat er dir einen göttlichen Funken gesandt, und mir als Zuhörer einen Glücksmoment.»

Görgen ließ den Organisten los und setzte sich seufzend auf den Fensterabsatz. «Heutzutage meide ich die Morgenkälte und bleibe lieber in den Federn liegen, bis die Sonne aufgegangen ist. Genau wie du.»

Thiedemann lachte auf. «Ja und? Ich ziehe es sogar vor, bis zum Mittagsmahl zu schlafen, falls man mich lässt. Gelte ich deshalb als Greis?»

«Du bist still, Thiedemann, mit dir befasse ich mich später.» Für einen Moment schloss Görgen die Augen und fuhr dann in gleichbleibend freundlichem Tonfall fort: «Wir können stolz auf uns sein, Tunder, die Kirchenmusik ist in deiner Amtszeit so bedeutend geworden, dass sie nun unabhängig von begleitenden Gottesdiensten erklingen darf. Dafür haben wir ordentlich rudern müssen, haben die Orgel der Totentanzkapelle erneuert, ausgesuchte Instrumente angeschafft, Violinen, Flöten aus Elfenbein, was immer du wolltest. Nur leider hört man von dem teuren Zeug nichts mehr, weder im Gottesdienst noch im Spiel vor Börsenbeginn. Die Abendmusiken hast du ebenfalls gestrichen. Und heute weigerst du dich, das Glockenspiel zu bedienen. Wie soll das weitergehen?»

Der Organist verschränkte die Arme über der Brust. «Worauf wollt Ihr hinaus, Kortholt? Werde ich meinem Dienst nicht mehr gerecht? Das Glockenspiel hat nie dazugehört. Zeigt mir einen, der mir musikalisch ebenbürtig ist, und ich räume sofort die Orgelbank.»

«Musikalisch? Das ist leider nicht alles.» Abrupt stand Görgen auf. «Aber wie du willst. Ich werde deinen Wunsch nach einem Nachfolger so bald wie möglich dem Rat unterbreiten.» Damit schritt er zur Treppe und war fort.

Hinrich zuckte bedauernd mit den Schultern und beeilte sich, seinem Bruder zu folgen.

«Tja, Tunder», sagte Thiedemann, «nun ist die Fregatte leckgeschlagen, und wie es aussieht, hat mein Vater entschieden, sie sinken zu lassen.»

Mit geballten Fäusten stapfte Tunder hin und her. «Die Abendmusiken wurden abgebrochen, weil der Pöbel in die Kirche drängte, das weiß dein Vater genau. Ich hätte nur zu gerne weiter gespielt, ich hätte mich nicht geschlagen gegeben. Pah, einmal *tutti* und in die Vollen gegriffen – die Ohren wären den Randalierern abgefallen. Ich werde den ehrenwerten Pfeffersäcken schon noch zeigen, wen sie da entthronen wollen.»

«Na los», rief Thiedemann. «Worauf wartest du dann?»

Schwungvoll zog er sich den Mantel von den Schultern, legte sein Wams ab und krempelte die Ärmel auf.

«Was soll das?» Tunder sah den Junker misstrauisch an.

«Ich trete. Ein einzelner Kalkant wird dein *tutti* nicht durchhalten. Versprich mir, dass die Schwarzröcke die Köpfe einziehen werden. Lass sie beben, mit allen Registern.»

«Ich trete auch», sagte Liron und schlüpfte aus der Mauernische.

Tunder fuhr herum. «Was hat der Kerl hier zu suchen?»

«Die Bälge sucht er, was sonst.» Thiedemann winkte und Liron folgte ihm hinter die Orgel.

4. Kapitel

«Dein Onkel hat mir gerade noch gefehlt», flüsterte Trine. «Ich hab's ja gesagt, wir hätten früher verschwinden sollen, dann wäre jetzt wenigstens schon der Ofen in Gang.»

Mutter fummelte mit dem Schlüssel in der Eingangstür, während die gesamte Familie auf der Straße wartete und fror. Nur Thiedemann störte die klamme Kälte offenbar nicht. Im Gegenteil, er sah erhitzt aus, hatte seinen Umhang weit geöffnet und fächelte sich mit seinem Hut Luft ins Gesicht.

«Hier ist anscheinend geschlossen», sagte er und bot Cäcilie seinen Arm. «Komm, meine Liebe, bedauerlicherweise müssen wir uns für das Mittagsmahl eine lasterhafte Taverne suchen.»

Onkel Görgen blickte sich kurz nach ihm um, stellte deutlich hörbar seinen Fuß auf die Schwelle und stützte seine Hand auf den Schenkel. Auf der anderen Seite der Treppe tat Vater es ihm nach. Doch bei ihm wirkte die Haltung eher linkisch und sehr unbequem.

Fröstelnd zog Cäcilie ihre Schultern hoch. Sie hatte das Gefühl, ihr nasses Haar hinge in einem ebenso nassen Beutel, der langsam aber sicher Richtung Nacken rutschte. Und sie sehnte sich nach ihrem Bett. Leider war es im Hause

Kortholt nur im Krankheitsfall erlaubt, sich tagsüber hinzulegen.

Aber war sie nicht krank? Hatte Mutter das nicht noch am Morgen behauptet?

Als die Haustür schließlich nachgab und die Familie hineinströmte, begann Mutter bereits im Flur, nervöse Anweisungen zu geben. «Zuerst den Herd ... aber vorher holst du Wasser, Trine, so kann ich schon die Rüben ... haben wir denn überhaupt noch Wein? Notfalls musst du gleich zum nächsten Krug ... oder wir opfern die Schokolade ...»

Trine blickte derweil zur Decke, als könne sie nur dort erfahren, was sie zuerst besorgen sollte.

«... und nimm unseren Gästen endlich die Mäntel ab.»

Doch Görgen und Thiedemann bestanden darauf, ihre Mäntel anzubehalten.

Trine zuckte mit den Schultern. «Wenn's genehm ist, hole ich jetzt Holz.» Ohne eine Antwort abzuwarten, machte sie sich davon.

Onkel Görgen fasste Mutter am Ellenbogen und schob sie in die Stube. «Du auch Thiedemann», sagte er und bedeutete Cäcilie mit einem Wink, dass er sie ebenfalls dabeizuhaben wünschte.

Sie hielten sich selten in der Stube auf, besonders während der kalten Jahreszeit, sodass der beste Raum des Hauses einen fremden, muffigen Geruch angenommen hatte. Es war eisig hier drinnen. Wenn Cäcilie hauchte, konnte sie ihren Atem sehen. Sie setzte sich und beobachtete, wie die langen Fensterscheiben allmählich beschlugen. Lieber wäre sie in der Diele geblieben, wo ihre Brüder tobten und unbekümmert lachten.

Mit Gepolter schleppte Trine den Holzkorb herein und erntete einen gequälten Blick von Mutter.

«Beeile sie sich.» Onkel Görgens Finger trommelten auf die Armlehne seines Sessels.

Trine verdrehte zwar heimlich die Augen, aber sie trat nur noch sachte auf und hantierte so dezent wie möglich. Rasch hockte sie sich vor den Ofen und bemühte sich, ein Feuer zu entfachen. Wortlos sahen ihr alle dabei zu, als sei die ganze Familie plötzlich verstummt wie die Porträts, die von den Wänden blickten.

Cäcilie konnte ihr eigenes Schweigen kaum noch ertragen. Sie rutschte auf ihrem Sessel hin und her, um wenigstens ein kleines Knarrgeräusch hervorzurufen. Gottlob gähnte Thiedemann jetzt laut. Er ging zum Fenster hinüber, setzte sich auf den Sims und betrachtete die Köpfe der Passanten, die am Haus vorübergingen.

Endlich knisterte das Feuer, und leichter Rauchgeruch mischte sich in den Mief der Stube. Trine knickste und schloss leise die Tür hinter sich.

Vater begann sofort: «Danke, dass du mitgekommen bist, Görgen, wir müssen unbedingt noch einmal …»

«Wie geht es unserem Sorgenkind denn eigentlich?», unterbrach ihn Onkel Görgen. «Unverändert, wie ich vermute.»

Vater räusperte sich. «Es wird, es wird. Du siehst ja, sie wächst heran, eine junge Frau. Und hässlich ist sie nicht, oder was sagst du, Thiedemann?»

«Eine Schönheit», sagte Thiedemann immer noch zum Fenster gewandt.

«Ich dachte mir Folgendes, Görgen.» Umständlich setzte Vater sich zurecht. «Zunächst muss ich dir beipflichten, was deine Einwände gegen Cäcilies Vermählung angeht.

Im Idealfall sollte die Gattin eines Kaufmanns natürlich über gewisse Fertigkeiten verfügen, vor allem im Rechnen und Schreiben.» Mit einem Blick auf Mutter fuhr er fort: «Im Idealfall, wohlgemerkt, zwingend notwendig ist beides nicht für eine gute Ehefrau. Dennoch habe ich mich entschlossen, einen Hauslehrer anzustellen, der Cäcilies Gedächtnis wieder auffrischt. Sie besaß immer eine schnelle Auffassungsgabe und lernte früher leichter als die Jungs. Selbst wenn sie niemals mehr sprechen sollte, wird es ihr so bald möglich sein, sich schriftlich zu äußern. Das dürfte deine Bedenken zerstreuen, nicht wahr?»

«Hinrich», rief Mutter, «warum willst du das arme Kind unnötig quälen. Gar nichts hat sie in all den Jahren gelernt, weder Kochen noch Nähen. Und wie sie auf Strenge reagiert, weißt du genau. Sie wird wieder anfangen, sich selbst zu verletzen.»

«Tut sie das?», fragte Görgen. Er legte Mutter die Hand auf den Arm und streichelte sanft auf und ab.

«Erst heute Morgen wieder. Sieh dir ihre Lippe an. Sie hat sich gebissen, beim Gebet glaube ich.» Mutter vergrub ihr Gesicht in den Händen.

«Nun, wenn das alles ist», sagte Görgen, «so etwas kann doch jedem mal passieren.»

«Ach, du ahnst ja nicht …, Cäcilie zerkratzt sich Arme und Beine, ihre Hände sind oft voller Wunden, bei Eiseskälte wirft sie ihre Schuhe weg.»

Vater lachte auf. «Ja und? Davon stirbt eine Kortholt nicht, mir sind in Nowgorod die Zehen sogar erfroren.»

Görgens Blick wanderte zu Cäcilie hinüber. Eindringlich musterte er sie. Cäcilie rührte sich nicht, ihre Hände ruhten still in ihrem Schoß, den Rücken hielt sie gerade, den Kopf hoch aufgerichtet. Sollte er sie ruhig anschauen, ihre Miene würde nicht die geringste Regung preisgeben.

«Ich weiß nicht, Hinrich.» Görgen fuhr sich über den Bart und ließ seine Hand dort verharren. «Das Mädchen sieht erschreckend blass aus, diese Augenringe und dann die dicke Lippe. Auch wenn Grethke, wie alle Mütter, sicher maßlos übertreibt, ist Cäcilie augenscheinlich eine Gefahr für sich selbst. Wie leicht kann so etwas umschlagen und sie verletzt plötzlich auch andere. Ihr habt kleine Kinder im Haus.»

Was redete er da?

Glaubte er im Ernst, sie würde ihren Brüdern jemals ein Leid zufügen können? Cäcilie kniff die Augen zusammen und versuchte mit aller Macht, ruhig zu bleiben.

Vaters Stimme klang fern und gedehnt in ihren Ohren. «Cäcilie? Die tut keiner Fliege etwas an, die sammelt sogar Raupen von der Straße auf, damit die hilflosen Kreaturen nicht unter die Räder kommen.»

«Hoffen wir, dass es so bleibt.» Görgen erhob sich und kam zu ihr herüber. Die Arme auf den Rücken gelegt, blickte er auf sie herab. Sie sah die lange Knopfleiste seines Wamses vor sich, rechts und links davon die scharfen Kanten seines Mantels.

«Armes verirrtes Kind», sagte er. «Kein Halt in dem hübschen Köpfchen. Wer weiß, was anstrengender Unterricht auslösen könnte. Ich rate von einem Lehrer ab, das Risiko wäre eindeutig zu hoch.»

Auf Vaters Versuch zu widersprechen drehte er sich brüsk zu ihm um. Seine Mantelschöße flogen, und Cäcilie schrak zurück, um nicht getroffen zu werden.

«Worum geht es dir eigentlich, Hinrich? Du bist doch gesund, deine Gattin ebenfalls. Einen Sohn nach dem anderen hat sie dir geboren und alle leben. Ertrage das Schicksal deiner Tochter und lass ihr die Würde. Bete und arbeite lieber, wie es jeder fromme Bürger tut, und vertraue auf Gottes Gnade. Er hat es dir wahrhaftig leichter gemacht als mir.»

«Du hast gut reden mit deinen Kisten voller Geld.»

«Aus denen du dich oft genug bedienen lässt.» Görgen sprach gefasst wie immer, doch hinter seinem Rücken ballten sich seine Hände zu Fäusten. Cäcilie sah auf ihre eigenen Hände, die verkrampft zwischen ihren Knien klemmten.

«Ich musste mir jeden einzelnen Pfennig erkämpfen, lieber Hinrich. Mich hat Mama nicht Prinz genannt, wenn ich dich erinnern darf, ich musste mir alles, was ich brauchte, selbst beschaffen. Aber du sitzt da und jammerst wie ein verzogener Bengel, weil sich kein reicher Trottel für deine verwirrte Tochter finden lässt. Freu dich, dass du eine Tochter hast. Für meine Frau war schon das erste Kind zu viel, in den Jahren danach hat sie nur noch geschwächelt. Und? Hörst du mich etwa jammern, dass ich seitdem Witwer bin?»

Thiedemann malte Kreise auf die beschlagene Scheibe. «Nein Vater, dich hörte man nicht einmal klagen, als Mama vor deinen Augen starb. Du jammerst nie.» Er stieß sich vom Fenstersims ab. «Ihr verzeiht, wenn ich mich jetzt verabschiede, ich habe keinen Hunger mehr.»

Cäcilie erhob sich ebenfalls, um bei dieser Gelegenheit aus der Stube zu huschen. Doch Görgen war schneller an der Tür und legte seine Hand auf die Klinke.

«Du möchtest hinaus?», fragte er. «Sag einfach, was du willst, und ich gebe den Weg frei.»

Wie lange wollte er hier stehen bleiben? Den Nachmittag, den Abend, die Nacht? Länger, als Cäcilie verharren konnte?

«Sag es!» Görgen griff nach ihrem Kinn und drehte ihren Kopf, dass sie ihn ansehen musste. Sein Blick so nahe …

«Wenn du nicht reden kannst, dann nicke wenigstens, mach dich verständlich. Zeig zumindest, dass du mich verstanden hast.»

Seine Finger pressten sich in ihre Wangen. Der Druck würde nachlassen, wenn sie den Mund ein wenig öffnete. Aber sie wollte nicht. Kein Wort, keine Empfindung. Der Geist musste unbeschwert von den Trieben des Leibes sein, wenn er sich in den Himmel schwingen wollte. Das hatte der Onkel selbst einmal gesagt.

«Seht ihr, es ist hoffnungslos.» Milde tätschelte er ihr die Wange und gab die Tür frei. «Schon gut, geh nur, bist ein braves Kind. Ein Lehrer – das ist schlichtweg Unsinn. Das Mädchen begreift ja nicht einmal die einfachsten Dinge.»

Thiedemann kam ihr eilig nach, schloss die Tür und lehnte sich mit dem Rücken dagegen. «Du hast mich gerettet, meine Schöne. Es hätte nicht viel gefehlt, und ich wäre unhöflich geworden.»

Er betrachtete sie mit einem weichen Ausdruck, der ihr fast unangenehm war. Er war ihr überlegener Cousin, ihr großer Bruder, und sollte es gefälligst bleiben.

«Willst du denn gerne schreiben, Cäcilie? Ich könnte dir eine Wachstafel zum Üben mitbringen, heimlich natürlich.»

Cäcilie zuckte mit den Schultern. Sicher würde sie sich noch an ein paar Buchstaben erinnern, aber wozu sollte das gut sein? Weder Vater noch Mutter hörten einander zu, die Jungs noch weniger. Wer sollte da so viel Geduld aufbringen, ihr Geschreibsel zu lesen?

«Erinnerst du dich an Mama? Wir haben damals vierhändig gespielt, das mochtest du gern, du hast gesungen. Vielleicht gefiele dir Musik ja auch heute noch.»

Er betrachtete sie mit schräg geneigtem Kopf. Plötzlich lächelte er. «Vielleicht weiß ich einen Lehrer für dich. Wenn ich richtig verstanden habe, spielt er so ziemlich jedes Instrument und kann aus all den Orgelpfeifen die zwei verstimmten heraushören. Einen Versuch ist es immerhin wert. Ich werde ihn ein wenig protegieren. Man kann schließlich nie genügend Leute haben, die einem Gefallen schulden.»

Er zog seinen Hut, verbeugte sich und nahm sie plötzlich in die Arme. Genauso schnell löste er sich wieder, kämpfte kurz mit dem Haustürschloss und floh.

«Wo bist du so lange gewesen? Verdammt, es wird schon wieder dunkel.» Eggert bekam die Zähne kaum auseinander. Mit hochgezogenen Schultern, die Hände in den Taschen versenkt, trat er von einem Fuß auf den anderen. «Was hast du gemacht? Unsereins friert sich die Beine ab, und du scheinst zu schwitzen wie ein Heizer in der Dröge.»

Liron wischte sich die Haare aus der Stirn. Ihm war tatsächlich heiß, und zwar nicht nur von der Anstrengung an den Bälgen. Ein Glücksgefühl glühte in ihm, ausgelöst durch ein paar knappe Worte des Organisten: «Über die Vergütung werden wir uns einig.»

Trumscheit, der sieche Kalkant, bekam acht Schilling am Tag, mit der Hälfte konnte Liron mindestens rechnen. Zwei Gottesdienste jeden Sonntag, Samstagsvesper, Feiertage, am Donnerstag das Konzert vor Börsenbeginn, dazu ein paar Schüler, die üben wollten … Falls man ihn zu allen Gelegenheiten bestellte, würde er sein Auskommen haben. Zugegeben, das Treten war eine üble Schinderei, an die er sich erst gewöhnen musste. Entsprechend hämisch hatte Trumscheit die Neulinge empfangen und es sichtlich genossen, auch einen vornehmen Kaufmannssohn an den Pedalen schnaufen zu sehen. Keine zwei Strophen hatte der Alte ihm zugetraut.

Aber Thiedemann hatte sich für drei verausgabt. Vergeblich natürlich. Die Bälge ließen sich nicht hastig treten, sie waren riesig und mit Steinen beschwert. Ohne den langen Hebel der Planke hätte ein Mann allein sie überhaupt nicht bewegen können. Es brauchte eben seine Zeit, bis einer der Bälge mit Luft gefüllt war.

Trumscheits Unkerei zum Trotz war der Junker auch zum zweiten Gottesdienst erschienen. Noch im Nachhinein schauderte Liron vor Thiedemanns verzerrtem Gesicht, vor der Wut, mit der er sich gegen die Halterung gestemmt hatte, als wollte er die Orgel in Grund und Boden trampeln.

Vielleicht lag es an ihrem gemeinsamen Keuchen, am gemeinsamen Schweiß, dass er später so vertraulich geworden war. Er hatte Liron den Arm um die Schultern gelegt wie einem Freund und ihn sogar zu einem Besuch ermuntert. Vor allem aber hatte er Tunder von Lirons Fähigkeiten überzeugt.

«Los jetzt, mein Magen hängt in den Knien.»

Eggert öffnete die Tür zum Gasthaus und schob Liron hinein. Der Geruch nach Küche und Bier schlug ihnen entgegen. Der Schankraum war voller als gewöhnlich, für manchen hatte Fastelabend wohl schon begonnen. Auf einer der lehnenlosen Bänke war am Ende gerade noch genügend Platz, dass sie gedrängt nebeneinandersitzen konnten.

Als Erster rutschte Liron auf die Bank und hoffte, dass Eggert nicht ausgerechnet jetzt vernünftig werden und seine letzten Schillinge sparsam einteilen wollte.

Der Mann gegenüber schaufelte säuerlich duftenden Eintopf in sich hinein. Kohl. Vielleicht mit Speck und Zwiebeln? Liron konnte den Blick nicht abwenden. Er hätte gerne auch Brot dazu bestellt und Bier natürlich, damit sie seine neue Stellung feiern konnten. Eggert sollte tausendfach gesegnet sein, dass er nicht ohne ihn ins Gasthaus gegangen war. «Sehr freundlich von dir, mit dem Essen auf mich zu warten.»

Eggert lächelte. «Was blieb mir übrig?» Er fummelte seine Geldkatze vom Gürtel und leerte den Inhalt auf den Tisch. Vier magere Pfennigstücke fielen heraus. «Jetzt du.»

Liron schüttelte den Kopf und schob Eggert seinen Beutel hin. «Ich habe bloß eine Botenmünze. Aber wo ist dein Geld geblieben? Gestern hast du mir noch großspurig einen goldenen Engel versprochen.»

«Sie waren zu dritt, haben mich am Ausgang abgepasst. Ich habe nicht zum Gottesdienst gewollt, aber ihr musstet ja unbedingt darauf bestehen.»

«Würfelschulden?» Liron schloss die Augen, um den gefräßigen Kerl gegenüber nicht mehr sehen zu müssen. Es war zum Gallespeien. Kaum erlaubte er sich, ein bisschen glücklich zu sein, knüppelte die Wirklichkeit ihn auf den Boden zurück. Er fror auf einmal, und es brodelte in seinem Bauch.

Eggert fingerte an Lirons Beutel herum und löste umständlich das Band. «Eigentlich bekommen sie noch mehr, bis Aschermittwoch wollen sie …»

Er stockte. «Du verfluchter Lump, schwimmst im Reichtum und lässt mich Trübsal blasen.»

Anklagend hielt er Liron das Geldstück vor die Augen. Es war nur wenig größer als ein Pfennig, aber es blinkte silbrig und wies einen prunkvollen Wappenadler auf. Liron packte Eggerts Handgelenk, damit er die Münze besser erkennen konnte. So viel für einen Botendienst? Der Junker musste sich geirrt haben.

«Hast du dich bald am Silber sattgesehen? Ich für meinen Teil brauche nämlich Fleisch gegen meinen Hunger.» Die Münze verschwand in Eggerts Faust, und Liron sah zu, wie sein Zimmernachbar durch das Gasthaus stampfte. Wenig später knallten zwei Bierbecher auf den Tisch. Eggert ließ sich neben ihn fallen, dass die Bank wackelte.

«Es gibt Suppe aus saurem Kraut und Schrumpelrüben. Dazu konnte ich dem Wirt ein Stück Rauchfleisch abschwatzen. Steck ein, acht Schilling sind übrig.»

Er prostete und trank. Auch Liron ließ sich das dunkle Rotbier die Kehle hinunter rinnen. Fast gleichzeitig setzten sie ab.

Eggert wischte sich mit dem Ärmel über den Mund. «Wo hast du den Silberling eigentlich her?»

«Vom jungen Kortholt.»

«Da musst du dem Gockel ja einen gewaltigen Dienst erwiesen haben, wenn er dich derart belohnt.»

«Eben nicht. Ich fürchte, es war ein Versehen, ich sollte ihm einen Teil zurückgeben.»

Eggert verschluckte sich. «Bist du toll geworden?», keuchte er. «Du würdest ihn beleidigen. Der Knabe hat sich genau so verhalten, wie man es von seinesgleichen erwarten kann. Daran erkennt man doch die wahren Edelherren. Wer viel besitzt, muss schwelgen, verschwenden und prassen, damit wir alle etwas davon haben. Das Sündigste, was ich mir vorstellen kann, ist ein genügsamer Reicher.»

Der Wirt stellte den Eintopf vor sie hin.

«Thiedemann soll leben», rief Eggert und begann zu essen.

Liron schlürfte mechanisch von seinem Löffel, ohne etwas zu schmecken. Die Bezahlung war nicht nur unangemessen, sondern bürdete ihm auch eine böse Dankesschuld auf. Er würde die Familie meiden müssen, denn jede freundliche Begegnung konnte von nun an wie Pflichterfüllung wirken. Nein, lieber wollte er alles abtragen, Pfennig für Pfennig. Schließlich war er kein Tagelöhner mehr, er war Kalkant. Die Einsicht, dass er auch seine Stellung dem Kaufmannssohn verdankte, schluckte er mit dem sauren Kohl hinunter.

Während er löffelte, beschlich ihn eine unbestimmte Ahnung, dass er von hinten beobachtet würde. Gerade als er sich umdrehen wollte, spürte er schon die Hand auf seiner Schulter.

«So trifft man sich wieder.» Der Zimmerer grinste auf ihn herab. Seine Wange war zu einem violetten Bluterguss geschwollen.

«Finger weg!» Liron sprach eine gute Quart tiefer als gewöhnlich, womit er seiner Stimme einen drohenden Unterton verlieh. Doch der Zimmerer reagierte nicht darauf. Mit Nachdruck schob Liron die Hand zur Seite und stand langsam auf.

Der Zimmerer wich keinen Zoll zurück. «Jetzt vergeht dir der Schneid, nicht wahr? Ach Gott, so erbärmlich allein, ohne den Beistand eines Degenfechters ...»

«Ihr wart zu fünft gegen einen. Das nenne ich erbärmlich.»

Das Grinsen im Gesicht des Zimmerers verschwand. «Patrizierlakai!», zischte er und stieß Liron gegen die Brust.

«He, he, Claas», grollte es dumpf von Eggert, «halt dein loses Rappelgatt im Zaum, der Bursche gehört zu mir.»

Liron wehrte ab. «Das ist meine Sache, Eggert. Also, Zimmerer, was willst du? Beeile dich, mein Essen wird kalt.»

«Ihr kennt euch?» Claas kratzte sich am Kinn. «Dann nichts für ungut. Aber eine Warnung noch, hör drauf oder lass es bleiben. Leute wie die Kortholts sind kein Umgang. Die fetten Ratsherrenzeiten werden nicht mehr lange dauern, da steht ein Haufen Handwerker für, und die Kortholts hab ich seit gestern persönlich auf dem Kieker. An deiner Stelle würde ich mich rechtzeitig aus der Abdrift machen.»

«Ist das alles?»

Da der Zimmerer anscheinend nichts mehr sagen wollte, ließ Liron ihn stehen und fuhr mit seiner Mahlzeit fort.

Aber jetzt hatte Eggert sich umgedreht. «Das ist doch nur Gerede, Claas. Die lachen über deinen geschwollenen Kamm und leeren nebenher in aller Ruhe die Stadtkasse aus. Komm, vergiss die Ratsherren und trink mit uns. Morgen ist Fastelabend.»

Auffordernd hielt er dem Zimmerer sein Bier entgegen.

Claas stürzte den Becher in einem Zug. Dann drängte er sich hinter ihnen vorbei ans Kopfende des Tisches. Weil sich dort kein Stuhl befand, ging er in die Hocke und lehnte seine Arme auf die Platte.

«Gerede? Die werden sich noch wundern.» Er rollte seinen Ärmel auf und deutete auf einen Verband. «Seht her, das hat mir der Junker angetan. Aber damit kommt er nicht durch. Noch am gleichen Abend hab ich mir die Kortholtsche Magd geschnappt. Die ist so blöd mit ihren Kulleraugen, tappt mir gleich arglos in die Bude nach.»

Liron verzog die Lippen. «Das wird die armen Kortholts aber furchtbar treffen.»

«Wieso?», fragte Eggert. «Ist sie denn Thiedemanns Metze? Oder erfreut sie den ollen Hinrich? Ach, ich verstehe, du glaubst, dass sie mit Görgen buhlt?»

Claas schüttelte den Kopf und senkte die Stimme. «Viel besser. Das Süßgesicht soll mir verraten, was im Hause vor sich geht. Die Kortholts stecken doch alle unter einer Decke. Ihr werdet sehen, bald haben wir den Beweis, dass Ratsherr Görgen heimlich faules Handwerk treibt, da draußen auf seinem Gut. Wenn er die Waren in Lübeck verkaufen will, muss er sie ja irgendwo lagern, ich wette, er lässt das Zeug zu Hinrich bringen. Und dann schlagen wir zu.»

Das fordernde Klopfen drang unnachgiebig in Lirons Schlaf, bis er es nicht mehr ignorieren konnte und davon erwachte. Verdrießlich drehte er sich auf die andere Seite und zog sich die Decke über den Kopf.

Doch das Klopfen hörte nicht auf.

Probeweise trat er nach Eggerts Bein, nicht stark, nur so viel, dass der Hüne vielleicht aufstehen und den Störenfried vertreiben würde. Doch Eggert lag auf dem Rücken und schnarchte unbeeindruckt weiter.

Gott sei Dank regte sich Marikke unten in ihrem Verschlag und schlurfte zur Tür. Erleichtert drehte Liron sich um.

«Liron?»

Nein.

«Liron?»

Nein, verflucht, er war nicht zu Hause. «Was ist denn?»

«Der Blinde aus dem Vorderhaus», rief Marikke, «du hast versprochen, ihn zu begleiten.»

Natürlich, das Schwein.

Thiedemann wollte heute ein Schwein für die Blinden stiften.

Mühsam setzte er sich auf. Drei Tage Fastelabend, wie sollte er das durchhalten? Ihm hatte schon die erste Nacht gereicht, und der Gedanke an Bier ließ ihn würgen. Mit geschlossenen Augen tastete er nach seiner Hose. Beim Aufstehen wurde ihm schwindelig. Der Blinde würde wohl ihn führen müssen.

«Beeil dich, sonst kommt er zu spät.»

Liron fuhr sich mit beiden Händen übers Gesicht. Etwas überraschend Heiteres regte sich in ihm. Ach ja, sie hatten fast das ganze Geld versoffen, aber das machte überhaupt nichts. Er war kein Tagelöhner mehr, der bangte, wovon er morgen zehren sollte. Er war jetzt Kalkant.

Trotz seiner neuen Würde wankte er auf der Treppe. Der Blinde merkte es nicht und ließ sich vertrauensvoll am Arm fassen. Er hatte sich für den Festtag ordentlich herausgeputzt; statt des gewohnten Haselsteckens trug er einen dicken Stock und roch derart stark nach Lavendelwasser, dass Liron den Kopf abwenden musste. Aber auch das sah der Blinde ja nicht.

Draußen auf der Gasse empfing sie Gelächter und Musik. Masken wirbelten vorbei, Zecher mit roten Gesichtern und bunt geschminkte Damen in viel zu engen Miedern.

«Nicht hier entlang. Zur Großen Gröpelgrowe», befahl der Blinde. Ab und zu ließ er seinen Knüppel zur Seite schwingen und lachte, wenn er jemanden traf.

«Sind wir da? Ich höre die Sau. Ist sie fett?»

Liron nickte. «Ziemlich», sagte er dann.

Das Hinterbein des Schweins war mit einem Seil an einen dicken Pflock gebunden, sodass es sich knappe fünfzehn Fuß im Umkreis bewegen konnte. Grunzend stieß es seine Schnauze in die Ritzen zwischen den Pflastersteinen. Die weichen Ohrenlappen wippten über seinen Augen. Als sich die Leine straffte, stemmte es sich vor, worauf sein Hinterlauf für einen Moment aufgespannt in der Luft hing, dann schnaufte es und wühlte mit vernehmlichem Schmatzen an anderer Stelle weiter.

Ein Gertenhieb ließ das Tier zusammenfahren. Laut quiekend warf es den Kopf herum. Doch die Angreifer kamen von allen Seiten, Lateinschüler in samtenen Hosen, barfüßige Hungerleider in Lumpen, die traten, zwickten, und stichelten. Ihr Johlen unterschied sich nicht voneinander.

«Genug!», schallte es über den Platz.

Thiedemann stand erhöht auf einem Lastenkarren. Er war ganz und gar in dunkles Rot gekleidet, von den Strümpfen bis zur Feder an dem breiten Hut, und sein langes Haar trug er heute gelockt.

«Wie es Brauch ist, stifte ich im Namen meines Vaters, dem Ratsherrn Görgen von Kortholt, dieses Tier den Blinden unserer Stadt. Wer es erlegen kann, der soll es gewinnen. Ihr habt nun lang genug gehört, wo die Beute angebunden ist. Fangt an!»

Rasch zogen sich die Halbwüchsigen zurück und reihten sich in die umstehende Menge.

Der Blinde ließ Lirons Arm los. Mit den Füßen tastend, bewegte er sich vorwärts. Von allen Seiten lösten sich nun zerlumpte Männer aus dem weiten Rund. Etwa zwölf waren es. Bedacht, so wenig Geräusche wie möglich zu machen, hielten sie ihre Köpfe lauschend nach oben und umklammerten ihre Knüppel.

Liron schloss die Lider, um zu erahnen, wie sein blinder Nachbar den Platz wohl wahrnehmen mochte. Augenblicklich umhüllte ihn das Gewirr aus Stimmen. Einzelne Rufe waren zu vernehmen, nachgeäfftes Grunzen, Gelächter, ein Kind lief durch die Seitengasse, ferne Musikfetzen, irgendwo bellte ein Hund. Das Schwein war für ihn sehr schwer auszumachen, obwohl er gesehen hatte, wo es sich befand.

Als er die Augen wieder öffnete, spannte sich das Seil erneut. Die Hufe rutschten und schabten auf den Steinen. Sofort drehten sich die Männer nach den Geräuschen um und strebten darauf zu.

Das Kinn in den Himmel gereckt, stampfte Lirons Nachbar vorwärts und ließ seinen Knüppel in wuchtigen Schwüngen vor sich pendeln.

Rechts von ihm donnerten zwei Stöcke aneinander. Geschickt wich der blinde Nachbar aus. Beim nächsten Schritt krachte sein eigener Prügel in die Hüfte seines Nebenmanns. Der knickte zusammen und brüllte.

«Hopp, hopp, hopp …», riefen die Umstehenden und klatschten sich rhythmisch auf die Schenkel.

Jemand hatte das Schwein erwischt. Panisch versuchte es zu fliehen, überrannte einen Mann, ein anderer stürzte über die Leine, die sich ruckartig straffte und das rosa Bein in die Höhe riss, woraufhin das Tier ohrenbetäubend zu quieken begann.

Der Blinde stand direkt daneben. Er holte aus und schlug zu.

Dumpf knallte der große Kopf zu Boden und die Schweineschnauze färbte sich rot.

Es schrie wie ein Mensch.

Zu weiteren Schlägen kam der Blinde nicht, ein Knüppel brach auf seiner Schulter nieder, er brüllte und drosch erbittert zurück, doch die vielen leeren Augenpaare richteten sich nur noch nach dem Wehgeschrei aus, erbarmungslos schlugen die Männer darauf ein und setzten nach, wenn sie auf Weiches trafen.

Das Schwein in ihrer Mitte rollte mit den Augen und hüpfte in seiner Angst auf und nieder. Einer griff nach dem Seil und versuchte, sich daran entlangzuziehen. Er wurde umgerissen, kurz darauf trampelten die spitzen Hufe über ihn hinweg.

Der Leib des Tieres war mit dunklen Flecken gezeichnet, ein Ohr hing in Fetzen und seine Vorderläufe knickten immer wieder ein, aber es kämpfte nur umso grimmiger. Böse quiekend biss es um sich.

Begeistert fielen die Zuschauer in seine Laute ein. Der Platz verwandelte sich in ein Meer aus Geschrei.

Einer der zwölf Blinden hielt inne und wandte seinen Kopf langsam in Richtung der grölenden Menge. Dann marschierte er mit festen Schritten auf die Leute los.

Die vordersten kreischten und versuchten auszuweichen, doch nicht jedem gelang es, den Hieben zu entkommen, denn die Menschen standen dicht gedrängt, und wer sich nicht in Gefahr befand, sah keinen Anlass, Platz zu machen. Ihr Hohngelächter mischte sich mit dem Krachen der Prügel, mit Fluchen und Heulen, mit den Angstschreien des Tieres.

Angewidert kämpfte Liron sich aus der Menge. An die nächste Mauer gestützt, übergab er sich.

Es war auf einmal still geworden. Kein Lachen mehr, kein Hetzen. Nur von fern die schräge Tanzmusik.

Liron hob den Kopf.

Das Volk stand genauso da wie vorher, doch niemand rührte sich. Ein bedrohliches Raunen ging durch die Reihen.

«Was fällt Euch ein», gellte plötzlich eine Stimme. «Das Spiel war nicht zu Ende.»

Einzelne stimmten lautstark zu, und dann, als würde ein Fass angestochen, schäumte der gemeinsame Unmut auf. Alle waren sich plötzlich einig und geiferten gegen den Frevler. Schon hoben sich die ersten Fäuste. Ein Krug zerschellte auf dem Platz.

«Ruhe! Ich habe das Schwein gestiftet, ich bestimme, wann es stirbt. Die Blinden sollen das Fleisch gerecht unter sich aufteilen.»

Die Menge öffnete zögerlich eine schmale Gasse. Gemessenen Schrittes stolzierte Thiedemann mit seinem blutigen Degen in der Hand an den erbosten Grimassen vorbei. Er sah aus, als würde er eine Promenade entlangschlendern. Hinter ihm rückten die Leute sofort zusammen, spuckten und zischten ihm Verwünschungen nach, sodass der Junker es bald vorzog, sein Tempo zu beschleunigen und in der nächsten Gasse zu entschwinden.

Das Murren verebbte nur allmählich. Man ereiferte sich noch eine ganze Weile, tat seine Entrüstung kund und trank ausgiebig darauf.

Währenddessen schleppten ein paar Männer bereits heißes Wasser herbei. Mit schallenden Hauruck-Rufen drehten sie das Tier auf die Seite und schnitten ihm die Kehle durch. Einer der Blinden hielt den Eimer darunter. Das dampfende Blut floss über seine Finger, und er rührte emsig mit der Hand, bis der Strahl gänzlich versiegt war. Den ersten Schluck gönnte er sich selbst, dann wurde er herumgeführt und ließ auch seine Mitstreiter trinken.

Nach und nach zerstreuten sich die Schaulustigen zu anderen Lustbarkeiten, und die erschöpften Kämpfer hockten in kleinen Gruppen auf den umliegenden Türschwellen. Manche jammerten leise, manche prahlten mit ihren Heldentaten.

«Ich bin's», sagte Liron, bevor er sich zu seinem Nachbarn setzte. «Deine Schulter, ist es schlimm?»

«Das wird schon wieder, brauchst mich nicht nach Haus zu schleppen. Für die Prellung nehme ich den Schulterbraten mit, besser als ein Rippenstück. Hat ordentlich gekracht, was? Die Leute wollen schließlich etwas zu sehen bekommen. Am liebsten haben sie es, wenn man auf ihren Nebenmann losgeht. Vor zwei Jahren durfte ich das tun.» Er hielt sich ein Nasenloch zu und rotzte auf die Straße. «Aber der Neue, der kann auf seinen Anteil warten. Wenn er morgen überhaupt noch fähig ist, vom Lager zu krauchen.»

«War er es, der dich getroffen hat?»

«Nicht nur mich. Der Döspaddel hat Ernst gemacht, hat wohl geglaubt, er könnte das Vieh für sich allein gewinnen. So etwas schaukelt sich auf, jeder wehrt sich, alles geht durcheinander, böse Verletzungen dieses Jahr. Wegen so einem soll es schon Tote gegeben haben, ich meine, außer der Sau. Gut, dass der Junker Schluss gemacht hat. Mutiger Mann. Bloß, wenn den Leuten nichts geboten wird, dann kommen sie nicht wieder, und ohne Zuschauer stiftet keiner mehr ein Schwein.»

«Moment. Soll das heißen, ihr gebt normalerweise nur vor, euch zu schlagen? Das glaube ich nicht.»

Sein Nachbar feixte. «Denkst wohl, wir können ein Schwein nicht von einem Menschen unterscheiden, hä?»

Aber Liron hatte es selbst versucht, als er in der Menge

stand. Die Leute hatten gelärmt, dazu die Nebengeräusche, es war fast unmöglich gewesen, das Schwein zu orten.

«Mach die Augen zu», sagte der Blinde. «Und? Weißt du, wo ich bin?»

Liron musste lachen, die penetrante Lavendelwolke war unverkennbar.

«Kannst dich ruhig davonmachen, Liron. Kauf dir eine Heetwege.» Der Blinde kicherte anzüglich. «Es ist ein lübscher Liebeszauber. Du steckst das Hefewecklein unter die Achselhöhle und hältst es dort warm, es darf nämlich nicht abkühlen, bis du es deinem Opfer schenkst. Beißt die Auserwählte hinein, muss sie dir verfallen. Such dir aus, wen du willst, sei dreist, das lieben die Damen an Fastelabend. Einmal habe ich mir sogar eine Gräfin eingefangen, ungelogen.»

«Wenn du meinst», erwiderte Liron und erhob sich. «Dann sollte ich wohl gleich nach einer passenden Edeldame Ausschau halten.»

«Sie wird entzückt sein.»

Liron hatte das Gefühl, dass alle Welt über ihn feixte, als er vor der Bäckerbude stand und eine Heetwege verlangte. Das Wecklein duftete nach Kardamom und Zimt und nach gebackenen Rosinen. Es war weich und heiß. Viel zu heiß. Er würde sich die Achsel verbrennen. Auf offener Straße mochte er es nicht unter den Kittel schieben, darum drückte er sich kurz in einen Hofeingang, bevor er sich mit angeklemmtem Arm auf den Weg in die Fleischhauerstraße machte.

5. Kapitel

Alle waren fort.

Cäcilie hatte sich auf das stille Haus gefreut, doch jetzt saß sie zusammengekauert unter dem Dielentisch und wagte nicht, sich zu rühren.

Draußen tobten die Teufel vorbei. Sie kreischten und trommelten auf der Straße und bliesen auf Krummhörnern zum hitzigen Tanz. Horden aus der Hölle, immer mehr und mehr, wie Heuschrecken schwärmten sie aus, fielen über Mauern und Zäune in die Höfe ein. Im Garten waren sie auch. Sie starrten durch die Fenster, verzerrte Mäuler mit lüsternen Zungen hinter den grünen Scheiben.

Cäcilie presste ihren Kopf zwischen die Knie, schlang ihre Arme um die Beine und atmete den vertrauten Geruch in ihrem Schoß.

Jemand rüttelte an der Hintertür. Raschelte es auf dem Speicher? Oder kam das Geräusch von vorne, etwa aus der Stube? Vielleicht waren sie längst im Haus und warteten nur darauf, dass sie sich durch eine unbedachte Bewegung verriet.

Wenn wenigstens die Zimmertüren offen stünden.

Je angestrengter Cäcilie sich bemühte, nicht zu lauschen, desto ungestümer raste das Spektakel um sie herum.

Sie musste sofort damit aufhören, musste an etwas anderes denken. Ihr Blick wanderte zu ihren nackten Füßen hinunter und glitt über den unregelmäßigen Boden.

Etwas polterte gegen das Eingangsportal. Eine Frauenstimme gellte, Gelächter.

Unbedeutend. Nicht hinhören.

Nur die Pflastersteine auf dem Boden sollten wirklich sein. Cäcilie hatte sie nie gezählt. Eins, zwei, drei, vier, fünf … In den Laufflächen waren die Rundlinge blank und krumm getreten, dennoch blieben ihre Eigenarten bestehen. Achtundzwanzig, neunundzwanzig … Jeder schimmerte in seiner eigenen Färbung, jeder besaß ein eigenes Muster aus Streifen und glitzernden Einschlüssen. Und in der Marmorierung lebten bizarre Figuren.

Einige davon kannte Cäcilie gut, bei den Mahlzeiten starrte sie ja oft zu Boden. Die Gestalten stellten keine Ansprüche an sie, und Anteilnahme bedeutete ihnen nichts. Genauso wenig scherten sie sich darum, dass sie Tag für Tag getreten wurden. Sie schnitten Gesichter, drohten, kämpften, verbündeten sich und verrieten ihre Freunde, sobald das Licht ein wenig weiterwanderte. Sie wussten nicht einmal, dass direkt neben ihnen weitere Steine lagen, in denen ebenfalls Figuren lebten. Und keiner von ihnen ahnte, dass es eine Welt ganz außerhalb der Steine gab.

Das Gatter des Hühnerverschlags krachte. Gleich darauf stob das Federvieh laut flatternd auf dem Hof umher, gejagt von grölenden Fratzen.

Cäcilie fuhr hoch, ihr Kopf stieß gegen die Platte. Augenblicklich krümmte sie sich wieder zusammen.

Die Hühner – sie würden unter die Schlehen huschen und in den weichen Gräbern scharren.

Die Viecher würden ihre Puppen fressen.

Und sie konnte nicht hinaus, konnte nicht einmal rufen, auch wenn sie noch so sehr den Mund aufriss. Tränen schossen ihr in die Augen, aber der Schrei blieb stecken, er verdorrte in ihrer Kehle zu einem heiseren Fauchen.

Jetzt hörte sie Schritte auf der Eingangstreppe. Jemand rüttelte am Portal und klopfte vernehmlich.

Trine?

Gott sei Dank. Aber sie war ausgesperrt, Cäcilie hatte den Riegel zugeschoben, bevor sie unter den Tisch geflohen war.

Bebend kroch sie aus ihrem Versteck. Vor ihr lag der Flur, dunkel wie ein Tunnel. Wenn doch die Türen offen stünden.

Den Blick fest auf den Eingang geheftet, zwang Cäcilie sich vorwärts. Schritt für Schritt. Sie brauchte nichts weiter zu tun als den Riegel zu erreichen, dann würde alles Tosen um sie herum gleich nur noch Echo sein.

Liron hätte sich denken können, dass die Lübecker Besseres wussten, als am Fastelabend in der Stube zu hocken. Warum sollten ausgerechnet die Kortholts eine Ausnahme sein? Die Familie war nicht zu Hause – kein Laut, kein Licht, nichts rührte sich.

Völlig umsonst hatte er mit sich gehadert, sich mühsam Begrüßungsworte zurechtgelegt und sich eingeschärft, keinesfalls auf halber Treppe umzukehren. Da stand er nun fröstelnd vor der verschlossenen Tür und niemand würde ihm öffnen.

Verdrießlich betätigte er den eisernen Klopfer erneut.

Wie erwartet ergebnislos. Seine Heetwege würde er wohl selbst verspeisen müssen. Er hatte ohnehin nicht an den Zauberkram geglaubt. Gerade angelte er nach dem Gebäck, als ein Geräusch im Hause ihn zusammenfahren ließ. Ein Schreckenslaut – mit nichts zu vergleichen, nicht einzuordnen ob Mensch oder Tier.

Liron hieb mit der Faust gegen die Tür rüttelte an der Klinke.

Plötzlich ein hartes Schleifen, im nächsten Moment wurde der Türflügel aufgerissen.

Sie sah aus wie ein Geist.

In einem knielangen, weißen Gewand stand sie in dem dunklen Flur. Bleich war sie, die Lippen verzerrt.

Es musste ihre Stimme gewesen sein.

Dann war sie nicht stumm!

Mechanisch streckte er ihr die Heetwege entgegen. Noch in der Bewegung fand er die Geste absurd. All die schönen Worte, die er sagen wollte, hatte er vergessen und andere fielen ihm nicht ein. Er konnte sie nur ansehen und an den wehen Laut denken, den sie von sich gegeben hatte.

Das Mädchen blickte auf das Wecklein hinunter.

Auf einmal fasste sie sein Handgelenk, zog ihn hinein und warf die Türe zu. Dann rannte sie davon. Immer wieder drehte sie sich nach ihm um, mit schreckhaft geweiteten Augen.

Ratlos blieb Liron im Gang stehen.

Vom Hof drangen ausgelassene Stimmen und aufgeregtes Gegacker herein. Dort feierten sie wohl, deshalb hatte er das Haus für leer gehalten.

Er sollte verschwinden, bevor ihn jemand bemerkte. Was war ihm nur eingefallen, bei einer fremden Familie zu stören und die Tochter des Hauses beim Umkleiden zu begaffen. Doch als er sich zum Gehen wandte, schüttelte das Mädchen hektisch den Kopf. Sie lief zu ihm zurück, drängte ihn in Richtung Küche und deutete auf die Hintertür.

«Herr von Kortholt?», rief Liron gedämpft, um seine Anwesenheit kundzutun.

Draußen wurde es still. Nur noch vereinzeltes Hühnerglucken war zu hören. Durch die grünen Scheiben konnte er Schemen erkennen, die aber nicht näher kamen, sondern sich vom Haus entfernten.

«Herr von Kortholt», rief er erneut, obwohl er bereits ahnte, dass der Kaufmann sich nicht unter den Kerlen da draußen befand. Er schluckte und öffnete die Tür.

Der Garten glich einer Wildschweinsuhle. Zertrampelte Beete, der Holzstapel umgeworfen, Tonscherben überall und dazwischen flatternde Hennen. Am Ende des Hofes waren die Kerle soeben dabei, sich über die Mauer zu flüchten. Sie trugen obszöne Kostüme und Tiermasken, höchst passend für ihr Treiben.

«Verfluchte Feiglinge!» Die Heetwege in seiner Faust zerbröselte, ohne dass er es merkte. Er griff nach einem Scheit und schleuderte es zum Nachbargrundstück hinüber. Den Flüchen nach zu urteilen, musste sein Geschoss getroffen haben.

«Die haben hoffentlich genug.»

Die Kaufmannstochter lief an ihm vorbei. Mit bloßen Füßen sprang sie zwischen den Scherben umher und jagte den Hühnern nach. Sogar in die Büsche drängte sie sich, um die Tiere hervorzuscheuchen.

«Um Himmels willen, verehrtes Fräulein, überlasst das dem Gesinde.»

Sie bedachte ihn mit einem derart frostigen Blick, dass er sich bemüßigt fühlte, ihr zu helfen und seinerseits mit den Armen fuchtelnd über den Hof stolperte.

Vergeblich. Die Hühner flatterten in alle Richtungen, nur nicht in den Stall. Liron hatte bald genug von der sinnlosen Jagd. Er stützte die Hände auf die Schenkel und verschnaufte.

Auch sie hielt inne. Das Gestrüpp hatte ihr Arme und Beine zerkratzt, und sie fror bestimmt in ihrem Aufzug. Dennoch stand sie hoch aufgerichtet da. Sie blies sich eine Strähne aus dem Gesicht und schaute ihn mit ihren hellgrauen Augen herausfordernd an.

Er kannte nicht einmal ihren Namen.

Als er sich ertappte, dass er versonnen ihren schlanken Leib betrachtete, senkte er rasch die Lider und räusperte sich. «Die Tiere müssen sich beruhigen. In ein paar Minuten werden sie dem Futter nachlaufen, dann kann ich sie in ihr Gehege locken. Bitte, geht ins Haus, es ist viel zu kalt hier draußen.»

Doch sie blieb einfach stehen.

«Wie Ihr wollt.»

Langsam, um das Federvieh nicht erneut zu verschrecken, bewegte er sich auf den Hühnerverschlag zu. In einem Fass fand er trockene Brotkrumen, die er auf den Boden streute. Dabei gab er leise, gluckende Laute von sich, ähnlich wie es Hähne tun, wenn sie ihren Hennen einen besonders dicken Brocken zeigen wollen.

O Gott, wie lächerlich, sie mochte schweigen, aber sie war doch nicht taub. Er dämpfte seinen Ton und sah sich unauffällig nach ihr um. Doch sie achtete gar nicht auf ihn, sondern ging zielstrebig zum hinteren Teil des Gartens.

Zögerlich staksten die Hühner an ihm vorbei und pickten bald zufrieden. Er brauchte nur noch die zerborstenen Bretter des Gatters zu verkeilen.

Das Mädchen war mittlerweile hinter eine Schlehenhecke gekrochen. Sie kauerte von ihm abgewandt, sodass er nicht erkennen konnte, womit sie beschäftigt war. Nur ihren gerundeten Rücken sah er hinter dem Gewirr aus schwarzen Zweigen, einzelne Wirbel, die sich unter dem Stoff abzeichneten, und die markante Linie ihrer Schultern.

Was suchte sie dort? Und warum war sie nicht angekleidet? Wieso war sie allein zu Haus geblieben, während alle Welt sich lustig ausstaffierte und auf der Straße tanzte?

Er hätte ihre Stimme gerne noch einmal gehört, in Ruhe, sodass er sich auf den Laut konzentrieren konnte.

Und er hätte sie gerne umarmt.

Wenigstens eine warme Decke konnte er ihr umlegen.

Sonderbar in dem fremden Gebäude umherzugehen, in Ecken zu stöbern, Schränke und Kisten zu öffnen. Obwohl es sich um ein stattliches Kaufmannshaus handelte, kam es Liron weniger behaglich vor als Marikkes ärmliche Bude.

Vielleicht fehlte das Knistern des Herdes oder die Stimmen der Bewohner. Er klappte den Sitz der Wandbank hoch. Kerzenhalter, Holzschalen und ein zerbrochener Tiegel lagen darin, aber keine Decke.

Der Schreckensruf des Mädchens hatte ihn erschüttert. Ihr Laut war ganz blass gewesen, mehr Geräusch als Stimme. Dennoch, das Wenige an Farbe darin hatte ihn fasziniert. Er wusste genau, wie sie singen würde. Mezzosopran. Er glaubte sogar, sie hören zu können.

Das Knarren der Schranktür riss ihn aus seinen Gedanken. Falls er nicht bald etwas Passendes fand, würde sich das Mädchen in der Kälte die Schwindsucht holen.

Vorne neben dem Eingangsportal gab es noch zwei Räume, einer davon diente sicherlich als Kontor, der andere musste die Wohnstube sein.

Halt. Hatte es hinter der Tür geraschelt?

Jetzt wieder. Papier, als würden Schriftstücke durchgeblättert. Himmel, womöglich saß jemand schon die ganze Zeit in der Kammer, während Liron seelenruhig in den fremden Schränken gestöbert hatte.

Aber wenn dort jemand saß, hätte er bei dem Gelärme herauskommen müssen. Es sei denn, er wäre taub – oder eine Ratte.

Lautlos fasste er die Klinke, horchte noch einmal, und riss dann mit Schwung die Türe auf.

Ein spitzer Schrei ließ ihn zurückfahren.

«Keinen Schritt näher, ich warne dich!» Die junge Magd am Pult hatte wohl nach dem nächstbesten Gegenstand gegriffen und drohte ihm jetzt mit einer Stange Siegellack.

Ihr üppiger Busen bebte unter dem verrutschten Brusttuch.

Liron vermied es, nach dem scharfen Federmesser zu sehen, das schräg hinter ihr zwischen Büchern und Papieren auf dem Schreibpult lag, stattdessen bemühte er sich, ihrem Blick standzuhalten.

«Was hast du hier zu suchen?», keifte sie und stach die Siegelstange in seine Richtung.

Der Tonfall passte nicht. Er klang nach Rechtfertigung, nicht nach Empörung oder gar Furcht.

Liron verbeugte sich knapp. «Das hochgeehrte Fräulein von Kortholt –»

«Cäcilie! Wenn du ihr etwas getan hast …»

Schon war sie an ihm vorbeigerannt.

Cäcilie. Das also war ihr Name. Liron sprach die Silben leise nach, den metallischen Anlaut, die licht aufsteigende Mitte und dann den jubilierenden Ausklang. Der Name musste auf einer Violine entstanden sein. Und er war so einzig komponiert, dass sich kein anderes Wort daraus bilden ließ.

Cäcilie stand bereits in der Hoftür. Die Magd stürzte auf sie zu. Knapp vor ihr blieb sie stehen und musterte die zerkratzte Gestalt im Unterkleid.

«Dieses Schwein.»

Sie nahm Cäcilie in die Arme, hielt sie umfangen, und hielt sich gleichzeitig an ihr fest. «Keine Angst, jetzt sind wir zu zweit. Wir rufen die Wachen.»

Die beiden Frauen so innig zu sehen, löste einen befremdlichen Schmerz in Liron aus, der ihn völlig unerwartet traf.

Cäcilie wand sich sanft aus der Umarmung.

Die Magd protestierte. «Aber du blutest, deine Beine, deine Hand. Das kannst du dir nicht alles selbst zugefügt haben.» Sie strich ihr das Haar aus dem Gesicht und sah ihr in die Augen. «Oder doch? Trotzdem, wer weiß, was der Kerl hier wollte. Wenn ich nicht zufällig hereingekommen wäre, hätte er das ganze Haus ausräumen können. Außerdem hat er dich begafft. Er tut es noch. Der erregt sich doch an deinem Aufzug, allein dafür gehört er an den Pranger.»

«Nicht so eilig mit dem Pranger.» Liron schritt auf die beiden Frauen zu und reichte der Magd die Hand zum Gruß. «Liron Dulzian. Der Junker hat mich eingeladen. Ich bin kein Räuber, im Gegenteil, ich habe soeben ein paar Lumpen aus dem Garten vertrieben, die eure Hühner stehlen wollten.»

Die Magd sah abwechselnd zu ihm und zu Cäcilie. Schließlich nahm sie seine Hand. «Trine Hildebrands.»

Liron bemühte sich zu lächeln. «Ich nehme an, das hochwohlgeborene Fräulein möchte sich jetzt ankleiden. Inzwischen werde ich mich um ein Feuer kümmern.»

Als sei es das Selbstverständlichste der Welt, wandte er sich dem Herd zu und stocherte in der kalten Asche.

Die Magd tuschelte Cäcilie etwas zu. Besonders dezent war ihr Flüstern nicht, Liron konnte fast jedes Wort verstehen. Sie wage nicht recht, den Fremden unbeaufsichtigt zu lassen, wenn er sich nun an den Schränken bediene oder sich gar in die Dornse schlich und wichtige Papiere stahl.

Die Magd war im Kontor gewesen, nicht er. Und sie hatte in den Papieren gewühlt.

Er horchte den Schritten auf der Treppe nach. Barfüßiges Tapsen und grobe Holzsohlen. Genauso schief getretene Schuhe waren am Sonntagmorgen durch die Straßen geklappert, in aller Früh, im Nebel. Hatte der Zimmerer nicht noch am gleichen Tag geprahlt, Kortholts Magd verführt zu haben? ‹Das Süßgesicht wird mir verraten, was im Hause vor sich geht. Bald haben wir den Beweis, und dann schlagen wir zu.›

Liron musste unbedingt mit Thiedemann darüber sprechen. Auf jeden Fall wollte er bleiben, bis die Familie heimkehrte.

Als die Magd herunterkam, prasselte bereits ein Feuer im Herd. Liron hatte sich an den Tisch gesetzt, und sie ließ sich ihm gegenüber nieder.

«Entschuldige, dass ich dir nichts anbiete. Der Speicher steht zwar voller Bierfässer, aber keins davon ist angestochen, und von dem Wein darf ich nichts nehmen, das würde die Frau sofort bemerken. Möchtest du vielleicht Wasser?»

«Danke, nicht nötig», antwortete Liron kühl.

Sie stützte die Ellenbogen auf und legte ihre Stirn in die

Hände. «Was soll ich jetzt machen? Ich habe meinem Verlobten versprochen, ihn beim Tanz zu treffen. Und nun sind alle fort. Cäcilie muss ziemlich verstört gewesen sein, so ganz allein im Haus. Ich glaube, sie hat sich vor Angst in die Hand gebissen. Die Wunde geht richtig tief ins Fleisch, und man kann Zahnabdrücke erkennen. Zum Glück hat sie sich jetzt beruhigt, sie wird gleich kommen.»

Abrupt hob sie den Kopf und blickte Liron über ihre Finger hinweg in die Augen. «Du darfst niemandem davon erzählen. Schwöre!»

«Was für ein Pech, dass ich nicht auch stumm bin wie deine junge Herrin, stimmt's? Was soll ich denn nicht verraten? Dass du dich davonschleichst, um zu buhlen, sobald man dir den Rücken kehrt?»

«Ich meine die Bisswunde. Cäcilie könnte doch genauso gut gestürzt sein. Ich habe ihr einen Verband um die Hand gewickelt, sodass nichts mehr zu sehen ist. Du darfst sie nicht verraten. Frau Grethke redet schon seit längerem davon, sie in ein Kloster zu stecken. Dort sei sie besser aufgehoben als hier, wo man ihr die närrischen Flausen durchgehen lässt. Aber Cäcilie ist nicht närrisch. Sie ist nur stumm und kann eben nicht erklären, was sie tut.»

Trine ließ die Hände sinken. «Versprich mir, dass du nichts sagst. Bitte.»

Liron nickte. Er konnte nicht anders, als der Sorge in ihrer Stimme zu glauben.

Sichtlich erleichtert atmete sie auf. «Übrigens ist heute mein freier Tag, der erste seit Wochen, nicht dass du denkst, ich würde heimlich ausgehen. Aber jetzt bleibe ich natürlich. Gern sogar, bei so angenehmer Gesellschaft.»

Ihre Hand glitt über das schwere Tischtuch, als wollte sie unsichtbare Falten herausstreichen. Dann spielte sie mit einem Kringellöckchen über ihrem Ohr und schob ihre Ellenbogen näher an den Leib, sodass ihre Brüste nach vorne gedrückt wurden. «Waren es viele Kerle, die du verjagen musstest? Ein Mann im Haus ist doch etwas anderes als eine Magd. Ich hätte ja nur die Nachbarschaft zusammenschreien können, und die arme Cäcilie kann nicht einmal das.»

Doch, sie konnte, sie hatte es getan. Liron spürte, dass er lächelte und räusperte sich. «Ist sie denn immer stumm gewesen?»

Aufreizend langsam strich Trine mit den Fingern über das Muster des Tischteppichs. «Früher war alles anders. Ich bin aber nicht durchgehend im Haus beschäftigt gewesen. Während Hinrich monatelang auf See war, führte Ratsherr Görgen hier das Regiment. Der ist gleich ganz eingezogen und hat seine eigenen Bediensteten mitgebracht.» Dann beugte sie sich vor und raunte: «Die Nachbarn sagen, es gab ein grauenhaftes Wehgeschrei, als Cäcilie ihre Stimme verlor. Das war genau an dem Tag, als die große Glocke von St. Marien zerbrach. Ja, die Glocke hat sie zum Schweigen gebracht. Da brauchte man mich wieder, Cäcilie war so matt, dass sie nicht einmal mehr essen wollte. Ich hatte sie schon fast bei Kräften, da lässt dieser Ratsherr doch einen Wagen voller Scherben ankarren ...»

Mit einem Knall flog die Haustür auf.

Thiedemann stürzte herein, mit ihm drang Straßenlärm und nasser Wind ins Haus. Er schob von innen den Riegel vor, lehnte seine Stirn gegen das Holz und lauschte. Sein Haar stand wirr vom Kopf ab, der Kragen war verrutscht und sein roter Umhang hing in schmutzigen Fetzen herab.

Trine schlug die Hand vor den Mund. Ihre Augen wurden noch ein wenig größer, als sie ohnehin schon waren.

Immer noch zur Tür gewandt, entspannte sich der Junker allmählich und richtete sich auf. Er fuhr sich mit den Händen über die Schläfen, legte den Kopf in den Nacken und ließ sein Haar nach hinten fallen. Dann erst drehte er sich um. Aufrecht durchschritt er den Flur, doch die hohen Absätze seiner Stulpenstiefel holperten arhythmisch auf dem Rundsteinpflaster.

«Es freut mich, dass du meiner Einladung bereits gefolgt bist, mein Freund. Leider wurde ich ... äh, aufgehalten. Onkel und Tante sind ausgeflogen?»

Thiedemann blickte nach oben, denn Cäcilie war auf der Treppe erschienen. Ihr leidenschaftlicher Ausdruck war fort, die ganze Erscheinung hatte sich gewandelt. Das Haar hatte sie sich streng aus der Stirn gekämmt. Einer Rüstung gleich verdeckte ihr breiter Kragen Brust und Schultern, und das Kleid war so hart gebügelt, dass Liron meinte, den Stoff knarren zu hören.

Der Junker warf ihr eine Kusshand zu. «Wie reizend, dich manierlich vorzufinden, Cousine. Frisch siehst du aus, fehlt nur noch ein Lächeln. Schau mich dagegen an.» Er fasste seinen zerrissenen Umhang an den Kanten und zog ihn weit auseinander. «Tja, und mein Hut schwimmt in der Wakenitz. Du hast ein bravouröses Spektakel verpasst. Normalerweise rufen die Spiele der Zirkelbrüder ja keine Jubelstürme hervor, schon gar nicht, wenn der ausgeloste Bruder sparen will und das Stück höchstpersönlich dichtet. Aber dieses Jahr geriet es unerwartet dramatisch. Ich gestehe, es war meine Schuld, seit heute Morgen bin ich wohl etwas unbeliebt in der Stadt. Als der Pöbel mich auf dem Fastnachtswagen stehen sah, folgte die großzügige Vergütung in Form von fliegenden Naturalien.»

Trine prustete, was den Junker veranlasste, sich übertrieben vor ihr zu verbeugen.

«Ich selbst nahm den Tribut natürlich wie eine eherne Statue entgegen», fuhr er fort, «aber die Pferde, die Pferde … um ein Haar wären sie mit dem Wagen durchgegangen. Ich musste mich opfern und hinunterspringen, direkt in die Meute hinein. Das Gesindel hat mich doch tatsächlich bis vor die Haustür verfolgt.» Mit einem Blick auf Liron fügte er grinsend hinzu: «Dieses Mal hätte ich deine Fäuste wahrhaftig gebrauchen können.»

«Jederzeit zu Diensten, Herr von Kortholt. Falls Ihr in den nächsten Tagen Leibwächter benötigt, wüsste ich noch einen. Mein Zimmernachbar ist so breit, dass …»

«Ach was, morgen ist die Angelegenheit vergessen.» Der Junker sah an sich hinunter. «Im Moment habe ich größere Sorgen. So kann ich mich in der Zirkelgesellschaft nicht blicken lassen. Die gesamte Familie wird dort sein, einschließlich Vater.»

Er wandte sich zur Treppe, nahm zwei Stufen auf einmal und ergriff Cäcilies Hände. «Du hilfst mir, ja?»

Cäcilie bewegte kaum sichtbar die Lider, woraufhin der Junker sie stürmisch an sich zog und sie auf die Wange küsste.

«Liron, komm rauf», rief er. «Meine Kammerdiener sind leider verhindert.»

Die erste Etage war kein wirkliches Stockwerk, sondern bestand aus einer hängenden Holzempore, die einseitig in die hohe Diele gebaut worden war. Entsprechend beengt und düster wirkten die einzelnen Kammern. Immerhin fingen sie die Wärme des Herdes auf.

Als Thiedemann zielstrebig auf das elterliche Schlafgemach zuschritt, kam auch Trine heraufgelaufen und drängte sich an Liron vorbei.

«Aber das geht nicht, Herr von Kortholt, das könnt Ihr nicht tun.»

«Wie du siehst, kann ich durchaus», gab der Junker zurück und stürmte das eheliche Gemach.

Es lag genau über der Dornse, und das lange Fenster der Vorderfront ließ ein wenig Licht herein. Bei der Tür stand ein abgewetzter Stuhl und daneben eine Kastentruhe. Tiegel und Kerzen lagen darauf, dazwischen eine vernachlässigte Cister mit Spinnweben unter den Saiten. Fast den ganzen Rest des Raumes nahm das Bett mit seinen angestaubten Vorhängen ein, sodass vom Fußende bis zum Schrank nur eine knappe Elle Bodenfläche übrig blieb.

Kurzerhand stieg Thiedemann auf die Schlafstatt und öffnete den Schrank von dort aus. Cäcilie kletterte hinter ihm her. Sie saß sehr aufrecht in den Kissen, den Kopf erhoben, die Hände sittsam in den Schoß gelegt. Bei jeder Bewegung des Junkers wippte sie ein wenig.

«Schlimmer als die Soldaten», murrte Trine. «Nicht einmal die Schuhe haben sich die Herrschaften ausgezogen.»

Ein Kleidungsstück nach dem anderen riss Thiedemann heraus. Nach einem fragenden Blick zu Cäcilie warf er die Sachen hinter sich. Trine kam kaum nach, sie wieder einzusammeln.

«Schwarz, schwarz, alles schwarz.» Der Junker hielt seinen neuesten Fund in die Höhe. «Was soll das sein, ein Rübensack? In einem solchen Wams würde ich mich verlaufen. Wo, zum Henker, sind Hinrichs Rheingrafenhosen?»

Während er weiterwühlte, rutschte Cäcilie zur Kante und legte der Magd die Hand auf den Arm. Trine verdrehte die Augen. «Na gut, wie du willst. Der junge Herr gibt sonst wohl keine Ruhe.» Sie räumte die Kastentruhe frei und zog zum Schluss die Decke herunter. «Bitte sehr.»

«Trine, du bist ein Schatz!» Thiedemann kam sogleich über das Bett gesprungen und klappte den Deckel auf.

«Ah, genau das habe ich gesucht. Keine Sorge, Mädchen, mein Onkel hat mich bereits eingekleidet, als ich noch sein Lehrling war, Tradition sozusagen. Grün steht ihm auch gar nicht, die Farbe lässt ihn fahl aussehen. Außerdem passt Hinrich beim besten Willen nicht mehr in dieses Atlasgewand, da müsste er schon reichlich abmagern. Und so bettelarm kann mein Vater ihn nun doch nicht werden lassen.»

Er streifte sich den Umhang von den Schultern und löste seinen Kragen. «Jetzt aber raus mit euch Weibern, ihr dürft mich bewundern, wenn das Meisterwerk vollendet ist.»

Neben dem Junker im Schlafgemach eines Kaufmanns, den er ein einziges Mal gesehen hatte, fühlte sich Liron gänzlich fehl am Platz. «Verzeiht Euer Wohlgeboren, aber ich werde Euch keine große Hilfe sein. Ich habe nicht die geringste Erfahrung als Kammerdiener.»

«Ja und? Ich auch nicht.» Thiedemann stand mit bloßem Oberkörper da und wählte mit Bedacht ein paar dunkelgrün schimmernde Stücke aus der Truhe.

«Heute Abend gebe ich die Schlange, gefährliche Verführung aus der überquellenden Fruchtbarkeit des Dschungels. Das Haar lege ich am besten mit Öl glatt nach hinten, und ich muss mir Hohlwangen schminken. Schade eigentlich, dass du kein Mohr bist, dann könnte ich dich mitnehmen.»

Er ließ sich auf den Stuhl fallen und streckte auffordernd seine Füße aus. Die überlegene Haltung täuschte, während Liron sich mit den Stiefeln mühte, ging Thiedemanns Atem schnell und flach.

«Hast du meine Cousine wiedererkannt?», fragte er unvermittelt. «Ich nicht. Neuerdings wirken ihre Augen viel lebendiger, sie beachtet, was um sie herum geschieht und nimmt wieder teil. Ich glaube sogar, eine Spur Farbe auf ihren Wangen bemerkt zu haben. – Auf deinen übrigens auch.»

Liron ließ den Stiefel fallen. «Ich bin nur Eurer Einladung gefolgt, Herr von Kortholt, und wurde eingelassen, weil sich auf dem Hof Betrunkene herumtrieben. Es gab bestimmt keine unschickliche …»

«Hör auf, ich habe nichts dergleichen angenommen. Wenn Trine Hilfe brauchte, war es völlig in Ordnung, dich darum zu bitten.»

«Trine? Ich meinte eigentlich …»

«Ich verstehe. Cäcilie hat dir geöffnet.»

Plötzlich schoss der Junker vor und packte Liron am Hemd. «Ich warne dich. Meine Cousine ist kein bedauernswertes Geschöpf, dem man als Lohn für Freudenstunden zwei, drei Brocken Mitleid hinwirft. Falls du sie jemals verletzen solltest, falls nur ein winziger Schatten Schande auf sie fällt, werde ich dich schneller niederstrecken als das Schwein heute Morgen. Glaube mir, ich werde zur Stelle sein.»

Genauso plötzlich ließ er ihn wieder los. «Das wäre gesagt.» Mit schief gelegtem Kopf zupfte er Lirons Hemd zurecht.

Liron biss die Zähne zusammen. Ein einziges Zupfen noch, und er hätte den Junker zu Boden geschlagen.

«Du riechst nach Zimt und Kardamom», sagte der. «Ganz passabel.» Darauf widmete er sich wieder seiner eigenen Erscheinung.

«Verehrter Herr von Kortholt, ich habe nicht die Absicht, Eurer Cousine wehzutun. Außerdem war das hochwohlgeborene Fräulein nicht allein, die Magd ist die ganze Zeit in der Dornse gewesen, Ihr habt also keinen Grund, irgendeine Schande zu vermuten.»

«In der Dornse? Unsinn, nicht einmal Tante Grethke darf das Kontor betreten.» Thiedemann schnupperte an den seidenen Strümpfen und verzog das Gesicht. «Du brauchst mir nichts vorzumachen, ich weiß genau, wie du Cäcilie vorgefunden hast, den delikaten Anblick kennen wir alle zur Genüge. Umso mehr wundert es mich, dass sie nun angekleidet ist. Gib mir das Hemd.»

«Stimmt es, dass Eure Cousine bei einem Glockenbruch ihre Stimme verlor?»

«Ach, ist dir das auch schon zu Ohren gekommen? Ich weiß es nicht. Als Hinrich mich ins Haus nahm, war Cäcilie noch ein rechtes Plappermaul. Und scharfzüngig dazu, der Kleinen hat niemand so leicht den Schneid abgekauft, nicht einmal ich. Wahrhaftig ein zäher Gegner mit ihren fünf, sechs Jahren.»

Thiedemann ließ seine Hand durch den gerüschten Ärmel gleiten. «Damals bin ich noch dürr und picklig gewesen. Kaum zu glauben, oder? Ich habe mich selbst verabscheut, und mehr noch hasste ich die Stadt. Oh ja, ich war fest entschlossen, auf dem erstbesten Fernsegler anzuheuern.»

Er schnalzte mit der Zunge. «Wenn die naseweise Göre mir nicht nachgeschlichen wäre, hätte ich das sicher auch getan. Aber sie tapste einfach hinter mir her und bestand darauf, mich zu begleiten. Ihr Reisebündel für die große Fahrt bestand aus einem Kopfkissen und einem gestohlenen Apfelkuchen.»

Das Lächeln verschwand ganz allmählich aus Thiedemanns Gesicht. «Sie ist mir wie eine Schwester geworden, ein Seelenspiegel. Wir waren uns in vielen Dingen ähnlich. Trotzdem bin ich nicht bei ihr gewesen, als sie mich brauchte.»

«Was ist geschehen?»

«Wenn ich das wüsste. Vater besaß Anteile an einem Westindienfahrer, verderbliche Ware aus Afrika, du verstehst. Über ein Jahr war ich mit Hinrich auf See, während Vater sich hier in Lübeck um alles kümmern sollte. Er ist ein unbeugsamer, willensstarker Mann. Dennoch gab es das fröhliche Mädchen bei unserer Rückkehr nicht mehr.»

Umständlich zwängte er sich in das glänzende Wams. Dazu musste er seine Schultern nach hinten drücken, sonst wäre der Stoff wohl am Rücken zerrissen. «Passt tadellos», bemerkte er und zerrte die gefältelten Ärmel in die richtige Lage. «Damals bin nicht bei ihr gewesen, aber ich schwöre dir, das wird nie wieder geschehen.»

Liron wandte sich ab. «Heißt das, Ihr werdet …, ich meine, Euer Onkel wünscht, dass Ihr Euch vermählt.»

«Heiraten, ich? Warum sollte ich mich freiwillig fesseln lassen? Komm, hilf mir. Die Hosenfalten müssen gleichmäßig breit um die Schenkel stehen, aber wenn ich mich vorbeuge, um sie am Bein zu schnüren, werden sie nachher hinten zu lang.»

Liron atmete auf und ließ sich auf die Knie nieder. Es ging ihn natürlich gar nichts an, ob Cäcilie sich vermählte oder nicht. Doch er hatte ihre Stimme gehört, er kannte einen Teil von ihr, der allen anderen verborgen blieb, und fühlte sich ihr dadurch nahe.

Die Stoffmengen erwiesen sich als äußerst eigenwillig und glitten ihm immer wieder aus den Fingern. Was für ein überflüssiger Irrsinn. Die Vornehmen konnten ihm fast leidtun, wenn sie ohne stundenlange Vorbereitung nicht auf die Straße treten mochten. Gefangene im eigenen Kleidergeraschel.

Durfte Liron überhaupt für sich behalten, dass er Cäcilies Stimme gehört hatte? Der Junker liebte seine Cousine, das war deutlich. Vielleicht war eine Genesung möglich, wenn nur die richtigen Schritte eingeleitet wurden. Während Liron gedankenverloren an den wohlgeborenen Schenkeln herumhantierte, stand Thiedemann geduldig still, hielt die Arme erhoben und rieb seine Fingerspitzen aneinander, sodass es klang, als ob er feines Leinen auf Knoten überprüfte.

«Du bist dir hoffentlich im Klaren, dass du mir einiges schuldest, Dulzian», sagte er unvermittelt. «Du hast eine hohe Zuwendung angenommen und die Stellung an der Orgel verdankst du ebenfalls mir. Natürlich erwarte ich, dass du dich erkenntlich zeigst.»

«Ich wollte Euch alles zurückzahlen. Wenn Ihr erlaubt, in Raten, sobald Tunder mich …»

«Zu spät, mein Lieber, angenommen ist angenommen. Ich möchte, dass du mit Cäcilie musizierst, Laute, Flöte, Spinett, was immer ihr gefällt. Hauptsache, es macht ihr Freude und lenkt sie von dem Elend in diesem Haus ab.»

«Wie kommt Ihr ausgerechnet auf mich?»

«Das fragst du noch? Immerhin war es deine Idee. Ich hatte fast vergessen, wie glücklich meine Mutter war, wenn sie Cembalo spielen konnte. Sie spielte sich einfach aus ihrem Kummer heraus. Vielleicht findet Cäcilie ebenfalls eine offene Tür in der Musik. Bringe sie zum Klingen.»

Lirons Ohren wurden heiß. Allein die Vorstellung, hinter Cäcilie zu stehen und ihre Hände auf den Tasten zu führen, ließ ihn angenehm erschaudern. Er riss sich zusammen und zog die Bänder über dem Knie des Junkers fest.

«Was tust du? Willst du mir das Blut abschnüren?»

«Verzeihung.» Liron erhob sich. «Euer Vertrauen ehrt mich, Herr von Kortholt, aber ich bin kein besonders guter Musiker. Alles, was ich kann, habe ich mir abgeguckt oder herausgehört. Ich bin derjenige, der Unterricht nötig hätte.»

In Wahrheit fürchtete er jedoch viel mehr Cäcilies Ansicht zu Thiedemanns Plan. Wenn sie nun nicht wollte? Wenn seine Anwesenheit ihr unangenehm war oder sie von Musik gar nichts hielt?

«Du sollst ja keine Virtuosin aus ihr machen. Denk gar nicht erst daran, mir den Gefallen abzuschlagen. Tunder käme sehr gut ohne dich zurecht, der Hafen übrigens auch. Ein Fingerschnipsen von mir ist weit zu hören.»

Oh ja, das konnten sie, die Pfeffersäcke, aus einer Laune heraus pickten sie sich einen Günstling aus dem Dreck und stießen nebenbei sein Leben um. Besser man hielt sich fern. Eben noch hätte Liron den Junker fast gemocht, jetzt war ihm seine Arroganz unerträglich.

«Ihr habt keinen Grund zu drohen, Herr von Kortholt. Ich kann mir keine angenehmere Aufgabe vorstellen, als mit Eurer Cousine zu musizieren. Wie müsst Ihr sie verachten, wenn Ihr glaubt, nur Zwang könnte mich dazu bewegen. Ich jedenfalls schätze sie zu sehr, als dass ich über ihren Kopf hinweg irgendetwas zusagen will.»

Thiedemanns Wange zuckte und seine Augen wurden schmal. Plötzlich blickte er zum Fenster. «Regnet es etwa? Ich kann unmöglich durchnässt in der Zirkelgesellschaft erscheinen. Trine!»

Vor der Tür war Flüstern zu hören. Die Magd hatte nicht allein gelauscht, als die Tür aufging, sah Liron Cäcilies Schatten davonhuschen.

«Lauf in die Königstraße», befahl der Junker. «Die Kutsche meines Vaters muss irgendwo beim Gesellschaftshaus stehen. In der nächsten halben Stunde brauche ich sie hier.»

«Heute ist mein freier Tag.»

«Nimm dich in Acht, Mädchen, sonst hast du bald jeden Tag frei. Wem willst du dann weismachen, dass du am Sonnabend Waschtag hättest?»

Trine riss die Augen auf. «Aber im Winter wasche ich immer samstags, Herr. Fragt in der Dröge. Dort wird jede Menge Feuer gemacht, um die Schiffstaue zu trocknen. Ob Ihr es glaubt oder nicht, dort gibt es hilfsbereite Männer, die mir erlauben, meine Wäsche in der Wärme aufzuhängen. Das geht natürlich erst am Samstag, an anderen Tagen arbeiten sie ja.»

«Mach lieber, dass du loskommst, bevor mir noch ganz andere Fragen einfallen.»

Trine lächelte süß, knickste und wollte sich gerade aufmachen, als Cäcilie ihr in den Weg trat. Mit unbewegter Miene musterte die Kaufmannstochter ihren Cousin.

Thiedemann breitete die Arme aus. Er war ein glänzend grünes Kunstwerk aus raschelndem Brokat, umrauscht von Rüschen und knisternder Spitze. «Ich bitte dich, Cäcilie, lass sie gehen. Eine hübsche Magd gewinnt durchaus an Reizen, wenn ein regennasses Kleid sich um ihre Kurven schmiegt. Mich dagegen wird man einen Flegel schimpfen, wenn ich meine Komplimente im wahrsten Sinne des Wortes triefend vortragen muss. Ich werde keinen guten Eindruck hinterlassen, sondern höchstens ein paar Pfützen.»

Als Trine darüber lachte, hob der Junker die Brauen. «Du glaubst wohl, weil du selber sorglos feiern darfst, ginge auch unsereins zum Vergnügen auf solche Feste. Oh nein, dort werden Verbindungen geknüpft, Konkurrenten verleumdet und Informationen erlauscht. Dort wird ausgespäht, wer noch kreditwürdig ist und wer es schon nötig hat zu protzen. Ein verpatzter Auftritt wäre nicht nur für mich äußerst peinlich, die ganze Familie hätte darunter zu leiden. Und gerade Hinrich ist auf das Wohlwollen der Gesellschaft angewiesen. Wenn seine Lagerräume noch lange leer stehen, wird er sich bald keine Magd mehr leisten können.»

Liron horchte auf. Was war mit den vielen Bierfässern auf dem Speicher, von denen Trine geredet hatte?

«Ich gehe ja schon», sagte sie. «Ich hole mir nur meinen Umhang. Ich lege nämlich keinen Wert auf nasse Kleider, die sich um meine Hüften schmiegen. So etwas habe ich nicht nötig.»

Sobald sie den Raum verlassen hatte, ließ Thiedemann sich rücklings aufs Bett fallen und stöhnte. Cäcilie setzte sich neben ihn.

«Kommst du mit, meine Liebe?», fragte er und tastete nach ihrer Hand, die reglos unter der seinen liegen blieb. Thiedemann drückte sie trotzdem. «Begleite mich, sonst bin ich in großer Gefahr. Heute werden die Damen ihre Dekolletés enthüllen und wunderbarerweise ihre langweiligen Mienen hinter Masken verstecken.»

Unvermittelt richtete er sich auf. «Wenn du nicht willst, muss Liron mitkommen. Das wird ein Spaß. Nur schade, dass er kein Mohr ist. Trine warte, kratz ein bisschen Ruß aus dem Herd, bevor du gehst.»

Liron schüttelte entschieden den Kopf. «Die Königstraße liegt auf meinem Weg, wenn Ihr wollt, gebe ich dem Kutscher Bescheid.»

Cäcilie schloss die Tür hinter Thiedemann. Sie lauschte eine Weile auf das Gerappel des Fuhrwerks und wandte sich dann der dunklen Diele zu.

Nein, ganz dunkel war es nicht. Das Feuer knackte und verbreitete einen schwachen, roten Schein.

Der Fremde hatte es angezündet.

Liron.

Sie legte einen neuen Scheit in die Glut und hielt ihre Hände an die warmen Ziegel. Gerne hätte sie auch ihren Leib dagegen geschmiegt.

Ob er wohl wiederkam?

Er musste. Vaters alter Loden war schließlich nur geliehen, weil es so sehr regnete. Der Mantel passte ihm nicht richtig, er spannte an seinen Schultern. Außerdem wusste er sich nicht darin zu bewegen, schob sich die Ärmel hoch wie ein schwitzender Hafenknecht, der er ja auch war. Aber den Hut konnte er tragen. Die dunkle Farbe betonte sein rötlichbraunes Haar.

Cäcilie bemerkte, dass sie lächelte, und sie kämpfte nicht dagegen an. Musizieren sollte er mit ihr, sie zum Klingen bringen. Sie stellte sich eine Violine vor, die er behutsam mit dem Bogen anstrich. Sie fröstelte, ein überraschend angenehmes Frösteln, das nicht das Geringste mit Kälte zu tun hatte.

Oben schimpfte Trine vor sich hin.

Die Arme hatte sich so sehr auf den Tanz gefreut und war dennoch geblieben. Cäcilie sollte ihre Freundin erlösen, aufräumen konnte sie auch selbst.

Sie horchte in sich hinein, ob irgendwo in ihr noch Furcht lauerte. Dann hob sie ihren Rock ein wenig an und schritt die Treppe hinauf.

Auf jeder Stufe gab sie Acht, dass ihr Fuß nicht zu weit unter dem Saum hervorglitt. Den Hals hielt sie in einem graziösen Schwanenbogen, wie sie fand, und die Schultern drückte sie zierlich nach unten. Wenn sie wollte, konnte sie mühelos wie eine Prinzessin einherschreiten, und sie stellte sich vor, dass Liron ihr dabei zusah.

Als sie sich dem elterlichen Schlafgemach näherte, gab sie die Haltung wieder auf und schleuderte die Pantoffeln von den Füßen.

Trine drehte sich zu ihr um. «Musst du mich so erschrecken», sagte sie und stopfte die herausgezerrten Taschen in Vaters Sonntagswams.

«Frau Grethke wird sich grämen, wenn nicht alles die gewohnte Ordnung hat, daran denkt der feine Junker natürlich nicht.»

Cäcilie sah zu, wie ihre Freundin die verstreuten Sachen zusammenlegte.

Überlass das mir, geh zu deinem Claas, dachte sie.

Sie dachte die Worte mehrmals und so intensiv, dass ihr der Kopf davon dröhnte.

Aber Trine merkte nichts.

Liron hatte besser hingehört, er hatte sich zumindest bemüht, sie zu verstehen, und es war ihm erstaunlich gut geglückt. Wenn sie darüber nachdachte, kannte sie niemanden sonst, der überhaupt in Erwägung zog, dass sie, die Stumme, etwas mitzuteilen hätte. Sogar ihren Hilferuf hatte er vernommen.

Unsinn, das war Zufall gewesen, sonst nichts.

Trine strich schon seit einer ganzen Weile über den Samtbesatz des Caffas, der über ihrem Arm lag. «Glaubst du an Fügung, Cäcilie? Vorhin habe ich noch alle Welt verwünscht, weil ich ausgerechnet zu Fastelabend im Haus festsitzen sollte. Claas wartet sicher längst auf mich. Ob er wohl wütend ist? Wenn ich nur wüsste, warum er sich so sehr für Herrn Hinrichs Geschäfte interessiert, sogar nach der Ware auf dem Speicher hat er mich gefragt. Als ob ich ihm so etwas erzählen würde.»

Sie lachte leise und senkte die Stimme. «Hast du Lirons Unterarme gesehen? Der kann zupacken, das sag ich dir. Findest du, er würde vielleicht besser zu mir passen als der Zimmerer?»

Cäcilie nahm ihr den Mantel weg und warf ihn in den Schrank. Das nächste Stück, das Trine aufheben wollte, riss sie ihr unsanft aus den Händen.

Trine zuckte zurück. Zwei lange Ratscher von Cäcilies Fingernägeln glühten auf ihrem Handrücken.

«Bist du närrisch geworden?» Ihr Kinn zitterte, schon flossen die ersten Tränen.

Sie sah hässlich aus, stellte Cäcilie mit Befremden fest. In dem üppigen Frauenleib steckte ein trotziges, selbstgefälliges Kind, das alles Spielzeug für sich selbst beanspruchte. Cäcilie hätte sie trösten müssen. Was war auf einmal so schwer daran, die Freundin in den Arm zu nehmen und ihr die Wangen abzutrocknen? Aber sie konnte nicht.

Und wenn Trine recht hatte, wenn Cäcilie tatsächlich närrisch geworden war? Wie sonst sollte es möglich sein, dass ein dahergelaufener Tagelöhner durch seine bloße Anwesenheit all ihre Gedanken fesselte und sogar bewirkte, dass sie ihrer einzigen Vertrauten wehtat. War es etwa nicht närrisch anzunehmen, der Fremde könne ihre Gedanken hören? Was hatte er schon getan? Er war zufällig hereingeschneit, war auf den Hof gelaufen, hatte gebrüllt und ein Stück Holz über die Mauer geworfen. Eine Heldentat, wahrhaftig.

Aber sein Lächeln, das konnte sie sich doch nicht eingebildet haben.

Natürlich war das Lächeln echt gewesen, welcher Kerl

hätte nicht gegrinst, wenn eine halbnackte Kaufmannstochter vor seinen Augen durch den Garten hüpfte.

Sie griff nach dem Bettpfosten.

«Cäcilie, ist dir nicht gut?»

Mutter wusste längst, wie es um sie stand. Auch ihr Onkel hatte deutlich genug vor den Folgen ihres Irrsinns gewarnt. Was, wenn er recht behielt?

Ihr Daumenballen pochte unter dem Verband. Es war nicht das erste Mal, dass sie sich verletzt hatte. Der Schmerz machte ihr nichts aus, manchmal begrüßte sie ihn sogar. Aber jetzt blutete nicht nur sie selbst, jetzt blutete auch Trine. Ihretwegen.

Einmal hatte ihre Unbeherrschtheit vielleicht sogar schon den Tod gebracht.

Sie klammerte sich fester an das Holz.

«Was hast du nur, Cäcilie?»

Trines Hände lagen warm und fest auf ihren Armen.

Gut so, halt mich und lass uns in den Hof hinuntergehen. Wir werden die Heetwege finden. Dir wollte er sie schenken, Trine, ein Tagelöhner wirbt um eine Magd, nicht um eine stumme Kaufmannstochter.

Etwas in ihrem Inneren zog sich zusammen. Die Brust war ihr so eng, dass sie kaum mehr atmen konnte.

6. Kapitel

Liron durchschritt die Kirche und gelangte ins nördliche Seitenschiff. Er konnte immer noch nicht glauben, dass er mit Cäcilie musizieren sollte. Die Aussicht beglückte ihn, und gleichzeitig fürchtete er sich davor. Auf jeden Fall wollte er versuchen, so viel wie möglich über sie zu erfahren, damit er keinen Fehler machte.

Hier in der Plauderkapelle hatte sie also gestanden.

Im Moment gluckten ein paar fröstelnde Dienstmädchen auf der langen Bank zusammen. Wahrscheinlich warteten sie auf ihre Herrschaft und vertrieben sich die Zeit bis zum Hauptgottesdienst mit Getuschel über ihre Fastnachtserfolge.

An der Schmalseite der Kapelle ragte die Pestorgel auf. Tunder hatte gesagt, sie wäre zu Zeiten der Seuche gebaut worden und hätte ihr helles Strahlen bis in das Reich des Schwarzen Todes gesandt.

Entlang der Wände zog sich ein altersdunkles Gemälde rundum. Liron hatte es bisher vermieden, sich die verstörenden Bilder anzusehen, die offenbar dafür geschaffen worden waren, den Betrachter zu ängstigen. Erstaunlich, dass die Mägde mit dem Grauen über ihren Köpfen so sorglos daherplappern konnten.

Auf den Holztafeln war eine Reihe von lebensgroßen Figuren der verschiedenen Stände abgebildet. Sie alle wirkten steif und ihre Mienen waren in Hoffnungslosigkeit erstarrt.

Dazwischen tanzte der Tod.

Als Einziger noch voller Leben, hüpfte er und sprang, verdrehte im Reigen grotesk seine Glieder und grinste mit bleichem Gebiss. Schwarze, lederartige Haut spannte sich über seinen Rippen, und das Leichentuch flatterte um seine dürren Knochen. Aus leeren Augenhöhlen starrte er die Menschen auf den Bildern an und riss an ihnen, um sie zum letzten Tanz zu fordern.

Mit wachsendem Unbehagen schritt Liron ein Bildnis nach dem anderen ab. Die Dienstmägde folgten ihm mit den Blicken und kicherten. Er aber folgte dem Tod um Ecken und Vorsprünge herum.

Schließlich war er bei der letzten Tafel an der Schmalseite des Eingangspfeilers angelangt und stand nun genau an der Stelle, an der er Cäcilie vom Gewölbe aus gesehen hatte.

Ein Säugling beschloss den makaberen Reigen. Er lag fein zugedeckt in einer Wiege.

Liron konnte nichts Auffälliges an ihm entdecken, höchstens vielleicht, dass hier kein Sensenmann zu sehen war. Die zugehörige Todfigur befand sich auf der anderen Seite des Pfeilers.

Was fand Cäcilie an dem düsteren Bild? Warum starrte sie immer diesen Säugling an? Drückte es vielleicht Hoffnung für sie aus? Und wenn sie selbst ein Kind erwartete? Das würde ihre sonderbaren Launen erklären. Aber von wem?

Von Thiedemann.

Liron musste daran denken, wie der Junker sie immer wieder aufgefordert hatte zu lächeln. Eine Schwester sei sie ihm geworden, ein Seelenspiegel. Oder doch ein wenig mehr, hochwohlgeborener Herr? Warum sonst hatte ihr Vater von Familienschande gesprochen und um eine rasche Hochzeit gebettelt?

Er hörte das Klackern von Holzschuhen und drehte sich um. Trine trat neben ihn und verzog die Lippen. «Sag bloß, dir gefällt der Totentanz. Du gaffst ja genauso darauf wie Cäcilie.»

Sie legte den Kopf schief. Die Rüschen ihrer Haube berührten seine Schulter. «Wenn du mich fragst, ist das ganze Ding ein Schandfleck. Risse überall, Farben sind auch kaum noch zu erkennen.» Plötzlich lachte sie und zog Liron in eine schummrige Ecke der Kapelle. «Sieh mal der da.» Sie zeigte auf eine der schwarzen Todgestalten, die mit breit gezogenem Maul neben dem Bauern tanzte. «Gleicht er nicht aufs Haar dem dürren Kammermohren von Bürgermeister Dorne? Wohnt direkt gegenüber. Als Kind habe ich mich so vor ihm gefürchtet, dass ich nicht an seinem Haus vorbeigehen mochte. Ich dachte, gleich stürzt der Tod heraus und holt mich. Huh.»

Übertrieben bebend klammerte sie sich an Lirons Arm. Sie fühlte sich unglaublich weich an. Viel zu weich. Unsanft machte er sich los und ging zum Bildnis des Säuglings zurück.

«Einen feinen Mantel hast du da an», sagte Trine etwas schnippisch. «Ganz schön dreist, dich damit in der Kirche zu zeigen. Hast du keine Angst, dass dich der olle Hinrich sieht? Die Familie kann jeden Moment eintreffen.»

Hastig zog Liron den Mantel aus. Er hatte ihn eigentlich gar nicht anziehen wollen, aber dann war es ihm albern vorgekommen, das warme Gewand über dem Arm zu tragen und währenddessen zu frieren.

«Ich muss», sagte Trine. «Cäcilie weigert sich neuerdings

aufzustehen, ich sollte bei ihr sein, wenn die anderen in der Kirche sind.»

Die Aussicht, mit Cäcilie zu musizieren, hatte Liron bereits gänzlich aus der Ruhe gebracht, und nun noch Trines Bemerkung, dass sie das Schlafgemach nicht verließ. Er konnte doch nicht einfach mit Pfeifen und Trompeten vor ihr Lager treten, das musste selbst Thiedemann einsehen. Am besten ging er erst gar nicht hin. «Willst du den Mantel gleich mitnehmen, Trine?»

«Oh nein, das erledigst du schön selbst. Heute Nachmittag, nicht wahr? Ich erwarte dich.» Sie blinzelte ihm zu und huschte durch die Kapellentür zur Mengstraße hinaus.

Cäcilie fand es vollkommen unbedeutend, ob Liron heute vorsprach oder nicht. Er war ihr egal, ging sie nichts an.

Niemand ging sie etwas an.

Wenn es ihr gefiel, konnte sie alle Tage im Bett liegen bleiben. Sie zog sich die Decke bis über den Mund. Es war anheimelnd warm darunter. Ihre Hand ruhte auf ihrer Brust, die andere in ihrem Schoß, die Finger zwischen den Schenkeln. Ab und zu bewegte sie ihre Beine.

Höchstens Trine zuliebe könnte sie sich wünschen, dass der Hafenknecht sein Wort hielt. Die Magd war ja seinetwegen schon ganz aufgeregt, und ein Versäumnis hätte sie wie immer als persönliche Kränkung aufgefasst.

Falls er tatsächlich kam, wäre es allerdings ziemlich unhöflich, ihn nicht zu empfangen. Er hatte ihr schließlich beigestanden.

Schwungvoll schlug sie die Decke zurück und setzte sich auf. Der warme Mief entwich. Wie dreckig ihre Füße waren. Die Zehennägel könnten auch geschnitten werden. Sie fuhr sich durch ihre verzottelte Mähne und fühlte einer Strähne bis zu den Spitzen nach. Das Haar brauchte Öl und Eigelb, bevor sie es wusch. In der Truhe musste auch ein Mieder mit Schößchen liegen, von dieser Sorte, die man vorne ganz eng schnüren konnte. Mutter hätte es am liebsten weggeworfen, aber Trine hatte es versteckt und manchmal heimlich getragen. Es sah hübsch an ihr aus.

Cäcilie hob ihr Hemd und sah an sich hinunter. Viel gab es da nicht zu sehen. Sie war ganz froh darüber, große Brüste hinderten nur und schmerzten wohl auch manchmal.

Rasch ließ sie das Hemd wieder fallen.

So etwas sollte sie nicht tun. Der Leib war für den Übergang gedacht, damit die Seele auf der Erde eine Wohnstatt hatte. Wenn man ihm zu viel Bedeutung beimaß, konnte er leicht zum Gefängnis werden, zum Tyrannen, der immer nur verlangte. Sie sah es ja an Trine. Selbst Thiedemann verbrachte inzwischen Stunden damit, seine Oberfläche zu polieren.

Wie hohl das alles doch war.

Der Weinkrampf überfiel Cäcilie völlig unerwartet. Was geschah nur mit ihr? Warum fühlte sie sich in letzter Zeit zwischen all den anderen so furchtbar einsam?

Weil sie zu sühnen hatte!

Die Tränen versiegten.

Aus heiterem Himmel hatte sie Trine blutig gekratzt. So etwas durfte nicht wieder geschehen. Nein, es konnte keine Gemeinschaft geben, solange die Erinnerung dunkel in ihr blieb. Wer weiß, was sie sonst noch anstellen würde. Sie rappelte sich hoch, wischte sich die Tränen ab und griff nach den Kleidern, die noch von gestern über dem Stuhl lagen. Dann ging sie in die Diele hinunter, setzte sich auf die

Bank und wartete, dass die Familie vom Gottesdienst zurückkam. Später würde sie auf den Abend warten, danach auf die Nacht.

Trine stellte eine Schale Grütze vor sie hin und schwatzte. Ein beruhigend vertrautes Geräusch. Sollte der Bälgetreter ruhig kommen. Er hatte ihr geholfen, und deshalb wollte sie ihn nicht vor den Kopf stoßen. Sie wollte niemanden verletzen, bestimmt nicht. Lirons Gegenwart würde sie einfach hinnehmen und darauf warten, dass er wieder ging, wie sie auch alles andere einfach hinnahm, das kam und ging.

Kalter Wind fegte durch die Arkaden des Rathauses. Liron zog die Schultern hoch. Sein Hemd flatterte, als er unter den ehrwürdigen Bögen hindurchschritt. Dort oben tagten die Ratsherren. Sie saßen bestimmt auf Ledersesseln in einem Saal mit mächtigem Kamin. Görgen von Kortholt war einer von ihnen. Ohne dessen Zustimmung geschah wenig in Lübeck und gar nichts in St. Marien, das hatte Trumscheit behauptet. Vielleicht würde ihm der hohe Herr sogar gewogen sein, wenn er sich um Cäcilie kümmerte.

Sie war nicht stumm.

Liron summte eine Phrase vor sich hin, die zu ihrer Stimme passen würde, doch der Wind riss die Melodie sogleich von seinen Lippen.

Als er in die Fleischhauerstraße einbog, sah er Trine vor der Tür stehen und nach ihm Ausschau halten. Kaum hatte er den Treppenabsatz erreicht, zog sie ihn in den Flur und legte ihm den Finger auf die Lippen. Sie nahm ihm Hinrichs Mantel ab, strich ihm mit raschen Griffen das Haar aus der Stirn, ruckte die Schulternähte seines Hemdes nach hinten und deutete auf seine Kragenbänder. «Mach das zu.»

Dann bugsierte sie ihn in die Diele. «Der Kalkant von St. Marien.»

«Was?» Einer der Söhne lief ihnen entgegen. «Das ist kein Kal… Kal…, das ist doch der Gammelhering.»

«Nils!» Frau Grethke eilte hinter dem Herd hervor, die Hände in die Schürze gekrallt. «Es tut mir leid, die Kinder meinen es nicht böse.» Sie schubste ihren Jüngsten in den Flur. «Sag deinem Vater Bescheid.»

«Papa, der Gammelhering ist da.»

Die beiden anderen Jungen auf der Bank prusteten los. Neben ihnen saß Cäcilie. Sie stand auf, als ob sie Liron begrüßen wollte, blieb dann aber stehen und sah durch ihn hindurch.

«Das also ist unser talentierter Bälgetreter.» Hinrich klopfte ihm freundlich auf die Schulter. «Mein Neffe hat bereits von ihm berichtet, aber komm er doch in die Stube. Wein für unseren Musikus, Grethke.»

Die Stube roch nach feucht verbranntem Holz, und an den Fenstern rann Wasser hinunter, innen wie außen. Der Kaufmann ließ sich in einem der Sessel nieder und bat Liron, ihm gegenüber Platz zu nehmen. Trine brachte ein Tablett mit Wein und Kuchen und zündete auf Hinrichs Geheiß die Kerzen des Kugelleuchters an, der über dem Tisch schaukelte.

Die Hausherrin war hinter Liron stehen geblieben, sodass er sich nicht anlehnen mochte.

«Wo bleibt Cäcilie?», fragte Hinrich.

Frau Grethke antwortete nicht, sondern beeilte sich, Wein einzuschenken. Säuerlicher Duft stieg Liron in die

Nase und ließ seine Eingeweide gurgeln. Er täuschte einen Hustenanfall vor, um das peinliche Geräusch zu übertönen. Er hätte etwas essen sollen, wagte aber nicht, nach dem Kuchen zu greifen. Ebenso wenig wagte er, das hohe Kelchglas in die Hand zu nehmen, das bei der geringsten Unachtsamkeit übergeschwappt wäre. Da auch Hinrich keine Anstalten machte, sich zu bedienen, blieben die Köstlichkeiten unberührt.

«Nun, junger Mann, bei wem hat er gelernt?»

«Das waren mehrere», sagte Liron ausweichend und zählte die Namen des Pastors und der Gutsleute von Mummendorf auf, in deren Haus er als Kind viel Zeit verbracht hatte.

«Schön, schön. Wie gedenkt er also vorzugehen?»

«Ich werde mich ganz nach den Wünschen des hochwohlgeborenen Fräuleins richten, und nach Euren natürlich.»

«Dann schlage ich die Laute vor», sagte Hinrich, «das ist nicht aufdringlich und passend für sommerliche Landpartien. In vier, fünf Monaten wird sie doch so weit sein?»

«Verzeiht, ich verstehe nicht ganz ...»

«Was ist daran schwer zu verstehen? Nun gut, auf die Landpartien können wir zur Not verzichten, aber spätestens im Herbst, wenn die Gesellschaften ihre Feste ausrichten, müssen wir Cäcilie vorstellen. Es wäre gut, wenn sie dann auch tanzen könnte.»

Hinrich deutete in eine Zimmerecke. «Dort findet er alles, was er braucht, Instrumente, Noten. Falls etwas fehlt, werde ich es beschaffen.»

Liron erhob sich, um die Instrumente anzusehen. Ein nachlässig abgedecktes Virginal stand dort, darauf eine Laute und die alte Cister, die er schon im Schlafgemach gesehen hatte.

Vorsichtig nahm er die Laute in die Hand. «Oh, hier fehlen ein paar Saiten.»

Das Instrument war sicher seit Jahren nicht benutzt worden. Auf den Saiten musste ein Gegenstand gelegen haben, ein leichter Knick zog sich schräg über alle.

«Vielleicht sollte Eure Tochter sich zunächst dem Virginal zuwenden», sagte er und hoffte, dass ihn unter dem Tuch nicht noch Schlimmeres erwartete. «Es ist leichter zu spielen, man braucht den Ton ja nicht erst zu formen, sondern drückt nur ein paar Tasten.»

Warum redete er solch einen Unsinn? Er sollte lieber still sein.

Der Korpus war über und über mit Intarsien verziert. Liron strich mit dem Finger darüber. «Das ist ja ein Schmuckstück», entfuhr es ihm. «Wo wird so etwas gebaut?»

«Italien, England», sagte Hinrich. «Ich bin so viel gereist, ich weiß es nicht mehr.»

Frau Grethke trat zu ihm. «Es stand die meiste Zeit bei meiner Schwägerin, sie hat ihren Gesang wohl ganz gern darauf begleitet.» Sie streckte die Hand aus, zog sie aber gleich wieder zurück. «Nun ja, sie braucht es nicht mehr.»

«Darf ich?», fragte Liron. Er öffnete die vordere Klappe und hob den Deckel auf. Zierliche Landschaften waren auf die Innenflächen gemalt. Die Saiten antworteten sofort auf das Anstoßen des Deckels, und als Liron sich darüberbeugte, antworteten sie sogar auf seinen Körper. Ziemlich verstimmt waren sie natürlich, aber sie fieberten, vibrierten vor Spannung, endlich wieder zu klingen.

Sachte tippte er einzelne Töne, probierte einen Lauf, spielte Melodien an. Seine Finger waren längst nicht geschmeidig genug für das, was dieses Instrument ihm anbot.

Was für eine Klarheit in dem warmen Klang. Ein dunkler Sopran sollte dazu singen.

Mitten hinein begann Hinrich zu klatschten. «Sehr schön, sehr schön. Aber ich fürchte, ich darf nicht länger zuhören. Er kommt zurecht?»

«Ich brauche einen Stimmschlüssel.»

«Bring er sich das nächste Mal einen mit. Jetzt beginne er mit dem Unterricht.» Damit stapfte Hinrich hinaus.

Eine Weile wartete Liron darauf, dass Frau Grethke ihre Tochter holen würde. Aber sie blickte nur skeptisch auf das Virginal und rührte sich nicht.

«Verzeiht, hochwohlgeborene Frau von Kortholt, aber ohne Schülerin kann ich nicht unterrichten.»

«Sie ist in den Hof gegangen.»

Das hatte er befürchtet, Cäcilie wollte nicht.

Sorgfältig klappte er den Deckel zu, nahm das Tuch, faltete es auseinander und breitete es über das Instrument. Er bewegte sich sehr langsam, um Frau Grethke Gelegenheit zu geben, ihn zu unterbrechen. Doch das tat sie nicht. Bedauernd strich er die letzten Falten glatt. Vielleicht würde Thiedemann von Zeit zu Zeit darauf spielen.

«Ich danke Euch für Euer Vertrauen und die freundliche Aufnahme, aber wenn Eure Tochter nicht musizieren möchte, kann man sie wohl nicht zwingen.»

Frau Grethke zuckte mit den Schultern. «Wer weiß schon, was sie will in ihrem wirren Kopf.» Es klang fast erleichtert. «Dann richte ich meinem Gemahl also aus, dass es zwecklos mit ihr ist?»

«So endgültig würde ich es nicht ausdrücken. Wie sollte ich das auch beurteilen, ich habe das verehrte Fräulein ja nicht einmal gesehen.»

«Sie ist im Hof», sagte Grethke ausdruckslos, den Blick aus dem Fenster gerichtet.

War das eine Aufforderung? Liron fragte nicht weiter, sondern verbeugte sich knapp und eilte zur Hoftür.

«Wenn er unbedingt frieren will ...», rief die Hausfrau ihm nach.

Cäcilie war schon wieder den Tränen nahe. Rührung oder etwas in der Art. Es lag am Cembalo, oder war es ein Spinett? Sie hatte nicht damit gerechnet, dass ein bisschen Geklimper sie derart aus der Fassung bringen könnte. Hier draußen klang es gedämpft und vermischte sich mit dem Geräusch des Regens, der wie ein Vorhang vom Schuppendach rann. Sie streckte den Arm aus und sah zu, wie die Tropfen auf ihrer Handfläche tanzten. Das Glitzern passte zu dem metallischen Saitenspiel, und ihr war, als klängen unschuldige Zeiten in ihr nach.

Abrupt endete die Musik, mitten in der Melodie.

Warum spielte Liron nicht weiter? So schnell gab er auf.

Cäcilie horchte und erwartete, dass gleich die Haustür zuschlagen würde. Hoffentlich bezahlte Vater ihn trotzdem. Es lag ja nicht an ihm, dass er unverrichteter Dinge gehen musste, und sicher brauchte er jeden Pfennig.

Gut. Nun würde wieder Ruhe in ihr Leben einkehren. Etwas wehmütig und seltsam beglückt schloss sie ihre Lider.

Als Liron in den Hof trat, schien ihm das Wetter noch unfreundlicher als zuvor, kein Vieh wäre freiwillig vor die Tür gegangen, schon gar nicht ein junges Mädchen. Doch da entdeckte er Cäcilie in eine Decke gewickelt auf der Bank unter dem Schuppendach.

Zögernd ging er auf sie zu und blieb kurz vor dem Schuppen stehen. Sie wirkte völlig in sich gekehrt, womöglich bemerkte sie ihn gar nicht. Er kam sich vor wie ein Störenfried.

Der Regen hatte ihn in kurzer Zeit vollkommen durchnässt, und er musste sich zusammenreißen, um nicht vor Kälte mit den Zähnen zu klappern.

«Fräulein Cäcilie», sagte er. «Bitte, nicht erschrecken, aber ich muss mich unterstellen.» Er trat zu ihr unter das Dach und setzte sich auf die äußerste Kante der Bank.

Was tat der Bälgetreter hier? Cäcilie versuchte, ihren Atem ruhig zu halten. Es fiel ihr schwer, sich nicht nach ihm umzudrehen. Warum ging er nicht hinein? Stellte sich in den Regen in seinem dünnen Hemd. Natürlich zitterte er jetzt.

«Bitte vergebt mir meine Aufdringlichkeit», fing Liron an. «Euer Cousin glaubt, es könnte Euch Freude machen zu musizieren, und falls er recht hat, will ich alles tun, Euch dabei zu unterstützen.»

Sie rührte sich nicht, kein Zeichen der Zustimmung. Aber auch keine Abwehr. Wenn er nur wüsste, was er tun sollte.

«Ich will ehrlich zu Euch sein, ich bin kein Musiker, bloß ein Stümper und Kalkant an St. Marien. Selbst das bleibe ich nur, solange ich nicht in Ungnade falle. Eine Anstellung in der Marienkirche ist immer mein Traum gewesen, versteht Ihr? Das kann ich nicht einfach aufgeben.»

Er fragte sich, ob sie überhaupt zuhörte. Wenn ja, dann musste sie ihn jetzt verachten. Er war sich selbst zuwider, weil er ihr zu Leibe rückte, wohl wissend, dass sie ihn nicht fortschicken konnte.

Cäcilie nahm nicht wirklich auf, was er da redete, sie hörte nur, dass er erbärmlich fror, sogar seine Stimme flatterte vor Kälte. Er würde krank werden, wenn er nicht bald hineinging, um sich aufzuwärmen.

Warum blieb er noch?

Die Pausen zwischen seinen Sätzen wurden allmählich länger. Dazwischen hauchte er sich in die Hände, rieb sich die Arme und klapperte vor sich hin. Das war ja kaum noch auszuhalten. Ihr selber machte die Kälte nichts, ihr war warm genug, das Wetter der anderen galt nicht für sie. Wie aus Versehen ließ sie die Decke hinunterrutschen.

Liron hielt inne. Ihm fiel auf, dass er die ganze Zeit auf sie einredete. Solche nimmer endenden Ergüsse kannte er zur Genüge, nur dass normalerweise er derjenige war, auf den sie niederprasselten. Cäcilie musste mit Recht verärgert über ihn sein.

Er wagte einen vorsichtigen Blick zu ihr hinüber. Sie saß sehr aufrecht und schaute streng geradeaus. Nur ihr Atem bewegte Brust und Schultern.

Von jetzt an würde er zuhören, und wenn sie nicht mit ihm sprechen wollte, würde er ihrem Schweigen lauschen. Er hoffte, dass er es rechtzeitig bemerkte, falls sie ihn lautlos zum Teufel wünschte.

Nicht weiter beachten, den Kerl. Nicht gegen ihn kämpfen, dann hatte er schon gewonnen. Er war nun einmal da, ein Faktum wie der Hühnerstall. Am besten richtete sie ihre Aufmerksamkeit auf etwas anderes, auf den verbeulten Kupferkessel in der Ecke zum Beispiel. Sie war geübt darin, Zeit verrinnen zu lassen. Dem Burschen würde bald langweilig werden. Sehr, sehr langweilig.

Warum sagte er jetzt plötzlich gar nichts mehr?

Um ein Haar hätte sie nach ihm gesehen. Sein Schweigen machte sie nervös, es zwang sie, angespannt zu warten, bis er sich wieder zu äußern gedachte. Nein, verdammt. Er wusste nur nicht mehr, was er sagen sollte, er hatte sich ausgeplappert. Jetzt blieb ihm nichts anderes übrig, als Hirngespinsten nachzuhängen, und wenn auch die zur Neige gingen, musste er eben dem Regen lauschen.

Oder lauschte er etwa ihr?

Ganz schräg saß er, sein Ohr ihr zugeneigt. Er glaubte doch wohl nicht, dass er irgendetwas von ihr zu hören bekäme. Ihre Gedanken vielleicht? Lachhaft.

Probeweise, nur um sich selbst zu beweisen, dass es Unsinn war, befahl sie ihm stumm, die Decke zu nehmen. Du frierst. Meine Wärme hängt noch darin. Na los, greif zu.

O Gott, er sprang tatsächlich auf.

Das konnte nicht wahr sein, so etwas gab es nicht. Ihr Herz begann zu rasen.

Was tat er denn jetzt? Rannte gebückt über den Hof, schnappte sich den Kupferkessel und kam damit zurück.

«Ich dachte, es wäre an der Zeit zu handeln», sagte er mit schiefem Lächeln. «Euer Vater erwartet Musikunterricht, nicht wahr? Dieses Instrument scheint mir für eine Landpartie im Februar noch am geeignetsten zu sein.»

Er schüttelte sich wie ein Hund, drehte den Kessel um und schob ihn mit dem Fuß so weit nach vorne, dass der Regen laut auf den Topfboden trommelte. Mit einem zufriedenen Seufzer ließ er sich auf die Bank zurückfallen. «*Toccata*, wenn's beliebt.»

Schnell presste Cäcilie die Lippen aufeinander, denn er sollte nicht merken, dass sie lachen musste, er sollte doch gehen.

Liron hätte jubeln können, sie hatte geantwortet. Nicht wirklich, nur mit den Augen, nur ein winziger Funken Heiterkeit war darin aufgeblitzt.

Vor Kälte zitterte er am ganzen Leib und versuchte nicht mehr, es zu verbergen. «Verzeiht, aber wenn Ihr die Decke im Moment nicht braucht …»

Cäcilie errötete jäh und rutschte hastig von ihm weg.

«Oh nein, bitte seid mir nicht böse, mein Wunsch war unverschämt.»

Sie sah aus, als ob sie gleich weinen würde.

Er musste schlucken, ein salziger Klumpen saß ihm in der Kehle. Sachte erhob er sich.

«Cäcilie, ich …»

Mit einer Hand schob sie ihm die Decke hin.

«Danke.»

Noch immer wandte sie ihm den Rücken zu und sah so unnahbar aus, dass er nicht wagte, sich wieder zu setzen.

«Ich weiß, dass Ihr nicht stumm seid», sagte er leise.

Doch sie reagierte nicht.

Cäcilie hörte, wie die Hoftür ins Schloss fiel. Dann erst richtete sie sich auf. Er hatte ihre Aufforderung, die Decke zu nehmen, gut erraten, beängstigend gut sogar. Ach was, er hatte einfach nur gefroren. Als würde man einem Falter befehlen, in die Kerzenflamme zu fliegen.

Immerhin hatte er versucht, ihr zuzuhören. Und er würde wiederkommen.

Sie fröstelte.

‹Ich weiß, dass Ihr nicht stumm seid.›

War es falsch, dass sie ihm glauben wollte?

«Liron?» Der Blinde hockte im Eingang zu seiner Bude, ein dunkelgrauer Schatten vor einem dunkelgrauen Loch.

«Was sitzt du bei diesem Wetter hier draußen herum?», fragte Liron und schlug sich die Arme um den Leib.

«Es regnet», sagte der Blinde, als sei das eine plausible Erklärung. «Der Regen macht mich sehend, ich dachte, du wüsstest das.» Er kicherte. «Ja, Regen lässt die ganze Welt plastisch werden. Ich höre ihn auf deinem Kopf, auf deinen Schultern, und selbst wenn du lautlos gehen könntest, wüsste ich, wohin du dich bewegst.»

«Dann wirst du gleich hören, dass ich mich schnellstens ins Trockne bewege. Schönen Abend noch.»

«Warte, ihr habt Besuch. Bewaffnet, Degen oder Säbel, schlanker Kerl, Stulpenstiefel, üble Laune. So einer verirrt sich nicht oft in unseren Gang. Falls er dir an den Kragen will, kannst du zu mir rüberkommen, bis er weg ist.»

«Danke, aber das wird nicht nötig sein.»

Thiedemann, wer sonst. Er saß, die Beine von sich gestreckt, auf Marikkes Stuhl. Sein Hut lag auf der Bank, der Degen auf dem Tisch. Er nahm so ziemlich den ganzen Raum ein. Hinter ihm hockte Marikke am Ofen und stocherte in der Glut. Liron sah sich gezwungen, an der Tür stehen zu bleiben, wenn er nicht über die Füße des Junkers steigen wollte.

«Na endlich», sagte Thiedemann. «Und? Hast du dich schön eingeschmeichelt bei meinen arglosen Verwandten?»

«Ihr entschuldigt, aber ich muss mir etwas Trockenes anziehen.» Liron trat einen Schritt vor, doch der Junker dachte nicht daran, seine Beine zurückzuziehen. Im Gegenteil, er griff nach dem Degen und versperrte nun ganz offensichtlich den Weg.

«Was soll das, Junker? Ihr seid hier nicht auf den Prähmen.»

Thiedemann sprang auf. «Auf der Komödiantenbühne etwa? Ich habe dein Theater durchschaut, Dulzian. Kommen wir nun zum Schlussapplaus.» Er klemmte den Degen unter den Arm und klatschte.

«Ich weiß nicht, wovon Ihr redet.»

«Ach? Trine Hildebrands kennst du wohl auch nicht? Beinahe wäre ich auf deine Heuchelei hereingefallen. Biederst dich an, horchst mich aus. Zum Glück hast du dich selbst verraten. Die Bemerkung, Trine sei in der Dornse gewesen, hättest du dir lieber verkneifen sollen.»

«Aber sie war in der Dornse …»

«Ich weiß. Und du wirst mir jetzt sagen, was sie dort zu suchen hatte.»

Liron schüttelte den Kopf, um klare Gedanken zu fassen, leider stellte sich kein einziger ein.

Langsam hob Thiedemann den Degen, bis er auf Lirons Brust zeigte. «Es ist zwecklos zu leugnen. Du wurdest in der Plauderkapelle gesehen, Arm in Arm mit dieser verlogenen Magd, die heimlich in Papieren wühlt und ständig Vorwände erfindet, um zu verschwinden. Ihr stammt doch alle aus der gleichen Schlangengrube.»

«Nicht in meinem Haus», mischte sich Marikke ein und schob mit der flachen Hand den Degen zur Seite. «Ich bin eine Bürgerin, nicht weniger als Ihr. Wenn Ihr mein Gast sein wollt, benehmt Euch entsprechend. Und du Liron, mach, dass du das nasse Zeug loswirst, du tropfst mir die Dielen voll.»

Thiedemann hob die Brauen und sah zu ihr hinunter. Ein leichtes Schmunzeln umspielte seine Mundwinkel. Er neigte höflich den Kopf und trat zurück.

Betont gemessen schritt Liron an ihm vorbei.

«Hopp, hopp», sagte Thiedemann, «hörst du nicht, was die Bürgerin sagt?»

Es reichte. Liron drehte sich um und stampfte auf den Junker zu. «Ihr und Eure Sippe seid gerade die Richtigen, andere zu beschimpfen. Was ist mit Eurer Cousine? Warum spricht sie nicht? Und warum betrachtet sie dauernd den Säugling in der Wiege? Versteckt Euch nur hinter Eurem Herrn Vater und lasst die Stumme in der Schande sitzen.»

«Was willst du damit sagen?» Thiedemann fasste ihn hart am Arm, aber Liron riss sich los.

«Ich habe gehört, wie Herr Hinrich um eine schnelle Vermählung bettelte. Was das bedeutet, kann sich selbst der Dümmste zusammenreimen.»

«Du glaubst ...»

Thiedemanns Miene zuckte zwischen Bestürzung und Belustigung hin und her. Dann brach er in Gelächter aus. Er ließ sich auf den Stuhl fallen und schüttelte sich vor Lachen. Bald kam es aber nur noch stoßweise und verebbte dann ganz.

«So etwas traust du mir also zu. Ich verstehe schon, frag einen Kaufmann nach Gründen, und du wirst Abgründe finden. Das denkt ihr doch über uns.»

«Was sollten wir sonst denken?», fragte Marikke. «Habt Ihr bei Euren Geschäften etwa nie betrogen? Habt Ihr nie mehr verlangt, als Eure Güter wert waren?»

«Doch.» Thiedemann lächelte sie an. «Aber ich bin kein Wüstling.»

Lirons Ärger war schon fast verpufft. «Ihr solltet Euch lieber vor dem Zimmerer in Acht nehmen als vor mir, verehrter Herr von Kortholt. Der ist es nämlich, der Eure Magd aushorcht.»

«Welcher Zimmerer?»

«Claas Pommer. Seitdem Ihr ihn verletzt habt, ist er nicht besonders gut auf Euch zu sprechen.»

«Verletzt? Ein Kratzer, mehr nicht. Mir wollte der Kerl mit seiner Axt immerhin den Schädel spalten. Er kann froh sein, dass ich ihn laufen ließ, genauso gut hätte ich ihn in die Fronerei schleifen können.»

«Vielleicht hättet Ihr das tun sollen, Herr von Kortholt. Jetzt hat er sich Trine als Liebchen auserkoren. Er prahlt überall herum, dass sie ihm berichten soll, was sich auf Hinrichs Speicher verbirgt. Ich fürchte, er wird es bald wissen. Ich habe Trines Holzschuhe vor seinem Haus klappern hören, im Morgengrauen wohlgemerkt, und dann hat sie im Kontor in den Büchern geblättert.»

Marikke schob Thiedemanns Hut beiseite und setzte sich auf die Bank. «Was gibt es denn so Heimliches auf dem Speicher?»

«Was würdet Ihr Euch denn wünschen, *belle Mademoiselle*?», fragte der Junker zurück und strich sich mit Daumen und Zeigefinger über den Oberlippenbart.

In dem Moment platze Eggert herein.

«Dieser verdammte Ochsenkopp», fluchte er. «Da bin ich bereit, mich zu einigen, aber der Hundsfott von Wirt hat längst all meine Schuldscheine an einen Kaufmann verkloppt. Jetzt kann ich bluten, da wette ich. So einer nimmt bestimmt Zuschläge für jeden weiteren Tag. Soll ihm doch die Krätze an den Hals ...»

Er hielt inne und starrte Thiedemann an. «Ihr seid schon da? Ihr bekommt Euer Geld, Hochwohlgeboren, ich schwöre. Deshalb braucht Ihr mir nicht gleich auf die Bude zu rücken.»

Marikke sprang auf und stemmte ihre Hände auf den

Tisch. «Deshalb seid Ihr also hier. Und da fragt Ihr noch, warum man Euresgleichen misstraut. Wie erbärmlich, sich am Elend eines anderen zu mästen.»

Thiedemann hob beschwichtigend die Arme, aber Marikke war noch nicht fertig. «Was wollt Ihr tun, wenn er nicht zahlen kann? Schlagt Ihr mir dann die Möbel entzwei? Glaubt ja nicht, dass Ihr uns auspressen könnt, mit Euren Wucherzinsen. Wie viele Schuldscheine habt Ihr von ihm? Sagt schon, was schuldet er Euch?»

«Wenn ich gewusst hätte, dass Ihr für ihn aufkommen wollt, *ma belle*, wäre ich jedem seiner Schuldscheine nachgerannt und hätte Euch dann alle erlassen – sagen wir, für einen Kuss. Aber leider ...»

Thiedemann zog bedauernd die Schultern hoch. «Euer Freund muss mich verwechseln. Ich hoffe, die Verwechslung ist wenigstens schmeichelhaft für mich.»

«Nichts für ungut», sagte Eggert. «Ich dachte, Ihr wolltet kassieren. Aber welcher Kortholt hat dann ...»

Thiedemann nahm seinen Hut und erhob sich. «Nun, so viele Kortholts gibt es nicht in dieser Stadt, er wird sich bestimmt bemerkbar machen. Allerdings nicht persönlich, diese Dinge erledigt eher ... jemand wie du.»

Er verbeugte sich, pustete eine Kusshand in Marikkes Richtung und wandte sich zum Gehen. An der Tür drehte er sich noch einmal um. «Wir sind uns doch jetzt einig, Liron? Darf Cäcilie dich nächste Woche erwarten?»

Liron nickte. Er wäre auch ohne Thiedemanns Aufforderung wieder zu ihr gegangen, schließlich hatte ihr Vater ihn eingestellt, niemand sonst.

«Was für ein Ekel», sagte Marikke, als er gegangen war.

7. Kapitel

Mit Frühlingsbeginn legte Cäcilie ihre Zurückgezogenheit allmählich ab wie ein Wintergewand. Oft erwartete sie Liron vor der Haustür, und wenn die Sonne schien, saßen sie eine Weile auf der Treppe zusammen, um den Vögeln zuzuhören, die seit ein paar Wochen fröhlich zwitscherten.

Heute stand Cäcilie nicht vor dem Portal. Aber der Rotschwanz schmetterte wie üblich vom Giebel gegenüber. Sein metallisch heiseres Getriller hatte Liron zu einem kleinen Musikstück inspiriert, das nun sauber in Noten gefasst in seinem Beutel steckte. Er tastete nach dem aufgerollten Papier, sein erstes Geschenk für Cäcilie. Stunden hatte er gebraucht, um die Notenwerte zu errechnen, und war sich doch nicht sicher, ob seine Aufschrift wirklich wiedergab, was er sich vorstellte. Dabei handelte es sich bloß um eine leicht zu spielende Gavotte. Er war gespannt, ob Cäcilie in den Trillern den Vogelruf erkennen würde.

Die Magd öffnete ihm, deutete Richtung Stube und eilte in die Küche zurück.

Cäcilie saß bereits am Virginal. Sie drehte ihm den Rücken zu. Ihre typisch aufrechte Haltung rührte ihn, die schmalen Schultern, die sie leicht nach hinten drückte, der lange Hals, die Neigung ihres Kopfes. Gleich würde sie sich umdrehen und ihn mit ihrem hellen Blick begrüßen.

«Lass er sich nicht stören.»

Liron fuhr herum und blickte in Görgens stechende Augen. Der Ratsherr fixierte ihn nur einen Moment, schon wandte er sich wider seinem Becher Schokolade zu und rührte darin, als gäbe es nichts Wichtigeres auf der Welt. «Mach er fort wie gewohnt, meine Anwesenheit braucht ihn nicht zu kümmern.»

Genau das gelang natürlich nicht. Liron spürte Görgens Gegenwart in seinem Rücken, es war ihm unmöglich, unbefangen zu sein. Normalerweise dachte er nicht darüber nach, ob er Cäcilie einen guten Tag wünschte oder sich einfach einen Stuhl nahm und sich neben sie setzte. Sprach er überhaupt mit ihr? Wie hatte er eine Schülerin ihres Standes anzureden? Und wie, um Himmels willen, betrug sich ein Lehrer?

«Ich habe Euch eine Etüde mitgebracht», sagte er und breitete sein Geschenk auf der Notenablage aus. Doch das Papier mochte wohl keine Etüde sein, es rollte sich sogleich wieder zusammen, rutschte über die Tasten und weiter in Cäcilies Schoß.

Sie machte keine Anstalten, es zu nehmen.

Er konnte ihr unmöglich in die Röcke greifen, das wusste sie genau.

Nun, Liron kannte die Gavotte ja auswendig. Er begann mit der Linken den Bass zu spielen und grübelte fieberhaft darüber nach, was er Cäcilie dazu erklären sollte. «Hört Ihr das gerade Zeitmaß? Es besteht aus zwei halben Schlägen, so gelingt ein größerer Bogen, als wenn man Viertel zählen würde.» Zur Unterstützung klopfte er den Takt auf ihre Stuhllehne. Doch bei dem Gedanken an Görgen zog er seine Hand sofort wieder zurück.

«Das Stück fängt mit einem Auftakt aus zwei Vierteln an, es klingt wie ein freudiger Anlauf, nicht wahr?»

Zum fünften Mal spielte er die Bassstimme nun schon. Um auch die rechte Hand einzusetzen, hätte er sich entweder vor Cäcilie drängen oder, wie sonst auch, um sie herumgreifen müssen. Dann hätte sie den Diskant über seinen Arm hinweg gespielt, eine reizvolle Verknotung, die vor den Augen des Ratsherrn allerdings völlig undenkbar war.

Das Virginal mit seinen dreieinhalb Oktaven ließ einfach zu wenig Platz, als dass Liron gebührenden Abstand hätte halten können. Also begann er erneut mit seinem Bass und dozierte dabei über die zweiteilige Form, deren Teile ihrerseits aus zwei Phrasen bestanden, die ihrerseits immer in der Hälfte eines Taktes begannen.

Währenddessen spürte er, dass Cäcilie sich neben ihm immer mehr verkrampfte. Sie sah ernst und so verschüchtert aus, als sei sie kurz davor hinauszulaufen.

Hinter ihnen schlürfte Görgen genüsslich seine Schokolade.

«Ihr spielt den Sopran», sagte Liron schnell und fing direkt mit dem Triller an. Hatte sie den Vogel erkannt? Entspannte sie sich?

Da er den Diskant in der tiefen Lage begonnen hatte, musste er den Bass nun unter seine Rechte auf die gleichen Tasten schieben. Cäcilie beugte sich ein wenig vor, um das abstruse Fingergewirr zu betrachten. Ihre Mine blieb fast unbewegt, nur in den Augenwinkeln bildeten sich kleine Fältchen. Sie lachte.

«Ähm, der Sopran für sich gesehen ist wirklich einfach», sagte Liron.

Görgen stellte seine Tasse mit einem deutlichen Knall auf den Tisch. «Wohl kaum, wenn er gleich einen virtuosen Triller verlangt. Überhaupt scheint mir der ganze Vortrag sinnlos zu sein. Ich sehe nicht die geringste Reaktion meiner Nichte.»

Da hob Cäcilie ihre Hand über die Tasten. Ihr langgestreckter Zeigefinger erzeugte ein unentschiedenes Pling.

«Wartet, erinnert Euch an den Apfel.» Liron streckte ihr seine Faust entgegen, damit Cäcilie sie umfassen konnte. «Genau so, behaltet die Rundung bei.» Er führte ihre Hand auf die richtige Position. «Jetzt ausholen, als ob ein hungriges Küken pickt. Es glaubt, auf der Taste läge das Korn. Achtung, die anderen Finger bleiben liegen.»

Das plötzliche Gelächter von Görgen ließ sie beide zusammenzucken. «Aufhören, aufhören. Das ist ja kaum zu ertragen. Hinrich lässt seine Tochter von einem Bauern unterrichten. Äpfel, Küken, Korn … fehlt nur noch, dass ich mir auch die Schweine anhören muss.»

Er kam zu ihnen herüber. Jovial umfasste er Lirons Schultern und stopfte ihm mit der anderen Hand mehrere Münzen in den Beutel. «Er hat es sicher gut gemeint, aber das hier geht über seine Fähigkeiten. Als Bälgetreter ist er doch gut zu gebrauchen, wie ich hörte. Bleib er dabei. Meine Nichte ist nun einmal krank, wir sollten keine falschen Hoffnungen wecken, das kann nur zu bitterer Enttäuschung führen.»

Liron machte sich los. «Und wenn es keine falschen Hoffnungen sind?»

«Das hat mein Sohn dir eingeredet.» Görgen ließ sich in seinen Sessel fallen und rieb sich den Bart. «Er kommt nicht darüber hinweg. Wen hat er schon alles beschuldigt, selbst mich, seinen eigenen Vater. Dabei hätte ich sogar mit dem Teufel paktiert, wenn nur die geringste Aussicht bestünde, Cäcilie zu heilen.»

Er ließ die schmale Hand über seinen Lippen liegen, als er fortfuhr. «Ich fühle mich nach wie vor für sie verantwortlich und werde nicht erlauben, dass ihr weiteres Leid zugemutet wird. Cäcilie ist stumm. So hat es Gott in seiner Weisheit beschlossen.»

«Aber das ist sie nicht», sagte Liron, «ich habe ihre Stimme gehört, als sie um Hilfe rufen wollte. Und wenn sie einmal gerufen hat, könnte sie es wieder tun. Sie ist nicht gänzlich stumm.»

«Gehört?» Görgens Hand glitt vom Kinn hinunter und blieb an der Kante seines Mantels hängen. Der Wollstoff knirschte, als seine Fingernägel sich hineinbohrten. «Bist du ganz sicher? Oder hast du dir den Hilfeschrei vielleicht nur gewünscht?»

«Ich habe es gehört.»

«Wie auch immer. Ich nehme den Hinweis zur Kenntnis. Die Beurteilung all dessen wirst du der Familie überlassen. Ich danke dir für deinen Einsatz.»

Das war eindeutig ein Rauswurf.

Aber Liron war nicht bereit, die Fahnen zu streichen. Was hatte er mit Görgen zu schaffen?

Er verbeugte sich in Cäcilies Richtung. «Die Noten habt Ihr ja. Falls Ihr bis zur nächsten Woche irgendwann Muße zum Üben findet, denkt bitte an den Apfel in Eurer Hand, damit Ihr Euch keine ungünstige Haltung angewöhnt.»

Zu Görgen gewandt sagte er nicht minder höflich: «Auch ich nehme Eure Hinweise dankend zur Kenntnis. Was Beurteilungen oder Entscheidungen angeht, kann ich mich allerdings nur nach den Eltern des hochwohlgeborenen Fräuleins richten, insbesondere nach den Wünschen ihres Vaters, der mich nun einmal verpflichtet hat.»

«Faulstrick!» Trumscheit schnaufte. «Du bist zu spät.»

Liron stieg auf die Bohlen, umklammerte die Halterung und stemmte sein Gewicht nach unten.

«Wo treibst du dich herum, hä?», knurrte Trumscheit. «Glaubst du, Tunder wartet auf dich? Früher war das ein feines Leben hier hinten, aber seitdem wir zu zweit sind, zieht der Alte dauernd die tiefen Register und bimmelt die Kalkantenglocke mindestens fünfmal so oft. Durch deine Trödelei wäre mir beinahe der Ton abgestorben.»

«Kommt nicht wieder vor.»

Trumscheit nickte. «Hoffentlich. Übrigens ist der alte Kortholt hier gewesen und hat nach dir gefragt.»

Liron hatte den Ratsherrn gesehen. Deshalb kam er ja zu spät. Er hatte sich in der Mauernische versteckt, bis Görgen wieder gegangen war. Der alte Kortholt galt als einer der mächtigsten Männer in Lübeck, und er, Liron, hatte gewagt, ihm zu widersprechen. Das bereute er zwar keineswegs, aber er musste dem Alten ja nicht unbedingt frech vor der Nase herumtanzen.

«Was hast du ihm gesagt?»

Trumscheit sprang von den Bohlen. «Nichts Bestimmtes. Wir haben ein wenig geplaudert, dann wollte er nicht mehr warten.»

«Danke.»

«Da nicht für», meinte Trumscheit. «Du trittst bis zur Predigt allein, und wir sind einig.»

Liron stimmte zu. Die Plackerei ging ohnehin erst nach

der Predigt richtig los, vor allem das Abendmahl konnte dauern. Für Tunder war das Abendmahl gleichbedeutend mit einer Zuhörerschaft, die in stiller Demut verharren musste, während er nach Belieben sein Können entfaltete. Allmählich pendelte Liron sich in einen neuen Rhythmus. Es fiel ihm leichter zu treten, wenn er sich im Gleichklang mit der Musik hob und senkte wie ein Schiff auf hoher See.

Hinter ihm ließ Trumscheit sich stöhnend auf die Bank fallen. «Ja, ja, der alte Görgen. Bist ihm auf die Zehen getreten, oder? Er will wiederkommen. Die ganzen Treppen noch einmal hoch und das für einen Hilfskalkanten. Worum geht's denn?»

Als Liron nicht antwortete, gähnte Trumscheit. «Ich will's ja gar nicht wissen. Aber an deiner Stelle würde ich schleunigst anfangen, mich unentbehrlich zu machen.»

«Gerne, wenn ich nur wüsste wie. Du tust ja auch nichts anderes als zu treten», Liron blickte kurz über die Schulter, «oder faul herumzuliegen.»

«Wer kann, der kann», sagte Trumscheit und lachte. «Keine Sorge, mein Platz ist mir so sicher wie dem Herrn Pastor die Kanzel. Wer sollte sonst die Glocken warten? Traut sich ja niemand in den Turm. Dem Küster reicht das Läuten, der weigert sich schlichtweg. Zu viel Abgrund unterm Gebälk. Mich stört das nicht. Seit ich ein Auge verloren habe, erkenne ich die Tiefe nicht mehr. Alles hat sein Gutes.»

Liron schauderte und versuchte, sich auf die Bälge zu konzentrieren.

«Gefährlich ist es natürlich trotzdem da oben, selbst für mich. Bin ja kein Jungspund mehr, und das verfluchte Reißen im Knie wird auch nicht besser. Schade, hab mir schon Hoffnungen gemacht mit dir, aber das wird wohl nichts, bist genauso ein Schisser wie die meisten.»

«Pass auf, was du sagst, sonst könnte der Schisser gleich ungemütlich werden.»

«Komm doch. Um vor dir sicher zu sein, brauche ich ja bloß ein paar Leitersprossen hochzusteigen.»

«Woher willst du das wissen? Lass es lieber nicht darauf ankommen.» Liron hatte ihm ganz sicher nichts von seiner Angst erzählt. Niemand in Lübeck wusste davon.

«Ja, ja, verstelle dich nur, Feigheit hängt man nicht an die große Glocke, nicht einmal, wenn man Glocken liebt, stimmt's?» Trumscheit feixte über seinen Witz. «Du kommst immer die Wendeltreppe herauf, ein ziemlicher Umweg, etwa nicht?»

Thiedemann hatte Liron einmal die Luke hinter der Kleinen Orgel gezeigt. Von dort konnte man außen über das Dach direkt zu den Türmen laufen und sparte sich das elende treppauf, treppab. Liron hatte beim ersten Luftzug kehrt gemacht.

«Wirklich jammerschade», sagte Trumscheit. «Ich hätte dir zeigen können, was zu tun ist, und wir hätten geteilt. Es lohnt sich. Gegen mich hebt der alte Kortholt übrigens nicht einmal die Brauen. Der weiß, was er an mir hat.»

Liron fuhr auf seinem Pedal nach unten, streckte die Arme durch und bog seinen Rücken. Schwer atmend hing er an den Haltestangen. «Gut, ich versuche es.»

Trumscheit rutschte zur Seite und klopfte auf die Bank. Liron ließ sich neben ihn fallen. Seine Beinmuskeln zitterten noch von der Anstrengung. Vielleicht auch vor Bangigkeit.

«Keine Sorge, ich helfe dir, ein Kerl wie du wird sich schon daran gewöhnen», meinte der alte Bälgetreter. «Es sind eine Menge Glocken, die gewartet werden müssen, auch das Gebimmel auf dem Dachreiter samt Zügen und Walze. Aber was zählt, ist die große Gloriosa. Die macht gerne Menkenke, allein in meiner Amtszeit musste sie zwei Mal umgegossen werden. Vor zwanzig Jahren hat Meister Wiese das Werk vollbracht. Ungefähr zehn Jahre später kam sein Sohn an die Reihe.» Er knabberte am Nagelbett seines Daumens und spuckte auf den Boden. «Ich sag's dir, Liron, die Gloriosa lohnt sich. Bald ist es wieder so weit, und wir können den Enkel beauftragen.»

«Wie kommst du darauf? Hast du einen Riss entdeckt? Ich finde, das Geläut klingt einwandfrei.»

«Einen Riss?» Trumscheit lachte. «Oh ja, es gibt tatsächlich einen Riss und der wird immer größer. Er verläuft genau zwischen England und den Niederlanden, hat der Herr Görgen gesagt. So ein Seekrieg bringt allerlei ins Wanken, hier und da auch eine schöne, schwere Bronzeglocke. Ich könnte dir Dinge erzählen ...»

Liron sah ihn an, aber Trumscheit blickte plötzlich nur noch starr geradeaus. «Du solltest dir das Fragen abgewöhnen, wenn du mein Nachfolger werden willst.»

«Meinetwegen können wir gleich nach dem Segen hinaufsteigen.»

«Das willst du nicht.» Seelenruhig faltete der Krüppel die Hände hinter dem Kopf und lehnte sich zurück. «Hast wohl das Schlussgeläut vergessen, die Ohren würden dir abfallen. Wir gehen über Mittag.»

«Dulzian!», brüllte es von vorne. «Registrieren!»

Liron hob bedauernd die Arme. «Tut mir leid, Tunders Wille ist nun einmal Gesetz. Das Abendmahl wirst du wohl ohne mich treten müssen, aber ein Kerl wie du wird sich schon daran gewöhnen.»

«Was hast du da?», fragte Trine. «Was fummelst du ständig in deinen Röcken herum?»

Nichts. Cäcilie drehte sich weg, faltete die Hände vor der Schürze und versuchte unbeteiligt auszusehen. Ihr Blick glitt zur Orgel hinauf.

Kyrie eleison sang der alte Pastor Stolterfoth, und die Gemeinde antwortete. Cäcilie stellte sich Lirons Hände vor, die bedacht Akkorde griffen. Nein, er trat ja die Bälge. Er machte die Luft, den Atem für die riesige Orgel.

Ihre Hand fuhr durch den Rockschlitz und tastete nach dem Beutel. Das Papier darin war schon ganz zerknüllt, weil sie es immer bei sich trug. Mehrmals hatte sie versucht, die Noten nachzuspielen, aber jedes Mal ernüchtert aufgegeben. Wenn sie das Stück wenigstens im Zusammenhang gehört hätte.

«Da knistert doch was.» Trine lehnte sich zu ihr herüber. «Na los, zeig her.»

Cäcilies Finger schlossen sich um das Papier und sie versteifte ihren Leib.

Aber Trine kicherte. Schon streckte sie die Hand nach Cäcilies Rocktasche aus.

Cäcilie versuchte, sich zur Wand zu drehen.

«Du zierst dich, als wäre es ein Liebesbrief.» Leise glucksend umfasste Trine ihre Taille. «Komm schon, ich habe dir immer alles anvertraut. Bin ich nun deine Freundin oder nicht?»

Die Leute sahen schon zu ihnen herüber.

«Ein Brief, ich wusste es», flüsterte Trine und zog an dem Papier.

Gleich würde Lirons Lied zerreißen, daher ließ Cäcilie es los.

Sofort sprang Trine ein Stück zur Seite und strich das

Papierknäuel glatt. Auf ihrer Miene breitete sich Enttäuschung aus. «Das sind ja nur Noten. Meine Güte, wieso machst du deshalb ...»

Weiter kam sie nicht. Onkel Görgen schritt direkt auf sie zu, er musste von der kleinen Orgel gekommen sein.

«Was ist das für ein Betragen?»

Mit unbewegter Mine nahm er Trine das Schriftstück ab und schickte sie fort. Trine knickste und schlich zur Mengstraßentür hinaus.

Görgen überflog kurz das Papier, dann gab er es Cäcilie zurück. «Findest du dein Verhalten passend? Ich weiß, du kannst nichts dafür mit deinem wirren Geist, aber wir wollen doch nicht zulassen, dass eine Kortholt sich lächerlich macht, nicht wahr? Hinrich hätte diesen Musikus niemals ins Haus holen dürfen. Nun werde ich ihn wieder loswerden müssen. Ich hoffe für ihn, dass er schnell begreift.»

Er fasste sie am Ellenbogen. «Du solltest bei der Familie sitzen, wenn du schon nicht zu Hause bleibst.»

Das Schlussgeläut dauerte ewig. Trumscheit lehnte am Turmfenster und beobachtete, wie die Gemeinde unten aus der Kirche strömte. Die meisten erwartete jetzt wohl ein sonntägliches Mahl, was Liron daran erinnerte, dass er am Morgen nur einen Brotkanten gegessen hatte.

«Sieh dir das an», rief Trumscheit plötzlich, «sie sperren einen Sünder in den Finkenbauer. Lass uns schnell hinuntergehen. Das wird ein Spaß, die ersten Geschosse wirken immer am besten, vielleicht kriegen wir ihn zum Heulen.»

«Ich dachte, du willst mir die Glocken zeigen. Der arme Kerl wird ja eingesperrt, der läuft dir schon nicht weg.»

«Später hat er sich an die Schande gewöhnt und reagiert nicht mehr.»

«Später läutet der Küster zur Nachmittagspredigt. Brauchst du nun einen Nachfolger oder nicht?»

«Ich bekomme schon, was ich brauche, da kannst du dir sicher sein.» Trumscheit riss sich vom Fenster los und stieß die Turmtür auf. «Na gut, gehen wir. Wirst sehen, da oben kann man sich auch ganz nett amüsieren.»

Er ächzte auf der Wendeltreppe, denn er musste sich bei jedem zweiten Schritt zur Seite wuchten, um sein Hinkebein nachzuziehen. Die steinernen Stufen waren hoch und viel zu schmal für Männerfüße. Dunkel war es außerdem. Nur vereinzelt öffneten sich ziegelbreite Spalten in ein blaues Stückchen Himmel. Die Mauerröhre schien immer enger und steiler zu werden. Nach unzähligen Spiralen blies ihnen kühle Luft entgegen, und der Klang ihrer Schritte veränderte sich. Es wurde etwas heller. Kurz darauf erreichten sie eine hölzerne Plattform und standen im Dämmerlicht des Turms, irgendwo zwischen Himmel und Erde.

Trumscheit spuckte und sah zu, wie der glitzernde Tropfen in der Tiefe verschwand. «Früher gab es hier richtige Fußböden. Aber die Glocke hat damals so viele Dielen mitgerissen, dass wir jetzt zum Teil auf den nackten Balken balancieren dürfen.»

Liron tastete nach dem Geländer. Nicht hinuntersehen. Er legte den Kopf in den Nacken. Hoch über ihm pfiff der Wind um Eichenplanken und Verstrebungen und zerrte an Seilen, die im Nichts endeten. Ein graues Balkenwerk aus mehreren offenen Ebenen war in den Turm gebaut, verbunden durch staubige Stiegen und Leitern, die sich im Viereck rundherum zogen. Ganz oben hing etwas Schweres. Liron ahnte sie mehr, als dass er sie sah – die Glocken von St. Marien.

Trumscheit wippte in den Knien, sodass die Plattform schwankte. «Und? Willst du immer noch?»

Liron konnte nicht antworten. Den Blick weiterhin nach oben gerichtet, klammerte er sich fest. Ein Falke flog auf, flatterte und schrie, bevor er sich von der Zugluft durch eines der langen Schallfenster fortreißen ließ.

Der alte Bälgetreter löste Lirons Finger und zerrte ihn zur Stiege hinüber.

«Du gehst vor, ich passe schon auf, dass du nicht fällst. Oder traust du mir etwa nicht?»

Stufe für Stufe drängte der Krüppel ihn hinauf. Das Holz stöhnte bei jedem Schritt, und Liron konzentrierte sich auf das Knarren, um gewarnt zu sein, falls die Treppe angebrochen oder morsch geworden war. Mit Trumscheit im Rücken ging es besser voran, als er gedacht hatte. Eine Stiege folgte der anderen, ein luftiges Stockwerk ging ins nächste über.

Dann gab es plötzlich kein Geländer mehr.

Liron starrte auf die rauen Bretter, die mehr oder weniger dicht beieinander lose auf den Planken lagen. Dazwischen nur schwarze Tiefe. Von hinten drängelte Trumscheit. «Geh schon. Wenn ich etwas zusage, dann halte ich es auch. Na los, nur noch ein paar Schritte.»

Aber Lirons Beine gehorchten nicht. Ein Stoß ließ ihn nach vorne fallen. Auf allen vieren kroch er zur nächsten Verstrebung, an die er sich klammern konnte. Das wirre Ständerwerk begann, vor seinen Augen zu verschwimmen.

«Komm hier herüber», rief der alte Bälgetreter. Er hockte etwa zehn Schritte entfernt rittlings auf einem Querträger.

«Nein danke, ich habe genug.»

«Wie du willst, aber dort würde ich nicht gerade sitzen bleiben. Hat im Winter wochenlang reingeregnet. Die Planken unter dem Leck sind ziemlich feucht geworden. Merkst du nicht, wie sie nachgeben?»

Widerstrebend ließ Liron seinen Balken los. Er blickte fest auf die Bretter, nur dorthin, wo er seine Hände aufsetzen wollte. Auf Knien rutschend, entfernte er sich Stück für Stück von dem sicheren Halt, Stück für Stück näher zu Trumscheit und damit an den Abgrund. Die Bretter federten an der Kante.

«Das reicht.» Der Krüppel deutete nach oben. «Die Gloriosa.»

Liron blickte auf und sah direkt in den Schlund der Glocke hinein.

Reglos schwebte sie über ihm.

Eine gewaltige Stille drückte auf ihn herab, und es wurde dumpf in seinem Schädel.

Trumscheit schwang seinen Fuß auf den Balken und hangelte sich zur Glocke hinauf. «Braves Mädchen», sagte er und klopfte mit dem Knöchel gegen die Wandung.

Unwillkürlich zog Liron den Kopf ein. Anfangs hörte er nur ein leises, weiches Geräusch, doch allmählich verdichtete es sich. Es wallte die bronzenen Wände auf und ab wie in einem Gefängnis.

«Ruhig, meine Dicke.» Trumscheit fasste den Rand der Glocke und hielt ihn fest. «Wirklich traurig, dass sie zerbrechen muss. Man weiß nie, wie die nächste wird.»

Warum sollte sie zerbrechen? Einen Fehler in der Wandung hätte Liron gewiss herausgehört. Trumscheits Gerede klang fast so, als wolle jemand die Gloriosa absichtlich zerstören.

Unsinn. Wer sollte so etwas tun wollen? Außerdem war

es völlig unmöglich, eine Glocke zu beschädigen, ohne dass ganz Lübeck dabei zuhörte.

«Sieh her», sagte Trumscheit und wies auf den inneren Schlagring. «Die blanken Dellen stammen vom Klöppel. Falls er einmal breitere Spuren hinterlässt, ist wahrscheinlich die Lederaufhängung hinüber, und er bekommt zu viel Spiel. Dann musst du sofort dem Werkmeister Bescheid sagen, auf Dauer hält das nämlich keine Glocke aus.»

Er grinste, soweit das mit seinem schiefgezogenen Maul möglich war. «Wenn du das kontrolliert hast, ist der Rest ein Kinderspiel. Oben an das Joch kommt man viel bequemer ran. Dort muss auf Risse im Holz geachtet werden, und die Lager brauchen ab und zu ein bisschen Fett.»

«Ist das alles?», fragte Liron.

«Dasselbe gilt natürlich für die anderen Glocken, und das Gebimmel auf dem Dachreiter kommt auch noch hinzu. Tja, und manchmal gibt es äußerst lohnende Sonderaufgaben.»

Trumscheit lehnte sich weit vor und streckte die Hand nach dem Klöppel aus. «Nun sollst du getauft werden.»

Dem Anschlag folgte gewaltiges Dröhnen. Liron riss die Hände an die Ohren. Unerträglicher Kopfschmerz brüllte hinter seinen Schläfen und breitete sich in mächtigen Wellen aus. Der Lärm durchströmte seinen ganzen Körper, sogar das Blut in seinen Adern schien zu beben.

Das Gebälk unter ihm schwang mit. Der ganze Turm schien sich zur Seite zu neigen, und Liron ruderte panisch mit den Armen, um irgendwo Halt zu finden.

Plötzlich brach eines der Bretter, und seine Beine krachten nach unten durch. Der Schwung hätte ihn beinahe in die Tiefe gerissen, er konnte sich gerade noch nach vorne werfen und seine Finger ins raue Holz krallen. Sein Schuh löste sich und verschwand polternd in der Tiefe. Nur mit der Brust lag er noch auf, Rumpf und Beine baumelten im schwarzen Nichts. Wie sehr er sich auch anstrengte, es gelang ihm nicht, sich wieder hochzuziehen.

«Trumscheit!»

Die Bretter, auf denen er lag, ächzten. Sie senkten sich!

«Trumscheit, verdammt, ich rutsche.»

Ein Zittern lief durch das Holz, begleitet von tiefem Knarren. Liron hielt den Atem an. Nur nicht bewegen.

«Nicht bewegen», rief der alte Bälgetreter, «bin ja schon unterwegs.»

«Pass auf, die Bretter halten nicht.»

Eine Ewigkeit verging, bis Trumscheit das Viereck des Glockengerüstes umrundet hatte und Liron seine Schritte neben sich hörte. Im nächsten Moment fühlte er sich am Hosenbund gepackt. Der Impuls genügte, sein Becken hochzuwuchten und sich weiter vorzurobben, bis auch seine Schenkel sicher auf den Dielen lagen. Er zitterte und fror von kaltem Schweiß.

«Wenn das keine Glockentaufe war.» Der Krüppel ließ sich schnaufend neben ihm nieder. «Und? Hosen nass?» Er schlug Liron auf die Schulter und lachte. «Hast mir den Spaß am Finkenbauer fast wettgemacht. ‹Ich rutsche, ich rutsche.› Da war er ganz klein, der große Registrant.»

«Ich wäre beinahe abgestürzt.»

«Tja, das kann einem Glöckner jederzeit passieren. Besonders, wenn er nicht weiß, wem er Respekt schuldig ist.»

«Dir etwa?» Liron rappelte sich auf. «Du hast dich nicht einmal beeilt, mir zu helfen, und dafür soll ich dir Respekt zollen?»

«He, nimm Fahrt aus den Segeln, wer sagt, dass ich von mir spreche?» Der Krüppel stand auf und humpelte zur

Treppe. «Du weißt schon selbst, wem du auf die Füße getreten bist.»

«Warte, Trumscheit, ich muss auch wieder hinunter.»

«Nach unten ist noch jeder gekommen, fragt sich bloß, wie schnell.» Stück für Stück verschwand der alte Bälgetreter im Treppenloch.

«Wann bist du endlich mit dem Huhn fertig, Trine?», fragte Mutter. «Du rupfst schon über eine –»

Der kreischende Seilzug in der Diele unterbrach sie.

«Wie soll man bei diesem Krach arbeiten können?» Mutter presste die Hände an die Schläfen. «Ich halte das nicht aus», rief sie, floh die Treppe hinauf ins Schlafgemach und überließ das Kochen Trine und Cäcilie.

Den ganzen Morgen schon schufteten Görgens Knechte in der Diele und immer noch standen Fässer herum, die auf den Speicher gehievt werden mussten.

Sie waren in aller Frühe gekommen. Das gedämpfte Rumpeln im Haus hatte Cäcilie geweckt. Es hatte fast gespenstisch gewirkt, wie die Männer schnell und leise die gesamte Wagenladung hereingetragen hatten. Nur das Absetzen der Fässer war zu hören gewesen und einzelne im Flüsterton gezischte Anweisungen.

Inzwischen sahen sich die Kerle aber nicht mehr vor. Der Wagen war längst fort, die Haustür geschlossen, und Görgen hatte sich mit Vater ins Kontor zurückgezogen.

«Bist du so weit? Kann ich?», brüllte es von oben, doch der Knecht, der die Seilschlingen um die Lasten legen sollte, war nicht mehr bei der Sache. Statt darauf zu achten, was seine Hände taten, grinste er fortwährend zu Trine und

Cäcilie hinüber. Wer sollte ihn auch daran hindern, nachdem Mutter gegangen war? Schamlos beäugte er jede ihrer Regungen, als ob er hoffte, ein Lächeln oder sonst eine Aufforderung zu erhaschen.

Jetzt schmatzte er auch noch und machte «kss, kss» in ihre Richtung. Hielt er sie für Haustiere?

Trine gluckste.

Was war so komisch? Fand sie das Hühnerrupfen spaßig? Als Cäcilie einen schnellen Seitenblick wagte, wäre ihr beinahe das Messer aus der Hand gefallen.

Die Magd hatte sich das halbnackte Huhn rücklings auf den Schoß gelegt. Ihr Finger steckte in der Kloake, dazu ließ sie den Hühnerleib zuckende und windende Bewegungen vollführen.

Cäcilie stieß sie mit dem Ellenbogen an.

«Au, was habe ich denn getan? Ich überlege bloß, womit wir das Hühnchen füllen sollen.»

«Da kann ich helfen», sagte der Kerl und kam zum Tisch herüber.

Trine bedachte ihn mit einem etwas zu gedehnten Liderschlag. «Erst Finger waschen.»

«Aber gerne, wenn du mir deinen Bottich zeigst.» Ohne die Magd aus den Augen zu lassen, krempelte er sich die Ärmel hoch.

Trine hatte das Huhn bereits wieder umgedreht und riss ihm ein paar Federn aus. «Ach, wenn du schon zum Brunnen gehst, sei so gut und nimm die Wasserkübel mit», sagte sie beiläufig und deutete mit dem Daumen in die Küche.

«He, Stig», rief der andere Knecht von oben, «was treibst du so lange?»

Doch der Kerl scherte sich nicht darum, sondern schnappte sich die Kübel und stapfte durch den Flur.

Er hatte gerade die Haustür erreicht, als Onkel Görgen aus dem Kontor stürzte. Vater brüllte ihm irgendetwas nach, aber Görgen warf nur abwehrend die Arme in die Höhe. Dann bemerkte er den Knecht und stutzte. «Wo willst du hin?»

«Die junge Frau hat gesagt ...»

«Unsinn, die eine ist stumm, die andere hat nichts zu sagen.» Sein Blick auf die Kübel bewirkte, dass der Knecht sie sofort abstellte und zu den Fässern zurückeilte.

Nun erschien auch Vater auf dem Flur. Cäcilie hatte ihn selten so derangiert gesehen, die Haare wirr, das Wams halb offen, als hätte er sich geprügelt.

Mit dem Herrn Onkel etwa?

Nein, der wirkte von Kopf bis Fuß perfekt.

Vater rang nach Luft, wie meistens, wenn er sich aufregte. «Das ist meine Familie, Görgen. Und meine Tochter. Und wenn ich sie Seiltanzen lernen ließe, es geht dich nichts an.»

Onkel Görgen löste Vaters Hand von seinem Ärmel. «Du irrst dich, mein Lieber, es ist auch meine Familie. Du bist meine Familie, selbst wenn ich das manchmal bedauere. Jedenfalls lasse ich nicht ...»

«Ja, ja, du hast Angst um unseren Ruf. Nur darum geht es dir. Die Geschäfte könnten leiden. Cäcilies Befinden ist dir doch einerlei. Aber ich sehe, wie sie sich entwickelt hat. Zu Johannis nehme ich sie zum Papagoyenschießen mit, wart's ab, die Zirkelbrüder werden sich die Hälse nach ihr verrenken. Es gibt noch mehr passable Söhne in Lübeck außer deinem.»

Die Seilwinde quietschte. Cäcilie biss sich auf die Unterlippe.

Niemand durfte um sie freien. Falls irgendein Dummkopf sich tatsächlich Hoffnungen machen sollte, würde sie ihn mit Leichtigkeit eines Besseren belehren. Sie würde einfach zu einem Sommerfest das Kleid verkehrt herum anziehen oder sich die Haube um den Bauch binden, vielleicht setzte sie sich auch einen Schuh auf den Kopf ... Armer Vater, immerzu musste er kämpfen, und doch würde er ein weiteres Mal enttäuscht werden.

Onkel Görgen sah zu ihr herüber. Rasch widmete sie sich ihren Rüben und zerteilte die Streifen in dünnere Stäbchen.

«Wahrscheinlich wird es tatsächlich Bewerber für sie geben», meinte der Onkel. «Wer einen guten Namen braucht, nimmt so allerlei in Kauf. Emporkömmlinge, Glücksritter, Schmarotzer, ich sehe das Heer schon vor der Türe stehen.»

«Deine Unkerei interessiert mich nicht. Du machst doch alles schlecht, was nicht auf deinem Mist gewachsen ist.»

«Zum letzten Mal, Hinrich. Ich habe nichts dagegen gesagt, dass Cäcilie musiziert. Aber dieser Dulzian ist weder Musiker noch ein ehrbarer Lehrer. Eben weil mir Cäcilies Wohl am Herzen liegt, habe ich mich nach ihm erkundigt. Ein Hafenknecht, der nichts weiter an der Orgel tut als die Bälge zu treten. Oh Gott, und wie der haust, in einem fauligen Budengang an der Wakenitzmauer. Was bei solchem Gesindel für Krankheiten umgehen, brauche ich dir nicht zu erzählen.»

«Red doch nicht», blaffte Vater, «wärest du immer ehrbar gewesen, würdest du längst auch an der Wakenitz hausen.»

«Du mit, Brüderchen, du mit. Armut ist nichts Schändliches, darin zu verharren allerdings schon. Genau das macht mich misstrauisch gegen diesen Bälgetreter. Gerade jetzt, wo Handlanger und Gesellen sich zusammenrotten, ist es nicht ratsam, sich fragwürdiges Volk ins Haus zu holen. Mein Angebot bleibt bestehen, ich bin bereit, einen passenden Musiker zu bezahlen, Tunders Schwiegersohn zum Beispiel.»

«Ach, gehört der inzwischen auch zu deinen Schergen? Du hast ganz recht, ich sollte mich hüten, fragwürdiges Volk ins Haus zu holen. Ich fange gleich damit an und verzichte auf deine Einmischung.»

«Wie du willst.» Görgen zog verächtlich seine Oberlippe hoch. «Lasst das stehen», rief er den Knechten zu, «wir werden hier nicht mehr gebraucht.» Gefolgt von seinen Männern marschierte er hinaus.

Mutter stürzte aus dem Schlafgemach und beugte sich über das Treppengeländer. «Du musst ihn aufhalten.»

«Ich denke nicht daran», sagte Vater, scheuchte Trine zur Seite und setzte sich auf die Bank.

«Du hast ihn verärgert.» Mutter eilte die Stufen hinunter. «Das hättest du nicht tun dürfen. Was soll werden, wenn er die Schulden einfordert? Er wird sich nehmen, was ihm zusteht.»

«Gar nichts wird er, Grethke Dummerchen. Ich habe seine Fässer. Und vergiss nicht, dass ich ebenfalls Kaufmann bin. Ein lohnender Abschluss, und gleich sieht die Welt ganz anders aus.»

«Willst du etwa wieder reisen? Wochenlang im Regen auf irgendwelchen Karren hocken? Oder über See fahren, wo dir regelmäßig übel wird? Ich spreche ja gar nicht davon, was ich auszustehen hätte, ganz allein mit den Kindern und immer in Sorge, dass du überfallen wirst oder in einen Sturm gerätst.»

Vater sprang auf. «Lasst mich doch alle zufrieden mit eurem Gejammer. Trine, meinen Mantel.»

Mutter heulte und klagte, als er gegangen war. Über ihn, über die restlichen Fässer, die noch in der Diele standen, und über Onkel Görgen. Genügend Gram, um den ganzen Nachmittag davon zu zehren.

Am liebsten wäre Cäcilie dem Vater gefolgt. Aber nein, sie musste bleiben und an dem Trübsal teilhaben.

Musste sie? Warum ging sie nicht einfach?

Sie erhob sich und wischte die Gemüsereste von der Schürze.

Trine schnaubte. «Ja, schmeiß nur alles auf den Boden, wozu hält man sich eine Magd? Das Kochen darf ich jetzt wohl auch allein erledigen, damit die gefräßigen Herren Söhne sich nicht beklagen, wenn sie von der Lateinschule kommen.» Sie rupfte an den Federn, als sei das Huhn schuld daran.

Durch das Haustürfenster fielen Sonnenstrahlen in den Flur. Aber sie erreichten die Diele nicht. Selbst das Licht mochte nicht näher kommen, aus Angst, in der Trostlosigkeit zu verlöschen. Cäcilie ging dem Sonnenfleck ein Stück entgegen und schob ihren Fuß unter dem Rock hervor. Er badete in der Helligkeit und wurde ganz warm.

Einfach hinausgehen, das sollte sie tun.

Hatte Mutter aufgehört zu schluchzen? Bestimmt starrte sie jetzt entgeistert auf Cäcilie, sie wusste ja nie, welche Torheit ihrer stummen Tochter als Nächstes einfallen konnte. Wann würde sie wohl schreiend aufspringen? Wenn Cäcilie die Tür erreicht hatte? Wenn sie die Hand auf die Klinke legte?

Cäcilie spürte die Spannung in ihrem Rücken und fühlte sich fast tollkühn, als sie sich langsam vorwärtsbewegte. An der Stubentür blieb sie stehen.

Das Virginal.

Wenn Liron darauf spielte, füllte sich selbst dieser muffige Raum mit Leben, ganz ohne Gezeter und Geschrei. Sie schlüpfte in die Stube, rollte die schützende Decke beiseite und setzte sich. Nach einigen hingehuschten Akkorden holte sie Lirons Notenblatt hervor und legte es vor sich hin. Nichts war mehr wichtig außer ihren Fingern auf den Tasten und dem Klang, den sie erzeugten.

«Wenn Trumscheit mir nicht geholfen hätte, wäre ich abgestürzt», schloss Liron und kippte den Rest des Biers hinunter.

Eggert bestellte gleich einen weiteren Krug. «Bist du dem Krüppel etwa noch dankbar? Er hat dich doch erst dort hinaufgelockt. Und die Glocke ist auch nicht von allein losgegangen, direkt über deinem Kopf.»

Liron zuckte mit den Schultern. «Glöcknertaufe, das muss wohl jeder durchstehen. Trumscheit konnte ja nicht ahnen, dass ich in der Höhe unsicher werde.»

«Hä? Da müsste er schon blind sein. Nee, nee, Liron, wenn du mich fragst, steckt Absicht dahinter. Der will dir was.»

«Unsinn, warum sollte …»

Der Wirt brachte neues Bier, und Eggert schenkte ein. Mechanisch griff Liron nach seinem Becher.

Womöglich grollte Trumscheit ihm tatsächlich. In seiner Geschichtenerzählerstimme schwang stets etwas Sarkastisches mit, Liron hatte den Unterton jedoch nie auf sich bezogen. Ein Fehler vielleicht. Meister Tunder machte ja keinen Hehl daraus, dass er Liron bevorzugte. Trumscheit wurde nie zum Registrieren oder gar zum Stimmen gerufen. Obwohl er seit Jahrzehnten an der Orgel diente, durfte er immer nur treten.

«Ich glaube, er ist neidisch. Jetzt fällt mir ein, er hat sogar versucht mich einzuschüchtern, ein Glöckner könne jederzeit abstürzen, besonders, wenn er den gebührenden Respekt vermissen lässt.» Liron lachte und prostete Eggert zu.

Doch der schüttelte den Kopf. «Oh Schiet, sei bloß vorsichtig. Für mich hört sich das Ganze nach einer handfesten Warnung an. Ein zweites Mal geht es vielleicht nicht so glimpflich aus. Du musst irgendjemandem ziemlich quer im Fahrwasser liegen.»

Er lehnte sich zurück und wischte sich die Stirn. «Darauf brauche ich noch einen Lütten.»

Liron brummte bereits der Schädel. «Lass gut sein, es wird auch so teuer genug.»

«Ja und? Ich lade dich ein.»

«Wovon? Willst du dir neue Schuldscheine ausstellen lassen?»

Eggert grinste und knallte seinen Beutel auf den Tisch. «Da! Jetzt staunst du, was?» Lauthals brüllte er nach dem Wirt. «Die Miete ist übrigens schon bezahlt. Nicht dass du glaubst, ich prasse hier ohne Sinn und Verstand.»

«Wenn das so ist – auf dein Wohl, Eggert. Möge dir das Würfelglück weiterhin hold sein.»

«Glück? Wenn du wüsstest. Das ist alles bitter verdient.»

Wie düster er klang. Solche Töne passten nicht zu Eggert, schon gar nicht im Frühjahr, wenn sich die Schiffe im Hafen drängten.

«Was hast du denn für deinen Reichtum schleppen müssen?», fragte Liron, und als er keine Antwort erhielt, setzte er frotzelnd hinzu: «Eine Ladung Leichensteine aus Narva mal wieder? Keine Sorge, auf deinem Grab werden sie bestimmt nicht stehen.»

«Sei froh, dass du sicher an der Orgel hockst. Für manche ist der Wind in Lübeck ziemlich rau geworden.» Der Hüne drehte seinen Becher in den Händen und betrachtete den schwankenden Schaum. «Hör mal, Liron, bleib von den Kaufleuten weg, ja? Wenn die erst anfangen, sich mit unsereins zu befassen, gibt es Ärger. Die halbe Sippe hängt uns schon auf dem Hals. Man traut sich ja kaum noch nach Hause, stundenlang lungert dieser Junker vor dem Gang herum.»

Liron sprang auf. «Das erzählst du erst jetzt? Hat er nach mir gefragt?»

«Nein. Aber nach Marikke. Wie ich immer sage, das gibt nur Ärger.»

8. Kapitel

In Cäcilies Kammer stand die Hitze. Unmöglich, dabei einzuschlafen, schon gar nicht in dieser aufrechten Haltung. Wie, um Himmels willen, sollte sie morgen ausgeruht sein? Wenigstens anlehnen konnte sie sich, ohne das Haar zu zerdrücken. Behutsam nahm sie es zusammen und legte es über die Schulter nach vorne. Die Lockenspiralen glitten schmiegsam unter ihren Händen hindurch, ein ungewohntes Gefühl. Am liebsten hätte sie dauernd darübergestrichen. Schluss damit, sonst waren sie morgen wieder glatt.

Energisch ruckelte sie das Kissen zurecht, lehnte sich mit dem Rücken dagegen und ließ ihren Kopf auf die Brust sinken. Schlaf jetzt. Augen zu. Und nicht nach hinten fallen.

Sie blinzelte zu der Truhe hinüber, wo das neue Kleid bereitlag. Trine behauptete zwar, es sei gar nicht neu, aber Vater hatte sich gebärdet, als handle es sich um einen Schatz. Es fühlte sich auch so an, glänzte und knisterte in Dunkelgrün und Elfenbeinweiß. Die aufgerüschten Ärmel endeten knapp unter den Ellenbogen, und das breite Dekolleté entblößte einen Teil ihrer Schultern. Ohne das steife Mieder wäre Cäcilie sich fast ein wenig nackt darin vorgekommen.

Sie liebte das Kleid. Genau wie das gelockte Haar. Sie fühlte sich darin wie ein ganz anderer Mensch, als sei sie um eine zweite Persönlichkeit erweitert. Nur auf die Schuhe mit den wackeligen Klackerabsätzen hätte sie gerne verzichtet. Vielleicht konnte sie die engen Dinger bisweilen heimlich abstreifen, der Rock war lang genug. Zur Not würde Thiedemann ihr seinen Arm zum Festhalten anbieten.

Ob er wohl stolz auf sie sein würde?

Und Liron?

Cäcilie lächelte. Der Arme würde sich gar nicht trauen, sie anzusprechen. Aber das machte nichts, er kannte schon so viel von ihr, fast alles, was sie selber wusste, und das war weiß Gott nicht immer ersprießlich. Morgen konnte er sie zur Abwechslung einmal bewundern.

Ihre Brüder zumindest waren sprachlos gewesen. Als Cäcilie zur Probe in vollem Putz hin und her gelaufen war, hatte sie automatisch eine entsprechende Haltung angenommen. Das alles ließ einfach keine groben Bewegungen zu, geschweige denn, dass man sich bückte oder bequem auf die Bank fallen ließ.

Sie zog sich die Decke über die Brust und strampelte die Beine frei. Schrecklich, diese Hitze. Ihre Haut klebte schon überall. Wahrscheinlich würde es erst in den Morgenstunden frischer werden.

Warte nicht darauf, schlaf endlich. Augen zu, endgültig.

Irgendwann musste sie eingeschlafen sein, denn das Krähen eines Hahns riss sie aus einem Traum. Es hörte und hörte nicht auf. Sie blinzelte. Es war noch stockfinstere Nacht, was glaubte dieses Vieh …

Nein, so schrie kein Hahn. Es waren Menschen, die riefen. Cäcilie wickelte sich die Decke um den Leib und tastete sich aus ihrer Kammer.

Unten in der Diele flackerte ein Licht. Die Flügeltüren zur

Straße standen weit offen. Es klang wie eine Schlägerei vor dem Haus. Oh Gott, sie hörte nun auch Vaters Stimme.

Ohne nachzudenken lief sie die Treppe hinunter und rannte hinaus.

Männergebrüll überall. Schemen, die Hiebe austeilten. Jemand versuchte, den hoch beladenen Wagen zu erklimmen, der mitten auf der Straße stand. Oben balancierten Lars und Lukas, lächerlich klein gegen die Kerle, lächerlich auch ihre wütenden Tritte. Ein Knecht kam ihnen zu Hilfe. Wild schwang er einen Stock und prügelte auf die Angreifer los. Ein Stein knallte gegen die Hauswand. Cäcilie zuckte zusammen und duckte sich instinktiv. Ein weiterer sauste durch die Luft, Fensterglas zersplitterte. Direkt vor ihr wurde Vater wie ein Sack gegen das Wagenrad geschleudert. Lukas strauchelte und klammerte sich an seinen Bruder, schreiend rutschten sie nach hinten ab.

Cäcilie rannte los, sie musste nach ihnen sehen.

Gellendes Jubelgeheul ließ sie zusammenfahren. Einer der Schläger hatte sich auf den Wagen geschwungen und stand nun breitbeinig auf den Fässern, die Axt hoch in den Himmel gereckt.

Sie erkannte ihn sofort: Claas Pommer.

«Jetzt soll Kortholt bluten», rief er und hieb die Seile durch.

Cäcilie wich ins Dunkel des Hausflures zurück.

Die Pferde schnaubten und versuchten anzuziehen. Schon gerieten die Fässer in Bewegung. Oben auf dem Fuhrwerk lachte Claas Pommer und schlug seine Axt in das berstende Holz.

«Weg hier», brüllte jemand.

Die ersten Fässer begannen zu rollen und zerschellten auf dem Pflaster. Schäumend breitete sich das Bier zwischen den Steinen aus und malzig-süßer Geruch erfüllte die Straße.

Vater war zuerst in der Tür. Hektisch winkte er nach den anderen. Lukas und Lars schleppten mit verbissenen Mienen den verletzten Knecht hinein, gefolgt von einer Handvoll humpelnder Männer.

Bevor sie Cäcilie bemerken konnten, huschte sie die Treppe hinauf. Auf der letzten Stufe hockte sie sich hin und lehnte ihren Kopf an die Geländerstäbe.

Claas Pommer.

Wusste Trine, was er hier tat? Unmöglich, das hätte sie gesagt. Schließlich gehörte sie zur Familie, wie, wie … Cäcilie fiel nichts Passendes ein. Dennoch, Trine war ihre Vertraute, und sie erzählte ihr alles, oft mehr, als sie hören wollte.

Eine kleine Hand stahl sich in ihre.

«Psst», machte Nils. Cäcilie musste lächeln. Als ob sie je einen Mucks von sich gegeben hätte. Sie drückte seine Finger und er gab den Druck zurück. Ein beglückendes Gefühl, stellte Cäcilie verwundert fest. Dabei war Nils eine vorlaute Rotznase, kaum angenehmer als die anderen beiden, die dauernd lärmten und mit Stöcken fuchtelten. Aber heute hatte sie Angst um ihre Brüder gehabt.

Der Verletzte wurde auf die Bank gesetzt. Blut rann ihm von der Schläfe und tropfte auf die Kissen. Vorsichtig legte Lars ihm den Kopf zurück.

«Grethke, komm runter», rief Vater. «Wir brauchen Wasser und reine Tücher.»

Einer der Männer griff Vater am Ärmel. «Ich will mein Geld zurück. Sofort. Gebe Gott, dass ich noch rechtzeitig Ersatz beschaffen kann.»

«Was soll das? Gekauft ist gekauft. Die Fässer waren bereits auf Euren Wagen geladen.» Vater riss sich los. «Grethke, verdammt, wo bleibst du? Der Mann hier blutet.»

«So nicht, mein Lieber. Ihr habt mir Bier für das Papagoyenschießen versprochen, also, wo ist es? Liefert oder gebt mir mein Geld zurück. Ich warne Euch, falls ich beim Fest ohne einen Tropfen dastehen muss, ersetzt Ihr mir den gesamten entgangenen Gewinn.»

Vater baute sich vor dem Fremden auf. «Es reicht, Schankwirt. Ich habe geliefert. Euch genauso wie den anderen. Wenn Ihr nicht bereit seid, ein Risiko zu tragen, hättet Ihr bei einer regulären Brauerei zum doppelten Preis bestellen müssen. Es ist nicht meine Schuld, dass Ihr überfallen wurdet.»

«Ich?» Der Fremde schnappte nach Luft. «Die Bande hat Euren Namen geschmäht, Ihr wart das Ziel.» Er blickte sich nach den anderen um.

«Hab's auch gehört», sagte einer. «Und das Pferd war noch nicht mit der Ware unterwegs, keinen Schritt.» «Genau, die Fässer wurden vor Eurem Haus zerschlagen.»

Vater winkte verärgert ab, ließ die Männer stehen und wandte sich dem verletzten Knecht zu. «Sieht böse aus. Weckt Trine, und du Lukas, schaff endlich deine Mutter heran.»

Aber Mutter war bereits unterwegs. Sie hatte sich ihr Hauskleid übergezogen, das über die ganze Länge mit kleinen Schleifen geschlossen wurde. Kein Wunder, dass sie so lange gebraucht hatte.

Lukas kam ihr entgegen. «Brauereigesellen, fünf, sechs Mann mindestens. Sie waren plötzlich da und gingen auf uns los. Keins der Fässer ist heil geblieben, ich sage dir, die reinste Sintflut ...»

«Ja, ja, ich hab es vom Fenster aus gesehen.» Sie nahm

seinen Kopf in die Hände, und ihr Blick huschte prüfend über sein Gesicht. «Was ist mit Lars?»

«Dem fehlt nichts, aber ein Knecht hat etwas abbekommen.»

«Lieber Herr Jesus», sagte sie und scheuchte Lukas vor sich her. Dann bemerkte sie Cäcilie. «Oh Gott, Kind. Wie kannst du nur? Das Haus voller Fremder, und du sitzt halb nackt hier herum.»

Das Ergebnis ihrer Entrüstung war, dass all die Fremden nach oben blickten, sogar der Mann mit der Wunde.

«Ins Bett mit dir. Du auch, Nils.»

Sie blieben beide sitzen, doch das merkte Mutter nicht, sie hastete bereits die Treppen hinunter und rief nach der Magd.

Trine erschien gähnend in reizvoll verrutschen Kleidern, als sei sie soeben aus dem Schlaf gerissen worden. Allerdings hatte sie Zeit gefunden, die Haube aufzusetzen und sich ihre Stirnlöckchen in Sechserkringel zu zupfen.

Während sich die beiden Frauen um den Verletzten bemühten, befahl der Schankwirt seinen Männern, Wagen und Pferde zurückzubringen. Er selbst weigerte sich jedoch zu gehen. Mitten in der Diele pflanzte er sich auf einen Schemel und drohte, dort sitzen zu bleiben, bis er sein Geld bekam.

Vater ignorierte ihn einfach. Er reckte sich und verkündete, noch paar Stunden schlafen zu wollen. «Zum Schießen muss ein guter Bürger ausgeruht sein, sonst trifft er den Vogel womöglich kein einziges Mal.»

Eggert pfiff vor sich hin. Er drehte und wendete sich vor Marikkes Spiegel, den er auf einen Stuhl gestellt hatte. Liron fand, dass er in seinem leuchtend blauen Wams und den floretten Hosen ziemlich lächerlich wirkte, aber das konnte der Hüne nicht sehen; wie auch immer er sich verbog, das Spiegelglas gab seine Gestalt nie vollständig wieder.

«Wasch dir wenigstens die Hände, Eggert. Wie sieht denn das aus, weiße Manschetten und schwarze Nägel.» Im gleichen Moment dachte Liron, dass die Nägel wahrscheinlich den geringsten Mangel darstellten, denn Eggert gehörte zu den Menschen, denen außen an den Fingerknöcheln dunkle Haare wuchsen.

«Nun lass ihn», meinte Marikke. «Er ist wunderschön.»

«Nein, du bist schön.» Eggert kratzte sich am Kopf und lächelte sie an.

Er hatte recht. Helles Sommerleinen umschmeichelte sie. Um Kopf und Hals hatte sie ein golddurchwirktes Tuch geschlungen, dessen Glanz auf ihrer zarten Haut widerschimmerte.

«Was meint ihr, soll ich das wirklich tragen? Es ist ja eigentlich nicht nach der Kleiderordnung.»

Liron kam sich schäbig vor, er besaß nichts anderes als die Kittel, die er immer trug. Wie konnten sich die beiden plötzlich einen solchen Staat leisten? «Der Schal ist doch sicher eine Auftragsnäherei für eine vornehme Dame», sagte er. «Sie könnte dich auf dem Fest damit sehen.»

«Nicht ganz.» Marikke errötete. «Der Auftrag stammt von einem vornehmen Junker. Und der verlangt sogar, mich damit zu sehen.»

«Vergiss diesen Junker», brummte Eggert. «Das gibt nur Ärger. Glaub ja nicht, dass er heute Zeit zum Gaffen findet. Der hat ganz andere Sorgen.»

Als Marikke ihn fragend anblickte, zerrte er nervös an seinen Hosen. «Was weiß ich, was der für Sorgen hat. Immerhin wurde angeordnet und befohlen, dass die Bürgerlichen sich im Schießen und dabei im Saufen üben sollen.»

«Ist das wahr?», fragte Liron, «Sie sollen dabei trinken?»

Eggert klopfte sich auf den leuchtend blauen Bauch. «Oh ja. Und da sie unsereins nicht schießen lassen, müssen wir uns beim Saufen doppelt anstrengen.»

Obwohl es noch früh am Tage war, schien ganz Lübeck auf den Beinen zu sein. An jeder Ecke baute man Schaubuden und Trinkzelte auf, Artisten waren gekommen, und es gab sogar Tiere aus Übersee zu bestaunen, die fremdartig fauchten und flöteten.

Begleitet von Trommeln und dem schrillen Gedudel der Rauschpfeifen zogen die Bürgerkompanien auf. Manche winkten mit dem Gewehr, andere streckten laut bettelnd ihre leeren Bierkrüge in die Menge, auf dass eine milde Seele sie wieder füllte.

«In der Ordnung bleiben!», rief der Schützenführer. «Kein Rufen und Raufen während des Marsches.»

Liron schob sich mühsam durch die Menge, er musste seine Ellenbogen einsetzen, um nicht abgedrängt zu werden. In diesem Gewühl würde es unmöglich sein, die Kortholts zu finden.

«Der Papagoy!», rief Eggert und zeigte schräg nach oben, wo ein buntbemalter Holzvogel auf der Spitze einer langen Stange saß. «Da müssen wir hin.»

Leider hatten alle anderen dasselbe Ziel. Eggert hakte sich bei Liron und Marikke unter, senkte den Kopf und pflügte sich zum Schießplatz.

Der Bereich rund um die Vogelstange war abgesperrt. Zumindest für die Gemeinen. Es gab durchaus Tische und Bänke dort, die eine oder andere wohlhabende Familie hatte auch schon Platz genommen. Da wurde gelächelt und genickt, dass die gedrehten Löckchen wippten. Fächer flirrten, Gold und Perlen glänzten in der Sonne, während die Herren ihre Degen blitzen ließen und sich mit heiteren Scherzen unterhielten. Nur die Kinder zerrten an den feinen Kragen ihrer Kleider.

Als die Schützen sich am Schießstand sammelten, rückte das Volk johlend vor. Liron beneidete die Soldaten nicht, die in der fidelen Menschenmasse die Übersicht behalten sollten.

«Dem Schützenkönig winken eine Menge blanke Taler», sagte Eggert, «aber davon darf er nicht einen Schilling behalten, soll alles versoffen werden. Hoffentlich dauert es dieses Jahr nicht wieder Stunden, bis das Vieh heruntergeschossen ist. Solange muss nämlich jeder selbst für seinen Durst aufkommen.»

Marikke schüttelte sich. «Ich glaube, ich würde absichtlich danebenschießen. Man erwartet doch vom König, dass er großzügig ist, er kann nicht dem einen geben, was er dem Nächsten verweigert. Das Preisgeld hat noch nie gereicht.»

«Na und? Falls er sich ruiniert, hat er immer noch das Recht auf steuerfreies Bier im nächsten Jahr. So lässt sich eine Pleite aushalten.»

Er tippte Liron auf die Schulter «Bleibt hier stehen. Dann werfe ich mich in die Wogen und hole uns etwas zu trinken.»

Nicht einmal ein Erdbeben hätte Liron dazu bewegt, seinen Platz aufzugeben. Von hier aus konnte er sehen, wann die Kortholts eintrafen. Cäcilie würde dabei sein. Und er war auch gespannt, ob Thiedemann mit der Büchse ebenso geschickt war wie mit dem Degen.

Ein Seitenblick zu Marikke ließ ihn vermuten, dass sie

das Gleiche dachte. Sie sah bezaubernd aus. Ihre Natürlichkeit hatte ihm immer gefallen, aber er hatte sie nie wirklich betrachtet, nicht so, wie der Junker sie wohl ansah.

«He, Dulzian!»

Der herzliche Schlag auf den Rücken war so heftig, dass Liron husten musste. «Ach Claas, welche Überraschung.»

Der Zimmerer legte seinen Arm um ihn. «Komm mit uns, wir haben zu feiern.»

«Wer hat das heute nicht?», sagte Liron und hatte Mühe, nicht von dem wankenden Kerl zu Boden gerissen zu werden.

«Was ist los? Keinen Durst? Oder kein Geld? Egal, wir haben heute schon acht Fässer verschüttet, da kommt es auf ein paar Krüge nicht mehr an.» Sein Kopf sackte auf die Brust, aber die Faust konnte er dennoch gen Himmel recken. Johlend nahmen seine Kumpane die Geste auf.

«Lass gut sein, Claas, ein andermal, ich bin nicht allein hier.»

Der Zimmerer entdeckte Marikke.

«Oh!» Er schwankte an Lirons Schulter hängend in ihre Richtung. «Niedlich. Da sag noch einer, du seiest mit der Kortholt'schen Göre zugange.» Er lachte. «Die würde dir heut auch wenig Freude machen. Sehr wenig Freude.»

Seine Begleiter drängten zum Trinkzelt. «Ich komme ja schon», sagte Claas. Er tat, als würde er Liron auf die Schultern klopfen, doch in Wahrheit hielt er sich an ihm fest, bis er sein Gleichgewicht gefunden hatte.

Liron packte ihn am Arm. «Was ist mit der Kortholt-Tochter?»

«Weia, weia», konnte Claas nur sagen.

Einer seiner Begleiter half aus. «Hinrich hat geschmuggeltes Bier verladen. Sickert nun auf der Fleischhauerstraße ins

Pflaster. Die Bettler werden sich freuen, können jetzt wie die Hunde an den Steinen lecken. Leider war es nur ein einziger Wagen, und der Wirt ist uns entkommen. Ich möchte nicht wissen, wer hier alles steuerfreie Ware ausschenkt.»

«Und was habt ihr mit Kortholt gemacht?»

«Sagte ich doch schon, wir haben ihm die ganze Fuhre kurz und klein geschlagen. Komm jetzt, Claas.»

Als Thiedemann in der Fleischhauerstraße eintraf, saß der Schankwirt immer noch auf seinem Schemel, allerdings nicht mehr ganz so aufrecht, zwischenzeitig hatte er sogar geschnarcht. Mutter blieb nichts anderes übrig, als entnervt um ihn herumzulaufen. Vater war eben erst aus dem Bett gekrochen, die Brüder rührten sich noch nicht, und Trine hatte sich in ihre Kammer verzogen.

Nur Cäcilie saß fertig angekleidet auf ihrem Platz, klappte ihren Fächer auf und zu und wartete darauf, dass es losging.

Thiedemann legte den Kopf schief. «Hatten wir nicht eine Verabredung, oder irre ich mich etwa im Tag?»

«Es war eine unruhige Nacht», sagte Vater und erzählte von dem Überfall.

Der Schankwirt stemmte sich hoch. «Vergesst nicht zu berichten, dass die Halunken Euren Namen riefen. Eure Fenster haben sie eingeworfen, und Euretwegen verpasse ich nun den einträglichsten Tag des Jahres. Ich verlange mein Geld und den entgangenen Verdienst.»

Thiedemann hob die Brauen. «Da ist Euch ja wirklich übel mitgespielt worden.» Er ging auf ihn zu, nahm seine Hand und patschte begütigend darauf. «Ihr dürft das auf keinen Fall hinnehmen. Geht zum Rat und tragt Eure Sache vor. Oder nein, Ihr solltet die Anklage besser gleich schriftlich verfassen, dann kann man sich später darauf berufen.»

Er blickte zur Decke, tippte sich mit zwei Fingern ans Kinn und diktierte in die Luft: «Schreibt am besten, in untertänigstem, ehrerbietigstem Vertrauen und so weiter, an den hochwohlgeboren ehrbaren Rat und so weiter, bitte ich darum, dass mir Recht geschehe. Ja, ‹Recht geschehe› ist gut. Weiter. In bestem Glauben an den immensen Verdienst, den ich zum Papagoyenschießen erwartete, bestellte ich das dazu nötige Bier nicht bei einer lübschen Brauerei, sondern in der Hoffnung, die horrende Biersteuer zu umgehen, die der nimmersatte Rat –»

«Seid Ihr toll? Man würde mich vom Fleck weg in die Fronerei verfrachten.»

«Was Ihr nicht sagt.» Thiedemann lächelte. «Allerdings hättet Ihr in Eurem Loch auch die Genugtuung, dass Euer Kontrahent sich mit Unannehmlichkeiten plagen müsste. Gut, er würde natürlich leugnen und sich womöglich über den Tumult beschweren, der Euretwegen vor seinem Haus veranstaltet wurde. Es war doch Euer Wagen?»

Der Schankwirt trat nach dem Schemel. «Ihr … Ihr …»

«Na, na, mein Lieber, nicht so hitzig. Vielleicht kann ich Euch aus der Misere helfen. Kleine Petersgrowe, das vierte Haus auf der rechten Seite. Aber kein Wagen, nur Träger. Drei Fässer könnt Ihr bekommen, zum gleichen Preis, den mein Onkel Euch gemacht hat. Das wird reichen, insgesamt werdet Ihr den gleichen Gewinn einstreichen wie ein ehrlicher Wirt. Natürlich müsst Ihr bar bezahlen.» Er streckte ihm seine Hand entgegen.

Der Schankwirt schlug ein, bedankte sich heiser und eilte hinaus.

Thiedemanns freundliche Miene verfinsterte sich schlagartig. «Verflucht Hinrich, warum tust du so etwas? Du spielst mit deinem Ruf, halb Lübeck lauert darauf, dass du einen Fehler machst.»

«Ich weiß nicht, was du hast. Es ging doch alles gut, nur der letzte Wagen … Ja und? Das Geld habe ich ja trotzdem, und du verdienst nun auch noch daran. Besser hätte selbst Görgen nicht planen können.»

Unwillig schüttelte Thiedemann den Kopf. «Du musst verraten worden sein, und ich fürchte, ich weiß auch von wem.»

Er stampfte durch die Diele und riss die Hoftür auf. «Trine!»

Cäcilie rannte ihm nach.

Mit wenigen Schritten war er beim Anbau und polterte gegen das Fenster der Dienstbotenkammer. «Trine, komm raus, zwinge mich nicht, dich zu holen.»

Mehrmals musste er klopfen, bevor die Magd erschien. Sie hatte die Unterlippe vorgeschoben, doch bei Thiedemanns Anblick knickste sie hastig.

«Raus mit der Sprache, woher wussten die Brauer von der Fuhre heute Nacht?»

«Das fragt Ihr mich? Ich bin kein Brauer.»

«Das ist nicht der Moment für Scherze, du machst es nur schlimmer, wenn du nicht augenblicklich gestehst.»

«Was soll ich denn getan haben, Herr von Kortholt? Ich habe die Kerle nicht einmal gesehen. Nur den Wirt und seinen Knecht, und der …»

Thiedemann packte sie an den Schultern und schüttelte sie.

Er tat ihr weh. Sah er denn nicht, dass ihr die Tränen in die Augen schossen? Cäcilie legte ihm die Hand auf den Arm und erwartete, dass er innehielt. Aber er schien sie nicht einmal zu bemerken. Ihr blieb nichts anderes übrig, als sich an ihn zu klammern und mit aller Kraft zu zerren.

Unerwartet heftig schob er sie zur Seite. «Halte du dich da raus. Du ahnst ja nicht, was für eine Schlange sich hier eingenistet hat.»

Trine rutschte weinend an der Mauer hinunter. Schnell hockte Cäcilie sich zu ihr und legte den Arm um sie. Thiedemann würde nicht wagen, sie noch einmal anzurühren, falls doch, würde er seine eigene Cousine treffen. Sie zitterte. Es war Jahre her, dass sie ihn derart verärgert gesehen hatte.

«Wovon redet der Junker nur?», schluchzte Trine. «Ich weiß wirklich nicht, was er mir vorwirft.»

«Tu nicht so. Man hat dich auf dem Langen Lohberg erkannt, und zwar im Morgengrauen. Anständige Mägde schlafen in ihren eigenen Betten. Claas Pommer heißt dein Buhle, wage nicht, das abzustreiten.»

Trines Augen weiteten sich. «Woher wisst Ihr das?»

«Du gibst es also zu.»

«Ja, Herr, aber …» Mühsam rappelte sie sich hoch. «Wir wollen heiraten, wirklich, sobald wir genug gespart haben. Bitte, sagt der Frau nichts davon, sie würde …»

«Dein geiles Getändel interessiert mich nicht.»

Sofort brach Trine erneut in Tränen aus.

Thiedemann fuhr sich über die Augen und atmete tief. «Du musst mir die Wahrheit sagen. Verstehst du, Mädchen, nur so kann ich den Schaden einschätzen und Schlimmeres verhindern. Hör jetzt auf zu flennen und rede. Ich werde dir nichts tun, es sei denn, du besitzt die Frechheit mich anzulügen. Also, bist du heimlich im Kontor gewesen?»

Sie nickte unmerklich.

«Du hast dort in den Papieren gewühlt.»

«Ja.»

«Und dann bist du zu diesem aufständischen Zimmerer gelaufen, um ihm zu berichten, was du herausfinden konntest.»

Cäcilie schauderte. Sie hatte Claas Pommer heute Nacht gesehen, mit seiner Axt hoch auf dem Wagen. Und wie er gelacht hatte, als das Holz splitterte. Er musste die Kortholts hassen. Aber wie konnte er dann Trine lieben? Oder hatte sie ihm tatsächlich von der Fuhre erzählt?

Die Stimme der Magd war kaum zu hören. «Ihr glaubt, ich hätte die Familie verraten?»

Sie sah sich nach Cäcilie um und lächelte gequält, dann blickte sie Thiedemann in die Augen. «Es stimmt, Claas hat mich danach gefragt, aber ich habe ihm nichts gesagt, und er ist nicht weiter in mich eingedrungen. Warum sollte er auch? Schließlich lebe ich hier, dies ist mein Zuhause. Wie dumm müsste ich sein, mein eigenes Nest zu gefährden. Von mir hat niemand etwas erfahren, da bin ich mir ganz sicher. Genauso wenig werde ich ausplaudern, was die Handwerksgesellen vorhaben.»

«Was soll das heißen?»

«Ganz einfach, dass ich keine Verräterin bin.»

«Lächerlich.» Vater stand in der Hoftür, die Daumen in die Weste gehakt. «Es heißt natürlich, dass sie zu denen gehört. Mein Gott, als hätte ich nicht genug am Hals, der ganze Ärger wegen einer buhlerischen Magd. Das ist nun der Lohn für meine Langmut. Grethke liegt mir seit Monaten in den Ohren, dass sie aufsässig sei. Bemühe dich nicht, Thiedemann, wie sie selbst sagt, wird sie dir nichts verraten. Die hat doch längst mit ihrem dreckigen Galan auf unseren Untergang getrunken. Keinen Funken Ehre im Leib, das Pack.»

Er spuckte auf den Boden. «Hauptsache wir haben die

Schuldige gefunden. Ich werfe sie raus, dann wird endlich wieder Ruhe einkehren.»

Er drehte sich um und stampfte ins Haus zurück.

Trine war blass geworden. Sie wollte ihm nachlaufen, doch Thiedemann hielt sie mit einem scharfen Blick davon ab.

«Nicht so schnell, Hinrich», sagte er, hob seinen Hut, um sich das Haar darunter nach hinten zu streichen, und folgte ihm gelassen.

«Sie werden mich nicht fortjagen, oder?» Trines Kinn zitterte. «Cäcilie, du glaubst mir doch? Ich habe nichts verraten, so etwas würde ich nie tun. Ich wusste ja nicht einmal, wann die Fässer geholt werden sollten.»

Scheu angelte sie nach Cäcilies Hand, und Cäcilie hielt sie fest. Wie kalt sie war. Und wenn sie mit dem Schwert kämen, Cäcilie würde sie nicht loslassen.

«Was glaubst du, was Frau Grethke sagen wird? Ich schwöre, von nun an werde ich tun, was sie wünscht, und immer gleich hören. Bestimmt ist sie wütend auf mich.»

Nicht wieder weinen. Cäcilie umarmte sie und streichelte ihre Wangen. Aber Trine machte sich los.

«Früher hätten sie nicht gewagt, mich zu verdächtigen, da waren sie auf mich angewiesen. Sonst wäre ich doch nie so respektlos geworden. Aber du machst neuerdings alles anders. Aus heiterem Himmel entscheidest du, freiwillig zur Kirche zu gehen. Du meinst auf einmal, dich selbst ankleiden zu können und trägst sogar das Mieder, das ich immer zum Tanzen nehmen durfte. Dann hilfst du auch noch beim Kochen. Und plötzlich bin ich bloß noch eine unverschämte Magd. Wozu sollte die Frau mich brauchen? Sie hat ja jetzt dich.»

Das war ungerecht. Cäcilie schluckte. Sie wusste nicht, was sie mehr schmerzte – dass sie als Ersatz für eine Magd herhalten sollte oder dass Trine versuchte, die Schuld an ihrem Unglück auf sie abzuwälzen.

«Es tut mir leid», sagte Trine, «ich wollte so etwas nicht sagen, in Wahrheit freue ich mich ja für dich. Aber ich habe solche Angst. Du lässt nicht zu, dass sie mich aus dem Haus werfen, oder? Wo soll ich denn hin?»

Lukas kam auf den Hof geschlendert. Im Vorbeigehen rupfte er ein paar Blätter von den Beerensträuchern.

«Vater will dich sprechen, Trine. Er erwartet dich im Kontor. Hast nicht schlecht gekocht, und auch sonst …» Eilig verschwand er im Abtritt.

Trine zog ihr Mieder nach unten und zupfte an ihrer Haube. Energisch wischte sie die Tränen fort, lächelte Cäcilie noch einmal zu und ging erhobenen Hauptes ins Haus.

War das der Abschied? Cäcilie spürte in sich hinein, ob sie wohl weinen musste, oder aber das Bedürfnis hatte zu toben und zu schreien. Doch sie blieb sonderbar gefasst.

Es lag allein an ihr, dass die Eltern jetzt glaubten, auf Trine verzichten zu können. Genauso lag es in ihrer Macht, sie so bald wie möglich vom Gegenteil zu überzeugen. Trine war nicht entbehrlich, nicht für sie.

Sie bückte sich nach ihrem Rocksaum. Vater hatte sicher ein kleines Vermögen für das Kleid ausgegeben. Der knisternde Taft war dünn, aber die Naht so fest, dass sie die Zähne zu Hilfe nehmen musste. Danach ging es ganz leicht und das Geräusch von reißendem Stoff begleitete einen Streifen nach dem anderen.

Tunders Fußtritt saß. Hastig blätterte Liron die Seite um, sah kurz nach den Registerknöpfen, die er in vierzehn Takten ziehen musste, und versuchte, sich auf die Noten zu konzentrieren. Er folgte eher der groben Wellenlinie, als dass er wirklich ablas. Das käme mit der Übung, hatte Tunder prophezeit, später würde der Klang in seinem Kopf entstehen, als ob er ein Buch läse und das Gelesene dabei bildlich vor sich sah. Aber Liron hatte noch nie ein Buch gelesen außer der Bibel, genau genommen nur ein paar Absätze aus der Bibel.

«Trompeten», sagte Tunder, wechselte auf das obere Manual und gab den Einsatz mit dem Kopf.

Liron griff nach den Knöpfen. Trompeten rein, *Mixtura* raus.

Zwölf Takte bis zum nächsten Wechsel. Er musste ständig an den Überfall auf die Kortholts denken. Die Familie war nicht beim Papagoyenschießen aufgetaucht, deshalb war er noch am selben Abend in der Fleischhauerstraße vorbeigegangen und hatte das zerbrochene Fenster entdeckt. Da im Haus schon alles ruhig gewesen war, hatte er nicht gewagt zu stören.

Zu den Gottesdiensten der letzten Tage waren sie auch nicht gekommen, ebenso wenig heute zum Konzert vor Börsenbeginn. Allmählich machte er sich ernsthaft Sorgen.

Nur noch ein paar Stunden, beruhigte er sich zum hundertsten Mal. Dann begann die Musikstunde, und er würde alles erfahren.

Nie hatte er den Weg in die Fleischhauerstraße so schnell hinter sich gebracht. Das Loch in der Scheibe war noch nicht repariert, nur ein Brett hatten sie von innen dagegengestellt. Eine unangenehme Vorahnung beschlich ihn, während er den Klopfer betätigte.

Warum ließ sich Trine so viel Zeit? Hatte sie ihn nicht gehört? Er wartete eine Weile, bis er sich erneut bemerkbar machte.

Frau Grethke öffnete.

«Ach ja, die Musikstunde …», sagte sie, bat ihn aber nicht hinein.

«Wie immer, verehrte Frau von Kortholt, heute ist Donnerstag, Eure Tochter wartet sicher schon.»

«Ich fürchte, das tut sie nicht.»

Liron erschrak. Er drängte sich an der Hausfrau vorbei und rief nach Cäcilie. In der Stube fand er sie nicht, er machte kehrt, lief in die Diele und sah in der Küche nach. Vielleicht war sie oben in ihrer Kammer. «Cäcilie.»

«Was soll der Lärm?» Sichtlich verärgert kam Hinrich über den Flur gestampft.

Liron verbeugte sich knapp. «Eure Tochter, was ist mit ihr?»

«Ah, der Bälgetreter.» Hinrich bedeutete Liron, ihm in die Dornse zu folgen. Schwerfällig nahm er hinter seinem vollgewühlten Schreibtisch Platz, griff nach einem Zirkel und spielte damit. «Tja, ich weiß nicht recht, ob wir noch Verwendung für die Dienste eines Musikers haben.»

«Bitte, Herr von Kortholt, was ist mit Eurem Fräulein Tochter? Es geht ihr doch gut?»

«Ja, ja, sie ist wohlauf, wenn man das so nennen kann.»

Liron schloss die Augen, er hätte sich jetzt gerne gesetzt, doch überall türmten sich Papiere, so auch auf dem einzigen Hocker.

Hinrich klappte den Zirkel zusammen. «Niemand bedauert das mehr als ich, aber wir müssen uns damit abfinden, dass die Musikstunden nicht den erwünschten Erfolg gebracht haben. Die kleinste Aufregung hat gereicht, das

Mädchen um Wochen zurückzuwerfen. Es gab ein nächtliches Handgemenge, leider zufällig direkt vor dem Haus. Und nun ist ihre Verwirrtheit schlimmer denn je.»

Er erhob sich und streckte Liron die Hand entgegen. «Es tut mir leid.»

«Nein, bitte, Euer Hochwohlgeboren, es ist schon einmal gelungen, Eure Tochter aus ihrer Schwermut zu locken, was spricht dagegen, es ein zweites Mal zu versuchen?»

«Hoffnungslos. Außerdem ist Cäcilie nicht ganz ... vorzeigbar.»

«Das stört mich nicht, ich werde darüber hinwegsehen.»

Hinrich seufzte, doch dann deutete er zur Tür und sagte, dass Cäcilie im Garten sei.

Vor diesem Moment hatte Cäcilie sich den ganzen Tag gefürchtet. Liron kam eilig auf sie zugelaufen. Erst wenige Schritte vor ihr wurde er langsamer und blieb schließlich stehen. Sie ahnte die Fassungslosigkeit, mit der er sie jetzt musterte und zwang sich, nicht zu ihm aufzublicken.

Ja, er sah ganz richtig, sie steckte in einem Mehlsack, mit Löchern für Arme und Kopf. Der war nämlich zu fest gewebt, als dass sie ihn hätte zerreißen können. Dabei hatte ihr das selbsterschaffene Flatterstreifenkleid sogar ganz gut gefallen, sie musste wie ein Harlekin ausgesehen haben. Mutter war allerdings anderer Meinung, und das sollte sie ja auch. Nur Vater tat ihr leid, er war so stolz auf die teure Robe gewesen.

«Cäcilie ...»

Schön, dass er ihren Namen noch kannte, aber jetzt sollte er lieber wieder gehen. Ihre Gesellschaft war nicht gut für ihn. Für niemanden.

«Was hat man dir nur angetan?»

Warum verstand er nicht? Es war genau umgekehrt. Sie war es, die alle Menschen ins Elend stürzte. Er durfte ihretwegen nicht unglücklich werden, so wie Trine. Abrupt drehte sie sich auf ihrer Bank von ihm weg und starrte die Mauer an. Das musste deutlich genug sein.

Aber nein, er setzte sich neben sie. Was sollte sie denn noch tun?

Nichts.

Zur Not den ganzen Nachmittag lang.

Lieber Gott, mach, dass er endlich geht.

Sie durfte ihm nicht nahe sein, je länger er zögerte, umso schlimmer würde der Verlust am Ende werden. Seine Hilflosigkeit tat ihr schon jetzt schrecklich weh. Ihre Kehle wurde eng, sie durfte auf keinen Fall weinen.

Am liebsten hätte Liron sie geschüttelt. Oder sie fest in den Arm genommen. Oder ihr wenigstens über das Haar gestrichen. Er streckte seine Hand aus, traute sich aber nicht, sie zu berühren. Noch nie hatte er sie so abweisend empfunden, als würde seine Anwesenheit ihr körperliche Schmerzen bereiten.

Langsam stand er auf und entfernte sich ein Stück. Sie wirkte nicht erleichtert. Ihr gekrümmter Rücken klagte ihn weiterhin an.

Hinrich sah mit trauriger Miene auf seine Tochter herab. «Hoffnungslos, wie ich vermutet hatte. So ungern ich es zugebe, aber mein Bruder hatte wohl recht. Kein Halt, keine Ordnung in dem kranken Köpfchen. Das hat jetzt alles meine Gemahlin zu tragen, seit die Magd gegangen ist. Über kurz oder lang werden wir eine bessere Möglichkeit finden müssen.»

«Trine ist fort?»

«Ja, leider, sie konnte sich anscheinend nicht mit ihrem Stand bescheiden und wurde zu kostspielig. Wie dem auch sei, es gibt genügend Mägde in Lübeck.»

Zum zweiten Mal streckte der Kaufmann Liron die Hand entgegen. «Viel Erfolg im weiteren Leben und vor allem gute Gesundheit», sagte er zum Abschied.

Das war also das Ende.

Beim Hinausgehen sah Liron, wie Frau Grethke einen dicken Teppich über das Virginal breitete und Porzellan darauf anordnete.

Ziellos lief er durch die Straßen. Er konnte sich nicht vorstellen, was Cäcilie so verändert haben mochte. War es wirklich dieser Überfall gewesen? Ein paar Bierfässer, die auf dem Pflaster zerschellt waren? Nein, ihr musste etwas anderes zugestoßen sein. Und er hatte keine Möglichkeit, es herauszufinden, man hatte ihm jeden Zugang versperrt.

«Verflucht, kannst du nicht aufpassen?» Eine Waschfrau war direkt in ihn hineingerannt, oder war es umgekehrt gewesen? Jedenfalls schimpfte sie jetzt wie ein Eichelhäher und sammelte die verstreute Wäsche in ihren Korb zurück.

Trine fiel ihm ein. Sie würde mehr wissen.

Er stieg über ein Leintuch und rannte zur Wakenitz hinunter.

Nachdem er eine Reihe von Wirtshäusern durchforstet hatte, fand er den Zimmerer in einer Brauereischänke und sprach ihn an. «Wo ist Trine?»

«Na so was, der Dulzian. Heute ohne Begleitung? Hast wohl Notstand. Aber Trine schlag dir gleich aus dem Kopf, die ist nicht mehr frei.» Er rückte zur Seite und klopfte einladend auf die Bank.

Liron setzte sich. Er bestellte einen Krug und nickte in die Runde. Ein paar der Gäste an dem langen Tisch hatte er schon früher gesehen, Knechte, Gesellen, Tagelöhner, Männer jeden Alters. Manche bärtig und so braun gebrannt, als kämen sie direkt vom Feld, manche so bleich, als scheuten sie die Sonne. Eggert kannte sie sicher alle, denn sie ließen eifrig die Würfelbecher kreisen.

«Claas, ich muss mit Trine sprechen und weiß nicht, wo ich sie finden kann. Mir wurde gesagt, sie hätte den Dienst bei den Kortholts aufgegeben.»

«Aufgegeben? Hört euch den an. Rausgeworfen hat man sie.»

«Weil sie zu viel Lohn verlangte, sagt Herr von Kortholt.»

Das Narbengesicht gegenüber hob den Kopf. «Weißt du überhaupt, was eine Magd wert ist, Kerl? Das Gesinde hält die vornehmen Häuser doch erst am Leben, allein würden die Herrschaften glatt verhungern. Zu viel Lohn, pfff. Ich sage dir, der Dienst einer Magd kann unbezahlbar sein.»

Der Glatzkopf neben ihm griente. «Hör schon auf, wir alle wissen, wie teuer dich deine Elsche zu stehen kommt. Du musst sie eben heiraten, dann macht sie es dir umsonst.»

Claas musterte Liron von der Seite. «Du bist belogen worden, Dulzian. Trine wollte keinen höheren Lohn, trotzdem hat der fette Kortholt sie auf die Straße gesetzt. Von einer Stunde zur anderen, ohne Bleibe, ohne Auskommen. Zur Begründung hat das Ekel sie kurzerhand zur Verräterin erklärt.» Er schnippte mit den Fingern. «So leicht geht das.»

Liron fröstelte plötzlich in der stickigen Schänke. Ihm schoss durch den Kopf, dass er womöglich selbst zu Trines

Entlassung beigetragen hatte. Sie konnte nur in Verdacht geraten sein, weil der Junker von ihrer Liebschaft mit dem Zimmerer wusste. Liron hatte keinen Gedanken daran verschwendet, welche Konsequenzen seine Redseligkeit nach sich ziehen könnte.

Natürlich, deshalb war Cäcilie so verstört. Die beiden hatten manchmal wie Freundinnen zusammengesteckt. Sie musste ihm ja grollen, falls Trine tatsächlich auf sein Betreiben hin in Ungnade gefallen war.

«Wenn das Süßgesicht wenigstens wirklich etwas verraten hätte.» Claas strich sich das Haar aus der Stirn und lächelte schief zu Liron hinüber. «Du kennst sie ja, die Kleine plappert, dass einem schwindelig wird, aber versuch mal, ein vernünftiges Wort aus ihr herauszubekommen. Da glaubst du, ein volles Netz einzuholen, und hast nur Katzenfische drin.»

«Seien wir doch froh, dass Kortholt die Falsche verdächtigt.» Der Glatzkopf gegenüber hob den Becher. «Auf die Dummheit der Kaufmannschaft.»

«Na, ich danke», sagte Claas. «Mir hockt das Elend nun in der Bude und heult. Kein Wunder, wenn ich daran denke, was dieser Hinrich ihr angetan hat. Unehrlich entlassen. Die bekommt keine Anstellung mehr, kann sich gleich in die Trave stürzen.»

«Vielleicht behält Hinrich seinen Verdacht ja für sich», entgegnete Liron. «Mir gegenüber hat er nichts davon erwähnt.»

«Wollen wir's hoffen. Im Moment ist mit der Deern rein gar nichts anzufangen, sie wirft mir sogar vor, ich sei schuld an ihrem Los, mit meinem verfluchten Überfall.»

«Es ist nicht deine Schuld», murmelte Liron. Er selber war es, der die Magd in Misskredit gebracht hatte.

Claas schnaubte. «Natürlich nicht, das hat Hinrich zu verantworten, niemand sonst.»

«Niemand sonst», wiederholte Liron leise.

«Wart's ab, Dulzian, dich wird er auch noch abservieren, sobald es ihm in den Kram passt.»

«Das hat er schon getan.»

Lachend klopfte Claas ihm auf den Rücken. «Mach dir nichts draus, sei froh, dass du den Pfeffersack los bist. Jetzt gehörst du zu uns. Zu den Rächern.»

«Spuck nicht so große Töne, Claas», rief der Braumeister zu ihnen herüber. «Das ist doch bloß heiße Luft, die bei anderen hinten rauskommt. Zu wirklichen Taten bist du gar nicht fähig.»

«He», sagte ein untersetzter Knecht vom anderen Ende der Bank. «Immerhin haben wir ihm eine ganze Fuhre zerdeppert.»

Das Narbengesicht nickte heftig. «Genau, das kommt auch dir zugute, Rotbrauer. Ich finde, wir haben uns eine Belohnung verdient.»

Er begann, mit seinem Becher rhythmisch auf die Platte zu klopfen, was die anderen begeistert aufnahmen.

Gemächlich kam der Braumeister an den Tisch, wischte ein paar Pfützen weg und sammelte die leeren Krüge ein. «Ihr glaubt doch nicht, dass Kortholt nun vor euch zittert und Besserung gelobt. Die paar Fässer schmerzen ihn nicht. Ich wette, er hat nur einen Schleuderpreis für das Gebräu bezahlt. Wer weiß, wo das Zeug herkommt, bestimmt gepanscht und gestreckt, kann ja niemand kontrollieren. Ich hätte keinen Tropfen davon angerührt, aber manchem ist es ja egal, was er in sich hineinschüttet.»

«Ja, ja, wenn es nach dir ginge, dürfte die ganze Stadt nur dein Dunkles saufen.»

«Wenn es nach mir ginge, würde man dem ehrlosen Pack eine spürbare Lektion erteilen, verdient haben die Pfeffersäcke das schon lange.» Er warf seinem Gesellen das Wischtuch zu und marschierte aus der Schankstube.

«Recht habt Ihr, Meister», rief der ihm nach. Sobald der Wirt außer Sichtweite war, eilte er zu den Gästen.

«Rück mal.»

Liron tat ihm den Gefallen und saß nun eingezwängt zwischen Claas und dem dürren Brauergesellen, der leider ziemlich spitze Ellenbogen hatte.

«Ist doch wahr, warum schinde ich mich eigentlich mit Kesselschrubben und Feuern auf die rechte Temperatur. Was geht's mich an, ob jemand Bauchgrimmen von unserem Bier bekommt. Den Kaufleuten ist das ja auch einerlei, dennoch verlangen sie, dass wir den Hut vor ihnen ziehen.»

Der Kahlkopf lachte. «Deshalb trage ich seit Jahren keinen mehr.»

Claas umklammerte seinen Becher und knurrte in sich hinein. «Wenn's nur das Bier wäre. Die Mächtigen machen, was sie wollen, und wir hocken maulend im Brauhaus. Aber wehe, so ein Hochedelgeboren winkt mit dem kleinen Finger, da läuft uns doch gleich der Sabber aus dem Maul und wir rennen ihm nach. Kein Wunder, dass man uns wie Dreck behandelt, wir haben es auch nicht besser verdient.»

Genauso war es. Liron musste an den Junker denken, an dessen Selbstgerechtigkeit und an die vielen kleinen Demütigungen, die Liron klaglos geduldet hatte. Oder Hinrichs Ignoranz, mit der er seiner Tochter Musikstunden geben ließ, nur um sie unter die Haube zu bringen. Pech, der gewünschte Erfolg hatte sich leider nicht eingestellt, auf nimmer Wiedersehen, Bälgetreter. Klappen wir das Virginal schnell zu und verstecken Cäcilie wieder im Hof.

Warum nahm Liron das einfach hin? Er sollte …

«Wir sollten den Knickstiebeln einen Denkzettel verpassen», sagte der Brauergeselle, «einen, den sie nicht wieder vergessen. Sie sind nicht die einzigen Bürger dieser Stadt, wird Zeit, dass sie das einsehen.»

«Ich bin gespannt, wie du ihnen das klarmachen willst», bemerkte das Narbengesicht gegenüber.

Sein kahler Nachbar schlug so heftig auf den Tisch, dass die Becher hüpften. «Ganz einfach, wir müssen ein Exempel sanktionieren, äh stationieren, oder so ähnlich.»

«Ein was?»

«Ich meine ein warnendes Beispiel. Woher das Bier kam, wissen wir nicht, aber wir wissen, wer es verkauft hat. Über ein paar Fässer mag er noch lachen, aber wenn wir ihm richtig einheizen, wird ihm der Spott schon vergehen. Und allen anderen auch.»

Claas blickte auf. «Einheizen? Ich bin dabei.»

Er schenkte Liron nach und hob seinen Becher. Zögernd tat Liron es ihm gleich. Ihm war nicht wohl dabei. So gerne er Hinrich die Tür eingetreten hätte, so gerne er persönlich mit dem Stimmschüssel auf ihn losgegangen wäre, hier braute sich etwas zusammen, das ihm Gänsehaut auf die Arme trieb.

«Also ist es abgemacht. Wir setzten Hinrich von Kortholt den roten Hahn aufs Dach», rief Claas und trank.

9. Kapitel

Sie wollten Hinrichs Haus anzünden. Und Liron brachte keinen Ton heraus. Seine Gedanken rasten zu schnell, als dass er einen davon fassen konnte.

Cäcilie lebte dort.

Er musste die Kortholts warnen. Nein, erst musste er versuchen, diesen Wahnsinn zu verhindern. Sie konnten doch nicht ernsthaft Menschen in Gefahr bringen wollen.

Hinrichs Frau und die Kinder? Die waren von der gleichen Kaufmannssippe, ihr Los würde die aufgeheizten Männer im Moment nicht bremsen. In den anliegenden Häusern wohnten auch nur Händler. Vielleicht sollte er einwerfen, das nahe Gefängnis könne in Brand geraten. Aber die Kerle fühlten sich ja nicht mit Verbrechern verbunden, sie fühlten sich im Recht. Was sollte er nur tun?

«Dieser Hinrich von Kortholt lohnt die Mühe nicht, der ist doch bloß ein kleiner Handlanger.»

Liron schreckte auf. Die Stimme kannte er. Allerdings nicht diesen nasalen Akzent und die sonderbare Betonung.

«Brennt sein Haus ab, wenn ihr wollt. Für die Drahtzieher ist er nicht mehr als ein Bauernopfer.»

Liron hätte schwören können, die Stimme schon einmal gehört zu haben. Doch den Sprecher am Ecktisch hatte er noch nie gesehen, ein abgerissener Geselle mit rotgrauem Bart und fusseligen Brauen sowie einem enormen Genießerbauch, der weich über seinen Gürtel quoll.

Liron spürte, wie Claas sich neben ihm anspannte.

«Was mischt du dich ein, Fremder? Hast du einen besseren Vorschlag? Wer bist du überhaupt?»

«Renard, mein Name, und ja, ich habe einen besseren Vorschlag. In einem langen Krieg lernt man so allerlei, auch dass man seine Kugeln nicht für den Falschen verschießen darf, es sei denn, man verfügt über unendlichen Nachschub.»

«Hä?» Der Kahle kratzte sich am Schädel «Was soll das Gerede?»

Sein Nachbar puffte ihn in die Seite. «Ein Franzos, bei denen brabbeln sogar die Bauern gestelzt. Lass ihn reden, wenn er etwas zu sagen hat.»

Der Fremde nickte ihm freundlich zu. «Mir haben die Pfeffersäcke genauso übel mitgespielt wie euch, dabei bin ich sogar mal Ratsdiener gewesen. Und nun hocke ich hier fest, in diesem kleingeistigen Backsteinhaufen. Ich könnte euch Dinge erzählen ...»

«Das könnten wir alle», unterbrach der Zimmerer. «Los jetzt, Butter bei die Fische.»

«Also gut. Dieser Hinrich mag eine Strafe verdient haben, aber wem nützt sein Untergang? Nur seinen Konkurrenten. Wollt ihr denen zu mehr Macht verhelfen? Dann steckt ihm getrost die Bude an.»

Aufreizend langsam hob der Fremde seinen Becher an die Lippen, und das Bier gluckerte seine Kehle hinunter. Niemand unterbrach ihn.

Dann tat er etwas, das ihn verriet – er hustete. Ohne jeden Akzent. Seine Kehle klang entsetzlich rau, was Liron fast körperlich schmerzte. Kein Zweifel. Thiedemann. Der rote Bart, die Brauen, der Bauch, alles nur Maskerade. Nie war Liron so erleichtert gewesen, einen abgefeimten Pfeffersack zu sehen.

Neben ihm rotzte der Brauergeselle und fuhr sich mit dem Ärmel übers Gesicht. «Ist doch gleich, ob sich die Konkurrenten freuen. Hauptsache, Hinrich muss büßen.»

«Nein, nein», sagte Liron, «wer auch immer das Bier in die Stadt gebracht hat, den müssen wir finden. Sonst sucht er sich einfach einen neuen Kaufmann.»

«Ja und? Bei dem Neuen werden wir auch nicht lange fackeln.»

Thiedemann schüttelte sein grau gepudertes Haupt. «Es ist nur leider so: Ein gemeinsamer Feind schweißt fester zusammen als die Liebe. Jetzt behindern sich die Kümmelspalter noch gegenseitig in ihrem gewissenlosen Treiben. Wäre schlimm, wenn sie sich plötzlich einig würden. Bald hättet ihr die ganze Stadt auf dem Hals. Ich sehe schon den Galgen für die Mordbrenner vor dem Burgtor stehen.»

Claas schluckte, und der Kahlkopf tastete nach seinen Hals.

«Hört nicht auf den», rief der Brauergeselle. «Der Feigling will doch bloß, dass wir dem Unrecht tatenlos zusehen.»

«Oh, das habe ich nicht gesagt, im Gegenteil.»

«Was dann?», fragte Claas.

Statt zu antworten schaute Thiedemann in seinen Becher und begann, mit bekümmerter Miene seine Taschen zu durchsuchen.

«Rede endlich, ich spendiere dir was.»

«Verbindlichsten Dank.» Das selige Grinsen hätte einem Bettler nicht besser gestanden. Thiedemann beugte sich vor und senkte seine Stimme. «Wir müssen die wahren Täter aufspüren, die Strippenzieher, die irgendwo im Umland heimliche Werkstätten unterhalten. Ich nehme an, wir werden es mit mächtigen Männern zu tun bekommen, darum darf kein Tadel auf uns selber fallen. Es gibt also nur einen Weg: Wir schlagen sie mit ihren eigenen Waffen.»

Als sei damit alles geklärt, prostete er den Männern zu und wandte sich wieder zu seinem Ecktisch um.

Der Kahle sprang als Erster auf und setzte sich zu ihm, die anderen folgten, schoben sogar die Bank durch die Schänke, um Platz zu finden. Bald standen mehrere Biere vor Thiedemann und Branntwein dazu. Da er allem reichlich zusprach, begann Liron, um den falschen Bart zu fürchten, der nun mit schwerem Schaum getränkt war.

«Die Waffe eines guten Bürgers ist der Rat», dozierte der Junker.

«Pah, gerade da sitzen sie doch alle.»

«Ganz genau.» Thiedemann bedachte den Braugesellen mit einem anerkennenden Lächeln. «Umso amüsanter, wenn sie eine Petition bearbeiten müssen, die sich gegen die eigenen Mitglieder richtet.»

«Eine was?», fragte Claas.

«Eine offizielle Beschwerde, von allen Betroffenen unterschrieben. Der Rat hat nämlich gar kein Recht mehr, *absoluta potestate* Abgaben einzuführen, ohne die *vota* der Bürgerschaft einzuholen. Egal, um diese Spitzfindigkeiten sollen sich Juristen kümmern. Wir dagegen können den Rat ersuchen, auf den Landgütern nach unrechtmäßigen Werkstätten zu fahnden und diese zu vernichten, da der Stadt durch sie ein erheblicher Steuerverlust entsteht.»

Der Kahlkopf verschränkte die Arme. «Steuern, darum geht es nicht allein. Die Bönhasen verderben die Preise, und unsereins bekommt keine Aufträge mehr.»

«… und ebenso wird das Nahrungsrecht der ansässigen Handwerker untergraben», setzte Thiedemann hinzu.

Das Narbengesicht spuckte aus. «Ach, die werden deinen Zettel einfach wegwerfen.»

«Nicht alle. Wir brauchen natürlich mehrere Abschriften. Unter den Ratsherren herrscht beileibe nicht immer gut Wetter. Eine wahre Schlangengrube ist das, *terriblement.*»

«Na gut», meinte Claas und erhob sich. «Wir probieren es mit dem Papier. Aber wehe, wenn der Rat nichts findet, dann suchen wir selbst, und dann soll kein Stein mehr auf dem anderen liegen. Wir werden die Werkstätten schon aufspüren, seit heute habe ich nämlich eine Quelle, die sich nicht mehr sträuben wird, Namen preiszugeben. Dafür würde ich ihr sogar die Ehe versprechen.»

Während die Männer hitzig weiter beratschlagten, wurde Thiedemann sehr still. Liron rückte unauffällig an ihn heran. Er hielt sich die Faust vor den Mund, damit niemand sah, dass er flüsterte: «Herr von Kortholt …»

«Renard, wenn ich bitten darf», zischte der. «Sieh dir diesen Claas an, es kümmert ihn nicht im Mindesten, dass er einem gewissen Junker etwas schuldig ist.»

«Gottlob habt Ihr das Unglück verhindert.»

«Hab ich das? Kannst mir ruhig was von der Plörre abnehmen, so viel säuft nicht einmal ein Pferd.»

«Danke. Es ist riskant, die Kerle auf die Landgüter zu hetzen, Euer Vater könnte in den Tumult geraten.»

«Wäre dir ein Feuer in der Stadt etwa lieber? Vater wird gewarnt sein, der Rat ist träge.»

Er kippte seinen Branntwein hinunter und begann, laut zu singen: *«Wie nun, ihr Herren, seid ihr stumm, dass ihr kein Recht könnt sprechen? Was gleich und grad ist, macht ihr krumm, helft niemand zu sein Rechten.»*

Die anderen fielen leidenschaftlich ein. *«Mutwillig übt ihr Gwalt im Land, nur Frevel geht durch eure Hand, was will zuletzt draus werden!»*

Inbrünstig grölten sie den Psalm Davids in die Sommernacht hinaus, doch wer das Lied nicht kannte, konnte die Melodie nicht erkennen.

«Schluss für heute, das gilt auch für euch zwei.»

Liron stand auf, aber der Junker umklammerte grimmig seinen Becher, und als der Braugeselle danach greifen wollte, drängte Thiedemann ihn weg.

«Sei friedlich und geh nach Hause.»

«Lass mich in Ruhe. Was soll ich in dem einsamen Speicher, da ist nur Platz für Kisten. Wirklich, ich muss mich seitwärts durch die Stapel quetschen, um auf mein trostloses Lager zu kommen. Außerdem stinkt es nach Dreck und schlechtem Leder. Wenn ich nur daran denke, wird mir übel.»

«Nicht hier! Ich warne dich.» Drohend krempelte sich der Geselle die Ärmel auf.

«Ich mach das schon», sagte Liron und fasste Thiedemann an der Schulter, doch der drückte seine Ellenbogen nur fester auf den Tisch.

«Komm jetzt. Der gibt uns nichts mehr, vielleicht haben wir gegenüber Glück.»

«Gegenüber?»

Statt einer Antwort zog Liron ihn am Arm in die Höhe, hakte sich ein und wankte mit ihm nach draußen. Der Geselle verriegelte sofort die Tür hinter ihnen.

«Ah, endlich Luft. Lass mich los.» Thiedemann legte den Kopf in den Nacken und atmete tief.

Die Nachtluft schien ihm gutzutun. Trotzdem lehnte Liron ihn vorsichtshalber gegen eine Mauer, bevor er seinen Arm freigab.

«Und nun? Wohin, Dulzian?»

«Tja, alles dunkel. Ist wohl schon zu spät. Soll ich Euch zum Speicher begleiten, Herr von Kortholt?»

Thiedemann hob den Zeigefinger. «Ich bin Renard, der Fuchs, du musst mich duzen.»

«Also gut, soll ich dich nach Hause bringen?»

«Nein!» Thiedemann schüttelte so vehement den Kopf, dass er fast das Gleichgewicht verlor. «Alles gut, alles gut.» Mühsam versuchte er, Liron zu fixieren. «Sag schon, was hast du heute noch vor? Egal, ich komme mit.»

Liron musste lachen. «Das wollt Ihr bestimmt nicht, Junker. Ich gehe nach Hause, in eine winzige Kammer, die ich mit einem schnarchenden Riesen teile, und ich werde nichts anderes tun, als versuchen zu schlafen.»

«Ach so. Ja dann ... viel Glück.»

Es klang so wehmütig, dass Liron sich wie ein Unmensch vorkam, besonders weil Thiedemann sich krampfhaft bemühte, den Heiteren zu spielen.

Er war betrunken. Betrunkene wurden oft sentimental. Morgen würde Hochwohlgeboren umso üblere Laune verbreiten.

«Ich kann Euch gerne zum Speicher ...»

«Bloß nicht, ich komme zurecht.»

«Wie Ihr wollt.»

Liron hatte sich kaum zehn Schritte entfernt, da hörte er Thiedemann aufs Pflaster stürzen. Er fluchte und machte kehrt.

«Geht schon, geht schon», stammelte der Junker wenig überzeugend.

Als Liron ihn auf die Beine zerrte, kicherte er. Sein Kissenbauch war halb herausgerutscht, und von den falschen Brauen klebte nur noch eine. «Ich bringe Euch jetzt nach Hause.»

«Nein, ich will nicht!» Schwerfällig versuchte Thiedemann, sich loszumachen. Er entwickelte eine erstaunliche Kraft. Fast wären sie gemeinsam gestürzt.

«Verdammter Sturkopf, Ihr könnt nicht auf der Straße liegen bleiben. Sollen die Hunde auf Euch pissen?»

«Bäh.» Thiedemann rülpste. «Ich kapituliere. Ja, das tue ich. Am besten gehen wir zu dir.»

Liron seufzte. Das hatte noch gefehlt. «Marikke wird sich freuen.»

«Glaubst du wirklich?»

Jetzt war es der Junker, der seinen Arm um Lirons Schultern legte und vorwärtsdrängte. Liron wählte schmale Gassen für den Heimweg, denn sie schlingerten ungebremst von einer Straßenseite zur anderen.

«Oh, Verzeihung, wir haben wohl geklopft.» Thiedemann streichelte die Tür, gegen die sie gestoßen waren. «Aber warum macht dann niemand auf?»

Liron zog ihn weiter.

«Wie nun, ihr Herren, seid ihr stumm? …», grölte der Junker plötzlich.

«Leise, die schlafen. Wir sind gleich da.»

«Was gleich und grad ist, macht ihr krumm …»

Ein Fenster wurde aufgerissen. Jemand schimpfte, ein anderer rief nach den Wachen.

Während Liron sich entschuldigte, machte der Junker sich los und drehte sich verzückt mit ausgebreiteten Armen auf der Gasse. *«All Erdenrund ist voll Geschrei, verletzt sind Recht und Sitten …»*

Sein Gesang hallte durch die Straße. Überall öffneten

sich Fenster und Türen. Das Wutgezeter der Anwohner brachte den Junker für einen Moment aus dem Takt.

«Unglaublich, was so ein kleines Lied alles vermag», sagte er zu Liron und setzte enthusiastisch zum Crescendo an.

«… ihr armen Menschen kommt herbei, ist's nicht genug gelitten … verflucht, wie geht's weiter? Kennt hier jemand den Text?»

Ein Krug zerschellte dicht neben ihm.

«Weg hier.» Liron schnappte den Junker am Handgelenk und zerrte ihn in Marikkes Gang.

Sobald sie außer Sichtweite waren, stieß er Thiedemann mit dem Rücken gegen die Mauer und packte ihn am Hemd. «Keinen Mucks mehr, verstanden, Junker? Wir gehen jetzt hinein und werden versuchen, niemanden zu wecken. Falls es irgendein Ärgernis geben sollte, werfe ich dich eigenhändig auf die Straße. Denk daran, wie du aussiehst, so einen Renard treten die Hafenbanden gerne mal zusammen, wenn sie ihn morgens in der Gosse finden.»

Thiedemann nickte. Es war ihm anzusehen, dass er versuchte, sich zusammenzureißen, aber es gelang ihm nicht einmal mehr, Liron zu fokussieren. «Du … du hättest mich einfach dort lassen können, aber das hast du nicht. Warum …?»

Gottlob folgte er nun, und ließ sich willig in Marikkes Bude bugsieren.

«Eggert?»

«Nein, ich bin es.»

«Ich auch», sagte Thiedemann und legte sich schleunigst selbst den Finger auf die Lippen.

Zu spät, in Marikkes Kammer rumpelte es bereits. Einen Moment danach tauchte sie mit einem Öllicht in der Hand im Türrahmen auf. Entgeistert starrte sie auf den abgerissenen Gesellen mit seinem zerrupften Bart und den zwei verschiedenen Brauen.

Liron fürchtete, sie würde gleich schreien. «Bitte reg dich nicht auf, es ist Thiedemann von Kortholt, ich konnte ihn nicht auf der Straße liegen lassen.»

«Der Junker?» Sie leuchtete Thiedemann ins Gesicht, und er schloss selig lächelnd die Augen.

«Oh Gott, was hat man ihm angetan?»

«Gesoffen hat er, das ist alles. Ich hoffe nur, dass ich ihn die Treppe hochbekomme.»

«Nach oben? Auf keinen Fall, am Ende kotzt er mir in die Matratzen.» Marikke stellte das Licht auf die Truhe und rückte den Tisch ab. «Leg ihn auf die Bank und stell den Stuhl unter seine Füße. Von der Länge her wird das reichen. Der merkt sowieso nicht mehr, wo er schläft.»

Cäcilie hielt ihre Arme vor den Kopf und versuchte, durch Mutter hindurchzusehen, die bebend mit Kamm und Bürste vor ihr stand.

«Sei doch vernünftig, Kind, es ist völlig verklettet und starrt vor Dreck. Das kann selbst dir nicht angenehm sein.»

Nein, angenehm war es nicht, sie konnte nicht einmal mehr mit den Fingern durch die Strähnen fahren, und ihre Kopfhaut juckte. Von Trine hätte sie sich sofort frisieren lassen. Vater brauchte nur die Magd zurückzuholen, und alles wäre in bester Ordnung.

«Langsam reicht es mir mit deiner Aufsässigkeit.» Unvermittelt fasste Mutter ihr ins Haar und riss ihr den Kopf so heftig nach vorne, dass Cäcilie auf die Knie stürzte. Der Griff war fest und drückte sie hinunter.

Direkt vor ihrem Gesicht wellte sich der Saum des groben Wollrockes und darunter Mutters Füße in schmalen, schwarzen Pantoffeln. An den Fersen schimmerte Hornhaut durch die aufgescheuerten Strümpfe. Ihre Fesseln waren mager, und die Knöchel standen schief. Kein Wunder, dass sie es vermied, energisch aufzutreten.

Jetzt allerdings saß Mutter sicher auf dem Schemel und zog Cäcilies Kopf zwischen ihre Knie. Es war zum Ersticken. Das Wollzeug staubte und roch, doch die harten Finger hielten sie eisern fest. Gnadenlos hackte der Kamm in die verfilzten Haare, zerrte und riss die Kletten büschelweise aus. Der Schmerz trieb Cäcilie die Tränen in die Augen. Abwehrend hob sie den Arm.

«Halt still, undankbares Gör, sonst schneiden wir das Zeug eben ab. Das wäre sowieso am besten, wer weiß, was sich da schon eingenistet hat. Ich habe weiß Gott anderes zu tun, als mich mit deinen Zotteln herumzuschlagen.»

Ein Knacken, und Mutter hielt nur noch den halben Kamm in der Hand. Die andere Hälfte war irgendwo im Filz stecken geblieben. Ihr Griff lockerte sich. Cäcilie floh hinter das Bett und kauerte sich in die Ecke. Mutter sank auf den Stuhl. «Ich kann das nicht, ich habe nicht die Kraft dazu.»

Sie saß einfach nur da. Ihre Hände lagen schlaff in ihrem Schoß. Sie betrachtete den zerbrochenen Kamm, als hätte sie einen solchen Gegenstand nie zuvor gesehen.

Wie klein und knittrig sie geworden war, freudlos vertrocknet in all den Jahren. Und früher war sie so schön gewesen, als kleines Mädchen hatte Cäcilie ihr immer gleichen wollen. Am liebsten wäre sie jetzt zu ihr gegangen und hätte sie in den Arm genommen. Sie war sogar versucht, nach der Bürste zu greifen, um ihr zu zeigen, dass all die Weigerungen nicht gegen sie gerichtet waren.

Denk an Trine, befahl sie sich.

Mutter konnte jederzeit hinuntergehen, sich im Garten in die Sonne setzen, ein wenig Wein zur Beruhigung trinken.

Aber Trine?

Wo mochte sie jetzt sein? Vielleicht drückte sie sich an Gasthausecken herum und bettelte um ein Stückchen Brot.

«Grethke, wo bleibst du?», rief Vater von unten. «Wir verhungern.»

Mutter schreckte auf. Ihre Augen wurden schmal, als sie zu Cäcilie hinüberblickte. «Du hast es darauf abgesehen, dass ich mich vergesse, dass ich sündig werde. Du bist genau wie dein … genau wie er. Ja, seine Augen und der gleiche Ehrgeiz. Aber das wird dir nichts nützen. Und ihm auch nicht, nie wieder.»

Es war schon heller Tag, als Liron erwachte. Sein Schädel brummte, und er fühlte sich wie zerschlagen. Das Lager neben ihm war unberührt, Eggert hatte die Nacht andernorts verbracht. Das tat er oft in letzter Zeit, manchmal kam er erst am Morgen zurück und schnarchte dann bis zum Abend. Liron hätte ihm gerne von den Ereignissen in der Schänke erzählt.

Jäh schoss ihm der Gedanke in den Kopf, der ihn die halbe Nacht beschäftigt hatte. *Unglaublich, was ein kleines Lied alles vermag.*

Hoffentlich war der Junker nicht bereits fort. Liron schlüpfte in seine Hosen und rannte hinunter.

Gott sei Dank, Thiedemann saß mit hochgezogenen

Schultern auf der Bank. Sein Haar war nass und wieder schwarz, den falschen Bart und die Braue hatte er leidlich entfernt. Er sah aus wie ein zerknirschter Lateinschüler, aber als er Liron bemerkte, zwinkerte er ihm zu.

Marikke fuhrwerkte am Herd herum und kochte Grütze. «Wie kann man sich nur so gehenlassen?», schimpfte sie. «Ein erwachsener Mann von Rang und meint, sich wie der letzte Hafendreck benehmen zu müssen. Natürlich unerkannt, nur in Verkleidung. Heuchlerisch nenne ich das.»

Thiedemann senkte den Kopf. «Wie ein Pharisäer.»

«Du irrst dich, Marikke», lenkte Liron ein. «Herr von Kortholt musste sich verkleiden, sonst hätten die Gesellen niemals so frei geredet, und er hätte nichts ausrichten können.»

Sie knallte drei Schüsseln und Löffel auf den Tisch. «Ach, ist er etwa ein Prinz aus dem Märchen, der sich in Bettlergewänder hüllt, um die wahre Stimme des niederen Volkes zu hören? Vergebt mir, Euer Majestät, ich habe Euch nicht erkannt, ich bin bloß eine törichte Untertanin.»

«Immerhin hat er einen Brand verhindert.»

Marikke lachte. «Das stimmt allerdings, er hat mir den halben Wasserkübel ausgesoffen. Wenn du Grütze willst, dann setz dich.»

Thiedemann wartete mit den Händen zwischen den Knien, bis Marikke ebenfalls Platz genommen und kurz gebetet hatte. Erst als sie zu ihrem Löffel griff, langte er nach seinem, und erst als sie zu essen begann, tat er es ihr nach.

«Herr von Kortholt», fing Liron an, «Ihr habt gestern Nacht gesungen, wisst Ihr noch, alle Fenster gingen auf.»

«Ich gestehe, auch das habe ich getan.»

«Die Leute haben geantwortet, nicht wahr? So ist es auch mit Instrumenten, jedes antwortet auf bestimmte Töne, es kann gar nicht anders, man muss nur die richtigen treffen, versteht Ihr?»

«Sei gnädig mit meinem armen Dröhnkopf, kein Wort verstehe ich.»

Liron versuchte, seinen Puls zu beruhigen, indem er langsamer atmete, doch seine Zunge lief ihm trotzdem davon. «Es geht um Eure Cousine, ich glaube, dass sie ... Ihr wisst bestimmt, was ich meine, Herr von Kortholt, Euer Cembalo zum Beispiel, wenn Ihr hineinruft, schwingen die Saiten mit, das habt Ihr sicher schon erlebt. Es sind so viele Saiten, dass mindestens eine reagiert, die bildet dann zu ihrer eigentlichen Stimmung immer höhere Töne, davon werden andere Saiten angeregt und schwingen ebenfalls ...»

Der Junker blickte mit verzweifelt hochgezogenen Brauen zu Marikke hinüber, doch die zuckte bloß mit den Schultern.

«Wartet, ich beweise es an der Mandora.»

Liron nahm das schäbige Zupfinstrument vom Schrank, fuhr kurz über die Saiten um die Tonhöhe festzustellen und sang kraftvoll ins Schallloch hinein. Als er schwieg, bebte ein schwacher Nachhall im Raum.

«Hört Ihr? Die Mandora antwortet. Obwohl die Saiten verstimmt und aufgeraut sind, müssen sie klingen.»

«Nun ja, aber was hat Cäcilie mit diesem Ding gemein?»

Liron tat einen tiefen Atemzug und wollte gerade zu weiteren Erklärungen ansetzen, als Thiedemann zu lachen begann.

«Ah, jetzt verstehe ich, es geht dir um Verführung. Du willst meine Cousine ansingen, bis sie dich erhört, du alter Minneritter. Am liebsten wären dir wohl nächtliche Ständchen, wie? Natürlich etwas lyrischer als mein Gegröle gestern.»

Liron schüttelte den Kopf.

Die Vorstellung von Cäcilies Stimme war so real für ihn, er konnte hören, wie sie singen würde – falls sie jemals singen würde.

Marikke strich über die Saiten der kleinen Mandora. «Glaubst du wirklich, dass es sich mit einer verstummten Menschenstimme so ähnlich verhält wie mit einem vernachlässigten Instrument, das jahrelang nicht gespielt worden ist?»

«Ich weiß es nicht, aber falls es bestimmte Klänge oder eine Tonfolge gibt, auf die Cäcilie reagiert, möchte ich versuchen, sie zu finden.»

Thiedemann legte den Löffel beiseite und fuhr sich über die Stirn. «Ich verstehe zwar nicht ganz, aber ich wünsche sehr, dass du recht haben könntest, Liron.»

«Heißt das, Ihr werdet mir helfen?»

Er nickte. «Was stellst du dir vor?»

«Als Cäcilie noch sprach, hat sie sicher bestimmte Lieder gemocht, ich muss wissen, welche das waren.»

«Oh, es gab vor allem eines, die Noten habe ich im Speicher.» Der Junker griff nach seiner Schüssel und kratzte die Reste heraus.

«Noch etwas, Herr von Kortholt, ich muss probieren können. An der Orgel.»

«Ich spreche mit Tunder.»

«Aber ich kann keinen Kalkanten bezahlen.»

Thiedemanns Augen verengten sich. «Du willst Geld?»

«Dumprat», sagte Marikke, «einen Bälgetreter braucht er. Möchtet Ihr noch Grütze? Die macht stark.»

Liron balancierte hinter den Prospektpfeifen entlang, duckte sich unter Spinnweben hindurch, zwängte sich an den Holzpfeifen vorbei und stieg ins Hauptwerk. Hier war der Gang zwischen den Pfeifenstöcken gerade so breit, dass ein kleiner Schemel für Cäcilie Platz fand. Auf den Windladen standen die Pfeifen in mehreren Registerreihen hintereinander, vorne die kleinen, die gerade mal fingerlang waren, und hinten die übermannsgroßen. Von rechts nach links waren sie nach Tonhöhe geordnet. Wenn jemand auf dem Schemel saß und eine Melodie gespielt wurde, konnte es also passieren, dass jeder Ton aus einer anderen Richtung kam.

Genau das wollte Liron sich zunutze machen.

Er fürchtete, dass Cäcilie sich abwenden könnte, doch dann sollte sie sogleich erneut umgarnt und umfangen werden von immer neuen Klangfarben.

Darin lag aber auch die Schwierigkeit. Liron komponierte sozusagen in drei Ausdehnungen gleichzeitig, und während er am Spieltisch saß, konnte er gerade diesen Effekt nicht hören. Deshalb klemmte er nach jeder Phrase bestimmte Tasten mit kleinen Holzspänen fest, sodass sie durchgehend weiter tönten, kletterte in die Orgel und versuchte, sich das eben Gespielte vorzustellen.

«Was ist los?», rief Thiedemann. «Bist du aufs Manual gefallen?»

Der Arme plagte sich bestimmt schon über eine Stunde.
«Ihr könnt aufhören, ich muss einen Moment überlegen.»

«Ich hoffe, dein Moment reicht für ein Pfeifchen.»

Der Akkord sackte ab und erstarb.

Liron musste an den Schreckenslaut denken, den er von Cäcilie gehört hatte. Die Orgel der Totentanzkapelle war gewiss das passende Instrument dazu, dennoch grübelte er seit

Tagen, wie er den Augenblick ihrer ersten Äußerung musikalisch fassen sollte. Ob es wohl möglich war, den Wind absichtlich zum festgesetzten Takt vergehen zu lassen?

Ein Geräusch ließ ihn zusammenzucken. Verfluchte Mistviecher. Es kam von rechts unten. Liron zog so leise wie möglich seinen Schuh aus, packte ihn und hielt den Atem an.

Die Ratte schob ihre Nase witternd zwischen den Pfeifen hervor. Ihre Tasthaare vibrierten.

Liron stand ganz still und wartete mit erhobenem Arm.

Die Biester fraßen die Pfeifen, nicht die hölzernen, sondern tatsächlich die Pfeifen aus Blei, denn an ihnen bildete sich manchmal ein Belag aus süßem Bleizucker. Wo hatten sie jetzt wieder genagt? Eine peinliche Plage, denn man ahnte nie, bei welchem Ton der Orgelwind plötzlich durch falsche Löcher schießen würde.

Jetzt war ihr Kopf zu sehen. Die schwarzen Augen glänzten. Dieses Mal würde er treffen.

«Dulzian!», rief Thiedemann von draußen. «Komm her! Das musst du dir ansehen.»

Vorbei. Die Ratte war fort.

Liron ließ den Arm sinken und setzte sich auf den Schemel um seinen Schuh wieder anzuziehen. «Das nächste Mal kriege ich dich.»

Die Tür zum Dach des Seitenschiffs stand offen. Geschrei drang herauf, Waffenklirren und Hornsignale.

Thiedemann hielt sich an einem der Pfeiler und beugte sich beängstigend weit vor. «Sie sammeln sich.»

Er schwang zurück und griff ohne Vorwarnung nach Lirons Handgelenk. «Schnell, von oben können wir besser sehen.»

«Wartet, Thiedemann, ich kann nicht ...» Doch schon hatte der Junker ihn zu sich nach draußen gezogen. Lirons Hemd flatterte im Wind. Er hielt sich ganz links, wo die steile Backsteinmauer neben ihm aufragte. Doch gegenüber war gar kein Abgrund zu sehen, er blickte nur auf eine schräge Wand aus graugrünen Platten. Es musste der First der Nordkapelle sein.

«Komm schon, hier kannst du nicht fallen.»

Zwischen mächtigen Strebebögen und kantigen Kupferabdeckungen hasteten sie über das Dach.

Als sie zur Turmplattform hinaufgestiegen waren, sahen sie Trumscheit an einem der schmalen Doppelfenster stehen. Ein Lichtsaum zeichnete den plumpen Schattenriss. Der Krüppel murmelte eine Begrüßung und drehte sich nicht einmal zu ihnen um.

Liron hörte, dass der Junker scharf Luft holte, worauf garantiert eine schneidende Bemerkung folgen würde.

«Kommt hier herüber, Herr von Kortholt», rief er und winkte ihn zum anderen Fenster.

Sie konnten weit in die Ebene blicken, ein Flickentuch aus Wald und Feldern, gesprenkelt mit winzigen Hofanlagen. Am Holstein-Tor und auf den Befestigungswällen hatten sich bewaffnete Bürgerkompanien postiert und beobachteten von dort aus die Handwerkertrupps, die auf verschiedenen Straßen Richtung Westen walzten. Die Züge hatten Ochsenkarren und Pferde dabei, manche waren schon so weit fort, dass nur eine Staubwolke ihre Position verriet.

Thiedemann fuhr sich mit den Händen durchs Haar. «Gütiger Himmel, das müssen an die tausend Mann sein.»

«Aber seht Ihr, da sind Gerichtsdiener bei den Trupps,

und Leute vom Marstall begleiten sie auch. Die Soldaten werden schon verhindern, dass es zu Ausschreitungen kommt.»

Der Junker schüttelte den Kopf. «Bestimmt nicht. Seit Monaten warten sie auf ihren Sold. Die werden keinen Finger rühren, wenn es den Ratsherren an den Kragen geht, es sei denn, um zu applaudieren.»

«Ihr wäret jetzt lieber bei Eurem Vater, oder?»

«Nein. Falls die Handwerker auf seinem Hof noch etwas finden sollten, sind sie im Recht. Er hatte genügend Zeit, die Güter in den Speicher zu bringen. Ich kann mich dort kaum noch regen.»

Er strich sich über den Oberlippenbart. «Ich gebe das nicht gerne zu, aber der Zorn der Bürgerschaft ist in jedem Fall berechtigt. Wer stellt denn den größten Teil des Rates? Männer, die in Lübeck leben und denen schon deshalb das Wohl der Stadt am Herzen liegen muss? Nein, es sind Landbegüterte, die sich da draußen wie Fürsten aufführen und sich für Geld vom König adeln lassen. Aber Lübeck ist und bleibt eine freie Reichsstadt und kein Lehen, das selbsternannte Aristokraten unter sich aufteilen dürfen.»

Trumscheit drehte sich zu ihnen um und fixierte den Junker mit seinem heilen Auge. «Ausgerechnet Ihr verleumdet Euren Vater? Was habt Ihr schon geleistet, hä? Womit habt Ihr Euch die goldene Zirkelkette verdient? Ein verwöhntes Söhnchen seid Ihr und ahnt nicht einmal, wie segensreich die Stiftungen der edelmütigen Herren sind. Ein ganzes Heer von Witwen müsste vor den Kirchentüren betteln, und ich zum Beispiel wäre auf der Straße verblutet. Wer verhandelt denn mit Königshäusern um Zölle und Privilegien? Die Bürger haben keine Zeit dazu, die hecheln ihrem eigenen Auskommen nach.»

«Fertig?» Thiedemanns Stimme klang gefährlich schmal. «Du hast ganz recht, Krüppel, ich werde nicht durch Verdienste in den Rat aufsteigen, sondern weil ich der verwöhnte Sohn eines Ratsherrn bin. Genau wie die meisten anderen auch. Ich werde in die Fußstapfen meines Vaters treten und mich nach Gutdünken aus der Stadtkasse bedienen. Vielleicht gebe ich einen kleinen Teil davon wieder an die Stadt zurück, indem ich Kreaturen wie dir ein paar Schillinge in den Rachen schiebe. Die sind ja so beschränkt, dass sie mir zeitlebens vor Dankbarkeit die Füße küssen. Da ich das Gebettel und Geschleim aber nicht tagtäglich anhören will, trage ich den Rest auf meinen Hof, wo ich zur Erholung nur noch Austern und Wachteln verspeise.»

«Euch glaube ich das gern», sagte Trumscheit in seinem sanftesten Schmeicheltonfall. «Leider wird von dem Gut bis dahin nicht viel übrig bleiben. Euer Vater ist schlau. Aber kann er wirklich eine ganze Brauanlage verfrachten? Eine Schmiede? Eine Gießerei? Heute Abend wird das alles ein Schutthaufen sein.»

«Woher weißt du das so genau? Mir scheint, ich sollte meinen Vater von deinen interessanten Kenntnissen berichten.»

Trumscheit grinste. «Tut, was Ihr nicht lassen könnt. Mein hochgeachteter Dienstherr weiß schon, was er an mir hat, im Gegensatz zu einigen anderen hier, die sich anmaßen, über mich zu urteilen.»

Er wandte sich wieder dem Fenster zu. «Ist das etwa Rauch in Moislingen? Arme Juden. Unser Spitzbart hätte sie wirklich nicht auf sein Gut locken sollen, das hat ihm bloß Feinde eingebracht. Oh, in Stockelsdorf müsste es auch gleich zur Sache gehen. Höchstens noch eine Stunde, dann erreichen sie Niendorf, Mori, Steinrade ... Und der noble Sohn steht da und sieht zu.»

«Halts Maul!» Thiedemann wirbelte herum und lief ohne ein weiteres Wort die Wendeltreppe hinunter.

«Görgen», rief Vater freudig und so laut, dass es bis auf den Hof schallte.

Cäcilie schlich näher ans Haus. In den letzten Tagen war es ruhig gewesen, keine Kunden, keine Träger. Vater hatte von morgens bis abends misslaunig in der Diele gesessen, nach Fliegen geschlagen und über die Handwerker geschimpft, die das gesamte Geschäftsleben der Stadt lahmlegten.

Verzerrt durch die grünen Scheiben sah sie, wie er den Onkel bei den Armen nahm und ihn sogar kurz an die Brust drückte. «Gott sei Dank ist dir nichts passiert. Es geht dir doch gut?»

Görgen machte sich los und zog seine Ärmel glatt. «Den Umständen entsprechend. Es ist jetzt nur etwas ... nun ja ... ungemütlich auf dem Gut. Ich werde eine Weile in Lübeck hausen müssen. Der Speicher ist leider voll bis unters Dach, und mein Herr Sohn hat sich ziemlich breitgemacht.»

Mutter stand noch in der Küche. «Dann wirst du uns sicher recht oft besuchen?»

«Unsinn, Görgen bleibt natürlich hier. Die Jungs können gleich seine Sachen holen. Aber kommt doch in den Garten. Lars, bring ein paar Stühle.»

Das hatte Cäcilie befürchtet. Schnell huschte sie vom Fenster weg, um hinter die Schlehen zu kriechen.

Auf halbem Wege zögerte sie.

Warum sollte sie sich verstecken? Sie sah gewiss zum Fürchten aus, aber es war ihr Garten, ihr Rückzugsraum. Wenn die Eltern Görgen mit herausbrachten, mussten sie damit rechnen, dass er den peinlichen Aufzug seiner Nichte bemerkte.

Sie brauchte sich ja nicht gleich vor der Hoftür zur Schau zu stellen. Die bequeme Bank am Schuppen stand nur wenige Schritte entfernt und war durch den Wildwuchs im Kräuterbeet etwas abgeschirmt. Cäcilie setzte sich, lehnte sich an die Mauer und genoss die Sonne auf ihrem Gesicht. Wenn sie die Lider schloss, tanzten rote Flecken vor ihren Augen.

Maulend schleppte Lars drei Sessel aus der Stube auf den kleinen gepflasterten Bereich, der sich direkt ans Haus anschloss. Er selbst zog es vor zu stehen und bestimmte seinen Brüdern das gleiche Los.

Der Kleine hockte sich auf die Schwelle und drückte sein Kinn auf die Fäuste. «Ich will nicht, dass Onkel Görgen hierbleibt!»

«Nils!» Vater sprang auf, aber Görgen hielt ihn zurück. «Lass ihn. Keine Angst, Kleiner, ich hatte nicht vor zu bleiben.»

«Du sollst aber auch nicht in Lübeck sein.»

«Ach? Und warum möchtest du mir das verbieten?»

Nils blickte zu Boden, die Stirn in tiefe Falten gelegt. «Weil wir dann nicht zu dir aufs Land fahren können. Ich habe mich schon so darauf gefreut.»

«Komm her.»

Nils folgte der Aufforderung, aber als er auf Görgens Schoß klettern wollte, schlug der schnell die Beine übereinander. «Es würde dir gar nicht gefallen dort draußen. Die ungehobelten Rekel haben alles zerschlagen, was ihnen unter die Finger geriet, es sei denn, sie konnten es selber gebrauchen. Ein Plünderkommando hätte nicht gründlicher sein können.»

«Übertreibst du nicht ein wenig, Görgen?» Vater lehnte sich zurück. «Wie ich dich kenne, hättest du so etwas nie zugelassen. Oder versprichst du dir etwa irgendwelche Vorteile von dem Verlust? Soweit ich weiß, wurden die Handwerker auch ordnungsgemäß von Marstalldienern überwacht.»

Görgen stemmte seine Hand aufs Knie, sodass sein spitzer Ellenbogen gegen Vater zielte. «Glaube mir, ich hätte mein Gut schon geschützt. Mit übermütigen Jungbullen bin ich noch immer fertig geworden. Aber dieser Laffe von Stadtdiener spazierte geradewegs in den Jagdsalon und ließ all meine Büchsen einsammeln. Ich denke, in den nächsten Tagen werde ich den Dummkopf ins Rathaus zitieren müssen.»

Mutter erschauderte. «Lieber Herr Jesus, gibt es denn keinen Respekt mehr auf der Welt? Ich dachte, es ginge um die Werkstätten. Dass er es wagte, ins Haus vorzudringen …»

«Schlimmer noch», sagte Görgen. «Ich durfte dabei zusehen, wie der Pöbel die Porträts unser Ahnen mit Messern malträtierte. Auch das Gemälde von Mutter haben sie geschändet, fünf Schnitte quer durchs Gesicht. Du kannst es haben, Hinrich, wenn du es immer noch willst.»

Vaters Miene verdüsterte sich. «Du hattest kein Recht, es für dich zu behalten.»

«Weil sie dich mehr liebte?» Görgen lächelte sanft. «Und da gönnst du mir nicht einmal ihr Bild.»

«Jetzt ist es jedenfalls zerstört und nützt niemandem mehr», knurrte Vater.

Görgen verschränkte die Arme. «Oh doch, das wird es. Wozu pflege ich schließlich den aufreibenden Kontakt zu allen möglichen Königshäusern? Ich gedenke, die Fetzen zum Kaiser zu schicken. Er wird zu Tränen gerührt sein, seine eigene Mutter starb nämlich sehr früh, als er noch ein Kind war. Die Details der Wiedergutmachung kann dann sein Berater ausarbeiten. Ich freue mich schon darauf, eine kaiserlich besiegelte Rechnung hier in Lübeck zu präsentieren.»

«Wenn du dich da nicht täuscht, bei den Handwerkern ist nicht viel zu holen.»

«Natürlich nicht. Die Stadt muss zahlen. Der Rat hat dem Aufruhr zugestimmt und ist somit verantwortlich.»

«Was sind das nur für Zeiten?», sagte Mutter, räusperte sich und senkte das Haupt. «Danken wir Gott, dass keine Menschen zu Schaden gekommen sind.»

Vater stimmte ihr zu. «Ja, das sollten wir. Danken wir Gott für alles, was uns gnädigerweise geblieben ist, und hadern nicht mehr um Verlorenes. Grethke, wenn du fertig bist, sei so gut und bringe uns Wein und Zuckerkuchen heraus.»

Sie erhob sich, knetete ihre Schürze und bedachte Vater mit vorwurfsvollen Blicken.

Görgen fasste sie am Arm. «Warte, bevor du Keller und Kammer plünderst, meine Liebe. Die Köchin war nicht davon abzuhalten, mir den ganzen Wagen mit Proviant vollzuladen. Eine Kompanie könnte davon satt werden. Es wäre schade, wenn das Zeug verderben müsste. Vielleicht kann Lukas kurz in die Kleine Petersgrowe …»

«Ich gehe mit», sagte Lars. «Was sollen wir holen?»

Görgen lachte. «Was ihr tragen könnt. Fragt Thiedemann, er wird dort sein. Zumindest sollte er das.»

Schubsend und knuffend machten sich die beiden davon, und Nils rannte ihnen hinterher.

Görgen lehnte sich zurück. Unter seinen halbgeschlossenen Lidern schaute er Mutter an. «Wenn ihr wüsstet, wie ich es genieße, bei euch zu sein. Ich habe mir immer eine große Familie gewünscht, ein Haus voller gesunder Söhne, eine fürsorgliche Gemahlin. Wäre ich der Erstgeborene gewesen, würde Grethke jetzt Gutsfrau sein.»

«Wünsche gehen nicht immer in Erfüllung, Bruderherz, auch meine nicht.» Nur ein Augenzwinkern lang sah Vater zum Schuppen hinüber, doch es reichte, dass der Herr Onkel seinem Blick folgte.

Cäcilie versteifte sich. Nun würde sie Gegenstand der Unterhaltung sein. Sollte Onkel Görgen ruhig sehen, was ohne Trine aus ihr geworden war. Es konnte nicht schaden, wenn sie zur Verstärkung die Wangen an die Zähne saugte.

Prompt sprang der Herr Onkel auf. «Mein Gott!»

«Es ging nicht anders», beeilte sich Vater zu erklären, «sie zerreißt neuerdings alles. Sobald sie vernünftig geworden ist, wird Grethke sie natürlich wieder wie einen Menschen kleiden.»

Mutter stützte ihre Stirn auf die Hand. «Vernünftig? Sie ist nicht vernünftig, Hinrich. Sie ist krank, und ich werde es auch bald sein. Ich kann ihr nicht geben, was sie braucht, sondern muss zusehen, wie meine eigene Tochter immer mehr verkommt.»

«Fang bitte nicht wieder von deinem Stift an. Niemand sorgt besser für ein Kind als die eigene Mutter.»

«Ich habe auch noch drei Söhne.»

«Eben. Und die sind teuer genug. Ich bezahle nicht dafür, dass Cäcilie irgendwo anders herumsitzt.»

Görgen kam zu Cäcilie herüber. Er streckte seine Hand

nach ihrem verfilzten Haar aus und hob eine Strähne mit den Fingerspitzen an. «Beschämend. Für uns alle.»

Schroff wandte er sich Vater zu. «Verstehe mich nicht falsch, aber das …», er deutete mit dem Daumen auf Cäcilie und schüttelte den Kopf. «Du solltest auf deine Frau hören, Hinrich, so kann es unmöglich weitergehen.»

«Seid ihr euch mal wieder einig? Dann bin ich wohl überflüssig hier.» Vater verschwand im Haus, kurz darauf hörte man die Tür zur Dornse zuknallen.

«Nimm ihm die Unhöflichkeit nicht übel, Görgen, er ist nur hilflos.»

«Wie üblich.» Görgen trat hinter Mutter und knetete ihr die Schultern.

Sie zuckte zusammen und zog den Kopf ein. «Wirklich, er tut für Cäcilie, was er kann, ich bin es, die versagt. Wenn doch nur Trine wieder hier wäre.»

Cäcilie glaubte, ihr Herzklopfen müsse im ganzen Garten zu hören sein. Das war der Sieg!

Trine, sie werden dich zurückholen. Jetzt wird alles gut.

«Vergiss die Magd, Grethke, Abschaum ist noch freundlich ausgedrückt. Ich weiß genau, wem ich den Überfall auf das Gut verdanke. Ich kenne die Namen der Aufrührer und die Gesichter der Plünderer. Und ich habe gesehen, wer sein Messer in Mutters Gemälde stieß. Sie alle werden sich noch wünschen, nie etwas von dem Aufstand gehört zu haben. Willst du wirklich eine von denen ins Haus nehmen?»

Mutter bewegte schwach den Kopf, was wohl ein Nein andeuten sollte.

Lächelnd blickte Görgen auf ihren Scheitel hinunter. «Lübeck ist im Moment kein guter Ort, nach Personal zu suchen, du solltest damit noch warten. Nichtsdestotrotz verspreche ich dir, mich baldigst um eine befriedigende Lösung für meine Nichte zu kümmern.»

Cäcilie musste schlucken. Von was für einer Lösung sprach er? Er konnte sie nicht ernsthaft fortschicken wollen. Oder doch?

O Gott, was hatte sie nur heraufbeschworen mit ihrer verdammten Sturheit? Sie musste sofort damit aufhören.

Ihre Kopfhaut juckte unerträglich. Wie ein ekelhafter Gnom mit einer übergroßen Perücke aus stinkendem, schwarzen Werg kam sie sich vor. Das Geräusch von reißendem Stoff klang ihr in den Ohren nach, und sie dachte an den glänzenden Taft, der sich unter ihren Händen in fädenziehende Knitterstreifen verwandelt hatte.

«Danke, Görgen, aber wir können uns weder ein Hospital noch ein Kloster leisten und auch keine weiteren Schulden bei dir. Wir haben schon viel zu viel abzutragen.»

«Mach dir um die Kosten keine Sorgen.»

«So großzügig, Vater?» Thiedemann war mit den Brüdern gekommen, ließ sich auf einen der Sessel nieder und streckte die Beine aus. «Ich hätte da auch ein paar Wünsche …»

Hastig löste Görgen seine Hände von Mutters Schultern und griff stattdessen nach einem Haselzweig, der sich leichtsinnig in seine Nähe streckte. Mit einem Ruck hatte er ihn abgebrochen. «Du, Thiedemann? Hast du irgendetwas beigetragen, um das Gut zu erhalten? Ich denke nicht, dass es dir zusteht, Ansprüche zu stellen.»

«Das war ein Scherz, Vater. Ich käme nicht einmal auf die Idee, mehr als das Nötigste von dir zu erwarten.»

«Wenigstens das hast du gelernt.»

Ergeben hob Thiedemann die Hände. «Ich weiß, ich weiß, du hältst mich zu meinem eigenen Besten knapp. Aber warum lässt du mich nicht endlich auf der *Engel* mitfahren? Meinetwegen dorthin, wo der Pfeffer wächst, dann wärest du mich los. Reizt dich das nicht?»

Erleichtert vernahm Cäcilie das sachliche ‹Du bleibst›.

Es war abscheulich und selbstsüchtig von ihr, trotzdem hoffte sie, Görgen möge ihn niemals fahren lassen.

Er sollte nicht wieder fortsegeln. Und sie selbst würde auch nirgendwo hingehen.

Es lag allein in ihrer Hand, was mit ihr geschah. Der Onkel durfte nur keinen Grund mehr finden, sich nach ‹einer Lösung› umzuhören.

Ein salziger Kloß stieg in ihrer Kehle hoch. So schnell gab sie also den Kampf um ihre Freundin auf, zum Preis des eigenen Wohlergehens.

War das Verrat?

Auf jeden Fall war es die einzige Möglichkeit, einen gewissen Handlungsspielraum zu bewahren. Unauffällig huschte sie hinter den Sesseln vorbei ins Haus.

Wo mochte Mutter all ihre Kleider verstaut haben? Der zerbrochene Kamm musste jedenfalls noch in ihrer Kammer liegen.

10. Kapitel

Die Glocken zum Morgengottesdienst läuteten bereits, als Liron die Wendeltreppe zur Orgel hinaufhastete. Er hatte verschlafen, wieder einmal. Es wäre klüger gewesen, gleich in der Kirche zu übernachten, wenn er sowieso die halbe Nacht zwischen den Pfeifen herumturnte. Trotzdem war er gestern Abend mit Cäcilies Lied nicht weitergekommen, und Thiedemann drängelte inzwischen täglich. Der Junker hatte Tunder einen Schlüssel abgeschwatzt und sogar allerlei Volk aufgetrieben, das auch zu Unzeiten bereit war, für etwas Bier und Brot auf die Bälge zu steigen. Leider lungerten die Leute überall in der Kirche herum, und es wurde jedes Mal zum Kampf, sie wieder loszuwerden, wenn Liron abschließen wollte. Am liebsten war ihm noch diese Katrina, ein kantiges Weib mit rauen Waschfrauenhänden, wortkarg aber zuverlässig. Er sollte sie bitten, ihm jeden Abend zur Verfügung zu stehen.

Jetzt galt es erst mal, den Gottesdienst hinter sich zu bringen, alles Weitere später.

Warum war es so still im Turm? Kein Laut von der Empore, kein Balkenknarren, nicht einmal Tunders Schnaufen? Als sei die Orgel verwaist. Liron beschleunigte seine Schritte und nahm die letzten Stufen im Sprung. Mit wenigen Sätzen hatte er die Plattform überquert und riss die Brettertür zum Spieltisch auf.

Leer.

Heiß fiel ihm ein, dass Tunder angekündigt hatte, er wolle demnächst die Kleine Orgel einsetzen. Liron machte kehrt, stürzte die Treppe wieder hinunter und rannte durch die Kirche, vorbei an Kopfschütteln und empörten Mienen. Gerade war er durch die Seitentür der Totentanzkapelle geschlüpft, als die Orgel schauerlich zu heulen begann, schlimmer als ein Rudel Wölfe mit Zahnweh.

Liron wusste sofort, was geschehen war. Seine Holzspäne steckten noch zwischen den Tasten und hielten einige gedrückt. Sobald der Blasebalg betätigt wurde, fingen sie an zu tönen und natürlich hatte Trumscheit mit dem Treten begonnen, bevor der Organist an den Tasten saß.

Tunder würde ihn umbringen.

Zittrig schlich er zum Spieltisch hinauf. Der Rücken des Organisten verdeckte die Manuale. Er hatte sich vorgelehnt und fummelte ein Holzstück nach dem anderen heraus. Dann richtete er sich auf, atmete tief und drehte sich langsam um.

Liron biss die Zähne zusammen und erwartete das Wutgebrüll.

«Fang an zu treten», sagte Tunder beängstigend ruhig.

Verwirrt schlich Liron zu den Bälgen. Ein Donnerwetter wäre ihm lieber gewesen, dann hätte er es hinter sich. Aber gut, das war vor versammelter Gemeinde natürlich unangebracht. Jetzt musste Meister Tunder seinen Zorn bis zur Predigt in sich hineinfressen, was ihn sicher nicht milder stimmen würde.

In der Kalkantenkammer grinste ihm Trumscheits gehässige Fratze entgegen. «Das ging auf dich, oder? Hab meinen elendigen Leib ja oft genug verflucht, aber in deiner Haut möchte ich jetzt noch weniger stecken.»

Liron antwortete nicht. Er machte sich darauf gefasst, dass Tunder sie gleich schinden würde, mit allem, was die Orgel hergab.

Doch der setzte ganz sanft mit dem Vorspiel ein. Und er ließ es bei leisen Tönen. Ungewohnt zart begleitete er Lieder und Liturgie. Kein Pedal, keine Mixtur, nicht mal den Prinzipal bemühte er.

Die ganze Zeit verharrte Liron in angstvoller Spannung.

Wann machte Tunder sich endlich Luft? Seine Ausbrüche waren berüchtigt, sie kamen mit Wucht und verzogen sich dann wieder. Wenn dieser Mann aber leise wurde ...

So ernst war es also.

Lirons Hände schwitzten, und er rutschte an den Haltestangen. Man würde ihn vom Turm werfen, mindestens. Inzwischen war er schon so mürbe, dass er die Predigt mit dem vernichtenden Strafgericht fast herbeisehnte.

Das Bekenntnisgemurmel verklang, und Pastor Stolterfohts brüchiges Stimmchen säuselte in der Kirche umher.

Doch Tunder kam nicht.

Der zweite Teil des Gottesdienstes verlief genauso harmlos wie der erste.

War es denn möglich, dass der Meister ihm verziehen hatte? Oder ahnte Tunder etwa gar nicht, wer der Schuldige war? Ein Konfirmandenstreich vielleicht, so etwas kam ja durchaus vor. Und natürlich erwischte man die Strolche nie.

Liron fühlte seinen Puls im Halse schlagen. Sein Rücken streckte sich, es war, als flösse ihm neues Leben in die Glieder.

Nie wieder würde ihm so etwas passieren, schwor er sich,

von nun an würde er immer pünktlich sein und zudem auf eigene Kosten Rattenfallen besorgen, für beide Orgeln.

Als der Schlussakkord verhallte, war Liron von seliger Dankbarkeit erfüllt. Er sprang von den Planken und wünschte sogar Trumscheit einen schönen Tag. Wohlgemut spazierte er ins Organistenstübchen, grüßte den Meister und lehnte sich über die Balustrade, um zuzusehen, wie die Gemeinde aus der Kirche strömte.

Cäcilie?

Kein Zweifel, sie war es, das erste Mal seit Wochen. Als hätte sie ihn bemerkt, blickte sie kurz über die Schulter zu ihm hinauf. Er erschrak vor diesem Blick, so einsam, so seelenwund kam er ihm vor. Wenn er sich beeilte, konnte er sie noch abpassen. Rasch wandte er sich um, doch vor ihm stand in voller Breite der alte Organist und Werkmeister von St. Marien.

«Ich habe mit dir zu reden.» Tunder wies auf die Orgelbank. «Setz dich. Hände zum Manual.»

Liron wusste nichts anderes, als ihm erst einmal zu folgen. Während er überlegte, wie er den Verdacht am besten von sich ablenken sollte, schnaufte Tunder hinter ihm, zog rechts und links Register und brummelte vor sich hin.

«Das war's. So habe ich das alte Mädchen heute vorgefunden. Mit festgesteckten Akkorden hier, hier und dort, stimmt's? Jetzt möchte ich wissen, was du damit vorhattest. Spiel!»

Aus dem Augenwinkel sah Liron, dass der Alte sich gespannt vorbeugte, die Hände auf dem Rücken verschränkt, den Bart zur Orgel gereckt.

«Worauf wartest du? Glaub ja nicht, dass du mich täuschen kannst. Die Tasten waren nicht zufällig ausgewählt, und die Registrierung ist so abenteuerlich, dass sie schon wieder genial sein könnte. Keinem meiner Schüler wäre so etwas eingefallen. Spiel jetzt.»

«Ohne Luft?»

«Wünscht der Herr eine schriftliche Einladung?

Liron verneinte. Beklommen schob er einige Register wieder ein. «Die brauche ich erst später.»

Es fiel es ihm schwer, lautlos zu spielen, seine Finger stockten immer wieder und erinnerten sich nur in leichten Passagen an die gewohnte Geläufigkeit.

«Halt, willst du mich für dumm verkaufen? Denkst du, ich merke nicht, dass du wahllos irgendwo hinpatschst? Mal oben, mal unten, der eine Ton Pedal, der nächste wieder Brustwerk ... und ich Dummkopf habe geglaubt, dass hinter der bizarren Anordnung irgendeine Absicht stecken könnte. Was soll das werden, ein Katzenkonzert?»

«Es ist der Mittelteil von ‹Maria durch ein' Dornwald ging›, das Lieblingslied der ...»

Weiter kam Liron nicht.

«Ein Weihnachtslied?» Tunders Bauch bebte, er stieß mehrmals heftig Luft aus, der Auftakt zu laut rumpelndem Gelächter. «Maria durch ein' Dornwald ... der Mittelteil ...»

Immer noch prustend stürzte er zur Balustrade. «Trumscheit», brüllte er durch die ganze Kirche, «komm zurück, wir brauchen Wind.»

Nun, da zu hören war, was Liron spielte, setzte Tunder sich nach wenigen Takten neben ihn und beobachtete den Vortrag mit wachsender Aufmerksamkeit. Liron schwitzte bereits, es machte ihn unsicher, dass der Meister ihm auf die Finger starrte, und prompt verhaspelte er sich.

«Das ist der größte Blödsinn, den ich je gehört habe», sagte Tunder ruhig. «Gut, die Registrierung lasse ich gelten, die Mitte nicht zu bedienen, ist tatsächlich reizvoll. Aber dieses absurde Manualgehüpfe von einem Ton zum anderen zerreißt doch jede Phrase in beziehungsloses Geplärr. Da mischt sich überhaupt nichts mehr, nicht mal im gnädigen Nachhall von St. Marien. Was soll das?»

«Es ist nicht für den Nachhall im Kirchenschiff gedacht, Meister Tunder. Es soll in der Orgel zu hören sein.»

Tunders Mund öffnete sich, aber offenbar erschien ihm der Gedanke zu abwegig, um etwas dazu zu sagen. Also schüttelte er nur langsam den Kopf.

«Versteht Ihr, was Euch von außen wie Gehüpfe vorkommen muss, läuft innen, wenn man zwischen den Pfeifen sitzt, ganz glatt vorbei, von rechts nach links, und umgekehrt, manchmal auch umkreisend.»

Der Organist hob die Brauen, Falten wellten sich auf seiner Stirn. «Wozu?»

So knapp wie möglich erzählte Liron von Cäcilie. «Es ist ihr Lieblingslied gewesen, als sie noch gesprochen hat, und ich möchte verhindern, dass sie die Möglichkeit bekommt, sich abzuwenden, wie sie es sonst immer tut. Deshalb soll die Musik sie von immer neuen Seiten, in immer neuen Variationen umfangen.»

Liron seufzte. «Aber es geht nicht. Einige Pfeifen stehen einfach nicht an der richtigen Stelle. Vor allem gelingt es mir nicht, alles so zu spielen, wie ich es mir vorstelle, und was ich mir so wundervoll vorgestellt habe, klingt in Wirklichkeit nur noch profan.»

«Das glaube ich dir aufs Wort. Hast du jemals etwas von Daumenuntersatz gehört?» Mit einer ungeduldigen Handbewegung scheuchte Tunder ihn zur Seite und spielte einen der Läufe aus dem Gedächtnis nach. «Siehst du? Viel einfacher, oder? Das Pedal lass lieber weg, oder besorge dir schmalere Schuh. Und entscheide dich, wann du die Ferse und wann die Spitze benutzt.»

Er rieb sich die Hände. «Nun zum Eigentlichen. Wenn ich recht verstanden habe, möchtest du, dass deine Musik nicht nur gehört, sondern mitvollzogen wird. Dann musst du eine viel stärkere Spannung aufbauen.»

Er wies Liron an, die Augen zu schließen. «Hör genau zu. Ich spiele jetzt in schneller Folge mehrmals die beiden Töne einer Quinte. Und? Mit welchem soll ich schließen?»

«Mit dem tiefen.»

«Ganz recht. Und jetzt?» Er tat dasselbe mit einer Quarte. Wie sonderbar, in diesem Fall wollte Liron eindeutig den oberen als Schlusston hören.

«Alle Intervalle tendieren in bestimmte Richtungen. Sobald man sie entsprechend in Drei- und Vierklänge mischt, verstärkt sich der Eindruck noch. So etwas solltest du nutzen, wenn du manipulieren willst.»

Was Tunder nun spielte, machte Liron sprachlos. Seine Akkorde folgten einander in faszinierender Folgerichtigkeit und drängten dann derart zwingend zum Grundton zurück, dass die Pause vor der Auflösung nicht auszuhalten war. Liron zumindest hielt sie nicht aus, er konnte nicht anders, als die Kadenz mit seiner Stimme zu vollenden.

Tunder lachte. «Verblüffend, oder? Wenn ich jünger wäre, hätte ich die Lübecker längst mit dieser neuen Harmonik geärgert. Aber was keine Tradition hat, ist den Hanseaten suspekt, versehentlich könnte ihnen ja etwas gefallen, was sich später als Firlefanz herausstellt. Was soll's, damit darf sich bald mein Nachfolger plagen.»

Liron mochte sich nicht vorstellen, dass jemals ein anderer über die Orgeln von St. Marien regieren würde. Der bärbeißige Meister vergaß die Mittagszeit und ging mit ihm das ganze Stück durch. Er zeigte ihm aufregend frische Harmonien, malträtierte ihn mit Fingersätzen und bläute ihm ein, wie er zu üben habe.

Aufgeregt, als sei es seine eigene Komposition, quetschte Tunder sich schließlich sogar selbst in die Orgel hinein, um den Effekt zu überprüfen.

«Nein, nein, so funktioniert das nie», brüllte er gegen Lirons Spiel an. «Das g vom *Scharff* steht falsch, es schreit mir jedes Mal unerwartet in den Nacken.»

Als er wieder herauskam, grinste er verschmitzt wie ein kleiner Junge. «Das hätten wir. Du wirst die vertauschten Pfeifen schnell finden und ich weiß ja wo sie sind. Arme verehrte Bürgermeistergattin, sie ist wirklich zu bedauern, dass sie mich unbedingt vertreten will, wenn ihre Verwandten zu Besuch kommen.»

Cäcilie knackte die Schote auf, ribbelte fünf pralle, grüne Erbsen ab und ließ sie in die Schüssel kugeln. Die letzten Erbsen des Jahres, sie dufteten noch nach Sommererde.

Auf der anderen Seite des Tisches lag Thiedemann auf der Dielenbank. Cäcilie sah nur seine aufgestellten Knie und seinen Hut, den er tief in die Stirn gezogen hatte. Ab und zu tastete seine Hand über die Platte und grabschte in die Erbsen. Dann schnippte er einzelne in die Luft und versuchte, sie mit dem Mund aufzufangen, was ihm jedoch so gut wie nie gelang, weil er die Augen nicht öffnete.

Normalerweise hätte Cäcilie ihm die Schüssel weggezogen oder, besser noch, sie heimlich gegen eine andere mit kaltem Wasser getauscht. Doch der Gedanke daran konnte sie nicht erheitern, so ließ sie ihn gewähren und lenkte ihre Aufmerksamkeit wieder zur Dornse. Vater und Onkel Görgen waren gleich nach dem Gottesdienst dorthin verschwunden. Das taten sie oft, doch heute hatten sie auch Mutter dazugebeten.

Was besprachen sie nur so lange?

Die letzte Zeit hatte Cäcilie in ständiger Besorgnis verbracht. Görgen kam fast jeden Tag, und er beobachtete sie. Einmal hatte er sich tatsächlich ihre Fingernägel zeigen lassen.

Was wollte er denn noch?

Sie wühlte ja nicht mehr in der Erde, höchstens, um zu jäten. Ihre Puppen waren längst leer, zumindest zwei davon hatte sie gefunden. Leider hatte sie nicht zusehen können, wie die Falter in den Himmel geflogen waren.

Sie verscheuchte das Bild und tastete nach einer Strähne, die sich unter der Haube hervorgewagt hatte. Seit Görgen so bedrohlich von einer ‹Lösung› gesprochen hatte, achtete sie peinlichst auf ihr Äußeres, immer wachsam, immer bedacht, keinen Unwillen zu erregen. Zeitig am Morgen stand sie auf und half bei allem, was zu tun war. Gab es tatsächlich einmal Mußestunden, blieb sie still in der Diele sitzen und faltete die Hände im Schoß.

Heute war sie zum ersten Mal in die Kirche gegangen, obwohl sie niemand dazu aufgefordert hatte. War das ein Fehler gewesen? Vielleicht wollten sie nicht mehr, dass sie sich in der Öffentlichkeit blicken ließ.

Wieder langte Thiedemann nach der Schüssel. Diesmal schlug sie ihm leicht auf die Finger.

Wenn der Herr Onkel all die Erbsen auf dem Boden entdeckte … er würde wohl kein Wort darüber verlieren. Erst später, falls es ihm einmal nützlich erschien, konnte er es erwähnen und Cäcilie nach Belieben ins Unrecht setzen.

Sie sprang auf, griff nach dem Besen und fegte hastig unter dem Tisch. Sie sollte die Schemel hochstellen. Unter die Bank waren auch welche gerollt, und da, an der Treppe, sogar bis in den Flur.

In der Dornse war Stühlerücken zu hören. Gleich würden sie herauskommen. Cäcilie hockte sich hin und scharrte das Zeug schnell mit den Händen auf. Und nun?

Die Hühner! Ihnen würde sie die Erbsen bringen, und kein Krümelchen würde übrig bleiben.

Sie hatte nicht an die Jungs gedacht, die wild im Hof herumtobten und sich gegenseitig mit Stöcken erschossen. Auf Nils' Stirn prangte eine rote Schramme. Kaum hatte er Cäcilie gesehen, begann er zu heulen und kam ihr entgegen. Sie beachtete ihn nicht, sondern schritt zielstrebig weiter zum Hühnergatter.

«Jammerlappen», rief Lukas und nahm den Bruderkampf wieder auf.

Nils klammerte sich laut schluchzend um Cäcilies Hüfte und vergrub seinen Kopf an ihrem Bein. Jetzt musste sie auch noch die Schürze wechseln.

Plötzlich verstummte das Geheul. «Was machst du da?», fragte er. «Das sind ja lauter Erbsen, wieso fütterst …»

Cäcilie hielt ihm den Mund zu. Doch er befreite sich und rannte hinein.

Nun gut.

Jetzt konnte sie nur hoffen, dass Thiedemann die Sache aufklären würde.

Als sie ins Haus kam, war ihr Cousin gerade dabei, gestikulierend aus der Bank zu rücken. «Wenn sie also in der Lage ist, Laute zu formen, müsste sie auch sprechen können.»

Vater sah fragend zu Mutter hinüber.

«Genau das tut sie aber nicht», erwiderte Onkel Görgen und wippte auf den Zehenspitzen.

«Aber sie könnte. Liron Dulzian ist überzeugt davon. Er arbeitet bereits an einer vielschichtigen Komposition, um ihre Stimme …»

«Dulzian? Das ist doch dieser Kalkant.» Ein feines Lächeln zuckte um Görgens Lippen. «Hat sich der Kerl nicht schon einmal vergeblich bemüht? Ist er nicht auch der Einzige, der je einen Laut von ihr gehört haben will? Ich frage mich, was er bezweckt.»

Vater kratzte sich im Nacken. «Aber wenn er recht hätte?»

«Ja, was dann?» Görgen fixierte seinen Bruder, dann wandte er sich an seinen Sohn. «Er wird in Zukunft darüber schweigen. Thiedemann, du sorgst dafür. Ihr alle habt nichts gehört, rein gar nichts. Selbst wenn er die Wahrheit sagen sollte, ich lasse auf keinen Fall zu, dass er meine Nichte erneut in Schrecken versetzt, nur um ihr vielleicht ein Röcheln abzuringen. Wie soll es dann weitergehen? Ein noch schlimmerer Schock?»

«O Gott, daran hatte ich nicht gedacht.» Vater ließ sich auf einen Stuhl sinken. «Allein die Vorstellung, dass dieser Kalkant das Mädchen absichtlich ängstigen will … und dem habe ich mein Haus geöffnet.»

Cäcilie blickte von einem zum anderen, aber niemand schien sie wahrzunehmen. Sie hätte schreien mögen. Liron würde sie nicht ängstigen, im Gegenteil, was auch immer er mit seiner Komposition vorhatte, sie vertraute ihm, denn im Gegensatz zu allen anderen hier versuchte er wenigstens, ihre Wünsche zu ergründen.

Mutter huschte zu Vater hinüber und strich ihm über die Schulter. «Nun, zu guter Letzt hast du dem aufdringlichen

Kerl ja die Tür gewiesen. Wir sollten jetzt an Cäcilies Glück denken. St. Johannis in Hamburg, nur wohlhabende Damen, die allerbeste Gesellschaft und unsere Tochter mittendrin.»

Der Onkel räusperte sich. «Ich habe zwar schon ein paar Schillinge fließen lassen, aber es liegt mir fern, euch irgendetwas aufzudrängen. Überschlaft das Ganze. Bedenkt nur dabei, dass eine solche Gelegenheit nicht wiederkommt. Der Wagen wird morgen bereitstehen. Schickt ihn einfach aufs Landgut zurück, falls ihr ihn nicht braucht.»

Cäcilie versuchte, Thiedemanns Blick zu bannen. Doch der hatte nur Augen für Görgen. Bleich sah er aus, und seine Miene verriet, dass er sich nur mühsam beherrschte. Aber warum sagte er denn nichts? Er ballte doch bereits die Fäuste.

Mutter richtete sich auf und stellte sich zwischen Vater und Sohn. «Bitte, Thiedemann, verdirb es ihr nicht», flüsterte sie.

Trompeten raus, *Scharff* rein, Pedal allein, dreimal. Linke Hand dazu, dreimal. Linke und rechte gemeinsam – falsch.

Trompeten raus, *Scharff* rein, Pedal dreimal. Linke Hand dazu – falsch.

Liron fuhr sich durch die Haare.

Langsamer. Trompeten raus, *Scharff* rein, Pedal allein, dreimal. Linke Hand dazu, dreimal. Rechte allein, dreimal. Na also. Linke und Rechte zusammen – «Verflucht!»

Von vorne. Trompeten raus, *Scharff* rein, Pedal allein …

«Dulzian! Mach auf!» Thiedemann hieb dröhnend gegen die Tür der Plauderkapelle.

Resigniert ließ Liron den Kopf sinken. Musste das jetzt

sein? Ohne die Unterbrechung hätte er es dieses Mal bestimmt geschafft. Das fordernde Gepolter hallte gespenstisch durch die verwaiste Kirche. Wenn Thiedemann so weitermachte, würden bald die Wachen anrücken. Liron gab Katrina an den Bälgen einen Wink und beeilte sich, den Junker einzulassen.

«Wir müssen handeln, sofort», stieß Thiedemann hervor. «Morgen soll sie fahren, ihre Truhe ist bereits gepackt.»

«Was?»

«Cäcilie. Onkel Hinrich hat zusammengekratzt, was er fand, damit sie nicht ohne Mitgift nach Hamburg gehen muss. Den Rest zahlt Vater.»

«Morgen?» Liron fuhr sich übers Gesicht. «Es ist zu früh, ich bin noch nicht so weit. Ihr müsst Euren Vater …»

«Was glaubst du, was ich den ganzen Abend versucht habe. Wir sind jetzt zerstritten und ich momentan ohne Erbaussichten.» Er grinste schief und fasste Liron am Ärmel. «Schick die Leute an den Bälgen weg, ich werde treten. Und mach es hell, ja? Kerzen liegen zuhauf in der Sakristei. Liron, du … du wirst Cäcilie doch nicht ängstigen?»

«Nein, natürlich nicht.»

«Entschuldige, dumme Frage. Ich werde warten müssen, bis alle eingeschlafen sind, und kann nur hoffen, dass Cäcilie dann mit mir kommt.»

Liron nickte. Sein Mund fühlte sich trocken an. Leise schloss er die Tür hinter dem Junker.

Cäcilies Blick wanderte durch die vertraute, dunkle Kammer. Es machte nichts, dass alles vor ihren Augen verschwamm, sie kannte jeden Gegenstand, wusste, wie er sich anfühlte, wie er klang. Ihr ganzes Leben hatte sie hier verbracht, bis auf die wenigen Sommertage, an denen die Familie zum Landgut hinausgefahren war.

Sie würde einfach nicht einsteigen.

Und falls man sie – zu ihrem Glück, wie Mutter sagte – zwingen wollte, würde sie ein solches Krakeel auf der Straße veranstalten, dass ganz Lübeck davon hören sollte.

Aber wie?

Ohne Stimme.

Sie wälzte sich herum und biss in ihr Kissen.

Auf jeden Fall würde sie bei der ersten Gelegenheit aus dem Wagen springen und zurücklaufen. So schrecklich weit war Hamburg schließlich nicht, die Tage blieben lange hell, und warm war es auch.

Sollte Mutter doch nach St. Johannis gehen, wenn ihr so viel daran lag. Wahrscheinlich täte sie es sogar, ihre Augen hatten feucht geglänzt, als sie von all den Annehmlichkeiten geschwärmt hatte.

Cäcilie musste an die Wälder auf dem Weg zu Görgens Landsitz denken. Heiter und voller tanzender Lichtpunkte im Sonnenschein, doch sobald das Wetter trübe wurde, wandelten sich die bizarr geformten Baumstämme zu dunkelgrauen Wächtern und die lichten Büsche zu undurchdringlichem Gestrüpp. Schatten würden durchs Unterholz huschen, es gab Wölfe dort und den Ruf des Unglückshähers. An Straßenräuber mochte sie gar nicht erst denken.

Sie schreckte auf und horchte in die Dunkelheit.

War da ein Knacken gewesen?

Einbildung. Sie war sicher völlig überreizt und steigerte sich in unsinnige …

Aber da waren tatsächlich Geräusche. Schritte auf der

Treppe. Jetzt näherten sie sich ihrer Kammer. Wollte man sie etwa heimlich in der Nacht verschleppen?

Sie schlüpfte aus dem Bett und kroch in den Fachwerkwinkel hinter der Truhe. Als sie noch klein war, hatte Mutter sie hier nie gefunden.

Die Tür öffnete sich, und ein Schatten glitt herein.

«Cäcilie, nicht erschrecken, ich bin's.»

Thiedemann. Er kam, um sie zu retten.

Ihre Glieder entspannten sich, und sie schloss erleichtert die Augen. Erst nach einer Weile war sie fähig, sich zu regen und aus ihrem Versteck hervorzuschauen.

Thiedemann hatte sich auf die Bettkante gesetzt und flüsterte eindringlich in die Dunkelheit.

«Auf dem Stuhl liegt ein Umhang für dich», hörte sie noch, «ich warte in der Diele, bis du fertig bist. Überlege nicht zu lang, wir haben nur diese eine Nacht.»

So leise, wie er gekommen war, schlüpfte er wieder hinaus.

Cäcilie behielt das lange Hemd gleich an und zog ihr Kleid direkt darüber. Den dunklen Umhang warf sie sich ebenfalls über die Schultern und setzte auch die Kapuze auf. Nur die Schuhe nahm sie vorerst lieber in die Hand. Sollte sie noch etwas zusammenpacken? Nein, sicher war für alles Nötige gesorgt. Fast erwartete sie, draußen einen Rappen vorzufinden. In dieser Nacht würde eine geheimnisvolle schwarze Dame aus der Stadt galoppieren.

Thiedemann empfing sie in der Diele, legte seinen Arm um sie und führte sie eilig hinaus.

Kein Pferd? Nicht einmal eine Kutsche? Natürlich nicht, das Geklapper hätte die Eltern wecken können.

Thiedemann drängte vorwärts. Mit bloßen Füßen lief sie neben ihm her. Ihre Sinne waren überwach. Wo mochte er sie hinführen? Er hätte ihr ruhig einen Hinweis geben können, wie er die Flucht geplant hatte.

Die Stadt lag still und dunkel, alles schien zu schlafen, außer ihnen beiden.

Und außer den Wachen.

Thiedemann drückte kurz ihre Hand, und sie erstarrte augenblicklich zu Stein, bis die beiden Kerle mit ihrer rußenden Laterne vorübergetrampelt waren.

Sie huschten unerkannt über die Breite Straße, unter den Rathausarkaden entlang und an den Marienbuden vorbei. Cäcilie fühlte, wie der Umhang hinter ihr her wehte. Als sie in den Himmel blickte, um nach Sternen zu sehen, bemerkte sie einen schwachen Lichtschein hoch oben hinter den Fenstern von St. Marien. Wie sonderbar um diese Zeit.

Thiedemann hielt auf die Nebentür zu. Wollte er sie denn in die Kirche bringen?

Er klopfte drei Mal, und Liron öffnete.

Ein inniges Glücksgefühl überflutete sie, auch er ließ sie nicht im Stich. Der Arme wirkte schrecklich nervös. Fast hatte sie den Eindruck, dass er ihrem Blick auswich.

Sorge dich doch nicht, wir schaffen das schon, wir drei.

«Bitte kommt hier entlang, es wird vielleicht etwas unbequem sein, aber das ist leider nicht zu ändern.»

Sie schritten eine dunkle Wendeltreppe hinauf. Allmählich begann Cäcilie zu begreifen. Es ging um einen geheimen Zufluchtsort für sie, ein vergessenes Turmstübchen, von wo aus sie die Dächer der Stadt überblicken und vielleicht sogar ihr Elternhaus im Auge behalten konnte. Wie dumm von ihr zu glauben, sie könnten mitten in der Nacht die Stadt verlassen, nach Sonnenuntergang wurden ja alle Tore geschlossen. Ihre Hand glitt an der kalten Mittelsäule entlang, die Ziegel waren schon ganz glatt gerieben.

Oben angekommen, öffnete Liron eine Luke in der Bretterwand. Warmes Licht strahlte ihnen entgegen. Als Cäcilie näher trat, musste sie blinzeln von all dem Glitzern und Gleißen darin. Ein Meer aus Kerzen zwischen einer Unzahl metallisch schimmernder Röhren tat sich vor ihr auf. So hatte sie sich immer den Ort vorgestellt, an dem die Lebenslichter der Menschen standen, manche groß und stark, andere kurz vor dem Verlöschen. Ein Lufthauch hätte genügt, sie auszublasen.

Als Liron sie hineinbat, stieg sie vorsichtig durch die Luke und raffte ihren Umhang, bevor sie ihm folgte. In der Mitte des schmalen Gangs befand sich ein Sitz, der mit rotem Samt bedeckt war. Hier sollte sie Platz nehmen, inmitten der Lichter.

Thiedemann war draußen stehen geblieben und lächelte ihr aufmunternd zu.

«Geht es so?», fragte Liron.

Sie nickte und sah ihm in die Augen. Hunderte von Kerzen spiegelten sich darin.

«Ich lasse Euch jetzt allein, aber ich bin nicht weit, direkt hinter den großen Pfeifen dort. Euer Cousin wird auf der anderen Seite stehen und die Bälge bedienen. Die Luke bleibt offen, wenn Euch irgendetwas unangenehm ist, könnt Ihr sofort herauskommen.»

Cäcilie versuchte immer noch, seinen glitzernden Blick zu fassen. Was er sprach, nahm sie nicht recht auf, es reichte ihr, die vertraute Stimme zu hören.

«Gut, dann gehe ich jetzt.»

Sie fühlte sich vollkommen aufgehoben. Alles um sie her schien wie verzaubert, sodass sie nicht mehr denken mochte. Wie in einem Traumland kam sie sich vor, und sie wollte auf keinen Fall vorzeitig erwachen.

Von irgendwoher musste ein Lufthauch gekommen sein, die Lichter zitterten leicht. Kurz darauf nahm Cäcilie ein tiefes Vibrieren wahr, zu tief, als dass sie den Ton tatsächlich hören konnte. Hitze stieg auf und strich über ihre glühenden Wangen. Aber ihre Hände waren kalt, ebenso die Nase.

Auf einmal setzten hinter ihr strahlende Flöten ein. Cäcilie wandte sich um und sah, dass die Kerzen dort heftig flackerten. Ein warmer Klang kam ihr entgegen, floss erst gemächlich an ihr vorüber und verwandelte sich dann in einen glitzernden Bach, der heiter um sie herum plätscherte. Immer neue Melodien schwebten daraus hervor. Entzückt hörte sie den kleinen Vogel vor ihrem Haus trällern und erkannte Lirons Lied, das er für sie geschrieben hatte. Überall war jetzt Singen und Klingen. Es liebkoste sie, verwob sich mit dem Geruch von Bienenwachs, hüllte sie ganz und gar ein. Ein weicher Regen aus Musik rieselte auf sie herab. Sie konnte die Töne sehen, als wären es tanzende Tropfen. Unwillkürlich streckte sie die Hände aus, um einige davon aufzufangen. In dem flirrenden Licht begannen die Pfeifen zu schillern. Sie bewegten sich, sie schienen alle zu atmen. Staunend nahm Cäcilie diesen Atem an.

Nun klang es in ihr selbst. Ein Kanon, ein Kinderlied, Cimbeln kitzelten sie im Nacken, sodass sie glaubte, sich kichern zu hören.

Wieder wirft der Onkel sie lachend in die Höhe. Ihr Bauch prickelt, und es pfeift in ihren Ohren, als sie zurück in seine Arme saust.

Das Juchzen wird zu Möwengeschrei und mischt sich mit dem Flattern der Segel. Hand in Hand rennt sie mit Thiedemann am Ufer entlang, sie sind genauso schnell wie das Schiff auf der Trave. Von weitem hören sie Trommler und Pfeifer. Bunte Fahnen knattern im Hafen.

Jetzt sind es Mutters Finger, die sie umklammert. Sie riecht das neue schöne Kleid, sieht zu, wie Mutter zu den Prähmen hinüberschaut, und winkt, denn das Schiff bringt Vater nach Hause. Mützen fliegen in die Luft, die Musikanten begrüßen den Segler mit Trompetensalven, und Cäcilie hüpft im Takt dazu.

Plötzlich ist Mutters Hand fort, und sie steht allein im Hafengetöse, das schneller und schneller um sie herumrast und sie in einen Strudel zieht.

«Cilie Süße, du bist gleich dran.» Tante Julias Silberstimme ist ganz dicht an ihrem Ohr und mischt sich in vertraute Klänge, die fröhlich aus dem Cembalo perlen. Thiedemann sitzt auf dem Schoß seiner Mama. Er lehnt sich an sie und hilft ihr beim Spielen. Ihre Augen lächeln Cäcilie zu, während sie singt und sich dabei wiegt.

Jetzt blinzelt auch er zu ihr herüber. Sobald sich ihre Blicke treffen, kribbelt Gelächter herauf. Gleichzeitig biegen sie die Köpfe zurück, atmen tief ein und schmettern los …

Trompeten raus, *Scharff* rein, diesmal durfte es nicht danebengehen. Liron warf einen schnellen Blick auf die Prospektpfeifen, zwischen denen es geheimnisvoll leuchtete. Er wünschte, er hätte Cäcilie sehen können. Seine Füße stießen sich ab und jagten über die Pedale. Gleichzeitig hob er die Hände, hielt den Atem an und ließ sie los.

Sie spielten. Sie spielten zusammen, wie von selbst. Er

konnte dabei zusehen, wie sie zügig Anlauf nahmen und zur zweiten Strophe ausholten.

Jetzt Prinzipal.

Zum ersten Mal jubelte der volle Klang der Orgel in die Nacht hinaus, und – eine Kinderstimme sang plötzlich mit.

Liron riss die Hände von den Tasten und lauschte. Ganz allein schwebte Cäcilies Gesang durch die dunklen Hallen.

Cäcilie hörte sich selbst. Nein, nicht sich, sie hörte das Mädchen, das sie einmal gewesen war. Es flimmerte um sie her, und ein metallischer Geschmack lag auf ihrer Zunge.

Mutter würde gleich aufhören zu schreien. Niemand tat ihr etwas zu Leide, der Herr Onkel hatte es gesagt. Sie musste nur lauter singen, damit Muter wusste, dass alles gut war. *«Was trug Maria unter ihrem Herzen …»*

Am besten lief sie in den Hof, da schallte es von den Mauern.

«… ein kleines Kindlein ohne Schmerzen, das trug Maria unter ihrem Herzen …»

«Schluss damit!» Onkel Görgens schwarze Gestalt erschien in der Hoftür. Cäcilie verstummte und kauerte sich in den Schatten der Schuppenwand.

«Ins Bett mit dir, das ist keine Zeit für kleine Mädchen, um draußen herumzulungern.»

Sie rührte sich nicht. Nie zuvor hatte sie Angst vor ihm gehabt.

Er löste sich aus dem leuchtenden Viereck und kam auf sie zu. Sie schloss die Augen und versuchte, nicht zu atmen.

Aber er griff nur über sie hinweg nach der Schaufel und schritt den Gartenweg entlang zur hinteren Mauer. Der Kies knirschte unter seinen Füßen. Dann hörte sie, wie er grub. Sie konnte nicht anders als hinter ihm herzuschleichen, um nachzusehen, was er da tat.

Er warf ein Bündel in das Loch und schaufelte den Haufen Erde wieder hinein. Plötzlich drehte er sich zu ihr um und packte sie. «Was tust du hier? Warum liegst du nicht in deiner Kammer und schläfst?»

Sie schrie.

Cäcilie schrie. Liron sprang sofort von der Bank und stürzte zur Orgelluke, Thiedemann dicht hinter ihm. Ein Mann war bei Cäcilie in der Orgel.

Görgen. Was tat der Kaufmann plötzlich hier? Er versperrte die Sicht, und Liron konnte nicht erkennen, was mit Cäcilie geschah. Er hörte nur, dass ihr Schrei verebbte.

Görgen trug sie durch den flackernden Pfeifengang und ließ sie durch die Luke nach draußen gleiten.

Vorsichtig fing Liron sie auf. Ihre Glieder hingen schlaff herab, die Augen hatte sie geschlossen. Kalt war sie, und Schweiß glänzte auf ihrer Stirn. Aber sie atmete. Liron fühlte ihr Herz unter seinen Händen rasen. «Es tut mir leid», flüsterte er, «es tut mir so leid.»

«Seid ihr toll geworden?» Görgen schwang sich aus der Orgel und ging drohend auf Thiedemann zu. Seine Stimme bebte vor Wut, gleich würde er seinem Sohn ins Gesicht schlagen. Doch Thiedemann wich keinen Zoll zurück, mit grimmig zusammengepressten Lippen hielt er dem Blick des Kaufmanns stand.

«Was bist du für ein hirnloser Idiot? Ganz abgesehen davon, was du dem wirren Kind antust – die Kirche hätte abbrennen können. Löscht sofort die Kerzen, und bis Sonntag will ich keinen Wachsfleck mehr hier finden. Der Schaden durch die Hitze ist schlimm genug, wahrscheinlich muss das ganze Werk neu gestimmt werden. Kein Wort darüber, sonst zahlst du bis an dein Lebensende. Das heißt, schlussendlich werde ich zur Kasse gebeten, und das, mein Lieber, würde dir nicht gut bekommen.»

Er drehte sich zu Liron um. «Leg sie hin.»

«Soll ich das hochwohlgeborene Fräulein nicht lieber nach Hause bringen?»

«Pack dich.» Görgen kniete sich neben seine Nichte, deckte sie mit seinem Umhang zu und hob ihre Beine ein wenig an. Sie bewegte den Kopf. Kurz öffnete sie die Augen und schloss sie gleich darauf wieder.

Der alte Kaufmann wankte, als er sie hochhob.

«Soll ich nicht doch …», setzte Liron erneut an.

«Ich denke nicht, dass mein Bruder noch einen von Euch sehen will.»

Kurz darauf fiel die Tür der Plauderkapelle hinter ihm ins Schloss.

11. Kapitel

«Hör auf zu klopfen, du machst mich ganz närrisch.»

«Entschuldige», murmelte Liron und hielt seine Finger still.

Marikke wendete ihre Näharbeit, schüttelte sie aus und griff nach dem zweiten Ärmel. Doch nach wenigen Stichen hob sie den Kopf und blickte Liron tadelnd an.

«Was ist?», fragte er.

«Jetzt klopfst du mit dem Fuß.»

Herr Gott, es war ja auch nicht auszuhalten. Tagelang nur Hetzerei und plötzlich gar nichts mehr. Vorhin noch war er rastlos zwischen den Pfeifen herumgekrochen und hatte Millionen von kleinen Wachsflecken abgekratzt. Und Dreck. Und tote Fliegen. Manche der Pfeifen hätte er eigentlich noch stimmen müssen, aber Tunder war zufrieden gewesen.

Der Junker hatte sich natürlich nicht herabgelassen, ihm zu helfen, der war überhaupt nicht mehr aufgetaucht. Dabei musste er sich denken können, wie sehr Liron auf eine Nachricht von Cäcilie wartete.

Sie hatte so kalt und schlaff in seinen Armen gelegen. Er schloss die Augen und sandte ein wortloses Gebet für sie in den Himmel.

«Es war seltsam, Marikke, als sie gesungen hat, klang sie wie ein Kind, ganz anders, als ich es mir vorgestellt hatte. Es war … nicht richtig. Und dann hat sie geschrien. Habe ich ihr das angetan? Glaubst du, meine Komposition hat alles nur schlimmer gemacht?»

«Woher soll ich das wissen? Geh hin und frag sie.»

«Das täte ich lieber nicht.» Eggerts Messergurt polterte auf den Tisch, und Marikke zuckte vor Schreck zusammen.

Seit kurzem spazierte Eggert mit drei Schneiden und einen Wetzstahl herum, zur Abschreckung, wie er behauptete, das Zeug habe ihm ein glückloser Knochenhauer verpfändet.

«Nimm das weg, das ist ja widerlich.»

«Ja, ja», meinte Eggert, schnitt Marikke ein Gesicht und schob seine Schlachterei zur Seite. Dann wandte er sich an Liron: «Halt dich bloß fern von den Kortholts, gerade jetzt, das sag ich dir. Gestern hat der gute Hinrich den Junker auf die Straße geworfen, mit Gebrüll und allem, was dazugehört. Endgültig. Und als der Sturkopf nicht gehen wollte, hat der Alte ihn sogar zur Pahlinger Heide eingeladen.»

«Pahlinger Heide?», fragte Liron.

Marikke schluckte. «Zum Duell.»

«Na, zu einer Landpartie bestimmt nicht. In der Pahlinger Heide piekt man sich gern mal mit den Degen, ist ja Mecklenburg, da gilt das lübsche Verbot nicht mehr. Leider hat der Junker sich getrollt, sehr schade, sonst wären wir wenigstens einen von beiden los.»

«Wie kannst du dir nur so etwas wünschen?» Mit fahrigen Bewegungen raffte Marikke ihre Näharbeit zusammen. «Früher bist du anders gewesen, Eggert.» Brüsk stand sie auf und verzog sich in ihre Kammer.

Liron stützte sein Kinn auf die Fäuste. «Hätte Görgen

uns nicht unterbrochen, könnte Cäcilie nun vielleicht geheilt sein. Irgendjemand muss ihm verraten haben, was wir vorhatten.»

«Ja, schlecht ist die Welt.» Eggert zog eines der Messer heraus und begann hingebungsvoll, die Schneide zu putzen. «Wem hast du denn davon erzählt?»

«Nur Tunder und den Leuten an den Bälgen. Und dir natürlich.»

Moment, einen gab es noch, der jederzeit Zutritt zur Kirche hatte, der überall herumschnüffelte und immer genau dort auftauchte, wo man ihn nicht vermutete. Und er machte keinen Hehl daraus, dass er den alten Ratsherrn verehrte: Trumscheit. Von nun an würde Liron ihn im Auge behalten. Und falls Cäcilie durch seinen Verrat zu Schaden gekommen sein sollte, würde der Krüppel büßen.

Er erhob sich. «Ich muss wissen, wie es ihr geht.»

«Bleib hier», sagte Eggert. «Die schmeißen dich raus oder rufen die Wachen.»

«Dann steige ich eben von hinten über die Mauer.»

«Bleib hier, verflucht.»

Aber Liron war schon an der Tür.

«Dir ist wirklich nicht zu helfen», bellte Eggert ihm nach. Dabei griff er nach seinem Messergurt und schnallte sich das Ding um den Bauch. «Sag später nicht, ich hätte dich nicht gewarnt. Und warte wenigstens, bis es dunkel ist, wenn du unbedingt über die Mauer willst.»

Zum vierten Mal lief Liron nun schon am Haus der Kortholts vorbei. Es dämmerte. Der Wind hatte gedreht, es war kühl geworden und Wolken zogen auf, die ersten Vorboten des Herbstes. Nur wenige Menschen waren unterwegs, ein Betteljunge, der an der Ecke lungerte, in der Ferne ein klappernder Karren, und in der Parallelstraße fluchten Wachsoldaten.

Eggert hatte recht, Liron konnte nicht einfach klopfen und nach Cäcilie fragen, nicht, nachdem sie in der Orgel zusammengebrochen war. Thiedemann würde ihm auch nichts sagen können, denn der war laut Eggert ja ebenfalls des Hauses verwiesen worden.

Er bog in den Schrangen ein und umkurvte die Schlachtbänke in größtmöglichem Abstand. Sie waren längst abgeräumt, doch der Gestank nach Verwesung und Blut hielt sich hartnäckig. An der Fronerei verengte sich der Platz zu einer schulterbreiten Gasse. Liron konzentrierte sich auf seine Schritte, denn er wollte nicht hören, ob in den Verliesen jemand schluchzte. Hinter der Mauer zur Rechten schloss sich Cäcilies Garten an. Er hastete weiter und bog in die Königstraße ein. Vier Häuser später stand er erneut an der Fleischhauerstraße. Himmel, er kannte schon jeden Stein in diesem Karree.

Das Portal des Kaufmannshauses war von hier aus deutlich zu sehen. Es wirkte nicht abweisender als sonst. Was hinderte ihn, ganz offen vorzusprechen? Nur Eggerts Unkerei. Thiedemann konnte sich aus ganz anderen Gründen mit seinem Onkel überworfen haben. Es war doch durchaus möglich, dass es Cäcilie inzwischen besser ging, dass sie vielleicht sogar sprach. Immerhin hatte sie gesungen.

Aber dann hatte sie geschrien.

Nein. Er würde einen Teufel tun und Hinrich auf sich aufmerksam machen. Er musste über die Mauer steigen, heimlich, wie ein Dieb. Vom Dach des Schuppens könnte er in ihre Kammer blicken und sich davon überzeugen, wie es um sie stand.

Die Mauer war verflucht hoch und nur alle fünf Schritte mit Stützpfeilern versehen, an denen er sich hinaufziehen konnte. Liron blickte sich um und lauschte, ob sich Passanten oder Wachen in der Nähe aufhielten. Keine Gefahr, selbst der Betteljunge war verschwunden. Er betastete die Mauer nach losen Fugen. Sobald er eine gefunden hatte, krallte er seine Finger hinein. Seine Beine klemmten sich um den Pfeiler. Vorsichtig drückte er sich nach oben. Seine Hand glitt über das Mauerwerk, fand die nächste Ritze. Mit den Füßen stieß er nach Halt und schob sich Stück für Stück weiter empor.

«Mir scheint, wir haben etwas zu besprechen.»

Görgen!

«Ziehst du es vor, derweil wie eine Fliege an der Wand zu kleben?»

Liron sprang hinunter.

«Nebenbei, das hier ist der falsche Abschnitt. Es sei denn, du wolltest den Ochsenhändler Schwegel und seine Bullenbeißer kennenlernen. Der nächste Pfeiler hätte in den Garten meines Bruders geführt.»

«Ich wollte …»

«Gehen wir ein Stück.»

Görgen schritt schnell aus, ohne dabei gehetzt zu wirken, und die aufrechte Haltung ließ ihn größer erscheinen, als er eigentlich war. Im Dämmerlicht war ihm das Alter kaum anzusehen. Er erinnerte Liron an eine gespannte Bogensehne, die jederzeit Pfeile abschießen konnte.

«Herr von Kortholt, ich hatte bestimmt nichts Übles im Sinn. Aber ich musste nachsehen, wie es Cäcilie geht, und wollte gleich wieder verschwinden. Wenn Ihr nicht zufällig durch den Schrangen gekommen wäret, hätte ich niemanden gestört.»

«Nur die scheußlichen Nachbarsköter. Du solltest mir dankbar sein, dass ich dich rechtzeitig abgefangen habe. Im Übrigen glaube ich nicht an Zufälle, zumindest verlasse ich mich nicht darauf. Alles hat seinen Grund im weisen Ratschluss des Herrn.»

Aus den Worten hätte Liron geschlossen, dass Görgen sich selbst mit dem weisen Herrn meinte, doch er konnte keine Überheblichkeit in der Stimme vernehmen, nicht einmal eine Spur von Ironie. Der Kaufmann sprach, wie meistens, völlig ohne Unterton.

Wo lief er überhaupt hin? Sie waren schon beim Rathaus und hielten auf den Kirchhof zu. Liron hatte wirklich keine Lust, ihm durch ganz Lübeck nachzurennen. Wenn Görgen ihn zur Rechenschaft ziehen wollte, dann sollte er das tun. Am besten gleich. Liron verlangsamte sein Tempo und blieb stehen.

Görgen drehte nur knapp den Kopf. «Sei nicht dumm, Dulzian.» Unbeeindruckt ging er weiter.

«Sagt mir, was mit Eurer Nichte ist», rief Liron ihm nach.

«Erwartest du, dass ich meine familiären Angelegenheiten über den Kirchhof brülle?»

An den Krambuden holte Liron ihn ein. «Bitte, Herr von Kortholt, sagt mir, wie es Eurer Nichte geht.»

Endlich hielt Görgen inne. «Tja ...»

Von den Fenstern des Werkhauses fiel ein wenig Licht auf seine hagere Gestalt. Er sah Liron nicht an, sondern ließ seinen Blick wie suchend über den Marienhof wandern. «Das Mädchen ist nun vollends durcheinander geraten, schläft kaum, hat Albträume, hält die ganze Familie in Atem. Die Eltern wechseln sich ab, damit sie keinen Moment allein sein muss. So schlimm ist es noch nie mit ihr gewesen. Mein Bruder lastet das Unglück nun Thiedemann an, und dir natürlich.»

Lirons Glieder wurden schwer wie Stein, er glaubte, sich aus eigener Kraft nicht mehr rühren zu können. «Das hab ich nicht gewollt.»

Plötzlich fixierte Görgen ihn mit einem scharfen, stechenden Blick, dem Liron nicht ausweichen konnte. «Galt das Theater wirklich ihrem Wohl? Oder vielleicht doch deiner eigenen Befriedigung? Nicht gleich antworten, denk erst darüber nach. Wenn dir tatsächlich etwas an meiner Nichte liegt, dann lass sie in Ruhe und gönne ihr ein Leben nach ihren Möglichkeiten. Es wird immer ein behütetes Leben sein, und das, Dulzian, wirst du ihr niemals bieten können.»

Liron musste blinzeln, nachdem der Kaufmann ihn aus seinem Blick entlassen hatte und in versöhnlichem Tonfall fortfuhr: «Du musst ihr erlauben, dass sie dich vergisst. Auch für dich wäre es besser, wenn du dich ernsthafter mit deiner Begabung beschäftigen würdest, statt Kaufmannstöchtern nachzusteigen. Widme dich deinem Talent, bevor es verwelkt. Oh, ich kann das beurteilen, ich war früher selbst nicht ungelenk auf der Viola da Gamba. Es sollte die Pflicht eines jeden Mannes sein, sich im Kunstgenuss zu üben, das stärkt den Geist und hält uns davon ab, zu Barbaren zu werden. Aber wer diesen Weg ernsthaft gehen will, darf sich nicht von einem hübschen Gesicht ablenken lassen.»

Er wies mit dem Kopf zu Tunders Werkshaus hinüber. «Alt ist er geworden, unser Meister. Er hätte schon lange jemanden verdient, der ihm die leidigen Pflichten abnimmt. Ich bin auf dem Weg zu ihm, um einen Vorschlag zu machen, und wollte auch über dich mit ihm reden.»

«Ihr wollt mich für die Orgel vorschlagen?»

Da war er wieder, Görgens durchdringender Blick, und diesmal zuckte sein rechter Mundwinkel dabei. Aber seine Augen lächelten nicht, und auch seine Stimme ließ keinerlei Heiterkeit erkennen.

«Ist es möglich, Dulzian, dass du dich manchmal ziemlich versteigst? Ich spreche von einem Organisten aus Dänemark, den wir vielleicht für St. Marien gewinnen können, ein Mann mit Visionen. Es gehört schon etwas mehr dazu als dein Gedudel: Choralspiel, Liturgik, Improvisation, Tonsatz, Generalbass, Hymnologie …»

«Ja, natürlich, ich hatte auch eher an Unterricht gedacht.»

«Wozu? Für das Glockenspiel ist das nicht erforderlich, und wie mir zu Ohren gekommen ist, wärest du nicht abgeneigt, die langweilige Walze auf dem Dachreiter zu ersetzen. Es sei denn, du hast andere Pläne.»

«Bestimmt nicht, Herr von Kortholt, ich werde zur Verfügung stehen, jederzeit.» Liron verbeugte sich mehrmals, was der Ratsherr allerdings nicht mehr sah, da er bereits zielstrebig auf das Werkhaus zu schritt.

Cäcilie wälzte sich auf ihrem Lager. Es musste Nacht sein, denn die Kammer war dunkel. Sie hatte nicht geschlafen, die Zeit der anderen war nur an ihr vorbeigestrichen, ohne sie zu berühren. Sie war unendlich müde. Auf dem Schemel an der Wand sah sie Mutters zusammengesunkene Gestalt hocken. Immer noch. Wie ein Möbelstück. Oder wie ein Wächter.

Vergebliche Mühe, sie konnte ja doch nichts ausrichten, sie war außerhalb der dumpfen Mauer, die Cäcilie umschloss.

Innen war das Gleißen. Es war noch nicht zu erkennen, aber es wartete darauf, dass Cäcilie in den Schlaf hinüberglitt.

Sie drehte sich um und starrte an die Wand. Wenn doch ihre Lider nicht so schwer wären. Nachdrücklich versuchte sie, sich auf den Lehmputz zu konzentrieren, der auf Höhe ihres Kopfes blank gerieben war. Ihre Augen brannten. Der Fleck verschwamm und löste sich in einzelne Lichtpunkte auf. Sie tanzten und flimmerten auf den blanken Orgelpfeifen. Schon begann er wieder zu tönen, Flöten, Trompeten, Schalmeien. Sie klangen wie Menschenstimmen. Von allen Seiten. Wohin sie sich auch wendete, gellten sie ihr in den Ohren. Und alle, alle klagten sie an. Mutters Schreie überschlugen sich zu einem auf- und abschwellenden Geheul und riefen immer nur: Du bist schuld.

Aufhören, bitte! Cäcilie warf sich angstvoll herum.

Eine Schaufel knirschte in der Erde, Steine rieben am blanken Metall. Was tust du hier?, dröhnte es ihr entgegen. Du hast es gesehen, darfst nicht darüber sprechen, kein Wort. Der Onkel so nah, so prüfend, so streng. Die Guten kommen in den Himmel, das sind die Engel.

Cäcilie rollte sich auf den Bauch und drückte sich das Kissen über den Kopf.

Der frische Erdhaufen an der Mauer pulsierte. Dort wachsen ihnen Flügel. Bewahre das Himmelsgeheimnis. Nicht darüber sprechen. Man darf sie nicht stören, sonst kommt der Tod und nimmt sie mit, nie können sie dann Engel sein. In der Ferne tönte die Glocke. Sie holte weiter und weiter aus, gleich würde sie zerbersten und Gottes Zorn verkünden.

Nein!

Cäcilie fuhr hoch und zwang sich, die Augen zu öffnen, presste sich die Hände auf die Ohren und schüttelte den Kopf so schnell sie konnte. Der Tod berührt die Kinder nicht, der Tod berührt die Kinder nicht, der Tod berührt die Kinder nicht …

«Hör auf, du hast nur schlecht geträumt. Bitte, Kleines, du musst dich beruhigen.»

Vater? Sein Gesicht war dicht über ihr, die schlaffen Wangen eingefallen und die Augen rot unterlaufen. «Du hast so furchtbar geschrien.»

Er nahm sie in die Arme und wiegte sie wie ein Kind. «Es ist vorbei, nur ein böser Traum. Er kommt nicht wieder, ich bin ja da.»

Ihr Kopf war gegen seine weiche Brust gedrückt. Sie drehte sich ein wenig, damit sie Luft bekam. Es roch nach Krankheit in der Kammer. Aber alles stand an seinem Platz, friedlich, vertraut, wie immer.

Vater irrte sich, es war kein Traum. Was sie gesehen hatte, war einmal Wirklichkeit gewesen. Und es musste noch anderes geschehen sein. Eine Erinnerung, die fehlte, etwas Böses, das sie selbst getan hatte.

Sie schluchzte auf und erschrak im gleichen Moment vor dem fremden Laut.

«Ist gut, meine Kleine, ich bin ja da.»

Er hatte es also auch gehört.

Ihr Atem ging stoßweise. Ihre Kehle verengte sich, bis ihr tatsächlich ein weiterer Schluchzer entfuhr. Der nächste kam schon schneller.

«Kind, was ist mit dir? Grethke! Hör doch, wie sie keucht.»

Tränen liefen ihm über die Wangen, und Cäcilie weinte

mit. Aber sie tat es lautlos und schmiegte sich schnell an ihn, damit er sich keine Sorgen mehr machte.

Lange, lange strich er ihr übers Haar und schlief darüber ein.

Cäcilie lag wach.

Sie musste noch einmal in die Orgel steigen, und wenn sie sich noch so sehr ängstigte.

«Das Glockenspiel?» Trumscheit war so überrascht, dass er zu treten vergaß. «Und du hast zugesagt?»

Was für eine Frage, wegen dieses Glockenspiels war Liron nach Lübeck gekommen und jetzt endlich sollte sein Traum Wirklichkeit werden. «Kalkant bleibe ich natürlich trotzdem, und registrieren werde ich auch weiterhin, wenn Meister Tunder mich braucht.»

«Ich verstehe, spielen willst du und neben Tunder auf der Orgelbank sitzen, aber die Drecksarbeit überlässt du mir. Wie konnte ich nur denken, der feine Musikant würde vielleicht mein Nachfolger werden. Glaub ja nicht, dass ich zu Glocken und Walze nun auch noch den Spieltisch warte. Den kannst du selber in Ordnung bringen, wenn du dich unbedingt lächerlich machen willst.»

«Ich habe nicht vor, mich lächerlich zu machen, im Gegenteil, die ganze Stadt wird mir zuhören. Was die Walze kann, werde ich wohl auch noch schaffen.»

«Armer Dulzian.» Der Krüppel bleckte die Zähne. «Merkst du denn nicht, dass der Ratsherr dich geködert hat? Er ist schon dabei, dich von deinem hohen Ross zu stoßen. Nee, du hast keine Ahnung. Hast ihm wahrscheinlich noch die Füße geleckt für die überaus gnädige Gunst.»

«Mach deine Arbeit und behalte deine Bosheiten für dich.»

Auf Trumscheits neidisches Geschwätz konnte Liron nun wirklich verzichten. Die Aussicht, das Glockenspiel zu bedienen, war sein einziger Lichtblick, und einen Lichtblick brauchte er dringend, um nicht in selbstquälerische Grübelei zu verfallen.

Schon überwältigte ihn wieder die Sorge um Cäcilie. Auf keinen Fall durfte er ihr noch weiteres Leid zufügen. Görgen hatte recht, er musste sie loslassen, endgültig. Aber wenn er daran dachte, war es, als würden ihm Violinensaiten unter dem Bogen zerreißen.

Eine Zeit lang schufteten sie schweigend nebeneinanderher. Liron tat es gut, sich zu verausgaben. Erst zur Lesung des *Symbolum Athanasii* ließ er sich keuchend auf der Bank nieder.

Trumscheit kaute am Nagelbett seines Daumens.

«Was hast du eigentlich gegen mich?», fragte er plötzlich. «Ich weiß schon, wer aussieht wie ich, muss ein Schurke sein. Denken doch alle. Mir ist jede Gemeinheit zuzutrauen, stimmt's? Meinetwegen, wenn du es so haben willst … damit kann ich auch dienen.»

Liron musterte den Krüppel aus den Augenwinkeln. Er konnte der Kriegserklärung nicht recht glauben, denn Trumscheit Stimme war wie über Eis geschlittert.

«Fühl dich ja nicht zu sicher, Dulzian, ich weiß genau, dass du heimlich in der Orgel herumfuhrwerkst und dir nachts Weiber in die Kirche bestellst. Wo treibt ihr's denn, du und diese Katrina? In der Sakristei? Auf rotem Samt und mit Kirchenkerzen zur verträumten Beleuchtung? Brauchst nicht zu leugnen, der Küster hat Wachsflecken auf dem Altartuch gefunden. Ich frage mich, was der Kirchenvorstand dazu sagen würde.»

Liron sprang auf. «Katrina hat mir die Bälge getreten, weiter nichts.»

«Dir die Bälge getreten ...» Der Krüppel kicherte anzüglich. «So genau wollte ich das gar nicht wissen, aber jedem, wie er's braucht.»

«Jetzt reicht es, Trumscheit. Ich habe geübt, ja und? Tunder wusste von Anfang an Bescheid, und dem Ratsherrn hast du es ja in der gleichen Nacht brühwarm erzählt. Also, bei wem willst du mich noch anschwärzen?»

Die Kalkantenglocke bimmelte, und Liron schwang sich auf die Planken.

«Ich soll Görgen ... Sag das nochmal!»

Trumscheit packte Liron an der Jacke und riss ihn zurück. Der Angriff kam so unerwartet, dass Liron die Halterung losließ und rudernd sein Gleichgewicht zu finden versuchte. Ein Tritt ließ ihn stürzen. Schon war Trumscheit über ihm. Liron versuchte, ihn abzuwerfen, aber der Krüppel hielt seine Arme umklammert. Sie wälzten sich über die Dielen, krachten gegen die Wände, an die Planken.

Eine unbändige Kraft stieg in Liron auf, all die ohnmächtige Wut der letzten Tage verwandelte sich nun in einen Sturm und brach zügellos aus ihm heraus. Er genoss es zuzuschlagen, und der eigene Schmerz stachelte ihn nur weiter an.

«Lass mich», winselte Trumscheit. «Hörst du nicht, Tunder braucht Luft.»

Liron blickte auf. Tatsächlich läutete die Kalkantenglocke inzwischen so heftig, dass sie abzufallen drohte. Der Krüppel nutzte den Moment, um davonzukrabbeln. Stöhnend zog er sich an den Haltegriffen hoch und begann zu treten.

Liron ließ die Arme hängen und sah ihm zu. Sein rechter Wangenknochen tat weh, und er spürte, wie dort eine Beule anschwoll. Aber er fühlte sich wesentlich besser.

Als er sich der Tretanlage näherte, wich Trumscheit vor ihm zurück. «Rühr mich ja nicht an, meine Nase blutet schon.»

«Nimm es als Lehre, wenn du das nächste Mal versucht bist, dich auf Kosten anderer beim Ratsherrn einzuschmeicheln.»

«Glaub doch, was du willst, ich habe jedenfalls nichts gesagt, weder zu Görgen noch zu sonst jemandem.»

«Ach? Und wieso platzte er dann mitten in der Nacht hier herein?»

Trumscheit wischte sich mit dem Ärmel über das Gesicht und betrachtete die Blutspur. «Was weiß ich, vielleicht wollte er beten. Das solltest du übrigens auch mal versuchen. Wirst es brauchen können, wenn du dich ans Glockenspiel traust. Wann soll es denn so weit sein? Nicht, dass ich deinen Untergang noch verpasse.»

Kaum hatte Liron erwogen, dass er den Krüppel womöglich zu Unrecht beschuldigte, fing der schon wieder an zu hetzen. «Du wirst dich noch wundern. Und jetzt will ich kein Wort mehr davon hören.»

Die Haustür fiel zu, und der Schlüssel drehte sich im Schloss. Draußen hinter den gewölbten Scheiben trampelte Vaters Gestalt die Treppen hinunter. Er bot Mutter den Arm und scheuchte die Jungs Richtung Kirche. Keiner von ihnen blickte sich nach Cäcilie um.

Eingesperrt.

«Du bist krank», hatte es geheißen, «du musst dich erholen.» Dabei hatte sie sich selten lebendiger gefühlt. Sie war fest entschlossen, dem Dunkel, das in ihr verborgen lag, auf den Grund zu gehen. Und wenn sie es mit Dämonen aufnehmen musste – oder mit ihrer eigenen Schuld.

Sie fröstelte.

Wenn Thiedemann nur bei ihr gewesen wäre. Tagelang hatte sie auf ihn gewartet, doch statt seiner waren Nacht für Nacht nur die Träume gekommen. Sie konnte nicht länger zögern.

Als sich die Familie heute für den Gottesdienst zurechtgemacht hatte, war sie in ihre Kammer geschlüpft und hatte sich ebenfalls angekleidet. Liron würde in der Kirche sein, oben an der Orgel. Irgendwie hätte sie eine Möglichkeit gefunden, zu ihm hinaufzuschleichen.

Aber jetzt war die verdammte Tür verschlossen. Wütend trat sie gegen das Holz. Gefangen wie eine Missetäterin, weggesperrt wie ein Wechselbalg, den niemand sehen durfte. Wollte man sie denn für immer und ewig im Haus festhalten?

Und wenn sie aus dem Fenster kletterte?

Ihre Beine zitterten, und sie sah sich um, bevor sie in die Stube trat. Was für ein Unsinn, es war ja niemand hier, der sie aufhalten konnte. Zaghaft streckte sie die Hand nach dem Fenster aus. Nur das bisschen Glas zwischen drinnen und draußen, trotzdem kam es ihr unüberwindlich vor, massiver als eine Wand aus Fels.

Wie spät mochte es sein? Wie lange dauerte der Gottesdienst noch?

Entweder sie beeilte sich jetzt, oder sie verzichtete auf den Plan. Unschlüssig herumzustehen brachte sie nicht weiter.

Sie schob einen Sessel heran, stieg darauf und rüttelte am

Fensterhaken. Er saß fest, sie konnte sich nicht erinnern, dass er jemals betätigt worden war. Mit ihrem Schuh schlug sie dagegen. Rost rieselte herunter. Der Haken bewegte sich nur zollweise, aber schließlich gab er den Fensterflügel frei.

Cäcilie stieß ihn auf und atmete die kühle Luft ein. Ihr war heiß geworden, und ihr Herz klopfte.

«Gesegneten guten Tag.»

Himmel, an Passanten hatte sie überhaupt nicht gedacht. Mechanisch lächelte sie den Leuten zu. Wie sollte sie nun hinauskommen? Sie setzte sich ins Fenster und tat, als würde sie die Sonne genießen, die allerdings eher sporadisch zwischen den Wolken hervorblitzte und dann nur den oberen Rahmen beschien.

Lächelnd und nickend harrte sie aus, bis sich niemand mehr auf der Straße zeigte. Sofort schwang sie ihre Beine hoch und drehte sich im Fenster um. Vorsichtig streckte sie ihren Fuß aus. Verdammt, der Rock wollte nicht mit, wie auch, wenn sie darauf kniete. Eine Hand am Rahmen, die andere auf dem Sims, ließ sie auch das zweite Bein hinab, sodass sie nun bäuchlings aus dem Fenster hing. Es war tiefer, als sie gedacht hatte, viel tiefer als innen. Sie würde springen müssen.

«Bleib so, söt slyna.»

Cäcilie erstarrte. Schritte näherten sich. «Vem har vi där?» «En liten tjuv.»

Es waren mehrere, die sie umringten, Seeleute, blond, groß und ungehobelt. Panisch versuchte sie, sich wieder hineinzuziehen, doch einer der Kerle legte seine Pranken auf ihre Hüften, fest und entschieden.

«Så synd, fönstret är nog lite för högt.»

Die anderen lachten.

«Hon skriker inte? Brav so, schön stilla.»

Sie begann zu strampeln, doch sofort verstärkte sich der Druck. Ihr Becken wurde angehoben, und sie hing in der Luft. Wild trat sie nach hinten aus und klammerte sich am Rahmen fest, der einzige Halt, der ihr noch blieb. Nur eine Armeslänge trennte sie von der Sicherheit des Hauses.

«För fan.» Jemand griff nach ihren Beinen und drückte sie hinunter. Ihr Rock wurde hochgeschoben. Entsetzt keuchte sie auf, als sie die harten Hände auf ihren Schenkeln spürte. Lieber Jesus, steh mir bei. Sie wand sich mit aller Kraft, bäumte sich auf, stieß um sich.

«Jävla, dålig flicka.» Ein Schlag fuhr auf ihr Gesäß nieder, sie japste und versuchte, sich zu entziehen, doch nun fielen sie zu zweit über sie her, packten sie an der Haube, sodass die Schleife ihren Hals würgte, drückten ihr Arme und Schultern gegen die Hauswand, zogen ihre Hüften zurück und versuchten ihre Beine auseinanderzuzwingen.

Warum half ihr denn niemand? Sie hörte doch Menschen auf der anderen Straßenseite. Standen die Kerle so dicht um sie herum, dass niemand sehen konnte, was sie taten?

O Gott, die kalten Finger fuhren an der Innenseite ihrer Schenkel hoch. Sie krochen immer weiter. Sie stießen in ihren Schoß.

Im gleichen Moment öffnete sich ihre Kehle.

Sie schrie und schrie und schrie …

Stimmen wurden laut. Soldatenstiefel hasteten heran, Rufe, krachende Schläge, ein Schuss. Cäcilie rutschte an der Wand hinunter, rollte sich auf dem Pflaster zusammen und verbarg ihren Kopf in den Armen.

Plötzlich wurde sie hochgerissen. Sie kreischte, doch der Stadtsoldat presste ihr die Hand aufs Gesicht. Sein Lederhandschuh ließ gerade noch ihre Augen frei. Sie bekam kaum Luft und krallte sich in seine Finger, um sie wegzuziehen.

«Immer mit der Ruhe, du kleines Biest. Wir sind schon mit ganz anderen Kalibern fertig geworden.»

Er drückte ihren Kopf zur Seite, sodass sie sehen konnte, wie die fremden Kerle gebückt zwischen den Wachen hingen. Zwei bluteten, einer hatte sich über die eigenen Kleider erbrochen. Ihr wurde übel, aber gleichzeitig spürte sie unbändige Genugtuung in sich aufsteigen.

Am Straßenrand standen die Nachbarn und ereiferten sich, manche lehnten sich auch aus den Fenstern. Der Ochsenhändler Schwegel hatte sogar seine Hunde mit herausgebracht, sie knurrten und zerrten wütend an ihren Ketten.

«Das ist die närrische Tochter», geiferte er. «Hinrich wird schon seinen Grund haben, warum er sie hinter Mauern verschlossen hält. Gnade uns, wenn so eine Kreatur entkommt. Man ist sich ja seines Lebens nicht sicher.»

Der Soldat zwang Cäcilie, zu ihm aufzublicken.

«Sei artig, oder es setzt was, verstanden?»

Grinsend wischte er ihr mit seinem Lederdaumen die Tränen von den Wangen. Den Griff um ihren Arm lockerte er aber keineswegs. Und es kümmerte ihn nicht, dass sie stolperte. Obwohl sie kreischte und nach ihm schlug, zog er sie einfach hinter sich her.

In geziemendem Abstand folgte die pöbelnde Menschentraube. Manche beteuerten, Cäcilie als Tochter des Hauses zu kennen, andere wollten sie in der Clemenstwiete gesehen haben, ja, sie hätten sogar lustvolle Stunden mit ihr verbracht.

Cäcilie gab ihre Gegenwehr auf. Im Laufen strich sie

sich die Kleider glatt und rückte die Haube zurecht, so gut es eben ging. Sie humpelte, denn sie trug nur einen Schuh, der andere lag noch auf dem Sessel in der Stube. Was musste sie für ein Bild abgeben? Verweint und zerzaust, am heiligen Sonntag in der Gasse aufgegriffen. Und alle sahen dabei zu.

Sie wollte nur noch nach Hause.

Gleich nach dem Gottesdienst stieg Liron in das Gewölbe hinauf, um sich das Glockenspiel genauer anzusehen. Der Spieltisch befand sich gottlob nicht im Dachreiter, sondern darunter auf festen Dielen. Sieben dicke Hebel ragten aus der Apparatur, hervor und von jedem führten Züge nach oben. Welcher Hebel zu welcher Glocke gehörte, war nicht zu erkennen, es gab auch keine Beschriftung. Er nahm an, dass ihre Anordnung einer normalen Tastatur entsprach, nur eben wesentlich größer, etwa für die Finger eines Riesen. Er würde mit den Fäusten spielen müssen.

Das Ärgerlichste an der Sache war, dass er nichts ausprobieren konnte, die Glocken waren ja weithin zu hören, und alle Einwohner richteten sich danach. Die Zeiteinteilung der ganzen Stadt würde durcheinandergeraten, wenn er sie zur Unzeit bimmeln ließ. Ihm dämmerte, dass er vielleicht vorschnell auf Trumscheits Hilfe verzichtet hatte.

Zur vollen Stunde setzte sich die Walze in Bewegung, und Liron beobachtete gespannt den Mechanismus. Viel zu schnell war das Lied zu Ende.

Es gab nur eine Möglichkeit: Er musste sich genau merken, was die Walze tat, und dann versuchen, auf der Hebeltastatur mitzuspielen. Erst wenn er darin sicher war, durfte er es wagen, die Walze auszuschalten. Und erst, wenn er den gewohnten Choral flüssig wiedergeben konnte, durfte er an eigene Melodien denken. Seufzend stellte er sich darauf ein, in nächster Zeit jede volle Stunde hier oben verbringen zu müssen. Trumscheit sollte keine Gelegenheit zur Schadenfreude bekommen, diese Genugtuung gönnte Liron ihm nicht. Dem Ratsherrn ebenso wenig, falls der es tatsächlich darauf angelegt hatte, ihn vor der ganzen Stadt bloßzustellen.

«Wo hast du das Diebesgut gelassen?», fragte der Stadtdiener hinter dem hohen Tisch zum zehnten Mal und starrte gebannt auf Cäcilies Rocksaum.

Zum zehnten Mal antwortete sie nicht und hielt ihren nackten Fuß stoisch hinter den anderen geklemmt. Was für ein dummer, junger Laffe. Hatte er die Nachbarn denn nicht gefragt, wer sie war? Die Bank, auf der sie und die Seeleute sitzen mussten, war schmal und viel zu niedrig, sodass ein Verdächtiger automatisch eine zusammengekauerte Haltung annahm, als hätte er sich bereits schuldig bekannt. Cäcilie hätte sich gerne aufgerichtet, aber neben ihr stand einer der Wachmänner. Bestimmt lauerte er nur auf eine Gelegenheit, sich für die Kratzer auf seiner Wange zu rächen. Sie hatte getobt, als er sie in das dunkle Loch zu den Seefahrern hatte stoßen wollen. Daraufhin durfte sie in einer Schreibstube bleiben.

Nach einer Ewigkeit hatte man sie endlich ins Obergeschoss des Kanzleigebäudes gebracht. Gerichtslaube wurde dieser Raum genannt, als würde noch wie früher draußen unter den Ratshausarkaden geurteilt, wo jeder Bürger die

Verhandlungen verfolgen konnte. Auch jetzt stand die Tür allen Interessierten offen. Nur war jetzt niemand mehr da. Hatte der Stadtdiener absichtlich gewartet, bis die Leute gegangen waren?

Er räusperte sich. Seine Miene erinnerte an die gemalten Wappenadler auf dem Deckengewölbe über ihm. «Das beschuldigte Frauenzimmer hat nicht dementiert. Außerdem hat es sich gegen die Untersuchung gesträubt und verletzte dabei den Soldaten namens ...» Er blätterte in seinen Unterlagen.

Einer der Seeleute sprang plötzlich auf. «För fan, varför håller du ...» Doch noch bevor die Wachen eingreifen konnten, rissen seine Landsleute ihn zurück und redeten auf ihn ein.

«Was hat er gesagt?», wollte der Stadtdiener wissen.

Der Kerl, der am besten Deutsch sprach, erhob sich. «Mein Freund wundert sich, dass wir immer noch hier festgehalten werden.» Er wies mit dem Finger auf Cäcilie. «Die da wollte in das Köpmanshus einbrechen, nicht wir. Wir haben sie dabei erwischt und der Gerechtigkeit zugeführt, wie alle Christen gebrauchen zu tun. Zum Dank wirft man uns wie Verbrecher in den Kerker.»

Der Laffe kniff die Augen zusammen und musterte den Mann streng. «Wo kommt ihr her?»

«Das habe ich schon mehrmals gesagt», knurrte der Seemann und spulte seine Antworten von neuem ab. «Wir kommen von Åland, Mariehamn. Unser Schiff ist ...»

«Also doch Schweden», unterbrach der Stadtdiener und unterstrich etwas auf dem Papier, das vor ihm lag.

«Förbannad, wir sind keine Schweden. Die pressen unsere Inseln nur aus, jagen unser Wild ...»

«Ruhe.»

«Sie zwingen unsere Männer in ihre Flotte, und die Frauen bleiben ensamt …»

Von hinten gellte eine Stimme: «Und weil ihr einsam seid, überfallt ihr Lübecker Töchter?»

Cäcilie fuhr herum. Onkel Görgen, dicht gefolgt von Vater und Mutter.

Eilig kam der Stadtdiener hinter seinem Tisch hervor und öffnete unter vielen Bücklingen die Absperrung. «Welche Ehre, Ratsherr. Aber Ihr hättet Euch nicht bemühen müssen, eine ganz unwichtige Angelegenheit, nur ein kleiner Diebstahl, der vermutlich sogar verhindert werden konnte.»

Als Onkel Görgen jedoch Vater und Mutter heranwinkte, stellte der Stadtdiener sich in den Weg. «Tut mir leid, Zuschauer müssen an der Tür bleiben.»

Onkel Görgen verscheuchte ihn mit einer Handbewegung. «Das sind die Eltern des Mädchens, du Hohlkopf.»

«O Gott, mein armes Kind», rief Mutter und eilte auf Cäcilie zu. Sie hob ihr Kinn, streichelte über ihre Wangen, ihre Arme, sogar über die Haube. Vater stand ein wenig hilflos daneben und legte beiden die Hände auf die Schultern.

«Vad skall det vara?», fauchte der Seemann. «Uns lässt man im Loch hocken, und die Diebin wird behandelt som en prinsessa. Ist das das hochgepriesene lübsche Recht?»

Onkel Görgen drehte sich jäh zu ihm um. «Tyst nu.»

Er beugte sich vor und sprach schnell und leise in der fremden Sprache auf ihn ein. Der Seefahrer sackte in sich zusammen.

«He, du», rief Görgen einem der Wachmänner zu. «Gib Kapitän Arnoldson Bescheid, und sag ihm, dass es teuer wird, wenn er seine Männer auslösen will.»

Dann kam er zu Cäcilie herüber. Er hatte die Hände auf den Rücken gelegt und musterte sie kopfschüttelnd. «In St. Johannis wird man dich nun nicht mehr haben wollen, armes, dummes Kind.»

Mutters Augen schwammen. «Was soll dann mit ihr werden? Muss St. Johannis denn von dem Vorfall erfahren?»

«Leider ist ihr Gekreisch nicht gerade unbemerkt geblieben. Hinrich, bring sie nach Hause, und kein Aufhebens mehr. Der Volksauflauf ihretwegen war peinlich genug. Wir besprechen uns später, ich habe hier noch zu tun.»

Mutter nahm Cäcilies Arm, um ihr aufzuhelfen, aber es war eher umgekehrt – Cäcilie musste sie stützen.

«Halt», rief der junge Stadtdiener. «Die Diebin gehört in die Fronerei, es gibt Zeugen, alles untersucht und vermerkt.»

Onkel Görgen hob die Brauen und verlangte, die Unterlagen zu sehen. Eifrig brachte der Stadtdiener sie herbei.

«Verstehe ich richtig?», fragte der Onkel. «Das junge Frauenzimmer ist von diesen Männern am Fenster eines Kaufmannshauses aufgegriffen worden?»

«Ganz recht.»

«Und wem gehört das Haus?»

«Einem gewissen …» Der Stadtdiener blätterte und stutzte. «Der Besitzer muss mit Euch verwandt sein, Ratsherr. Hier steht es: Hinrich von Kortholt.»

«Nein, so ein Zufall.»

«Nicht wahr? Wir wissen noch nicht, was gestohlen wurde, aber sobald der Eigner …»

«Hat man den Namen der diebischen Elster herausgefunden?»

«Genau das ist die Schwierigkeit, verehrter Ratsherr von

Kortholt. Die einen sagen so, die anderen so. Sie selbst gibt sich ja verstockt, typisch für derlei Gesindel.»

«Nun, ich kenne sie ganz gut. Darf ich vorstellen: meine Nichte. Es ist übrigens ihr Elternhaus, in das sie eingebrochen sein soll. Findet er das nicht ein bisschen widersinnig?»

Der junge Mann erbleichte. Krampfhaft öffnete und schloss er seinen Mund.

Onkel Görgen klopfte ihm leutselig auf den Rücken. «Ich fürchte, wir haben da einiges in den Papieren auszubügeln. Fangen wir gleich damit an.»

Cäcilie fühlte sich schläfrig, fast wäre sie auf der Dielenbank eingenickt. Der Apotheker, der mit Onkel Görgen gekommen war, streckte ihr zum Abschied die Hand entgegen, aber sie konnte ihren Arm nicht heben, wie sie erstaunt bemerkte. Es störte sie aber nicht, eine wattige Glückswolke hüllte sie ein und wurde immer dichter.

Freundlich tätschelte der Apotheker ihr die Wange. «Das Mädchen wird sich bald gänzlich beruhigt haben, Herr von Kortholt. Schlaf ist doch immer das Beste bei erregten Zuständen. Macht Euch keine Sorgen, solche Wallungen kommen bei der Jugend häufig vor. Das vergeht, wenn die unruhigen Säfte erst abgegangen sind. Stellt ihr am besten einen Eimer in die Kammer, sie wird ihn brauchen, wenn sie erwacht.»

Wie lieb sie aussahen, als sie alle auf sie herabblickten, Vater, Mutter, Onkel Görgen, sogar die Brüder. Cäcilie lächelte ihnen zu und hoffte, dass jemand sie in ihre Kammer tragen würde. Ihre Glieder waren so schrecklich schwer.

Nils griff nach ihrer Hand. «Kommt sie denn bald wieder?»

«Wir werden sehen», sagte Onkel Görgen und zog ihn weg. «Lass sie, deine Schwester muss mit sich selbst ins Reine kommen. Was sie braucht, ist Ruhe.»

Ja, Ruhe. Sie schloss die Lider und merkte, dass sie zur Seite sackte. Aber da war Mutter schon neben ihr, und Cäcilie lehnte sich an sie.

Wie aus der Ferne nahm sie wahr, dass die Familie um sie herum in der Diele rumorte.

Dann hörte sie vor dem Haus Pferde schnauben, und Vater nahm sie auf den Arm.

Eine Kutsche, unauffällig schwarz von außen, aber im Inneren öffnete sich ein üppiger Salon mit gepolsterten Bänken, Kissen, goldenen Troddeln und Samtvorhängen. Sogar eine Lampe hing darin und schwankte, wenn die Räder über schlechtes Pflaster polterten.

Onkel Görgens Kutsche. Cäcilie kannte sie gut. Wenn sie auf dem Landgut waren, ließ er manchmal zu Ausflügen anspannen.

In all der Pracht rollte sie sich zusammen. Sie lag wie in einer Wiege. Draußen ruckelte die dunkle Landschaft vorbei, erst Häuser, dann Buschwerk und Bäume.

Das Pferdegespann hielt in finsterer Nacht. Kein vertrauter Widerhall von Stein und Ziegelmauern mehr, nur ungewisses Rauschen in fremden Wäldern.

Cäcilie mochte nicht aussteigen.

12. Kapitel

Liron hatte den ganzen Tag am Glockenspiel verbracht, und als es dämmerte, hatte er Kerzen aus der Sakristei gestohlen, um weiterarbeiten zu können. Der Spieltisch war in einem erbarmungswürdigen Zustand, rostige Lager, wackelige Hebel, mürbe Züge. Grimmig hatte er geschuftet, bis er sicher war, dass er nur noch auf sein Lager fallen und sogleich einschlafen würde.

Auf dem Heimweg fielen ihm bereits die Augen zu. Normalerweise hätte er das Fuhrwerk sicher früher bemerkt. Der schwarze Wagen war plötzlich da. In waghalsiger Geschwindigkeit ratterte er heran. Liron sprang zurück. Die Pferde scheuten und donnerten an ihm vorbei, brüllend drosch der Kutscher auf sie ein. Wirbelnde Speichen direkt vor Lirons Augen, die Radnabe raste auf ihn zu, ein Schlag gegen sein Bein, er wurde herumgerissen und landete im Straßengraben, während das Hufgeklapper in Richtung Mühlentor verhallte.

Benommen rappelte er sich auf die Knie. Was für ein Höllengefährt, als sei die Apokalypse über ihn hereingebrochen.

Die Kerzen.

Zwei davon waren Altarkerzen gewesen. Er ließ den Kopf

sinken und murmelte ein Vaterunser. Gleich morgen, so schwor er, wollte er das feinste Bienenwachs erstehen, das die Stadt zu bieten hatte.

Er musste lange geschlafen haben, Eggert und Marikke hatten die Bude bereits verlassen. Seine Glieder drückten schwer in die Matratze, und auf seinem Oberschenkel prangte ein empfindlicher Bluterguss. Stöhnend wühlte er sich aus den Decken. Da montags kein Gottesdienst mit Orgelbegleitung stattfand, stand er auf und humpelte direkt zum Markt. Er hatte ein Versprechen einzulösen.

Im grellen Morgenlicht hob sich das Backsteinrot der sieben Türme klar vom blauen Himmel ab, und sie warfen kalte Schatten auf Häuser und Plätze. Es war ein kühler Tag, an dem alle Konturen schärfer wirkten als sonst, als sei die Luft besonders durchlässig. Auch der typische Lärm der erwachenden Stadt klang nuancierter, einzelne Stimmen und Geräusche traten überdeutlich hervor.

Liron hatte das erst gar nicht bemerkt, zu sehr war er damit beschäftigt auszurechnen, wie viele seiner Pfennige er in Wachs anlegen konnte.

Doch dann ließ eine Bemerkung ihn aufhorchen. «Wenn ich's doch sage, es war die Kaufmannstochter aus der Fleischhauerstraße.»

Er sah zu der Frau hinüber, die zwei Stände weiter sorgfältig ein Ei nach dem anderen betrachtete, bevor sie sie in ihr Körbchen legte. Liron war gerade dabei, sich in ihre Nähe zu drängen, als er das Getuschel zweier Knechte aufschnappte. «Man hat das Mädchen in die Fronerei geschleppt, nur weil es aus dem Fenster kletterte?» «Nicht heraus, sie wollte hineinklettern und den Kaufmann bestehlen.»

Gegenüber tönte ein fetter Entenhändler: «Stellt euch

vor, die Dirne hat vom Fenster aus mit Seeleuten poussiert, und das am heiligen Sonntag. Vor allen Leuten hat sie ihre Röcke gehoben. Ist schon richtig, dass die Wachen eingeschritten sind, wo kämen wir denn hin, wenn das jede täte.» «Ich hätte nichts dagegen», erwiderte sein Bursche.

Dicht hinter Liron raunte eine Stimme: «Das junge Weib ist böse, spricht nie, aber kann kreischen, dass einem das Blut stillsteht. Ihr Schrei bringt Unheil.»

Liron fuhr herum und sah sich einem dürren Vogelfänger gegenüber, der seine tschilpende Ware in unzähligen Holzkäfigen auf dem Rücken trug.

«Bisher war sie sicher eingesperrt, genau wie meine Finken. Doch gestern ist es passiert, die Hexe hat sich befreit. Wehe uns.»

«Wer?» Liron packte den Kerl am Arm. «Von wem redest du? Und was hat man mit dem Mädchen gemacht?»

Der Vogelfänger verzerrte seinen Mund zu einem hässlichen Grinsen und wand sich aus Lirons Griff. «Die Leute reden allerlei. Aber ich bin dabei gewesen, hab alles gesehen.» Er streckte die Hand aus. «Einen Schilling, und ich sag es dir.»

Liron gab ihm, was er hatte, die Kerzen würden warten müssen.

«Na gut.» Stirnrunzelnd steckte der Vogelfänger die Pfennige ein. «Zur Kanzlei in die Gerichtslaube hat man sie alle gebracht, fünf Seemänner aus dem Norden und die junge Kortholt. Hoffentlich schmort sie jetzt in der Fronerei, sie hat mir mit ihrem Gekreisch einen Rotschwanz verjagt. Einen wie den hier, nur prächtiger.»

Er hakte einen der Käfige ab und hielt ihn in die Höhe. Darin kauerte ein fusseliges Vögelchen. «Den lass ich dir für zweieinhalb.»

Liron schlug ihm den Käfig aus der Hand und hoffte, dass er beim Aufprall zerbrach. Pöbeleien und Flüche schallten ihm nach, als er sich durch das Marktgedränge stieß.

Sein erster Impuls war, direkt zur Fleischhauerstraße zu laufen. Doch unterwegs kamen ihm Zweifel. Falls es sich tatsächlich um Cäcilie handelte, die vor Gericht gezerrt worden war, wollte die Familie sicher nicht mit Außenstehenden darüber reden. Und ihn, Liron, würde man schon gar nicht empfangen.

Thiedemann.

Er machte kehrt, rannte den Kohlmarkt hinunter und bog in den Kolk ein. Wie eine dunkle Schlucht schlängelte sich die Gasse am Fuß der Petrimauer entlang. Raben kreisten am Himmel und schrien zu ihm hinunter. Er atmete auf, als sich an der tiefsten Stelle die Kleine Petersgrowe öffnete, die in einem sanften Bogen zur Trave führte. Schmale Speicherhäuser reihten sich aneinander, sonnenbeschienen auf der rechten Straßenhälfte, links für immer im Schatten.

Thiedemann lebte auf der dunklen Seite. Im unteren Stockwerk gab es zwar ein Fenster, doch es war derart verstaubt, dass Liron nicht hineinsehen konnte. Weiter oben verschlossen Doppelklappen die Luken, und am Giebel, direkt über ihm, quietschte ein schwerer Eisenhaken in seinem hölzernen Vorbau.

Unwillkürlich zog Liron den Kopf ein.

Und wenn nicht der Junker, sondern Görgen ihn empfing?

Dann würde er eben den Alten nach Cäcilie fragen.

Er musste mehrmals klopfen, bis drinnen ein schlurfendes Geräusch zu hören war und die Tür geöffnet wurde. Der

Junker sah aus, als sei er soeben aus dem Bett gestiegen, kleine Augen, die Haare strähnig, das Kinn von schmuddeligen Stoppeln beschattet. Aber er trug einen Kimonomantel aus Samtbrokat, und seine Füße steckten in bestickten Pantoffeln.

«Du? Ich dachte, der Barbier … Ein bisschen früh für Besuche. Komm rein. Hast du schon einmal Kaffee getrunken?»

Liron folgte ihm durch ein Labyrinth aus Kisten und Packen, die unordentlich bis unter die Decke aufgestapelt waren. Er wunderte sich, dass dem Junker offensichtlich weder Knechte noch Mägde zur Verfügung standen; staubige Spinnweben hingen bis auf Kopfhöhe herab, es stank nach Mäusedreck und feuchtem Leder. Im hinteren Teil des Hauses öffnete sich jedoch überraschend ein heller Salon. Verzierte Möbel standen darin, Teppiche, schimmernde Kerzenleuchter, ein Tigerkopf, seltsame Instrumente aus fernen Ländern …

«Trink, das weckt den Geist.» Der Junker reichte ihm einen Becher mit dampfender, schwarzer Flüssigkeit, wies ihm einen Sessel am Fenster zu und ließ sich gegenüber nieder.

Liron stellte den Becher ab. «Dazu ist keine Zeit, wisst Ihr denn nicht, dass Eure Cousine …»

«… einen Tumult verursacht hat. Doch, doch, ich weiß.»

«Wie könnt Ihr dann so ruhig bleiben? Cäcilie schmachtet in der Fronerei.»

Thiedemann hob die Brauen. «Wie bitte? Beruhige dich, sie ist zu Hause, mein Vater ist Ratsherr, er hat dafür gesorgt.»

«Gott sei Dank.» Liron nahm Platz und rieb sich die Schläfen. «Auf dem Markt wird geredet, dass Cäcilie irgendwelche Seeleute verhext haben soll. Manche behaupten, sie habe kreischend im Fenster gestanden und ihre Röcke gehoben.»

Mit geschlossenen Augen schlürfte Thiedemann seinen Kaffee. «Ach was. Vater sagt, sie wollte aus dem Fenster steigen; dabei ist sie ein paar Schweden in die Arme gefallen. Es gab eine Prügelei, und allesamt wurden abgeführt. Mehr weiß ich auch nicht, nur dass Hinrich sie schließlich wieder mitnehmen konnte. Ich war gestern Abend dort, um mich selbst zu überzeugen, aber der liebe Onkel lässt mich ja nicht mehr ins Haus. Er spricht auch nicht mit mir, sondern brüllt nur, dass ich verschwinden soll. Sobald der Barbier mein Gesicht in Ordnung gebracht hat, werde ich es noch einmal versuchen. Viel Hoffnung habe ich allerdings nicht. Wo bleibt der Siebenschläfer überhaupt?»

Im Vorderhaus klappte eine Tür. «Na endlich», seufzte Thiedemann und rieb sich das Kinn. «Cäcilie muss die ganze Straße zusammengeschrien haben. Mindestens zwanzig, dreißig Leute sind ihr zur Kanzlei gefolgt und haben das Rathaus belagert, bis ihnen das Warten zu langweilig wurde.»

«Cäcilie hat geschrien? Seid Ihr sicher? Das bedeutet, ihre Stimme ist zurückgekehrt.» Aufgeregt griff Liron nach dem Becher, ohne an dessen Inhalt zu denken. Beinahe hätte er den bitterheißen Sud auf den Teppich gespien.

Thiedemann lachte. «Scheußlich im ersten Moment, aber man gewöhnt sich daran und möchte das Zeug bald nicht mehr missen.» Er nahm eine lange Pfeife vom Tischchen, stopfte Tabak hinein und begann, genüsslich zu rauchen.

«Wie erfreulich, mein Sohn hat aus dem Bett gefunden.» Görgens scharf geschnittene Gestalt stand in der Tür, bekleidet mit schwarzem Mantel und weißem Kragen, den hohen Hut in der Hand. «Es geht bereits auf Mittag.»

Liron sprang sofort auf und verbeugte sich. Der Junker dagegen nickte seinem Vater bloß kurz zu, wandte sich zum Fenster und blies Qualmringe in die Luft.

«Ich hoffe, du bist wach genug, um mir zu folgen, Thiedemann. Ein für alle Mal, du wirst keinen Fuß mehr in die Fleischhauerstraße setzen. Ja, Cäcilies Stimme ist zurückgekehrt, nur freut sich niemand darüber, am wenigsten sie selbst. Sie schreit vor Angst im Schlaf und jetzt auch noch auf offener Straße. Wie eine tollwütige Furie benimmt sie sich. Das ist allein eure Schuld.»

Er riss Thiedemann die lange Tonpfeife weg, brach sie entzwei und ließ die Scherben auf den Boden bröseln.

«Und du sitzt mit diesem selbsternannten Musikus in der Sonne, rauchst meinen Tabak, trinkst meinen Kaffee und lässt andere ausbaden, was ihr beide verbrochen habt. Wagt es ja nicht, euch noch einmal bei meinem Bruder blicken zu lassen. Hinrich steht kurz vor dem Ruin. Die Kaufleute werden ihn von nun an meiden, Unglück ist bekanntlich ansteckend. Wer will schon in einem Haus Geschäfte abschließen, wo er damit rechnen muss, von einer kreischenden Hexe angefallen zu werden?»

Der Ratsherr zog ein Papier aus der Tasche und knallte es mit der flachen Hand auf den Tisch. «Schneider Hölzernglächter – sagt dir der Name etwas, Thiedemann? Ich gedenke nicht, das zu bezahlen. Verdiene dir deine Eskapaden gefälligst selbst. Fünf Last Bockfelle laufen heute im Hafen ein, und die Leinenballen müssen auch noch umgewickelt werden, dass der Schmutz nach innen kommt.»

«Ich würde mich ja gerne darum kümmern, Vater, aber du siehst, ich muss auf den Barbier warten. Statt Predigten zu halten, wäre es äußerst beflügelnd, wenn du mich endlich aufklären würdest, was genau mit Cäcilie geschehen ist.

Ich habe ein Recht, das zu erfahren, sie ist schließlich meine Cousine.»

«Soll ich wirklich deutlicher werden? Du und der Kalkant habt endgültig ein Wrack aus ihr gemacht. Das Resultat eures großartigen Experiments ist, dass sie zu ihrem eigenen Schutz unter Verschluss bleiben muss. Falls mir zu Ohren kommt, dass ihr euch nicht von ihr fernhaltet, werde ich Konsequenzen ziehen. Und mir kommt alles zu Ohren, was in Lübeck geschieht.»

An der Tür drehte er sich noch einmal um. «Ach ja, Thiedemann, da mein Gut nun endlich wieder bewohnbar ist, wird mein Verwalter sich demnächst um die Lübecker Geschäfte kümmern. Mach ihm einen Raum frei.»

«Du willst mir diesen Zwieback Hauke Horn vor die Nase setzen? Fehlt nur noch, dass ich nach seiner Pfeife tanzen soll.»

«Kannst du nicht hören? Er wird deine Aufgaben übernehmen.»

«Was? Aber, Vater …»

«Mit dir habe ich anderes vor. Ich möchte, dass du im Frühjahr für mich auf der *Engel* fährst.»

«Auf der *Engel*?» Thiedemann schoss aus dem Sessel. «Wohin? Ostindien? Westindien? Afrika?»

«Grönland.»

Als Görgen gegangen war, sanken sie beide in die Sessel zurück.

«Auf der *Engel*», murmelte Thiedemann und lächelte versonnen.

Liron dagegen hätte heulen mögen. «Ich wünschte, ich könnte das alles ungeschehen machen. Wäre ich Cäcilie doch niemals begegnet.»

«Kannst du rasieren?» Der Junker musterte ihn mit schiefem Blick. «Nein, lieber nicht, aber die Seife kannst du schlagen. Wir sollten fort sein, bevor die Magd von nebenan zum Saubermachen kommt. Ein unsensibles Weib und hässlich wie eine Seekuh. Man ist immer im Weg in seinem eigenen Haus.»

Er winkte Liron hinter sich her nach oben in sein Schlafgemach, das ebenso prächtig ausgestattet war wie der Salon. Ein bemaltes Keramikschüsselchen diente dem Junker als Waschzuber. Es war kaum größer, als wenn man die Hände zur Schüssel formte, doch Thiedemann zeigte sich äußerst geschickt darin, das wenige Nass auf seinem Leib zu verteilen und mit blumig duftenden Tüchern wieder abzuwischen. Anschließend bestäubte er sich Brust und Achseln mit parfümiertem Puder. Derart gefleckt machte er sich an den komplizierten Akt der Rasur. Nach Lirons Empfinden gelang ihm ein recht exakter Schnitt, er aber fluchte über die wellige Kante seines schwarzen Kinnstriches und jammerte, weil ein winziger Ratscher ihn nun entstellte.

«Warum rasiert Ihr Euch nicht einfach glatt und spart Euch die umständliche Prozedur?»

Thiedemanns Blick verriet, dass er einen derart abwegigen Vorschlag nicht einmal zu kommentieren gedachte.

«Ich wette, Vater hat den Barbier abgefangen. Zu teuer. Aber wehe, wenn ich mich stopplig in der Stadt zeige, schon leidet der gesamte Familienruf unter meiner Nachlässigkeit. Du hast ihn ja erlebt, er ist ein Meister darin, andere ins Unrecht zu setzen. Sogar das Los seiner Nichte missbraucht er dafür.»

«Und wenn wir tatsächlich im Unrecht sind?»

Thiedemann drehte sich zu Liron um, das halbe Kinn mit weißem Schaum bedeckt, die andere Hälfte rot. «Verdammt, das sind wir nicht. Cäcilie verhält sich seit Jahren sonderbar, weder du noch ich waren zugegen, als das begann. Wenn sie jetzt schreit, ist das vielleicht schmerzlich, aber nichtsdestotrotz ein Fortschritt. Nein, nicht wir sind schuld an ihrem Unglück, die Ursache dafür liegt irgendwo in der Vergangenheit.»

Er schabte sich zügig den restlichen Schaum vom Kinn. «Liron, wir sind blind gewesen. Wir wollten die ganze Zeit nur ihre Stimme wecken. Das haben wir zum Teil sogar geschafft, leider nicht in der gewünschten Weise. Und zwar, weil wir den Auslöser für ihr Schweigen außer Acht gelassen haben.»

«Den Auslöser? Sie verlor ihre Stimme, als die Glocke zerbrach.»

«Du hast recht.» Der Junker fasste Liron an den Oberarmen. «Und es hat auch geläutet, als Cäcilie in der Orgel saß. Erst daraufhin begann sie zu schreien. Ich erinnere mich genau, elf oder zwölf Uhr muss es gewesen sein.»

Aber vorher hatte sie gesungen, dachte Liron. Das Lied von Maria, die ein Kind unter ihrem Herzen trug. Wenn er die Augen schloss, sah er das Gemälde in der Plauderkapelle vor sich. Der Säugling wurde als Einziger im langen Bilderreigen nicht vom Tod berührt. Nur ein Zipfel des Leichentuches huschte neben der Wiege davon. Wenn er nur wüsste, was diese Tafel für Cäcilie bedeutete.

Während Thiedemann sich mit einer Kissentroddel die Schuhe blank rieb, sandte Liron ein lautloses Gebet zum Himmel, das Cäcilie vor weiterem Leid bewahren sollte, auch vor seinem eigenen stümperhaften Eifer.

Cäcilie erwachte nur mühsam aus dem Traum, der sich zäh an ihr festklammerte, als wolle er mit ihr in die Wirklichkeit hinüberwechseln: Wagengerumpel ... die schaukelnde Lampe ... Hände, die nach ihr griffen, sie in die Finsternis zerrten ... ein Flur, der nirgends endete ... Kloakengestank. Im Traum war sie dem schwankenden Licht gefolgt, bis es erlosch.

Jetzt lagen ihre Lider schwer und heiß auf ihren Augen, und sie spürte Übelkeit in sich hochsteigen. Draußen kläffte unablässig ein heiserer Hund, es klang wie Husten. Sie wünschte, jemand hätte ihn verjagt.

Und dieser Gestank. Er stand fast greifbar in der feuchten Luft. Wahrscheinlich hatte es geregnet, manchmal trat das Wasser dann über die Ufer und spülte den Auswurf der Gerber und Leimsieder in die Stadt.

Angewidert drehte sie sich auf die Seite und zog sich die Decke über die Nase. Ihre Haube knautschte an ihrer Wange. Sie brauchte einen Moment, um zu begreifen, dass sie das Ding offenbar nicht abgesetzt hatte. Als sie mit der Hand an sich herunterfuhr, stellte sie fest, dass sie auch das Kleid noch trug.

Es war ihre eigene Daunendecke, in die sie sich kuschelte, aber unter sich fühlte sie grobes Rupfen und durchgelegenes Stroh.

Sie riss die Augen auf.

Wo war sie?

Hoch oben schimmerte ein Streifen Tageslicht. Allmählich erkannte Cäcilie dort Umrisse einer vergitterten Maueröffnung, die von außen mit einem Brett verschlossen war. Am Boden darunter stand eine kniehohe Holzkiste, fast so lang wie die Wand, und gegenüber war eine schwere Tür. Cäcilie selbst lag auf einer Schlafstelle aus Bohlen, die etwa die Hälfte der düsteren Kammer einnahm. Am Kopf- und Fußende waren Eisenkrampen in die modrig dunklen Balken eingelassen.

All das registrierte ihr Verstand, ohne recht zu begreifen.

Kopfschmerz loderte hinter ihren Schläfen auf.

Wie war sie nur hierher geraten?

Als sie sich auf den Ellenbogen stützte, brach die Übelkeit aus ihr heraus. Sie konnte sich gerade noch über die Bettkante lehnen. Der warme, säuerliche Geruch mischte sich in den Fäulnismief und ließ sie erneut würgen. Eine Weile blieb sie keuchend liegen und wartete, bis sich ihr Atem wieder beruhigte.

Waren ihre Schenkel nass? O Gott, auch das Hemd, es klebte an ihren Beinen. Inständig hoffte sie, dass es sich nur um Flüssigkeit handelte. Statt nachzuprüfen, griff sie nach dem Eisenring an der Wand und zog sich daran hoch, bis sie aufrecht saß.

Wieder musste sie innehalten, in ihrem Schädel schwamm es hin und her. Dann klappte sie die Daunendecke zur Seite und hob vorsichtig die Beine über die Kante, wobei sie darauf achtete, nicht in das Erbrochene zu treten.

Die Dielen waren morsch und glitschig wie der veralgte Steg am Krähenteich.

Die Schuhe, sie musste doch Schuhe angehabt haben. Da standen sie ja, brav nebeneinander auf dem Holzkasten. Sie angelte danach, zog sie an und richtete sich auf. An die Wand gestützt, wankte sie zur Tür. Eine Klinke fand sie nicht, nur eine vergitterte Öffnung auf Augenhöhe, die wie das Fenster von außen mit einer Klappe geschlossen war. Bebend klopfte sie dagegen.

Etwas wie Röcheln war zu hören und kurz darauf leise

Stimmen. Das kläffende Husten schien ebenfalls ganz in der Nähe zu sein.

Aber niemand kam.

Hier bin ich, macht auf, schrie es in ihrem Inneren. Sie klopfte heftiger, und als ihre Knöchel schmerzten, benutzte sie die Faust.

Da draußen waren doch Menschen, warum befreite man sie nicht?

Panik stieg in ihr auf. Mit Händen und Füßen ging sie auf die Türe los. Ungeachtet der Schrammen richtete sie all ihre Kraft gegen das Holz, trat und schlug sich die Furcht aus dem Leib.

Auf einmal kreischte jemand mit ihr, ein anderer begann zu wimmern. Dumpfes Gebrüll erhob sich, wütendes Poltern, ein Staccato unverständlicher Worte, voller Zorn herausgeschleudert, dazwischen Fetzen von Angstgeschrei.

Schritte näherten sich. Das Krakeel erstarb.

Cäcilie wich zurück. Mit klopfendem Herzen hörte sie das Schleifen des Riegels. Doch nicht die Tür wurde geöffnet, nur die Klappe. Licht fiel herein und gleichzeitig ein Hauch von Ofenwärme. Dann schob sich der breite Schädel eines Mannes vor die Öffnung, strähniges Haar und ein gewaltiges Kinn.

«An die Wand mit dir.»

Als Cäcilie nicht reagierte, schlug er krachend mit einem Stock ans Gitter. Sie zuckte zusammen und bewegte sich rückwärts.

«Umdrehen! Hände hinter den Kopf.» Wieder knallte der Stock gegen das Gitter. «Wird's bald!»

Sie gehorchte.

«Eine kleine Rebellin, wie? Dir werd ich helfen, hier herumzutönen. Wehe, du rührst dich.»

Sie hörte, wie die Klappe geschlossen wurde. Die Stimme des Mannes war jetzt dumpf: «Und ihr gebt gefälligst Ruhe, sonst kriegt ihr nichts zu essen.»

Mit dem Rücken zur Tür, die Hände im Nacken gefaltet, stand sie da und wagte nicht, sich zu regen.

Was hatte der Kerl mit ihr vor?

Minuten vergingen. Sie fröstelte, und allmählich wurden ihre Arme schwer.

Ein Scharren. Kam er zurück? Rasch straffte sie sich und horchte, ob sich hinter ihr etwas regte.

Es gelang ihr nicht, einen klaren Gedanken zu fassen; es war, als sei ihr Kopf mit taubem Brei angefüllt. Doch eine Erkenntnis nahm immer deutlicher Gestalt an: Die Fronerei. Sie musste in der Fronerei gelandet sein, genau wie es der junge Richter gefordert hatte.

Ihr Blick glitt zu dem Lichtstreifen hinauf. Dann lag der elterliche Hof gleich gegenüber, keinen Steinwurf entfernt. Vater, Mutter, ich bin hier. Bitte, ihr müsst mich herausholen. Das alles konnte nur ein Irrtum sein. Onkel Görgen würde davon erfahren und die Schuldigen zur Rechenschaft ziehen. Oh, die würden alle noch mit den Zähnen klappern.

Aber wann?

Ihre Beine zitterten, sie konnte kaum noch stehen. Schlimmer als die körperliche Anstrengung war das Gefühl, beobachtet zu werden. Vielleicht gab es ein Guckloch. Ja, der Wärter lauerte nur darauf, dass sie die Arme sinken ließ, und dann würde er mit seinem Prügel hereinstürmen. Das Verlangen, nach der Tür zu sehen, wurde unerträglich.

Sie biss sich auf die Lippen und lauschte angestrengt.

Wenn es wenigstens nicht so kalt gewesen wäre. Ihre warme Decke lag greifbar nahe auf dem Lager. Wie gerne hätte sie sich darunter verborgen.

Mittlerweile sehnte sie den Aufseher fast herbei, damit er sie endlich erlöste.

Da, der Riegel. Hatte sie gewankt? Hatte sie die Arme sinken lassen? Sie wollte den Mann nicht verärgern.

«Na also, es geht doch», sagte der Kerl. «Wirst schon noch merken, dass du nicht bei den Nonnen gelandet bist. Bleib ja da stehen, sonst lernst du mich kennen.»

Ein weiterer Riegel knirschte, und die Tür schwang auf. Besänftigende Wärme floss über ihren Rücken.

«Igitt, das ist ja widerlich.» Eine Frauenstimme.

Cäcilie war so überrascht, dass sie den Kopf wandte. Ein harter Stoß in den Rücken warf sie über die Holzkiste.

Der Mann beugte sich über sie und zischte ihr ins Ohr: «Nur, dass du's weißt, hier herrscht Zucht und Ordnung. Und wenn euresgleichen nicht weiß, was das bedeutet, werden wir es euch beibringen, verstanden?»

«Verstanden?», brüllte er noch einmal und riss ihren Kopf an den Haaren zurück, sodass sie ihn ansehen musste. Sie beeilte sich zu nicken. Seine abschätzenden Blicke glitten über ihr Gesicht und ihren Körper. Dann stieß er sie auf die Kiste zurück.

«Beuke, sieh dir das an. Die Schlampe hat nicht nur gekotzt, sie hat sich auch eingepullert. Die schönen Daunen, alles hin, das muss gewaschen werden. Ihr Rock ist auch klitschnass. Sie kann das nicht anbehalten. Überhaupt ist es viel zu schade.»

«Tja, aber ihre Verwandten. Was ist, wenn die nach ihr sehen?»

«Willst du sie etwa so vorzeigen?», fragte die Frau. «Besser, sie verdirbt einen alten Kittel als dieses teure Zeug. Ich hole ihr etwas Trockenes.»

«Na, dann zieh dich mal aus», sagte Beuke, als die Schritte der Frau verklungen waren.

Trumscheit residierte in einem Gotteskeller. Es war nicht unbedingt ein Palast, aber immerhin ein eigenes Gebäude mit Fenstern und Dach, wie es manche Hausbesitzer über ihren Kellerklappen zur Straße hin errichten, um Unbill wie Regen oder Diebe abzuhalten.

Thiedemann hatte vorgeschlagen, den Krüppel als Erstes aufzusuchen, da dieser schon seit Ewigkeiten in St. Marien diente und bestimmt einiges über die Glocke zu berichten wusste.

«Es ist zu lange her», sagte Trumscheit und zupfte an den Halmen, die aus seinem Strohsack staken.

Außer dem Lager und einem Ofen gab es nur noch eine einfache Truhe, die Liron und der Junker jetzt besetzten. Die Bude war so niedrig, dass sie nicht aufrecht stehen konnten. Dem Krüppel machte das wohl nichts, er ging ohnehin stets gebückt. Seine einzige Habe von Wert bestand aus einer Reihe von Waffen, die sauber poliert an der Wand lehnten: Musketen und Pistolen samt Pulverbandalier, mit denen Trumscheit vermutlich umgegangen war, bevor er sein Auge verloren hatte.

«Nein wirklich, Junker, ich erinnere mich nicht, wann das gewesen sein kann.»

«Genau vor neun Jahren», half Thiedemann aus. «Damals war ich mit meinem Onkel auf See. Der Schwedenkrieg tobte, sodass wir monatelang nicht zurückkommen konnten.»

«Ich weiß, fast vierzehn Monate seid Ihr fortgewesen. Schlimm für die Gattin Eures Onkels. Grethke heißt sie, oder? Die ist vor Kummer richtig fett geworden. Da hat der Ratsherr sie wohl ordentlich getröstet.»

Trumscheit grinste, doch das sah Thiedemann nicht; er hatte die Augen geschlossen und atmete mehrmals tief ein, als ob er sich beruhigen wollte. Trotzdem bebte seine Stimme vor Zorn. «Ich spreche nicht von meiner Tante, sondern von der Glocke.»

Trumscheit zuckte mit den Schultern. «Ach so, und ich dachte, Ihr wolltet wissen, was damals geschah ...»

«Die Glocke! Denk gefälligst nach.»

«Wie ich schon sagte, Junker, die Pulsglocke bekam beim Läuten einen Riss, weiter nichts. Passiert ab und zu, alle zehn Jahre ungefähr.»

«Die anderen Glocken sind aber nicht dauernd gerissen, nur die größte.»

«Wenn schon, denn schon», meinte Trumscheit. «Ja ja, es ist ein Erlebnis, wenn so ein Koloss im Turm zerschlagen werden muss. Im Ganzen hätte man das Ding ja schlecht aus der Kirche bringen können. Aber die Gießergesellen waren schludrig, die Stücke sind nur so durchs Gebälk gekracht, und am Ende fehlte natürlich wieder eine Menge.»

«Was fehlte?», fragte Liron.

«Bronze. Beim ersten Mal waren es etwa fünfhundert Pfund, aber beim zweiten Mal ...»

Thiedemann beugte sich vor. «Weiter.»

«Was weiß ich? Es ist zu lange her.»

«Rede, verstockter Bastard.» Thiedemann hätte nicht

aufspringen sollen, denn er knallte mit dem Kopf gegen den Deckenbalken, was seinem Ausbruch jede Wirkung nahm.

Doch Trumscheit verzog keine Miene. «Fragt Euren Vater. Der ist schließlich schon damals Vorsteher von St. Marien gewesen.»

Mehr war nicht aus ihm herauszubekommen, nicht einmal, als Thiedemann ihm androhte, ihn aus der Kirche werfen zu lassen.

«Wie schäbig von Euch, Hochwohlgeboren. Ihr wisst genau, dass ich nirgends eine Anstellung bekäme. Auch als Bettler tauge ich nicht, ich errege statt Mitleid nur Abscheu. Ich werde rauben oder morden müssen. Ist es das, was Ihr wollt? Ach, habt Ihr vielleicht schon einen Auftrag für mich?»

Er schlurfte die zwei Schritte zum Eingang hinüber. «Falls nicht, Junker …» Mit einer grotesken Verbeugung komplimentierte er sie hinaus.

«Was für ein Scheusal», rief Thiedemann, als sie wieder auf der Straße standen. Trumscheits Silhouette war hinter dem Fenster zu sehen, er hatte es gewiss gehört.

Was mochte der Krüppel mit seiner Bemerkung über Thiedemanns Tante gemeint haben? Nach einem Blick auf die Miene des Junkers beschloss Liron, lieber ein anderes Mal danach zu fragen.

«Habe ich eine Beule auf der Stirn?», wollte Thiedemann wissen und neigte seinen Kopf. «Ist etwas zu sehen?»

Kaum hatte Liron verneint, richtete er sich auf und schlug zügig den Weg zu Marikke ein. Kurz bevor sie den Budengang erreichten, verlangsamte der Junker seinen Schritt. «Ich möchte nicht aufdringlich erscheinen, ich meine, wenn sie gerade gekocht hat, schließlich bin ich kein Schmarotzer.»

«Keine Sorge, sie kocht nur abends, wenn überhaupt. Tagsüber hat sie keine Zeit dazu, wahrscheinlich ist sie nicht einmal zu Hause.»

«Ach so», murmelte Thiedemann. «Nun, wir können ja nachsehen.»

Marikke sprang auf, und Eggert wollte höflich aus der Bank rutschen, sobald sie den Junker eintreten sahen. Doch Thiedemann hob abwehrend die Hände. «Bleibt um Himmels willen sitzen, sonst komme ich mir wie ein Störenfried vor.»

Er angelte sich mit dem Fuß einen Hocker heran und nahm dicht neben Marikke Platz. Der Hocker war ziemlich niedrig, sodass er mit seelenvollem Lidschlag zu ihr aufblicken konnte. Liron quetschte sich zu Eggert. Knapp erzählte er, was Cäcilie widerfahren war und dass sie nun nach der Glocke forschen wollten. «Leider sind wir genauso schlau wie zuvor.»

«Ganz und gar nicht», meinte Thiedemann. «Wir wissen, dass Bronze fehlte und dass die Glocke etwa alle zehn Jahre gerissen ist. Demnach wäre es nächstes Jahr also wieder so weit.»

Marikke ließ den feinen Kragen sinken, an dem sie genäht hatte. «Ihr glaubt doch nicht im Ernst, unsere schönen Glocken wären absichtlich beschädigt worden. Wem sollte so etwas einfallen?»

«Nun, irgendjemand muss sich daran bereichert haben. Fünfhundert Pfund in bester Gusslegierung sind schließlich keine Kleinigkeit.»

Eggert pfiff durch die Zähne. «Das reicht gut und gern für zwei Kanonen. Ich tippe auf den Glockengießer, dem ging wohl bare Münze über Gotteslob.»

«Das müsste erst bewiesen werden», gab Liron zu bedenken. «Außerdem sehe ich keine Verbindung zu Cäcilie. Was hätte das mit ihrer Stimme zu tun?»

«Wenn ich das wüsste.» Thiedemann stützte sein Kinn in die Hand und kaute auf seiner Unterlippe. «Wir sollten die Wochenbücher von St. Marien einsehen. Und dann brauchen wir jemanden, der unauffällig die Nachbarn befragt, ob ihnen an jenem Tag etwas aufgefallen ist. Aber weder mein Vater noch mein Onkel dürfen davon erfahren. Ich bin ja nun Hinrichs Lieblingsfeind.»

Marikke hob das Kragenteil und biss den Faden ab. «Manchmal habe ich in der Fleischhauerstraße zu tun. Ich könnte mich umhören.»

«Danke von Herzen», sagte Thiedemann, «ich wüsste niemand Besseren.»

Er knetete seine Finger und zögerte, bevor er weitersprach. «Falls Ihr dort zufällig meiner Cousine begegnet, sagt ihr … nein, sagt ihr nichts, Vater hat recht, sie soll erst einmal zur Ruhe kommen. Verdammt, wäre ich damals doch nur in Lübeck gewesen, ich hätte sie nicht allein lassen dürfen.»

Marikke sah zu ihm hinunter und betrachtete seinen graden Scheitel. «Messt Ihr Euch da nicht ein bisschen viel Bedeutung bei, Junker? Soweit ich verstanden habe, war das Mädchen nicht allein. Meine Güte, wie alt seid Ihr gewesen? Fünfzehn? Sechzehn? Was hättet Ihr mehr ausrichten können als Euer Vater und die eigene Mutter? Oder unterstellt Ihr Euren Verwandten etwa irgendetwas?»

«Nein. Nein, wie könnte ich? Ich dachte nur immer …» Thiedemann schüttelte den Kopf. «Ich habe mir Vorwürfe gemacht, mir und allen anderen, sonst blieb mir ja nichts zu tun. Leider half das weder ihr noch mir. Ich sollte damit aufhören. Danke, das hat mir noch nie jemand gesagt.»

Marikke beugte über ihre Näherei und versuchte vergeblich, die Nadel einzufädeln.

Wie zum Aufbruch klatschte Eggert in die Hände. «Na, dann wäre ja alles geklärt.»

Der Junker blinzelte zu ihm herüber und seufzte plötzlich tief. «Ja, das ist es wohl. Bald reise ich fort. Weit fort, vielleicht für lange, lange Zeit. Dieses Mal wird mich wohl niemand vermissen …»

Mit einem Seitenblick zu Marikke seufzte er erneut.

«Ihr erwartet doch nicht, dass ich Euch widerspreche?», sagte sie.

«Das würdet Ihr tun, *belle Mademoiselle*? Und wenn es eine Lüge wäre, es würde mich trösten, an Eure Sehnsucht zu glauben. Aber ich zweifle. Wie wollt Ihr mich davon überzeugen?»

«Sonst noch Wünsche?» Marikke lachte und verdrehte die Augen.

Der Junker trat den Schemel nach hinten und ließ sich schwungvoll auf sein Knie nieder. «Oh ja, die habe ich. Nie hätte ich gewagt, sie zu äußern, doch da Ihr mich auffordert …»

«Nein, bitte.» Ihre Wangen röteten sich. «Steht sofort auf.»

«Ich kann nicht. Nicht ohne ein Versprechen.»

Während Marikke kicherte, erhob Eggert sich langsam und stützte seine Pranken auf den Tisch. «Habt Ihr nicht gehört, Junker? Die Wirtin mag Euer Gesäusel nicht.»

Liron legte ihm die Hand auf den Arm, doch der Hüne schüttelte sie ab.

«Schon gut, schon gut», sagte Thiedemann und beeilte sich, auf die Füße zu kommen. «Darf ich die verehrte Hausherrin dennoch bitten, mich diese Woche aufzusuchen? Wenigstens als Näherin? Da fällt mir ein, ich werde ein Abschiedsfest geben und brauche eine Robe. Sie ist für eine junge Dame gedacht, beste Gesellschaft, sehr heikel. Das Kleid ist zwar bereits vorhanden, nur leider an den prekären Stellen illusorisch weit.»

Marikkes Augen verengten sich, und sie schüttelte entschieden den Kopf. «Tut mir leid, Herr von Kortholt, ich kann keinen Auftrag mehr annehmen, auch nicht für Eure heikle junge Dame. Ausgelastet, auf Monate. Und jetzt habe ich zu arbeiten.»

«Das Hemd!»

Nein! Das konnte er nicht verlangen. Cäcilie krallte ihre Finger in den Stoff und zog ihn fest nach unten.

«Nicht zu glauben, die vollgepisste Schlunze will genierlich werden. Los jetzt, runter damit.»

Ihr Atem flog. Sie spürte seine Blicke auf sich ruhen und bekam eine Gänsehaut.

«Bist du taub?»

Er packte sie an der Schulter, riss sie herum und stieß sie rücklings aufs Lager. Die Ohrfeige schleuderte ihren Kopf zur Seite und hallte in ihrem Schädel nach. Gleich darauf griff er unsanft ihr Kinn. Er war direkt über ihr, die porige Nase, die blassen Karpfenaugen. Cäcilie wimmerte. Verzweifelt versuchte sie, sich aus seinem Griff herauszuwinden.

«Lass das.» Er hob den Knüppel und sorgte dafür, dass sie es sah.

Sie erstarrte.

«So ist's recht.» Als er seinen Arm sinken ließ, schloss sie erleichtert die Lider.

«He, sieh mich gefälligst an.»

Schnell riss sie die Augen wieder auf. Im gleichen Moment rotzte er ihr ins Gesicht. Sie rang nach Luft.

«So. Und jetzt runter mit dem verdammten Ding.»

Er richtete sich auf und begann, mit dem Knüppel gegen die Bettstatt zu schlagen. «Wird's bald.»

Cäcilie rutschte so weit wie möglich weg von ihm, riss sich hastig das Hemd über den Kopf und warf es ihm entgegen. Dann zog sie die Beine an und klammerte ihre Arme darum.

Der Mann betrachtete sie. «Noch bist du hübsch. Aber in Wahrheit seid ihr alle gleich. Hast geglaubt, du wärst was Besseres, hä? Hier nicht. Da draußen auch nicht mehr. Deine Lieben haben dich ja nicht ohne Grund bei mir abgeliefert. Entweder du spurst oder du bekommst die Knute, so einfach ist das.»

Die Frau kam zurück und warf ihr ein Bündel hin. «Mach das nicht wieder voll, was anderes kriegst du nicht. Und leg nichts auf den Boden, bei Regen schwimmt hier alles. Den Dreck da kannst du selbst wegwischen, hast genug Stroh im Lager.»

Zügig raffte sie Cäcilies Kleider und die Decke zusammen, drängte den Mann hinaus und schloss endlich die Tür.

Cäcilie rührte sich nicht. Sie konnte sich nicht das Gesicht abwischen, nicht einmal weinen konnte sie. Nackt und zitternd hockte sie in ihrer Ecke und fasste nicht, was ihr geschah.

Das heisere Husten nebenan setzte wieder ein, ebenso ein langgezogenes Greinen.

Wie war sie bloß hierher geraten?

Mit der Kutsche. Mit Görgens Kutsche. Und ihre Eltern hatten sie hineingebettet.

Unmöglich. Gewiss ahnten sie nichts von alldem, der Kutscher musste fehl gefahren sein, eine Verwechslung, es gab keine andere Erklärung. Bestimmt würde man bald nach ihr suchen. Sie musste sich bemerkbar machen. Der Garten lag gegenüber, knapp einen Steinwurf entfernt. Wenn es ihr gelang, das Brett wegzustoßen, könnte sie eine Nachricht hinüberschleudern.

Gut. Im Moment wusste sie nicht, was als Nachricht taugen konnte, man hatte ihr ja soeben alles Persönliche genommen. Aber sie war geübt darin zu warten, niemand konnte das besser als sie. Die Gelegenheit würde schon kommen. Bis dahin musste sie überleben. Irgendwie.

Widerwillig streckte sie die Hand nach dem Bündel aus. Das Zeug stank, wie alles andere an diesem furchtbaren Ort. Mit angehaltenem Atem streifte sie sich den grauen Kittel über. Er war weit und reichte ihr bis zu den Knien. Die Rossdecke faltete sie mehrmals zusammen und legte sie auf den Holzkasten. Dann stieg sie selbst hinauf. Aber sie war zu klein, sie erreichte die Fensterkante gerade mit den Fingerspitzen.

Sie brauchte einen höheren Packen, vielleicht sollte sie etwas von dem Stroh in die Decke wickeln.

Als sie das grobe Laken vom Lager anhob, wimmelten Asseln über ihre Hände. Sie schrie und schreckte zurück.

«Wer ist da?»

Cäcilie zuckte zusammen. Die Stimme klang dumpf und schien von weit her zu kommen. «Eine Neue. Sie muss schwächlich sein, hat nicht mal den Prügel gekriegt.» «Dann lebt sie nicht lang.» «Sag so was nicht.» «Ist aber wahr.» «Eben.» «Die soll weggehen, ich mag sie nicht.»

«He, Neue, heb den Deckel vom Holzkasten hoch.»

Cäcilie wandte sich zu der langen Kiste um. Es gab tatsächlich einen runden Deckel. Als sie ihn zur Seite schob, blickte sie in die Kloake. Aber es handelte sich nicht um ein ordentliches Loch, sondern nur um einen flachen Graben, der beiderseits unter den Wänden weiterlief und offenbar in die Nebenräume führte.

«Wie heißt du?», zischte es ihr aus dem Graben entgegen.

Als sie nicht antwortete, meldete sich eine andere Stimme. «Kannst auch klopfen, einmal ja, zweimal nein. Wer bist du?»

Das war keine Ja-Nein-Frage. Cäcilie klopfte dreimal, worauf weiter hinten ein durchdringendes Grunzen ertönte.

«Hör nicht auf den. Fedder ist böse wegen der Ketten. Nun kann er die Tür nicht eintreten. Darfst mich Dores nennen, ich bin …» Der Rest des Satzes ging in einem Röchelanfall unter.

Ein Brummbass übernahm: «Besser, du gewöhnst dich, Dreiklopf. Hier kommst du nie wieder raus.»

13. Kapitel

Der Türklopfer des Werkhauses war wie eine Schlange geformt, ein Symbol, das Krankheiten abhalten sollte. Jetzt hielt das Gebilde Liron davon ab, danach zu greifen.

Thiedemann hatte herausgefunden, dass der alte Organist die Wochenbücher bei sich zu Hause führte, also sollte Liron den Meister beim Gottesdienst darauf ansprechen. Doch Tunder war nicht gekommen, nicht am Dienstag, nicht am Donnerstag, die ganze Woche nicht. Er brauche Ruhe, hatte es geheißen, und zur Sonntagsmesse war einer seiner Schüler auf die Orgel gestiegen.

Der Alte musste ernsthaft krank geworden sein, wenn er sich die Gelegenheit nehmen ließ, zum Abendmahl zu spielen. Und Liron hatte nicht einmal daran gedacht, Kuchen oder Wein mitzubringen

Neben ihm schwang ein Fenster auf. «Was willst du?»

Tunders Tochter; Liron hatte sie schon oft in der Kirche gesehen.

«Bitte entschuldigt die Störung, hochwohlgeborenes Fräulein, ich wollte mich nur erkundigen, wie es Eurem Vater geht.»

«Schlecht», antwortete sie.

«Oh, das tut mir leid.»

«Mir auch.» Sie klang bitter und musterte Liron ablehnend.

«Glaubt Ihr, er würde mich empfangen?»

«Da müsste ich ihn fragen.»

Nach wie vor sah sie zu Liron herunter und machte keine Anstalten, sich zur Tür zu begeben. Er trat von einem Bein aufs andere. Was hätte er noch sagen sollen?

«Ja und? Verrätst du mir vielleicht, wer du bist oder glaubst du, ich sei hellsichtig?»

«Verzeiht, mein Name ist Liron Dulzian. Ich diene als Kalkant in St. Marien und Euer Vater hat …»

«Sag das doch gleich.» Das Fenster schlug zu. Wenig später öffnete sich die Tür, und Tunders Tochter winkte ihn herein. «Er ist unerträglich ohne seine Arbeit. Wenn du es schaffst, ihn eine Weile abzulenken, bekommst du Äpfel von mir.»

Der Alte thronte inmitten von Decken und Kissen auf einem Sessel, die Füße auf einem Hocker. Ihm zur Seite standen ein Cembalo, ein Portativ, Gambe, Laute, Notenständer, überall Papier, hier eine Flöte, dort das Mundstück eines Zinks.

«Sieh dir das an, Dulzian, die alle lechzen schon danach, meine Orgeln zu übernehmen.» Er wedelte mit einem Bündel Briefe. «Hier, der Pötzsch aus Freiberg! Dass der es noch wagt zu spielen, schon vor zwanzig Jahren ließ ihm der Herrgott einen Blitz in die Pfeifen fahren, damit er Ruhe gibt.»

Das Schriftstück segelte in elegantem Bogen hinter ihn.

«Dann schon lieber Sellshopp aus Grabow, aber den mag Anna-Margareta ja nicht.» Sellshopps Brief wurde zerknüllt und nahm den gleichen Weg wie sein Vorgänger.

«Dieser kam sogar persönlich, um beim Rat zu schleimen. Weg damit. Herrje, und hier haben wir die Ratte von Ratzeburg. Weckmann ist zu alt, Reincken bleibt in Hamburg … Himmel, wie soll ich jemals abtreten?»

Er warf den ganzen Stapel in die Höhe und sah zu, wie die Blätter zu Boden schwankten.

«Dann müsst Ihr wohl noch bleiben, Meister Tunder.»

«Das könnte dir so passen. Du glaubst doch nicht, dass ich mich auf die Anwerbungen des Rates verlasse. Nein, ich habe längst vorgesorgt, schließlich wird der zukünftige Marienorganist mein Schwiegersohn. Mein Favorit ist nicht nur ein großartiger Musiker, er wird auch den drögesten Ratsherrn überzeugen. Ich habe ihm geraten, von großen Umbauten zu sprechen und die Anschaffung neuer Instrumente zu fordern. So etwas hört jeder Kaufmann gern, der etwas zu verscherbeln hat. Und das Beste daran ist, dass der alte Görgen glaubt, mein Däne sei seine Entdeckung.»

Tunder schlug sich auf den Schenkel und brach in polterndes Gelächter aus. Aber mittendrin keuchte er. Nur noch tonlose Luft stieß er hervor. Die Brauen schmerzlich zusammengezogen, griff er sich an die Brust.

«Ich hole Eure Tochter.»

Tunder schüttelte vehement den Kopf.

So harrte Liron angespannt aus, bis der Alte sich gefangen hatte.

«Jetzt zu dir. Ich hörte, unser hochweiser Ratsherr von Kortholt hat dir das Glockenspiel aufgeschwatzt. Du hättest ablehnen sollen. Jetzt zeig ihm wenigstens, dass du dem Ding gewachsen bist. Versprich es.»

Liron nickte, ohne zu wissen, was der Meister erwartete.

«Pass auf, das Glockenspiel ist kniffliger, als du ahnst. Die Mechanik reagiert verzögert, das heißt, die Melodie kommt zeitversetzt, sehr irritierend für den Spieler. Du darfst keinen Moment darauf hören, sondern musst stur weiterspielen, genau wie eine Walze es täte. Und dafür musst du üben, bis dir das Stück zum Hals raushängt.»

«Das werde ich, verlasst Euch darauf.»

«Noch etwas. Nicht jeder Choral ist geeignet, denn die Anschlagshämmerchen brauchen eine Weile, um in ihre Ausgangsstellung zurückzuspringen. Wolltest du den gleichen Ton mehrmals nacheinander spielen, würde zwischendurch eine höchst peinliche Pause entstehen.»

«Ich verstehe.»

«Davon bin ich überzeugt.» Tunder rieb sich die Hände. «Ich kann es kaum erwarten, Görgens Gesicht zu sehen, ja, ich werde ihm sogar genüsslich zu seiner Wahl gratulieren. Sag mir Bescheid, wenn du so weit bist. Nein, komm lieber vorher und zeige mir die Noten. Und lass dir nicht zu lange Zeit.»

Während er Liron noch auf die Hand patschte, sackte sein Kinn auf die Brust. Seine Miene verdunkelte sich. Mit offenen Augen brütete er vor sich hin.

«Meister Tunder?»

«Ach, Dulzian, wie nett, dass du mich mal besuchst. Was führt dich her?»

«Ich ...» Lirons Kehle wurde eng. Mit allem Möglichen hatte er gerechnet, aber nicht damit, den großen Meister verwirrt vorzufinden.

«Nana», sagte der. «Ein starker Kerl wie du wird doch den Mumm haben, den Mund aufzumachen. Raus mit der Sprache, weshalb bist du gekommen?»

«Die Wochenbücher ...»

«Was ist damit?»

«Ich habe Euch doch von Cäcilie erzählt, sie ist stumm,

seit die Glocke zerbrach. Vielleicht finde ich in den Wochenbüchern einen Hinweis, was genau damals geschah.»

«Tut mir leid, da musst du dich ins Rathaus bemühen. Die Bücher habe ich nicht mehr hier. Wird alles abgerechnet.»

Er schloss die Augen. «Erbsenzähler. Kleingeister. Was bringt die Kunst, was wirft sie ab? Wie ich das hasse.»

Wieder sackte sein Kinn auf die Brust.

«Kann ich irgendetwas für Euch tun?»

«Ja.»

Der Alte krampfte seine Hände um die Lehnen und beugte sich vor. «Steh nicht herum wie schales Bier. Siehst du nicht, dass ich aufstehen will?»

«Eure Füße, Meister, sie liegen noch auf dem Hocker.»

Tunder fiel zurück und stöhnte. «Dann heb sie, verdammt noch mal, da runter.»

Liron war beileibe kein Schwächling, aber der massige Organist stützte sich mit seinem ganzen Gewicht auf ihn und strebte blindlings vorwärts, ohne daran zu denken, dass jemand an seiner Seite war. Mehrmals stieß Liron an Möbel und Türrahmen. Sie tappten durch die Diele, dann ging es die Treppe hinauf und endlich in eine Schlafkammer, in welcher außer dem enormen Bett auch ein Sekretär stand.

Tunder ließ sich auf den Stuhl wuchten, kramte Papier und Schreibzeug heraus und streckte Liron die Feder entgegen. «Anschneiden.»

Dann schrieb er und kleckste, kicherte und runzelte die Brauen. Mit Schwung kippte er eine ganze Schüssel Löschsand über das Blatt, faltete es zusammen und versiegelte es.

«Da. Gib das meinem Nachfolger, nicht gleich, erst wenn er sich eingewöhnt hat. Er wird dich unterrichten, einmal im Monat, ob ihm das nun schmeckt oder nicht.»

Liron schluckte. «Danke. Vielen Dank, ich weiß nicht, was ich sagen soll.»

Der Alte winkte ab. «Du bist zu beneiden, Dulzian, ist dir das überhaupt klar? Du hast dir die Musik für dich selbst erkoren. Sie ist eine Buhle, die nicht weiß, in wessen Dienst und zu welchem Zweck sie erklingt. Das zu entscheiden wäre eigentlich die Pflicht des Musikanten, als Gegengabe zu seinem Talent. Leider bestimmt heutzutage meistens der, der den Musiker ernährt. Aber du musst niemandem zu Willen sein, du brauchst nicht zu beeindrucken, sondern solltest nur dann öffentlich spielen, wenn du etwas zu verschenken hast.»

Liron hatte das versiegelte Schriftstück unter seine Matratze gestopft und es nicht mehr angesehen. Beharrlich hielt er an dem Glauben fest, dass Tunders tyrannisches Schnaufen bald wieder auf der Orgelempore zu hören sein würde. Bis dahin wollte er das Glockenspiel beherrschen. Und er wollte herausfinden, was es mit dem Glockenbruch vor neun Jahren auf sich hatte. Zwar zweifelte er daran, dass in den Wochenbüchern eine Erklärung für Cäcilies Schweigen zu finden sein würde, aber es war immerhin besser, in alten Aufzeichnungen zu blättern, als gar nichts zu unternehmen.

Der Junker erschien äußerst würdig mit hohem Hut und goldener Kette im Rathaus, was den Stadtschreiber leider wenig beeindruckte. Er sah solche Herren ja täglich ein und aus gehen.

«Es tut mir leid, verehrter Herr von Kortholt, die Zahlen werden penibel abgerechnet und bleiben danach unter Verschluss, bis ein neuer Werkmeister die Stelle übernimmt.»

Liron beugte sich über das Pult. «Ihr redet, als sei der Meister bereits unter der Erde. Aber er lebt. Noch gibt es nichts abzurechnen, noch ist er im Amt.»

«Ach, ist er das?»

Am liebsten hätte Liron den Schreiber am Kragen gepackt, aber Thiedemann drängte sich dazwischen und pflichtete dem Rathausdiener bei. «Wie lange hat der alte Tunder gespielt? Mehrere Jahrzehnte, oder? Das sind ja Hunderte von Wochen, die jetzt Pfennig für Pfennig nachgeprüft werden müssen. Da kann man wahrhaftig nicht früh genug anfangen. Wen hat man denn mit dieser undankbaren Aufgabe betraut?»

«Oh, soweit ich weiß, übernimmt das der zuständige Ratsherr höchstselbst. Vor ein paar Tagen wurde der ganze Stapel abgeholt.»

Lirons Versuch, nach dem Namen des Ratsherrn zu fragen, geriet zu einem unverständlichen Stöhnen, denn Thiedemann trat ihm heftig auf den Fuß, ohne sein gewinnendes Lächeln auch nur einen Moment abzulegen.

«In diesem Fall sind die Bücher natürlich in besten Händen», sagte der Junker. «Mein Ansinnen war gänzlich überflüssig. Es soll niemanden verdrießen, dass ich nachgefragt habe. Ich bin überhaupt nicht hier gewesen, oder könnt Ihr Euch etwa an mich erinnern?»

Er drückte dem Mann ein paar Münzen in die Hand, worauf dieser wortreich seine Vergesslichkeit beteuerte und sie beide unter Bücklingen hinausgeleitete.

«Was sollte das, Junker? Warum lasst Ihr mich nicht reden, und wieso habt Ihr dem Tintenkleckser auch noch Schweigegeld in den Rachen geschoben?»

«Der zuständige Ratsherr ist mein Vater.»

«Umso besser, dann hat er die Bücher. Ihr braucht ihn nur darum zu bitten.»

Thiedemanns Blick hätte nicht bestürzter sein können, wenn Liron vor seinen Augen eine Kreuzotter verspeist hätte.

«Schon vergessen, dass wir uns von Cäcilie fernhalten sollen? Willst du meinen Vater mit der Nase darauf stoßen, dass wir die ganze Zeit nach ihrem Unglück forschen?»

«Ihr müsst ihn trotzdem nach den Büchern fragen. Vielleicht interessiert ihn ja selbst, was damals geschah. Mehr als nein sagen kann er nicht, kein Grund, den Schwanz einzuziehen.»

«Du ...» Thiedemanns Faust krampfte sich um den Degengriff. «Du kennst ihn nicht, es ist ihm ernst mit Cäcilie.»

«Ja und? Was könnte er schon tun? Wenn Ihr Euch nicht traut, werde ich das eben übernehmen. Wo liegt sein Landgut?»

«Das wirst du nicht.» Thiedemann packte ihn am Arm. «Mein Vater hat noch nie eine leere Drohung ausgesprochen, glaub mir. Du fragst, was er tun könnte? Alles. Wenn er will, jagt er dich aus der Stadt und kettet mich im Speicher fest. Ich warne dich, Liron, Jahre habe ich darauf gewartet, wieder in See zu stechen, das lasse ich mir von dir nicht verderben.»

Liron stieß den Junker von sich. «Ach, daher weht der Wind. Für eine Fahrt nach Grönland gebt Ihr Eure Cousine auf. Ihr schnappt nach dem erstbesten Köder und merkt nicht einmal, dass er nach Tran stinkt. Wenn Ihr fahren wollt, dann fahrt doch, jeden Tag legen Schiffe an. Aber der hochedle Kaufmannssohn mag ja nur auf der *Engel* an Bord gehen.»

Unvermittelt sah er sich dem blank gezogenen Degen gegenüber. Die Spitze zitterte. Ebenso wie Thiedemanns Stimme. «Kein Wort mehr. Du bist derjenige, den mein Vater am Köder zappeln lässt. Glaubst du denn, die Welt hielte den Atem an, nur weil der große Musikant Liron Dulzian die Glockenwalze ersetzen will? Sie wird es nicht einmal merken, die Welt, sie ist nämlich damit beschäftigt zu überleben. Die Kapitäne übrigens auch. Keiner von ihnen ließe mich anheuern, wenn er fürchten muss, sich damit gegen meinen Vater zu stellen.»

Er schob den Degen in die Scheide zurück. «Gib du erst die Musik auf, bevor du von anderen verlangst, ihren Träumen zu entsagen.»

Liron sah ihm nach. Warum versuchte der Junker es nicht in Hamburg oder Rostock, wenn ihm das Reisen so wichtig war? Görgens Einfluss konnte schließlich nicht in jeden Hafen reichen.

Er selbst würde jedenfalls weder die Musik noch Cäcilie aufgeben. Und er würde nach den Büchern fragen, sobald sich die Gelegenheit ergab.

Es wurde kalt in Lübeck. Die Tage gingen unter dichten Wolken immer rascher vorbei, und mit dem Laub fiel auch die Hoffnung, dass Tunder sich noch einmal erholen würde.

Laut trommelte der Regen auf das Kirchendach. Liron hebelte die Walze aus und zählte die Schläge der Stundenglocke. Für Cäcilie wollte er spielen, nicht für Tunder, nicht für Görgen, nicht für die Welt. Er stellte sich vor, wie sie am Virginal in der Stube saß oder draußen auf der Bank unter dem Schuppendach in eine warme Decke gewickelt. Sie würde den Kopf heben und lächeln, wenn sie ihr Lied erkannte. Unzählige Male hatte er die Tonfolge an der Orgel ausprobiert, noch öfter seine Bewegungen an Marikkes Tisch geübt, bis sie das Getrommel nicht mehr ertragen konnte und ihn hinausgeworfen hatte.

Da er das Glockenspiel mit den Fäusten bedienen musste, konnte er natürlich keine Akkorde greifen, aber bei schnellem Spiel würde sich der Nachhall der einzelnen Glocken mischen und beinahe mehrstimmig klingen.

Er schloss die Augen und atmete tief durch. Der sechste Stundenschlag verklang.

Dann erschallte der längst bekannte Choral über den Dächern von Lübeck. Auch wenn die Bürger nicht wussten, woran es lag, veränderte er die Stimmung in der ganzen Stadt, denn Liron hatte den *Cantus firmus* mit einer zweiten Melodie unterlegt.

Cäcilie stimmte nicht in das Wimmern ein, das allabendlich durch den Zellentrakt zog. Stattdessen hob sie den Eisenring an der Wand und ließ ihn dumpf auf das Holz fallen. Sie hob ihn hoch, ließ ihn fallen, hob ihn hoch, ließ ihn fallen … klock, klock, klock …

An diesem Ort war es üblich zu lärmen, denn es handelte sich nicht um die Fronerei, wie sie anfangs geglaubt hatte, sondern um das Unsinnigenhaus irgendwo außerhalb der Stadtmauern. Die hustende Dores aus der Nachbarzelle hatte das gesagt und auch Herr Beuke.

Die Verbrecher im Verlies mochten gestohlen oder gar gemordet haben, man zollte ihnen dennoch Respekt, zumindest fürchtete man sie und setzte sie deshalb allen möglichen Qualen aus. Cäcilie hatte ihre Schreie oft vom

Hof aus gehört. Aber wer hier landete, gehörte nicht mehr dazu, der wurde vergessen. Deshalb lärmten sie alle, sobald Speisemeister Beuke die Klappen schloss und sich in seine Räume zurückziehen wollte.

Cäcilie hatte sich erst nur probeweise beteiligt, doch nun mochte sie nicht mehr aufhören. Genauso gut hätte sie mit dem Ellenbogen gegen die Wand schlagen können oder mit dem Kopf. Sie hatte den Ring vorgezogen, nicht weil sie fürchtete, sich wehzutun, sondern rein aus Bequemlichkeit. Sie brauchte sich nicht einmal dafür aufzurichten.

Es erleichterte sie zu klopfen, es vertrieb die Kälte.

Klock, klock …

Das Jaulen und Heulen der anderen würde die ganze Nacht hindurch anhalten. Das Geschrei erinnerte an Pfauenrufe, an rollige Katzen, an unsichtbare Tiere in einem wilden Wald.

Klock, klock, klock …

Manchmal stimmten die Hunde der Umgebung in das Geheule ein, dann brüllten kurz darauf die Bauern. Die Unsinnigen jedoch verstummten sofort und lauschten. Denn sie hatten etwas bewirkt, also waren sie nicht ohnmächtig, noch nicht ganz wie tot.

Zu den Lebenden zählte sich Cäcilie aber auch nicht mehr. Asseln und Tausendfüßler waren jetzt ihre Gefährten und nagten an ihrer Zuversicht. Sie bissen immer nur winzige Stückchen ab, sodass der Schmerz nicht recht zu spüren war. Erst hatten sie die Hoffnung auf die Eltern weggeknabbert, dann Thiedemann, dann Liron. Die Verbitterung gegen Onkel Görgen war geblieben.

Seitdem klopfte sie mit ihrem Eisenring, obwohl der

Speisemeister gedroht hatte, sie anzuketten, wenn sie keine Ruhe gab. Dazu war der Ring schließlich gedacht.

Klock, klock …

Herr Beuke war aber nicht mehr hereingekommen. Er und seine Frau spähten höchstens durch die Luke und sahen nach, ob ihre Schützlinge schon verrottet waren. Falls nicht, stellten sie Grütze und Dünnbier auf die Klappe. Die Gefäße waren aus Kupfer und hingen an kurzen Ketten, sodass sie weder zerbrechen konnten noch als Wurfgeschosse taugten. Cäcilie konnte sie gerade eine Handbreit zu sich hereinziehen und musste im Stehen essen. Das machte nichts, denn Wärme und der Duft nach brennendem Holz drang aus dem Flur herein, aus der fernen Welt, in welcher die Rechtschaffenen leben durften.

Wie lange regnete es schon?

Vom Dach tropfte es in eine Pfütze vor ihrer Zelle. Stetig und gleichmäßig. Das Wasser drang durch die Dielen und wurde allmählich vom Stroh nach oben gesogen. Sie spürte die Feuchtigkeit im Rücken. Ihr Kittel, die Decke, das Haar, alles roch schimmlig. Der gesamte dunkle Holzkasten mit ihr darin schien allmählich im Morast zu vergehen, wie ein schlecht gezimmerter Sarg. Nur stand er leider nicht auf geweihter Erde. Sie war verdammt, irgendwo hinter der Stadtmauer vor sich hinzumodern, und niemand scherte sich darum.

Sie selbst hatte sich immer um die Gräber an der Gartenmauer gekümmert, in denen die Schmetterlingsraupen lagen – auch um den besonderen kleinen Erdhügel.

Sie konnte ihn vor sich sehen. Immer wieder hatte sie Sand nachgeschüttet, schützendes Laub und Stachelzweige darüber gebreitet, und doch war er immer wieder eingesackt. Besonders bei Regen.

Das Tropfen wurde schneller. Es glich dem ängstlichen Pulsschlag jenes kleinen Wesens, das dort unten in der Erde wartete. Sie wusste genau, wo es lag, sie hatte damals danach gegraben.

Es musste schmerzhaft sein, wenn das Wasser fortwährend auf die gleiche Stelle pochte. Sie spürte das grausame Pitschen ja schon auf ihrem eigenen Scheitel, sie spürte, wie allmählich eine Delle in ihrer Kopfhaut entstand. Es war schmerzhaft, schlimmer als Schmerz – es war unausweichlich. Das Tropfgeräusch breitete sich in ihrem ganzen Schädel aus, nahm allen Raum darin ein und dröhnte, als würde jedes Mal eine Glocke geschlagen.

Sie riss die Arme hoch und presste sie schützend über ihren Kopf, aber es ließ nach.

O Gott, war das ihre Strafe?

Sollte sie am eigenen Leib erdulden, was sie verbrochen hatte? Himmel, was kam noch auf sie zu, was hatte sie getan? Sie wollte ja bereuen, wenn sie nur wüsste, was.

Keuchend richtete sie sich auf.

Mit aufgerissenen Augen starrte sie zu der Fensteröffnung hinauf. Doch dort war nichts als ein grauer Schimmer zu sehen und in der Ferne bimmelte das Glockenspiel von St. Marien.

Der Klang zitterte durch die Bretterritzen zu ihr herein und stand ganz zart in der Dunkelheit, als wollten Gottes Glocken ihr ein Zeichen senden, dass sie nicht verzagen möge.

Nein, nicht Gott – es war Liron.

Und er spielte das Lied, das er für sie geschaffen hatte.

Er hatte sie nicht vergessen.

Marikke klammerte sich an Lirons Arm, als sie dem Verwalter durch den vollgestellten Flur im Kortholt'schen Speicherhaus folgten. Prompt stolperte sie, wie unzählige Male vorher auf der Gasse. Draußen hatte sie noch darüber gelacht, jetzt zischte sie Liron zu: «Wehe, wenn du mich loslässt bevor ich sitze. Mit diesen Schuhen kann man entweder nur trippeln oder dem nächstbesten Kerl in die Arme fallen.»

Er drückte ihre Hand. Dabei fühlte er sich selbst nicht besonders wohl in seiner Haut. Das Wams war an seinen Schultern zu eng, und die Spitzenmanschetten rutschten immer genau dorthin, wo er zugreifen wollte.

Thiedemanns Salon glänzte im Kerzenlicht, und der Kamin strahlte Bruthitze aus. Eine Tafel mit Zinntellern und schimmerndem Glas, umgeben von gepolsterten Lehnsesseln, hieß die Gäste willkommen. Doch die Herrschaften, die sich bereits eingefunden hatten, standen lieber in Grüppchen beisammen. Liron machte sich auf einen unbequemen Abend gefasst. Er kannte niemanden in dieser Gesellschaft und konnte Thiedemann nicht entdecken.

Marikke ließ sich auf dem erstbesten Sessel nieder und löste ihr Schultertuch. «Puh», entfuhr es ihr.

Damit zog sie die Blicke der anwesenden Damen auf sich, die sogleich geräuschvoll ihre Fächer flattern ließen. Einzelne aber entblößten ebenfalls ihr Dekolleté, und eine der Damen setzte sich sogar.

Liron wünschte, er hätte die Einladung ausgeschlagen. Ein Tagelöhner hatte den Brief mitsamt einem Packen vornehmer Kleider überbracht. Liron fand zwar, dass der Junker ruhig persönlich hätte vorbeikommen können, aber er war bereit gewesen, das Ganze als Versöhnungsgeste zu verstehen.

Marikke dagegen hatte sofort abgelehnt. «Das könnte ihm so passen», hatte sie dazu gesagt.

«Das könnte ihm so passen», war einen Tag später wiederum der Grund gewesen, erst recht hinzugehen.

So lag es, wie bei einem Abzählreim, einfach nur an der Anzahl der Tage, dass sie sich jetzt in dem überhitzten Salon wiederfanden.

«Wir müssen ja nicht lange bleiben», flüsterte Marikke.

«Zumindest nicht auf diesem Platz, Mademoiselle.» Der dürre Verwalter, der sie eingelassen hatte, beugte sich zu ihr hinunter und deutete auf die Zinnplatte, die vor ihr stand. «Ihr sitzt vor dem Wappen der Familie von Brömse. Auf den ersten Blick mögt Ihr eine Anhäufung von Rosinen auf verkleckertem Honig vermutet haben, aber wenn man es weiß, stellt es eindeutig eine Bremse dar, nicht wahr?»

Marikke zog ihr Tuch wieder fest. «Ich hatte mich auf eine zwanglose Zusammenkunft eingestellt, nicht auf Wappentiere in Honig.»

«Aber es sind kleine Kunstwerke. Hier zum Beispiel, der Gockel aus bunten Gemüsestreifen für die Familie Hahnenstert, dort schwimmt der Gloxinsche Kohlrabischwan und dieser Löwenkopf ist aus der Haut von Safranhuhn zusammengestellt. Die drei Sensen der Meyers dagegen …»

Marikke stand auf. «Ich verstehe schon. Verzeiht, dass ich mich dreist gesetzt habe, unbekannter Herr.»

«Es ist an mir, um Entschuldigung zu bitten, ich hätte mich vorstellen sollen. Hauke Horn, Verwalter des Ratsherrn Görgen von Kortholt, momentan in Vertretung des jungen Gastgebers.»

«Dann richtet dem Junker meine Grüße aus, falls er denn noch auftaucht. Sagt ihm, ich konnte nicht bleiben, da ich leider nicht über ein Wappen verfüge.»

«Oh doch, Mademoiselle. Es ist aus feinstem Mandelmus, gefärbt mit rotem Beerensaft, und, in aller Bescheidenheit, ganz besonders gelungen.»

Er reichte ihr die Hand und führte sie zum Ende des Tisches. Liron wusste nichts anderes, als ihnen zu folgen. Er hörte das Getuschel und sah die abschätzenden Blicke, die Marikke begleiteten.

«Eine Rose», rief sie und wurde fast so rot wie das zierliche Marzipangebilde. Einer der Herren rückte ihr den Sessel zurecht, zwirbelte das spitze Ende seines Kinnbartes und nahm sie fortan in Beschlag.

Unauffällig schaute Liron nach den anderen Tellern, aber er fand nichts, was zu ihm passte. «Wenn der Junker keine Lust hat, seine Gäste zu empfangen, weiß ich ehrlich gesagt nicht, was ich hier verloren habe.»

«Unser talentierter Glockenspieler, vermute ich?» Der Verwalter bedachte Liron mit einem kraftlosen Händedruck. «Kompliment, mein Herr, jeden Abend um sechs halte ich inne, um Euch zuzuhören, es ist, als würde ein Engel über die Dächer wandeln.»

Die Schmeichelei versöhnte Liron ein wenig, ja, er fand den vertrockneten Verwalter durchaus nicht so unsympathisch, wie Thiedemann ihn beschrieben hatte.

Hauke Horn zog seine Stirn in bekümmerte Querfalten. «Ich weiß, dass ich keine würdige Vertretung für den jungen Kortholt bin, wer könnte es schon an Glanz und Charme mit ihm aufnehmen? Er muss jeden Moment eintreffen, hoffentlich mit den Austern. Ich wäre gerne selbst gegangen, um die Ladung in Empfang zu nehmen, aber von Meeresgetier verstehe ich nun wirklich nichts. Meine Pflichten umfassen zwar Geschäftsabwicklungen aller Art, doch leider meist in Form von Zahlen.»

«Ihr wart bisher auf dem Landgut des Ratsherrn beschäftigt?»

«Auf dem Gut, hier im Speicher, auf der Börse – wo immer Herr von Kortholt einen kühnen Rechner brauchte, und wie ich mit Stolz behaupten darf, vertraut er mir seit über zwanzig Jahren.»

Liron nickte anerkennend. «Zwanzig Jahre ... dann habt ihr miterlebt, wie damals die Glocke von St. Marien zerbrach.»

«Allerdings, eine meiner größten Herausforderungen. Nicht der Glockenbruch natürlich, sondern das, was darauf folgte. Wie viele Wagen und Pferde müssen wann und wo zur Verfügung stehen, wer zerschlägt den schadhaften Koloss, wer gießt die Glocke neu, woher die Hilfskräfte nehmen und vor allem ...» – mit erhobener Hand rieb er Daumen und Zeigefinger aneinander – «... was kostet das?»

«Bei einer so gigantischen Aufgabe habt Ihr sicher mit unerwarteten Schwierigkeiten kämpfen müssen.»

«Schwierigkeiten?» Der Verwalter musterte Liron mit zusammengekniffenen Augen.

Der lächelte so gewinnend, wie er konnte. «Nun ja, die Glocke ist groß, da können doch leicht ein paar Bruchstücke verlorengehen. Und wenn auf dem Gießplatz das Gewicht nicht mehr stimmt ...»

«Was wollt Ihr damit sagen? Bei mir stimmt alles. Was interessiert Euch überhaupt an dieser uralten Geschichte?»

«Nichts Besonderes», lenkte Liron ein. «Ich bin Glockenspieler, und wie jeder Musiker möchte ich die Instrumente, mit denen ich umgehe, bis ins Kleinste kennen.»

«Ah, das verstehe ich natürlich.» Erfreut breitete der Verwalter Punkt für Punkt seine damalige Planung vor Liron aus. Nie hatte sich jemand für all die unerlässlichen Details interessiert, deren Summe ja erst einen reibungslosen Ablauf ermöglicht hatte. Auch Liron interessierte sich nicht sonderlich dafür, denn der Verwalter sparte die Frage der fehlenden Bronze beharrlich aus. So ließ er den Wortschwall über sich ergehen und lauerte auf eine Atempause, in der er ihn unterbrechen konnte. Da diese ausblieb, redete er schließlich einfach dazwischen. «Der Ratsherr muss sich glücklich schätzen, einen gewissenhaften Mann wie Euch an seiner Seite zu haben. Ich nehme an, er überlässt Euch auch die Abrechnung der Wochenbücher von St. Marien.»

«Allerdings, eine wahre Sisyphusarbeit bei Tunders unmöglicher Schrift. Zwanzig, dreißig Bände stapeln sich im Kontor, man kann sich dort kaum noch rühren.»

Den Rest hörte Liron nicht mehr.

Die Bücher befanden sich also hier im Haus, vorne in der Dornse, er war direkt an ihnen vorbeigegangen.

Wenn der Langweiler doch endlich aufgehört hätte, auf ihn einzuschwatzen. Liron versuchte, jeden Blickkontakt zu vermeiden, und erwog, ob er auf den Abtritt entkommen konnte. Doch der Verwalter berichtete derart begeistert, dass er ihm bestimmt auch dorthin gefolgt wäre.

Erst Thiedemanns Eintreffen beendete den Redefluss. Der Junker stieß die Flügeltüren auf und verharrte mit ausgebreiteten Armen im Rahmen. «Setzt Euch, setzt Euch. Warum habt Ihr gewartet? Hauke, wo bleibt der Wein? Du lässt meine Gäste verdursten.»

Er winkte nach hinten, und mehrere Knechte, beladen mit Schüsseln und Terrinen, eilten herein. Während sie die dampfenden Speisen auf der Tafel abluden, begrüßte der Junker die Anwesenden. Schließlich ließ er sich neben Marikke nieder und bat Liron, ihm gegenüber Platz zu nehmen. Sie saßen beide vor blanken Tellern. Thiedemann strich über die leere Fläche. «Für uns ist mir kein Symbol eingefallen, denn unser gemeinsamer Wunsch ist noch nicht erfüllt.»

Dann klatschte er laut in die Hände. «Greift zu, bevor es kalt wird.»

Liron zog seinen Löffel durch schwarz glänzenden Rogen und stocherte in der Fischpastete. Die Bücher waren vor Tagen im Rathaus abgeholt worden, vielleicht lagen sie schon ebenso lange hier im Kontor. Warum hatte Thiedemann ihm nichts davon gesagt? Wollte er sie denn allein durchsehen? Nein, der sorgte sich um seine Reise, deshalb behielt er sein Wissen für sich.

«Stadtsoldaten», sagte Thiedemann gerade. «Mitten auf dem Kohlmarkt hielten sie mir ihre Büchsen vors Gesicht und bestanden darauf, mit ihren Drecksfingern den Karren mit all den Speisen zu durchsuchen. Mir blieb nichts anderes übrig, als zu zahlen, um sie davon abzuhalten. Nun bin ich ruiniert. Macht Euch darauf gefasst, dass ich Euch in nächster Zeit umschichtig zum Essen heimsuchen muss.»

«Die Kerle werden auch immer dreister», rief der Herr zu Lirons Linken. «Die rauchen und saufen in ihren Wachbuden und warten bloß darauf, dass einer des Weges kommt, den sie ausnehmen können.»

«Man sollte sie allesamt Spießrutenlaufen lassen, durch die doppelte Gasse. Denen fehlt die rechte Zucht.»

Marikke legte ihren Löffel zur Seite. «Nein, ihnen fehlt der Sold.»

«Was Ihr alles wisst», sagte eine der Damen und zog ihre Schulter neckisch zum Kinn. «Ihr pflegt doch nicht etwa Umgang mit solchen Leuten? Nein, wie überaus verwegen.»

Die anderen kicherten hinter ihren Fächern. Bis auf Marikke saßen sie alle schief, Schultern oder Kopf leicht gegen den Körper verschoben, als würden sie sich winden.

«Die kluge junge Dame hat recht», stellte Thiedemann fest. «Übrigens ist die Lage alles andere als belustigend. Die Soldaten warten schon ewig auf Bezahlung.»

«Genau achtzehn Monate», meinte der Verwalter. «Und die Stadtkasse ist leer, sie werden sich also weiter gedulden müssen.»

Die Dame schob die Unterlippe vor. «Das gibt ihnen nicht das Recht, unbescholtene Bürger zu überfallen. Haben sie nicht sogar die halbe Woche frei, um etwas anderes zu arbeiten, im Hafen oder auf dem Feld?»

Thiedemann angelte nach den Weintrauben. «Gewiss, meine Liebe, aber jetzt kommt der Winter. Auf den Feldern gibt es nichts mehr zu tun, und die Schiffe werden auch allmählich rar. Wehe denen, die nicht vorsorgen konnten. Noch Garnelen?»

Der Nachbar der Dame lehnte sich vor und senkte seine Stimme. «Ich habe von einem Aufstand munkeln hören. Die meisten sind nicht mehr bereit, auch dieses Christfest wieder hungernd zu verbringen. Und vergesst nicht, das Pack weiß mit Waffen und Pulver umzugehen.»

Während alle den bedrohlichen Worten lauschten, schlüpfte Liron aus dem Salon. Das Stimmengewirr wurde dumpf, als er leise die Flügeltür ins Schloss drückte. Er schlich an den Warenstapeln entlang und stahl sich ins Kontor.

Das Fenster zur Straße ließ nur ein wenig trübes Mondlicht herein, aber die aufgestapelten Bücher auf dem Tisch waren nicht zu übersehen. Er nahm das oberste und strich über das abgegriffene Leder. Nicht einmal die Jahreszahl konnte er erkennen. Auf dem Pult stand eine Öllampe, aber seine Zunderbüchse hatte er natürlich nicht dabei, die steckte wie gewöhnlich in der Tasche seines alten Kittels. In einem Kontor musste sich doch Feuerzeug finden lassen. Er ging zur Tür zurück und überlegte, wo er als Erstes danach greifen würde. Richtig. Im Regal ertastete er eine kleine Lade mit Stahl und Stein. Sogar Schwefelspäne lagen darin. Nach wenigen Schlägen zuckte die erste Flamme hoch, und wenig später tauchte die Lampe das Kontor in einen warmen Lichtschein.

Liron suchte nach dem Band aus dem Jahre 1658 und schlug ihn auf. Die Schrift war schwer zu entziffern. Seite für Seite blätterte er um und fuhr mit dem Finger die Zahlenreihen hinunter. Aber einen Hinweis auf die Glocke fand er nicht. Im letzten Drittel stutzte er. Vorher hatte er mindestens einen Eintrag pro Woche gefunden, meist sogar mehrere. Jetzt schien ein ganzer Monat übersprungen worden zu sein. Es sah so aus, als hätte jemand Seiten herausgerissen.

Draußen flackerte plötzlich Licht. Die Laterne einer Kutsche schwankte am Fenster vorbei. Kurz darauf hielt das Gefährt, und Liron hörte, dass jemand den Wagenschlag öffnete. Kisten polterten aufs Pflaster, dann näherten sich Schritte der Haustür.

Liron löschte die Lampe sofort, aber wer immer da draußen angekommen war, musste ihn bereits gesehen haben.

Er beeilte sich, aus dem fremden Kontor zu kommen, hastete durch den Gang und betrat den Salon mit möglichst gelassener Miene.

Niemand achtete auf ihn. Die Herren hatten inzwischen Pfeifen angezündet, und ihre weißen Schwaden zogen durch den Raum.

«Der Aufstand könnte leicht verhindert werden», erklärte Thiedemann. «Der Rat braucht den Soldaten nur das Saufen und Rauchen im Dienst zu verbieten.»

«Unmöglich, Alkohol gibt ihnen erst den Kampfeswillen und macht sie unempfindlich gegen Schmerzen. Und wieso sollten sie nicht rauchen? Kaum ein Leiden, das nicht mit Tabak behandelt werden kann, Husten, Gicht, Syphilis. Der Rauch zieht stärker als jedes andere Kraut die schlechte Feuchtigkeit aus dem Leib.»

Thiedemann schmunzelte. «Sicher, aber was ist mit der Brandgefahr in den engen Wachhäusern? Verbieten wir ihnen die Pfeifen einfach. Ich wette, sie werden damit beschäftigt sein, sich gegenseitig zur Ordnung zu rufen. Teile und herrsche. Lager werden sich bilden, gespalten in Gute und Böse. Darüber sollten sie ihren Aufstand mindestens bis zum Christfest vergessen.»

Die Flügeltür schwang auf.

«Tunder ist tot», sagte Görgen.

Selten hatte Liron die Kirche so voller Menschen gesehen wie bei der Beisetzung des alten Organisten. Es war ihm nicht möglich, auch nur in die Nähe des Chorumgangs zu kommen, wo der Leichnam bestattet werden sollte, so hatte er Marikke gebeten, ihn hinauf ins Gewölbe zu begleiten. Doch dann konnte er es nicht über sich bringen, durch das Loch hinunterzusehen. Er hockte auf dem ersten Balken, lauschte ins Halbdunkel und versuchte, sich an Tunders Spiel zu erinnern.

«Liron, sollten wir nicht lieber gehen? Die Leute sind fast alle fort, und es ist unheimlich hier oben.»

«Unheimlich?» Liron fand nur allmählich in die Wirklichkeit zurück. «Wir sind in Gottes Haus, Tunder hat für seine letzte Ruhe den friedlichsten Ort in der ganzen Stadt bekommen.»

Allerdings war es auch der Ort, an dem der Meister nun für alle Zeiten zuhören musste, wie andere auf seiner Orgel spielten, vielleicht stümperhaft und respektlos, vielleicht auch besser als er. Liron wusste nicht, was den Alten wohl mehr schmerzen würde.

«Mir ist kalt», sagte Marikke. «Wenn du noch bleiben möchtest, will ich dich nicht drängen. Zu Hause werde ich richtig einheizen, und ich stelle dir Grütze warm. Du kannst dich in aller Ruhe verabschieden.»

«Nein, ich komme mit.»

Stumm gingen sie nebeneinanderher. Vereinzelte Schneeflocken fielen herab und schmolzen auf dem Pflaster.

Von weitem sahen sie den blinden Bettler vor dem Budengang stehen. Offenbar hörte er ihre Schritte, er wandte sich zu ihnen um und lief auf sie zu. Mehrmals strauchelte er gegen die Mauern, doch das kümmerte ihn nicht.

«Marikke, Marikke», rief er und als er sie erreicht hatte, klammerte er sich an ihr fest. «Gott sei Dank, dass du es bist. Es riecht nach Rauch bei dir. Die anderen glauben mir nicht, Eggert hat mich sogar weggestoßen und ist einfach gegangen. Schnell, du musst nachsehen.»

«Eggert wird geheizt haben», erwiderte sie. «Vielleicht drückt der Wind auf den Kamin.»

Sie machte sich trotzdem los und hastete noch vor Liron in den Gang. Die Buden standen genauso schief wie sonst, und es stank wie üblich nach Ofenfeuern mit schlecht getrocknetem Holz. Die meisten Nachbarn hatten ihre Fensterläden bereits geschlossen, nur durch die Ritzen drang ein wenig Lampenschein. Bei Marikke war jedoch alles dunkel.

Sie kramte ihren Schlüssel hervor und öffnete die Tür. Beißender Rauch quoll ihnen entgegen. Am Herd fauchten Flammen auf, die im Nu hochschlugen und an den Balken leckten.

«O Gott», schrie Marikke und rannte hinein.

Liron brüllte dem Blinden zu, er solle sofort Alarm schlagen, dann folgte er ihr ins Haus. Der Qualm war so dicht, dass er außer einer gelbroten Feuersbrunst hinter schwarzen Schwaden kaum etwas sehen konnte.

Er hob den Arm vors Gesicht und kämpfte sich zum Wasserbottich vor. Doch er konnte ihn nicht heben, ihm blieb nichts übrig, als mit dem Eimer zu schöpfen. Marikke tat es ihm nach. Sie hustete und weinte, aber sie gab nicht auf. Wieder und wieder schütteten sie Wasser in die Flammen, doch ohne den geringsten Effekt. Die Hitze war wie eine sengende Wand, die sie immer weiter zurückdrängte. Zwischendurch mussten sie hinaus an die Luft, um Atem zu holen.

Endlich, die Feuerglocke von St. Jakobi schallte. Gleich würden Wagen mit Wasserkufen eintreffen, gleich würde man das Feuer löschen.

Oben krachte es. Eine Diele brach herunter und versprühte Funkenregen.

«Raus hier, Marikke, es wird zu gefährlich.»

«Meine Sachen, ich kann sie nicht einfach verbrennen lassen. Aber was, um Himmels willen, ist wichtig?»

Ratlos starrte sie in den knisternden Rauch. Liron packte sie am Arm und zerrte sie hinter sich her.

Draußen rannten die Nachbarn durcheinander. Manche schafften ihre Habe fort, andere liefen mit Kübeln umher, um vorsorglich ihre eigenen Buden zu benetzen. Irgendjemand rief, sie sollten eine Schlange bilden.

Währenddessen zuckten die ersten Flammen aus der oberen Fensterluke. Liron und Marikke konnten nur noch zusehen, wie das Feuer sich durch den Dachstuhl fraß. Funken stoben in den schwarzen Himmel und verwirbelten mit dem tanzenden Schnee.

Als die Wagen mit den Wasserkufen eintrafen, war Marikkes Haus nicht mehr zu retten. Die Männer kämpften erbittert, um das Feuer so weit einzudämmen, dass es nicht auf die Nachbarhäuser übersprang. Wasserbäche flossen durch den Gang und verwandelten den festgetretenen Boden in Morast.

Marikke liefen Tränen über die Wangen, und sie zitterte. Schützend legte Liron ihr seine Jacke um die Schultern. Sie waren beide völlig durchnässt, und seine Füße fühlten sich wie Eisklumpen an. Es kam ihm merkwürdig vor, das Feuer vor sich zu haben und derart zu frieren.

Bis tief in die Nacht standen sie da. Es qualmte noch immer aus dem verkohlten Balkengerippe, aber der Brand schien besiegt zu sein. Jetzt leuchteten in der Dunkelheit nur noch die Fackeln der Wasserträger und Soldaten, die Brandwache halten wollten.

Der Blinde zupfte an Lirons Ärmel. «Hier ist nichts mehr zu tun. Heute Nacht kommt ihr bei mir unter, morgen wird man weitersehen.»

Das ganze Ausmaß der Verwüstung bot sich am nächsten Tag bei trübem Graupelwetter dar. Ein Dach gab es nicht mehr, stattdessen ragten schwarze Balkenreste aus den

Trümmern hervor. Einzelne rauchten vor sich hin. Der aufgeweichte Lehm von Wänden und Decken war heruntergeklatscht, und was nicht vom Feuer verzehrt worden war, hatte der Qualm mit einer stinkenden Rußschicht überzogen.

Marikke warf nur einen kurzen Blick darauf und wandte sich ab. Das war nicht mehr ihr Haus. Sie würde nach Rostock zu Verwandten gehen, bis dahin konnte sie bei einer Freundin wohnen.

Während die Nachbarn betreten im Gang standen, kletterte Liron in der Ruine herum und grub im Schutt. Von seinem Kleidersack war nichts mehr übrig, auch seine gesparten Münzen konnte er nicht finden.

Wenn Eggert doch endlich aufgetaucht wäre. Zu zweit hätten sie das eine oder andere vielleicht retten können. Zumindest die Ziegel, denn viele waren unversehrt. Er hob zwei Backsteine auf und blickte sich um. Wo sollte er sie stapeln? Wenn er sie offen liegen ließ, würden sie in wenigen Tagen spurlos verschwunden sein, dann konnte er sich die Arbeit sparen. Die Nachbarn lebten alle in drangvoller Enge, sie hatten keinen Platz dafür. Mutlos warf er die Steine auf den Haufen zurück.

Erst jetzt wurde ihm bewusst, was der Brand für ihn bedeutete. Er besaß nichts außer den Kleidern, die er am Leibe trug. Kein wärmender Herd erwartete ihn, kein Bett, nicht einmal ein Bretterverschlag, in den er sich verkriechen konnte. Bei dem Blinden durfte er nicht länger bleiben, der fand sich nicht zurecht, wenn jemand einen Stuhl verrückte oder Gegenstände an ungewohnter Stelle ablegte.

Als Liron aus dem vertrauten Gang hinaustrottete, wären ihm fast die Tränen gekommen. Den ganzen Tag lief er durch die Stadt, klopfte an fremde Türen und fragte nach einer Unterkunft.

Vergeblich. Er wirkte wohl nicht gerade vertrauenerweckend, so rußverschmiert und zerlumpt, wie er war. Nur einer bot ihm ein winziges Kellergelass zum Wohnen an, für zwei lübsche Mark die Woche. Im Voraus. Doch so viel hatte Liron noch nie bei sich getragen.

Er hätte in St. Marien um einen Vorschuss bitten können, aber Tunder war tot; an wen hätte er sich wenden sollen?

Thiedemann. Der Junker würde ihm bestimmt etwas leihen, den schmerzten ein paar Schillinge nicht. Warum war Liron nicht gleich darauf gekommen? Er machte kehrt und eilte zur Trave hinunter.

Vor dem Speicher verlangsamte er seine Schritte, denn ihm fiel ein, dass auch Görgen jetzt dort weilte. Wahrscheinlich würde der alte Kaufmann in Lübeck bleiben, bis der Rat einen neuen Organisten bestimmt hatte.

Liron fröstelte. Es kam ihm vor, als seien Jahre und nicht wenige Tage vergangen, seit er zu Thiedemanns Fest im Speicher gewesen war – seit er sich aus dem Salon geschlichen hatte, um heimlich die Wochenbüchern einzusehen. Görgen musste ihn hinter dem Kontorfenster erkannt haben, dessen war er sich ganz sicher. Was für eine seltsame Fügung, dass Lirons Bleibe so kurz darauf in Rauch aufgegangen war. Hatte Thiedemann nicht deutlich genug behauptet, sein Vater könne jeden aus der Stadt vertreiben, wie es ihm beliebte?

«Zufall», wies Liron sich selbst zurecht. Anstatt nach einem Schuldigen für das Unglück zu suchen, sollte er lieber dankbar sein, dass niemand verletzt worden war. Falls Görgen ihn tatsächlich loswerden wollte, hätte er ihn ganz einfach entlassen können.

Aber selbst dann wäre Liron nicht gegangen. In seiner Kitteltasche lag noch immer der Kirchenschlüssel von St. Marien, er hatte versäumt, ihn Tunder zurückzugeben.

Konnte es eine prächtigere Unterkunft geben?

In den nächsten Wochen wurde St. Marien von Anwärtern auf die Organistenstelle überschwemmt. Die Kirche war fast durchgehend von Orgelklang erfüllt. Man hätte auf keinen der Kalkanten verzichten können, was Liron sehr beruhigte. Seinem Geldbeutel tat der musikalische Eifer ebenfalls gut.

Allerdings kam er kaum noch zum Luftholen, geschweige denn, dass ihm Muße blieb, sich um ein Zimmer zu bemühen. Stattdessen hatte er sich vorläufig einen breiten Mauerabsatz im Mittelturm als Wohnstatt erkoren und sich in Ermangelung eines Ofens mit warmen Decken ausgerüstet. Bis Weihnachten würde das reichen. Er fand es sogar recht bequem dort, bis auf die Tatsache, dass das mühsam heraufgeschleppte Wasser regelmäßig gefror. So wurde er Stammgast in den umliegenden Schenken und wusch sich in der jeweiligen Küche.

Die meiste Zeit verbrachte er aber in der Kirche, denn sobald die Organisten einander trafen, stellten sie ihr Wissen heraus und stritten um musikalische Wahrheiten. Wenn Liron nicht auf den Bälgen stand, setzte er sich unauffällig in ihre Nähe und versuchte, ihren Debatten zu folgen.

«Wer Praetorius spielt, muss die Harmoniestrenge betonen», behauptete einer. «Unsinn, Praetorius ist Sweelink-Schüler, eine Interpretation ohne Verbindung von englischem und italienischem Stil wäre schlicht dummes Geklimper», konterte ein anderer, während der Dritte bemerkte: «Mich interessiert viel mehr die synkopierte Rhythmik. Sich an Harmonik zu halten, ist arg simpel, für manchen hier aber offenbar das einzig Erreichbare.»

Liron verstand kein Wort, aber er verstand recht bald, dass es keineswegs darum ging, sich gemeinsam einer musikalischen Vollkommenheit anzunähern.

Nicht weniger eifrig stritten sie um das Vorrecht, an den Sonntagen zu spielen, und sie stritten um die Kalkanten, die ihnen beim Üben zur Verfügung stehen sollten.

Was für ein bissiges, missgünstiges Volk, stellte Liron enttäuscht für sich fest und bedauerte nicht mehr, dass er nie dazugehören würde.

Stöhnend ließ er sich ins Stroh fallen. In einer halben Stunde musste er schon wieder zu den Glocken hinauf, gerade genug Zeit, um kurz die Glieder auszustrecken. Zum ersten Mal, seit er denken konnte, wünschte er sich, die Orgel hätte geschwiegen. Der Organist, der gerade übte, setzte alles daran, sein kümmerliches ‹*In dulci jubilo*› hinter möglichst viel Getöse zu verstecken, indem er eine Unzahl von Registern zog. Wenn er das einen ganzen Gottesdienst lang treiben wollte …

«Man sollte ihm die Luft abdrehen, nicht wahr?»

Liron fuhr auf. Verfolgten ihn die Herren Organisten nun schon bis in den Turm? Er hatte jetzt Pause.

An der Wand gegenüber lehnte ein weichgliedriger Mann mit verträumtem Gesicht. «Der werte Kollege rührt nicht die Orgel, der rührt pompösen Klangbrei.»

«Was tut Ihr hier?», fragte Liron.

«Dasselbe wie du, ich studiere die Akustik. Leider bin

ich erst gestern eingetroffen und habe einige Bewerber verpasst. Sind ernsthafte Konkurrenten dabei?»

Liron zuckte mit den Schultern. «Ich weiß ja nicht, wie Ihr spielt.»

Der Mann lachte. «Das stimmt allerdings», sagte er und kam zu Liron herüber. Als er das Strohlager und die Decken entdeckte, legte er den Kopf schief. «Ach, du versuchst gleich, dich einzunisten. Oder gehörst du etwa zu denen, die jede Schwäche ihrer Gegner kennen wollen, bevor sie sich selbst in die Arena werfen?»

«Nein, ich bin nur …»

Der Mann winkte ab. «Kein Geld für die Unterkunft, was? Vorspielreisen können teuer werden, hab ich auch alles durchgemacht. Zu Fuß durch halb Dänemark, ich kann dir sagen, und dann soll noch der Kragen blitzen.»

Ohne Umstände kletterte er zu Liron herauf und machte es sich bequem.

Der Organist an der Orgel setzte zum Finale an. Das ganze Hauptwerk donnerte.

«Fehlt nur noch der Cimbelstern», bemerkte Liron.

«Schlimmer. Nach dem, was er bisher geliefert hat, bemüht er bestimmt gleich den Trommeleffekt. Wetten?» Der Fremde streckte die Hand aus und Liron schlug ein.

Als tatsächlich die Bordunpfeifen zu brummeln begannen und kurz darauf auch das zierliche Cimbelgeklingel ertönte, grinsten sie sich an.

«Dietrich, mein Name, ich gebe morgen eine kleine Kostprobe. Wann bist du an der Reihe?»

Liron rutschte unbehaglich herum. «Gleich, ich meine um sechs. Aber nicht an der Orgel, sondern am Glockenspiel. Ansonsten bin ich hier Kalkant.»

«Am Glockenspiel?» Dietrich nickte. «Dann habe ich

dich gestern Abend gehört. Ich fragte mich schon, welcher Fuchs auf die Idee gekommen ist, sich von dort oben in die Gunst der Lübecker zu spielen. Offen gestanden bin ich ziemlich erleichtert, dass es kein Mitbewerber war. Den hätte ich wohl zu fürchten. Darf ich dein Quodlibet zitieren?»

«Wenn Ihr wollt ...»

«Oh ja, das will ich. Es ist eine reizende Spielerei, und Zuhörer lieben es, etwas wiederzuerkennen. Es wäre mir übrigens auch eine Freude, jemanden wie dich an den Bälgen zu wissen, wenn ich meine Prüfung ablege.»

«Das geht den meisten so. Wir Kalkanten sind nämlich nur zu zweit, manchmal springt noch Katrina ein. Wahrscheinlich habt Ihr Euch gedacht, heute Abend noch zu üben, aber die Orgel ist bis zehn besetzt.»

«Was? Üben für einen einfachen Donnerstag? Ich käme ja zu nichts anderem mehr.»

Wohlig stöhnend streckte er die Beine aus und legte die Hände hinter den Kopf.

«Wie lebt es sich denn in Lübeck? Mir erscheinen die Leute etwas spröde. Oh, man liebt den Glanz der Musik durchaus, solange er irgendwie von Nutzen ist. Zumindest soll er wohl verkünden, dass die Ehrbaren über ebenso viel Kunstsinn wie Geschäftstüchtigkeit verfügen. Aber finde ich hier auch verwandte Schöpferseelen, die sich gegenseitig inspirieren können?»

«Tut mir leid, persönlich kannte ich nur den alten Tunder und Thiedemann von Kortholt, der ab und zu Cembalo spielt. Dann gibt es natürlich die Ratsmusikanten und die Organisten der anderen Kirchen.

«Ratsmusikanten, aha.» Dietrich verzog das Gesicht. «Gut, auch unter denen kann es Perlen geben. Ich hatte eigentlich gehofft, ein wenig Hamburger Freimut hier wiederzufinden. Hamburg, das ist ein Pflaster, da weht die Welt hindurch. Selbst der steifste Hanseat träumt dort von italienischen Opern. Außerdem hat Reincken sich in Hamburg niedergelassen. Den solltest du spielen hören. In seinem Haus weiß man zu leben, offen in der Kunst, zwanglos im Genuss, und immer findet sich ein Anlass, gemeinsam zu improvisieren.»

Dietrichs Stimme klang so sehnlich, dass Liron ihn fragte, warum er sich nicht dorthin bewarb.

«Tja, einen solchen Raumklang wie in St. Marien, und dazu gleich drei prägnante Orgeln, das haben die Alsterschipper nicht.»

Dietrich sprang vom Mauervorsprung und strich sich die Jacke glatt. «Da ich nicht bereit bin, mein Talent in der Provinz zu vergeuden, muss Lübeck eben zum Zentrum der Kirchenmusik werden. Tunder hat mir verraten, dass die hiesigen Kaufleute ganz gern ein wenig Aufwand treiben, sofern sie sich damit profilieren können. Ich sollte für den Anfang Umbauten verlangen, vielleicht aufwendige Orchesteremporen, die das Volk dann bestaunen darf. Auf jeden Fall werde ich mich gleich bei der Zirkelgesellschaft vorstellen und mich ein wenig unbescheiden zeigen.»

Schon Dietrichs erstes Probespiel beeindruckte. Und dafür hatte er tatsächlich nicht geübt, sondern bloß eine halbe Stunde vor Gottesdienstbeginn ein paar Register angespielt.

Am Heiligen Abend legte er dann richtig los. Allein sein kühner Einstieg auf dem Pedal, dann weiter im Toccatastil, temperamentvoll, abwechslungsreich und unglaublich schnell. Zwischendurch ließ Dietrich es sich nicht nehmen, mit leichter Hand das Spiel seiner Mitbewerber nachzuahmen und es zudem in weit komplexere Zusammenhänge zu setzen. Der junge Organist mit den verträumten Augen besaß offenbar neben Virtuosität und Spielwitz auch einen messerscharfen Musikverstand.

Obwohl die eigentlichen Prüfungen erst folgen sollten, gab es für Liron keinen Zweifel, dass der Nachfolger gefunden war. Umso mehr verfluchte er sich, dass er Tunders Empfehlungsschreiben achtlos unter die Matratze geschoben hatte. Nichts als Asche war davon übrig.

Bedrückt, aber gleichzeitig angeregt stieg er zum Glockenspiel hinauf. Dies war sein Instrument, längst kannte er all seine Tücken. Ob es ihm wohl gelang, darauf zu improvisieren, wie Dietrich Buxtehude es tat, und allen, die nicht zur Kirche kommen konnten, den Frieden der Heiligen Nacht hinauszusenden?

Cäcilie drückte ihre Arme auf das heruntergelassene Brett im Türfenster, um so viel Wärme wie möglich in sich aufzunehmen. Die Tage waren schrecklich kurz geworden und damit auch die Zeitspanne, in der die Klappen geöffnet blieben.

Heute sollte das Christfest begangen werden, hatte es geheißen. Sogar ein Prediger war gekommen. Aber man ließ die Unsinnigen nicht in den Versammlungssaal. Zu gefährlich, zu umständlich, sie alle wieder einzuschließen. So hatte der Speisemeister nur die Tür zu seinen Räumen offen stehen lassen, und eine fremde Stimme tönte von fern. «... da waren Hirten auf dem freien Feld, die hüteten des Nachts ihre Schafe ...»

In der Nacht hatte Cäcilie sich fast zu Tode gefroren. Ihr Leib kam einfach nicht gegen die Kälte an, so sehr er auch unter der Decke zitterte. Schwach war er geworden, konnte kaum noch stehen.

«... und siehe, der Stern, den sie im Morgenland gesehen hatten, ging vor ihnen her, bis er über dem Ort stand ...»

Sie schloss die Augen, denn sie wollte nicht sehen, wie ihr Atem weiß in der Luft stehen blieb. Auch die scharfen Eisränder am Fensterschlitz wollte sie nicht sehen und nicht den Reif auf dem Stroh, der sich inzwischen auch bei Tage hielt.

Sie mochte nicht mehr.

Sie wollte kein Wehklagen mehr hören, kein Geschrei, keine Angst. Nur noch schlafen.

Aber das verhinderte die verdammte Kälte.

Vielleicht machte Liron ihr heute ein Schlaflied zum Geschenk. Dann würde sein Spiel sie in seligen Schlummer wiegen, dessen war sie gewiss.

Vielleicht spielte er eines Tages auch gar nicht mehr für sie.

Dann würde sie sterben.

14. Kapitel

Der Küster fegte das Strohlager von der Mauer. «Damit ist jetzt Schluss. Heute wird endlich der Letzte geprüft, gerade noch rechtzeitig vor der Fastenzeit. Wochenlang ständig dieses Gedudel, wird Zeit, dass Ruhe einkehrt. Ab morgen brauchen wir keinen Kalkanten mehr.»

«Nimm deine Finger weg», zischte Liron. «Oder soll Tunders Nachfolger später selber in die Pfeifen blasen?»

«Es kann dauern, bis sich der Rat entschieden hat. Der Neue wird sich dann seine eigenen Leute suchen.»

«Und was bitte wird inzwischen aus dem Glockenspiel?»

«Das übernimmt die Walze. Du jedenfalls nicht mehr, Dulzian, oder bist du jemals auf den Dachreiter gestiegen, um das Geläut zu kontrollieren? Schöner Glöckner, sag ich.»

«Seit wann hast du darüber zu urteilen? Verschwinde und lass mich in Frieden.»

Der Küster wich ein paar Schritte zurück. «Oh nein, du verschwindest. Ich werde dem neuen Organisten eine ordentliche Kirche übergeben, keine Herberge. Zwinge mich nicht, den Rat zu informieren.»

Trumscheit rief, dass sie anfangen müssten.

«Wir sprechen uns noch», knurrte Liron und hastete zur Orgel hinüber.

Dietrich kam persönlich ins Kalkantenstübchen, bevor er sein Prüfungsspiel beginnen wollte. Er war blass und knetete seine Hände. «Was soll ich sagen, mir ist klar, dass ihr es seid, die meine Kompositionen letztendlich tragen müsst. Die Aufgaben sind zum Teil so schwer, dass ich nicht an die Kalkantenglocke denken kann. Es liegt also an euch, ob ich in St. Marien einziehen werde. Das heißt, wenn ich mich nicht selbst aus dem Rennen werfe.» Er lächelte dünn. «Lasst mich nicht im Stich. Ich weiß das zu schätzen.»

«Keine Sorge», rief Liron ihm zu und stemmte sich auf die Planken.

«Hat man so etwas schon erlebt?» Trumscheit sah dem jungen Organisten nach. «Die meisten kennen uns überhaupt nicht, einer hat immerhin Geld geboten, aber der da lädt gleich seine ganze Verantwortung auf uns ab.»

«Er ist der Beste. Und falls dir das egal sein sollte, er wird uns übernehmen, wenn wir uns verlässlich zeigen. Wie du schon sagtest, die anderen kennen uns nicht einmal.»

Liron betete, dass Dietrich heute nicht versagte. Alle saßen sie auf dem Lettner, die Bürgermeister, der Rat, Pfarrer und Kirchenvorstand, Görgen, sogar Thiedemann hatte sich nach langer Zeit mal wieder in die Kirche bequemt.

Sie durften keinen wählen, der vielleicht andere Kalkanten einstellte. Die Vorstellung, nach Mummendorf zurückzukehren und den Rest seines Lebens auf irgendeinem Acker zu verbringen, war Liron unerträglich.

«Los jetzt», trieb er Trumscheit an.

Etwa in der Hälfte des Präludiums mischte sich ein Jammerton in den Orgelklang, zum Glück nicht laut, aber so penetrant, dass alles andere leicht verstimmt wirkte.

«Auch das noch, ein Heuler», stöhnte Liron und sprang

ab. «Irgendein Ventil schließt nicht richtig. Ich versuche, die Pfeife zu finden, zur Not drehe ich sie raus.»

Trumscheit schüttelte den Kopf. «Wer soll das denn merken? Ich höre jedenfalls nichts.»

«Egal, mach weiter.»

Gerade als Liron in die Orgel steigen wollte, veränderte sich die Höhe des Jammertons, es klang jetzt, als würde er ruckartig hervorgestoßen. Das konnte keine Pfeife sein.

Er schloss die Augen und drehte langsam seinen Kopf, um die Laute zu orten. Sie kamen von unten, aus dem nördlichen Seitenschiff. Wer auch immer dort die Prüfung störte, Liron würde ihm die Luft abdrehen.

In einer Ecke der Plauderkapelle sah er ein unförmiges Weib kauern. Sie hatte sich ein zerlumptes Tuch über Schultern und Kopf gezogen, presste die Fäuste vor die Augen und greinte.

«Bitte, liebe Frau.» Liron berührte sie sanft. «Ihr müsst leise sein, hier findet eine Orgelprüfung statt.»

«Lasst mich!», keifte sie und schlug nach seinem Arm. «Das ist immer noch eine Kirche. Wo sonst sollte ich Gott wohl mein Leid klagen?»

«Psst. Ihr habt ja recht, nur bitte nicht so laut. Versteht Ihr, es geht um die Zukunft des Organisten.»

«Und was ist mit meiner Zukunft? Ich habe gar keine mehr.»

Als sie aufsah, schrak Liron zurück. «Trine? Ich hätte dich fast nicht erkannt, was ist mit dir geschehen?»

«Das sieht man doch, ich bin schwanger. Von Claas. Aber der ist seit Monaten verschwunden. Er hat mich nicht verlassen, Liron, bestimmt nicht, er meinte es ehrlich mit mir. Seine Freunde kann ich auch nicht finden. Ich glaube, er ist tot. In Travemünde wurde ein Kerl angeschwemmt, der seine Statur gehabt haben soll. O Gott, was wird jetzt aus mir?» Sie schlug die Hände vors Gesicht und schluchzte.

Liron nahm sie in den Arm. «Beruhige dich, ich bin ja da, wir finden schon eine Lösung.»

«Du willst mir helfen, meinst du das ernst?»

«Natürlich. Gleich nach Dietrichs Prüfung überlegen wir, was …»

Sie schob ihn etwas von sich fort, sodass sie ihm in die Augen sehen konnte. «Wenn du mir wirklich helfen willst, musst du mich zu dir nehmen. Bald. Das Kind wartet nicht mehr lange. Ich schwöre dir, dass du die Ehe nie bereuen wirst.»

«Heiraten? Aber ich …»

«Bitte Liron. Ich tue alles, was du sagst. Wenn du willst, meide ich auch deine Gegenwart. Ich brauche jemanden, sonst werden sie mich an den Pranger stellen. Verstehst du, mir droht die öffentliche Züchtigung. Und dann jagen mich die Gaffer aus der Stadt mitsamt dem kleinen Bastard. Wenn der dann überhaupt noch lebt.»

Liron schwitzte. Was verlangte sie von ihm, er hatte doch selbst keinen Platz in dieser Stadt. «Ich kann nicht, Trine.»

Die Magd schüttelte langsam den Kopf, dann brach sie auf den Steinen zusammen und weinte.

«Was ist das für ein Lärm?» Der Junker hatte derart scharf gesprochen, dass Liron unwillkürlich aufsprang.

Auch Trine hob den Kopf. Als sie den Kaufmannssohn erkannte, rutschte sie rückwärts in die entfernteste Ecke.

«Es ist Trine», sagte Liron. «Sie erwartet ein uneheliches Kind von dem Zimmerer.»

«Aber doch nicht hier.» Der Junker machte einen Schritt auf sie zu. Trine spie ihm vor die Füße. «Verdammtes Kaufmannspack, ihr habt mein Leben zerstört und das meines Kindes auch. Rührt mich ja nicht an, ich verfluche Eure ganze selbstgerechte Sippe.»

«Ja, ja. Hilf mir, Liron.»

Ohne sich um ihre Gegenwehr zu kümmern, packte der Junker sie am Arm, hielt ihr den Mund zu und zerrte sie zur Mengstraße hinaus. Liron half ihm nur widerstrebend und kam sich herzlos dabei vor.

Draußen stellte Thiedemann die Magd auf die Beine und schüttelte sie, bis sie Ruhe gab. «Dein Lebenswandel interessiert mich genauso wenig wie deine Flüche. Bist du gesund, kannst du arbeiten?»

«Natürlich könnte ich arbeiten, ich habe mein Leben lang nichts anderes gemacht, im Gegensatz zu Euch. Aber in Lübeck stellt mich niemand ein, dafür hat Euer Onkel Hinrich von Kortholt mit seinem Rauswurf ja gründlich gesorgt.»

«Tröste dich, mich hat er auch hinausgeworfen», sagte Thiedemann. «Du bist also noch frei? Wunderbar. Dann werde ich die besenschwingende Seekuh von nebenan endlich los. Denke gar nicht erst daran abzulehnen. Gefallene Mädchen und deren Brut sind nicht sehr willkommen in Lübeck. Wenn du Glück hast, sperrt man dich nach dem Pranger nur ins St. Annen-Bettelhaus, da kannst du dir dann lebenslang die Finger wund spinnen. Wenn dir das lieber ist.»

«Ihr wollt mich als Magd?»

«Du weißt ja, wo der Speicher liegt. Vater reist heute Nachmittag ab, danach kannst du dich einrichten. Lieber nicht früher, sonst wirft der Alte mir wieder Verschwendung vor.» Er steckte ihr den Schlüssel zu. «Möglicherweise komme ich erst spät, aber daran wirst du dich gewöhnen.»

Ihr Dankgestammel beachtete er nicht, sondern strebte eilig in die Kirche zurück. Bevor er sich auf den Lettner begab, raunte er Liron zu: «Lauf nach der Prüfung nicht gleich weg. Ich veranstalte ein Überraschungsfest für die Musiker und hätte dich gerne dabei.»

Wohin hätte Liron schon laufen sollen, wenn sein Dienst wirklich heute beendet war?

Den ganzen Tag schon hatte es in den vorderen Räumen des Unsinnigenhauses gelärmt, und noch immer liefen dort Fremde herum und machten sich zu schaffen.

«Heetwegen? Bringen sie Heetwegen?», fragte Fedder fortgesetzt und rasselte mit seiner Kette.

«Für dich bestimmt nicht», antwortete sein Nachbar jedes Mal.

Dores musste an die Tür getreten sein, ihr Husten klang ganz nahe. «He, Stumme, hörst du mich? Kannst du sehen, was sie da treiben?»

Cäcilies Lider waren viel zu schwer, als dass sie sie öffnen mochte, also reagierte sie einfach nicht.

Dores klopfte fordernd an die Wand. «Du musst aufstehen, Stumme, mach schon, du bist am nächsten dran.»

Es ging nicht. Cäcilie hatte die Knie fest an den Leib gezogen und ihre Arme darum gelegt. In dieser Stellung war sie erstarrt, sie bibberte nicht einmal mehr. Wie eine Schmetterlingspuppe. Ob die Raupen dabei auch so froren?

«Nicht schlafen, du verpasst noch das Beste im ganzen Jahr. Wirst sehen, zu Fastelabend lieben sie uns, musst nur schön Gesichter schneiden. Manche werfen sogar Kuchen herein.»

«Oder Kot», bemerkte der Brummbass. «Aber erst übermorgen. Heute ist nichts.»

«Und ob da etwas ist.» In Dores Zelle setzte heftiges Geklapper ein, sie hatte sich wohl den Essnapf hereingeangelt. «Zeigt euch, Kerls», rief sie, «stellt euch gefälligst vor, ich will euch sehen.»

Cäcilie krümmte sich noch mehr zusammen. Warum konnte die Närrin ihren Mund nicht halten.

Da kam er schon. Beukes Schritt hallte auf dem Flur, und sein Prügel krachte rhythmisch gegen die Wand.

«Weg von der Tür. Umdrehen, zurück mit dir.»

Das Schleifen des Riegels. Gleich würden die dumpfen Schläge zu hören sein und dann Dores röchelndes Geheul.

Cäcilie hielt sich die Ohren zu, obwohl sie wusste, dass es nichts nützte.

«So, und jetzt kommst du ganz langsam heraus. Ich warne dich, keine Dummheiten.»

«Raus? Ich? Wieso denn?»

«Fastelabend. Los jetzt, wenn du brav bist, kriegst du Wein.»

Cäcilie hörte Dores kichern, während der Speisemeister sie durch den Flur zum Vorderhaus führte.

Etwas später holte er die Nächste, aber die wollte nicht, wehrte sich und wimmerte, bis ihr hilfloser Protest irgendwo in den vorderen Räumen verklang.

Der Brummbass kam auch an die Reihe, dann Zellennachbarn, für die Cäcilie keine Namen wusste, und andere, von deren Existenz sie nicht einmal etwas geahnt hatte.

Was geschah mit ihnen? Wo brachte man sie hin?

Es wurde immer stiller im Unsinnigentrakt.

«Heetwegen? Bringen sie Heetwegen?», fragte Fedder in ängstlichem Ton. Niemand antwortete.

Cäcilies Herz begann zu rasen. Beuke durfte sie nicht holen, nicht jetzt, Liron hatte noch nicht gespielt, und sie musste ihm doch zuhören.

Thiedemann war schweigsam geworden, seit Liron ihm von Marikkes Abreise erzählt hatte. Doch das fiel niemandem sonst auf, die Herren Organisten probierten eifrig Hosen und Jacken an, setzten sich gegenseitig Hüte auf den Kopf und scherzten so gelöst wie seit Wochen nicht. Manche benahmen sich in Tunders Werkhaus, als würde es ihnen bereits gehören, dabei hatte Anna-Margareta die Diele nur zum Umkleiden zur Verfügung gestellt.

Sie selbst ließ sich nicht blicken. Wie es sich gehörte, trug sie seit dem Tod ihres Vaters Schwarz und würde natürlich nicht auf Thiedemanns närrischen Maskenball gehen.

«Rostock», murmelte der Junker, während er sein Haar aus dem Gesicht kämmte. Er war ganz in Weiß gekleidet. Passend zu seiner bevorstehenden Grönlandreise, wie er jedem erklärte, der es hören wollte.

«Wohin in Rostock», fragte er unvermittelt. «Doch nicht zu einer Schwester oder Tante? Wenn die verheiratet sind, können die ja sonst wie heißen. Die finde ich nie.»

Liron zuckte mit den Schultern. «Zu Verwandten. Ihr hättet Euch früher melden sollen, die ganze Stadt wusste von dem Brand.»

«Das wagte ich nicht.»

«Ihr? Die ganzen drei Monate? Ach, dann habt Ihr Euch wohl auch gefürchtet, mir von den Wochenbüchern zu erzählen?»

«Ja.» Thiedemann beugte sich vor, um die Perücke aufzusetzen, und warf die Locken dann mit Schwung nach hinten. «Gib mir das Maismehl.»

Als Liron ihm die Dose reichte, zog der Junker ihn nahe zu sich heran und flüsterte: «Ich habe die Bücher sofort durchgesehen, aber die interessanten Seiten fehlen, sie sind herausgerissen worden. Das ist kein Spaß mehr, Liron, da fürchtet vielleicht jemand um seinen Kopf. Ich hatte nicht vor, dir etwas zu verschweigen, aber du musstest ja so leichtsinnig sein, ins Kontor zu schleichen, während das Haus voller Menschen war. Jeder hätte dich entdecken können. Die Folgen kennst du.»

«Die Folgen? Was wollt Ihr damit sagen? Glaubt Ihr, das Haus ist absichtlich abgefackelt worden? Habt Ihr einen Verdacht?»

Thiedemann schüttelte den Kopf. «Jeder hätte dich entdecken können. Ich dachte, es sei besser, wenn ich dir und Marikke eine Weile aus dem Weg ginge. Dieser Eggert, der bei euch lebte, hat Lübeck übrigens noch in der Brandnacht verlassen. Ich weiß es von Hauke Horn, der hätte ihn nämlich als Geldeintreiber gebraucht.»

«Eggert? Meint Ihr etwa ...»

«Ich meine gar nichts.»

Aber Liron wurde so einiges klar. Eggert arbeitete also für Görgen. Wie oft hatte der Hüne ihn beschworen, sich von den Kortholts fernzuhalten. Dann war es wohl kein Zufall gewesen, dass Görgen sie bei dem Experiment in der Orgel überrascht hatte oder dass der Ratsherr aufgetaucht war, als Liron über die Mauer steigen wollte. Jedes Mal hatte Eggert vorher Bescheid gewusst.

Aber ein Brand?

«Immerhin haben wir Trine gefunden», sagte der Junker. «Seit Tagen bin ich hinter ihr her, und dir läuft sie einfach so in die Arme. Wenn jemand meine Cousine kennt, ist sie es. Sie war zwar nicht mehr im Haus, als Cäcilie ihre Stimme verlor, aber soweit ich weiß, hat Grethke die Magd kurz danach wieder eingestellt. Du hättest sie gleich zur Ruhe bringen müssen, Liron, manchmal ist es gesünder, unauffällig zu bleiben.» Damit verschwand er hinter Puderwolken.

Ein Pferdeknecht stapfte herein, drehte seine Mütze in den Händen und sah sich unschlüssig um. Schließlich verbeugte er sich vor Liron, der ihm in dem schwarzsilbernen Wams wohl am seriösesten erschien. «Verzeiht, Euer Hochwohlgeboren, die Wagen stehen bereit.»

Waren da Schritte auf dem Flur? Cäcilie kroch hastig vom Lager und hob den Deckel vom Abtritt. Ein anderes Versteck als diesen Kasten gab es in der Zelle nicht, und mittlerweile war sie so dürr geworden, dass sie mühelos hineinpassen würde.

Aber sie konnte sich nicht überwinden, in ihren eigenen Kot zu steigen. Vor ein paar Wochen war es noch kalt gewesen, da war das Zeug noch gefroren. Jetzt dagegen schimmelte es und stank vor sich hin.

Die Stundenglocke schlug. Sechs Mal.

Sie verharrte. Es war der heilige Moment des Tages, niemand konnte ihn durchbrechen, nicht einmal der Speisemeister. Denn jetzt spielte Liron für sie.

Das Glockenspiel setzte ein: «Erhalt uns Herr bei deinem Wort», so fing es an – so tönte es weiter, abgeleiert, belanglos, als bloße Tonfolge gespielt.

Cäcilie wurde schwarz vor Augen. Dann merkte sie, wie ihre Knie nachgaben und sie stürzte.

Sie schwebte.

Ihr wurde warm, wunderbar warm.

Vor ihren Lidern leuchtete es, aber sie wollte die Augen nicht öffnen, am liebsten wäre sie nie mehr erwacht.

Sanfte Hände befreiten sie von den Lumpen, sie spürte warmes Wasser über ihre Glieder laufen und der Duft von Mandelöl stieg auf. Man flößte ihr süßen Wein ein und steckte ihr Kuchen in den Mund. Dann rutschte glattes Tuch über ihre Haut. Jemand half ihr aufzustehen, drehte sie und hüllte sie in zartes Leinen, Schicht für Schicht, als würde ein Kokon um sie gesponnen.

Der Traum fühlte sich so wirklich an, als sei sie bereits im Himmel. Vorsichtig blinzelte sie und blickte in weiße Schleier dicht vor ihren Augen. Nur schemenhaft erkannte sie Gestalten dahinter, die sich zwischen flackernden Lichtpunkten hin und her bewegten. Irgendwo spielte heitere Musik, Geschirr klapperte, Lachen war zu hören.

Ein Arm legte sich um ihre Schultern und schob sie zu einem Sessel. Tief sank sie hinein, wie in eine Daunenwolke.

Liron hatte nicht die geringste Ahnung, wo sie sich eigentlich befanden, auf jeden Fall waren sie beim Mühlentor aus der Stadt hinausgefahren. Das Haus, vor dem sie schließlich hielten, war hell erleuchtet, und vor dem Eingang hatte man Fackeln in den Boden gesteckt. Immer neue Kutschen fuhren vor und entließen maskierte Gäste, die ihre Kleider rafften und lachend durch den Morast wateten.

Ein Lakai nahm Liron den Mantel ab, ein anderer reichte ihm einen Weinkelch. Er nickte abwesend. Seine Gedanken drehten sich im Kreis. Hatte Eggert das Feuer gelegt? Was erhoffte der Junker sich von Trine? Und was sollte aus ihm selbst werden, ohne Arbeit, ohne Bleibe? Es konnte Wochen dauern, bis der Rat einen neuen Organisten ernannt hatte. Und wenn der ihn dann nicht nahm? Alles, was Liron in Lübeck begonnen hatte, war wie ein Kartenhaus in sich zusammengefallen.

Thiedemann rieb sich die Hände. «Lass uns nicht mehr an morgen denken, heute wird gefeiert.»

Das Fest schien schon länger in Gang zu sein, man tanzte bereits. Bestickte Halbmasken wirbelten an Liron vorbei, Flatterbänder, Federn, glänzende Ringe an fetten Fingern. Da klapperten Ketten auf brokatbewamste Bäuche, und von den hochgetürmten Frisuren wippten schillernde Löckchen herab. Selbst die Musiker des kleinen Orchesters hatten sich aufs Prächtigste ausstaffiert, der Flötist trug tatsächlich ein Hirschgeweih auf dem Kopf.

Liron trank und drängte sich durch die Tanzenden. Die Sessel an der Wand waren alle besetzt, zum Teil auch die Armlehnen. Eine maskierte Dame in roter Robe lümmelte lasziv auf einem Diwan. Dietrich Buxtehude saß neben ihr und goss ihr den Wein direkt aus der Kanne in den Mund.

«O Gott, das ist doch nicht Tunders Toch…»

Thiedemann schnitt Liron das Wort ab, indem er in unnatürlich lautes Gelächter ausbrach. «Am Fastelabend ist niemand der, der er zu sein scheint. Genauso wie sonst auch. Das übliche Versteckspiel.»

Er drehte sich zu Liron um und rückte ihm die schwarze Spitzenmaske gerade. «Sag selbst, kann es für ein Narrenfest einen passenderen Ort geben als das Unsinnigenhaus? Ich finde, ich habe mich mit dieser Idee selbst übertroffen.

Die Narren des Hauses sind alle unter uns, aber wer vermag schon, die Gäste darunter zu erkennen?»

Darauf strebte der Junker zur Kaminecke und drückte unterwegs sein Bein gegen eine Sessellehne. Die Matrone, die dort saß, versteifte sich erwartungsvoll.

«Hier zum Beispiel haben wir wohl eine Elfe», sagte Thiedemann, beugte sich über sie und ließ seine Zunge über die Lippen gleiten.

«Was habt Ihr vor?», gluckste die gewichtige Elfe und rutschte ein Stückchen hinunter. Ihre Arme gerieten zwischen die Lehnen und ihr Busen drückte sich fast aus dem Mieder.

Thiedemann lehnte sich noch weiter vor. «Wir rätseln darüber, wo Ihr schneidern lasst, unbekannte Schöne. Ein derart gewagtes Kleid kann nur aus Paris stammen.»

«Ihr kennt Paris? *Mon dieux*, wie ich Euch beneide. Natürlich habt Ihr recht, so etwas trägt man dort jetzt bei Hofe.»

Sie hob verschwörerisch den Fächer, als ob sie dem Junker etwas zuflüstern wollte. «Im Vertrauen, das Mieder ist so eng geschnürt, dass ich kaum Luft bekomme.»

«Ach, es ist geschnürt? Das war mir gar nicht aufgefallen.»

Der Fächer sauste auf Thiedemanns Handgelenk nieder. «Ihr seid ein Flegel, *mon cher*.»

«Ich bin der Winter, wie ihr seht.» Er tauchte seine Finger in den Wein und fuhr ihr in den Nacken, worauf sie einen spitzen Schrei ausstieß.

«Wie könnt Ihr nur? Und Ihr wollt in Paris gewesen sein? Der junge König hätte Euch vom Hof gejagt. Womöglich sinke ich vor Schreck gleich ohnmächtig zu Boden. Ich werde Euren eisigen Händen vollkommen ausgeliefert sein.»

«Keine Sorge, der Sessel wird Euch schon halten.»

Die Matrone war tatsächlich eingeklemmt, sie hätte höchstens mit dem Stuhl umstürzen können.

Liron spürte, wie sich ein nackter Frauenarm bei ihm einhakte. Er wandte sich um und sah eine rosa Spitzenmaske über großen rosa Lippen.

«Tanzen?»

Gerade konnte er noch seinen Wein hinunterstürzen, schon zog sie ihn in den Reigen. Linker Fuß, rechter Fuß, Verbeugung, drehen …

«Herzlich willkommen in meinem Haus», sagte sie. «Nennt mich Dores, ich hoffe es gefällt Euch.»

Links vorbei, rechts vorbei, Verbeugung, drehen …

Die Gastgeberin? Liron beeilte sich, ihr Komplimente zu machen: «Oh, Eure Residenz ist ausgesprochen bequem eingerichtet, verehrte Frau, kein Wunder, dass Eure Gäste sich gleich wie zu Hause fühlen.»

«Das erzählt mal denen, die tatsächlich hier zu Hause sind. Nur Beschwerden, zu kalt, feuchte Wände, die Lager hart, im Sommer dann die Hitze. Das Gebäude ist alt.»

«Die schönsten Gebäude in Lübeck sind alt», erwiderte Liron und verhedderte sich bei der Drehung der Dame in deren Chiffonrüschen.

Gottlob lachte sie darüber. Dann jedoch krallte sie sich in seinen Arm, krümmte sich und röchelte beängstigend.

«Ihr müsst Euch hinsetzen.»

«Trinken. Trinken, bitte schnell.»

Liron nahm einen Becher von dem Tablett des nächsten Lakaien. Gleich hatte sie ihn an sich gerissen. Der Wein lief ihr aus den Mundwinkeln heraus, so hastig schlürfte sie. Aber sie fing sich wieder und fuhr sich mit dem Handrücken über die Lippen. Ihr rosa Mund erschien nun schief und noch größer als zuvor.

«Ihr seid aus dem Takt, mein Lieber.»

Linker Fuß, rechter Fuß, Verbeugung, drehen …

Sie ließ ihn nicht mehr aus den Augen. «Mein Husten kommt von der Feuchtigkeit. Wie gesagt, das Haus ist alt.»

«Dann solltet Ihr vielleicht umziehen.»

«Ich weiß, aber er lässt mich nicht hinaus.» Mit dem Kopf deutete sie auf einen vierschrötigen Mann, der mit verschränkten Armen an der Tür stand.

«Das ist Beuke. Er hält mich in einem feuchten Verschlag gefangen und wartet darauf, dass ich sterbe», flüsterte sie. «Ich weiß es, ich bin nämlich nicht die Erste.»

«Ich bitte Euch, verehrte gnädige Frau …»

«Nennt mich Dores. Ihr müsst mich hier rausholen. Entführen, versteht Ihr? Wo ist Euer Säbel? Ihr seid doch ein Prinz?»

Sie dagegen hatte nichts von einer Prinzessin, trotz der rosa Chiffonwolken. Und so leid sie ihm tat, er war nicht gerade erpicht darauf, jemanden entführen zu müssen.

«Mit dem Säbel kann ich dienen, Madame», sagte einer der Organistenanwärter.

Liron hatte nichts dagegen, dass der blasse Jüngling ihm die Dame abspenstig machte und mit ihr zur hinteren Flügeltür hinaustanzte. Er atmete tief durch und griff nach einem neuen Kelch. Ein Spiel, weiter nichts. Niemand war der, der er zu sein schien. Dores glaubte nun sicher, dass er nicht den geringsten Sinn für Humor besaß.

«Und jetzt – Blinde Mumme!», rief der Flötist mit dem Hirschgeweih.

Die Gäste applaudierten.

«Ein Mann, eine Frau, wenn das Paar sich findet, ist es

erlöst. Wen sie fangen, muss ein Pfand abgeben oder er wird selber blind. Nun? Wer traut sich? Welches Paar will sich heute Nacht trauen?»

Liron flüchtete vorsichtshalber zur Kapelle und schnappte sich eine Schellentrommel.

«Niemand?», fragte das Hirschgeweih. «In vino veritas, so möge dieser Pokal entscheiden. Natürlich erst, nachdem ich ihn geleert habe.»

Das Gefäß drehte sich auf dem Boden. Klappernd kam es zur Ruhe. Die Erwählte schlug sich zwar kichernd die Hände vors Gesicht, aber sie löste sich aus der Menge und legte sich selbst die Blindenmaske an.

Wieder drehte sich der Pokal. Der auserkorene Buhle schien gar nicht zu wissen, worum es ging. Dumpf grinsend stand er da, dumpf grinsend ließ er sich die Maske überziehen. Als er merkte, dass er nichts mehr sehen konnte, versuchte er, das Ding abzustreifen. Doch die Damen neben ihm schlugen ihm rasch auf die Finger.

Der Tanz begann. Mit vorgereckten Armen tappte die blinde Mumme vorwärts.

Die anderen wogten um sie herum, zupften an ihren Kleidern, kniffen, zerrten an den falschen Haaren, sodass sie mal die Perücke, mal ihre Schürze festhalten musste und sich in einem fort drehte.

Manche ließen sich absichtlich von ihr fangen, da sie dann von ihr betastet wurden, ob sie wohl der gesuchte Partner wären. Das Hirschgeweih veranlasste sofort, dass sie ein Pfand abgaben. Die abgelegten Kleider wurden mit Gejohle über den Kugelleuchter gehängt, so tanzten die Verwegenen zwar noch maskiert, aber bald mit entblößten Bäuchen oder Beinen umher.

Immer heftiger drangen sie auf die Dame ein. Ihre Robe

hing zerrissen über die Schulter herab, jemand hatte ihr hinten den Rock in den Gürtel gesteckt, und der kunstvolle Haarturm lag am Boden. Ihre Wangen leuchteten rot unter dem Puder, aber sie lachte dazu.

Der blind gemachte Buhle dagegen erfreute die Gäste weit weniger. Er ließ alles Gefoppe teilnahmslos über sich ergehen und stand einfach nur da. Bis eine Frau ihm eins ihrer bunten Bänder knallend ins Gesicht schnellen ließ. Auf seiner Wange entstand ein blutiger Striemen. Das Kinn in den Himmel gereckt, stampfte er plötzlich vorwärts, und seine Arme holten in wuchtigen Schwüngen aus.

Jetzt kreischten die vordersten in echter Furcht, wenn sie vor ihm zurücksprangen.

«Hopp, hopp, hopp …», riefen die Umstehenden und klatschten rhythmisch in die Hände.

Ein Mann geriet ihm in die Quere. Er quiekte wie ein Schwein, als er gepackt wurde. Dumpf knallte sein Kopf auf den Boden und seine Nase färbte sich rot.

Der blinde Buhle stapfte über ihn hinweg.

Weit kam er nicht, denn die Matrone, die eben noch in ihren Sessel eingeklemmt gewesen war, warf sich ihm wagemutig an den Hals. Seine Pranken glitten über ihr weiches Fleisch. Sie streichelten, kneteten, griffen zu.

«Ich hab sie», grunzte er.

Liron wurde übel. Er musste hinaus. Die Hand vor den Mund gepresst, stürzte er durch die Flügeltür.

Aber es war nicht der Ausgang, er befand sich in einem langen Flur, in dem es nach Schimmel und ungewaschenen Leibern stank. Am gegenüberliegenden Ende bullerte ein Ofen, und links gingen mehrere Türen ab. Er brauchte nicht hineinzusehen, um zu wissen, wozu die kleinen Gelasse dienten, die Geräusche waren eindeutig. Aus einem trat ein Mann heraus und zog sich die Hosen hoch.

«Die ist jetzt frei», sagte er mit einem Gesicht, als hätte er soeben die Welt neu erschaffen.

Liron lehnte sich an die Wand und erbrach sich.

Danach ging es ihm wesentlich besser. Was zierte er sich eigentlich? Hatte er noch irgendetwas zu verlieren? Und wenn morgen die Welt unterging, heute wurde gefeiert.

Im Saal stand das Hirschgeweih auf einem der Tische. «Meine Herrschaften, wir nähern uns dem Höhepunkt, hier kommt die Braut der Nacht.»

Zu feierlicher Musik trugen die Lakaien einen Sessel herein. Darauf saß ein schmales Wesen, über und über in Schleier gehüllt.

Die Organisten pfiffen und trommelten auf die Stuhllehnen. «Lasst sie uns gleich auspacken.» «Nein, sie soll versteigert werden.» «Und wenn sie eine schiefe Nase hat oder schielt?» «Dreht den Pokal.»

Liron gesellte sich zu den Musikern und griff nach einer Drehleier. «Reise nach Jerusalem», hörte er sich rufen.

Schon stellten sie Stühle auf, und Liron begann, die Kurbel zu drehen. Ohne dass er darüber nachgedacht hatte, wurde ein Weihnachtslied daraus, allerdings verzerrt und in rasantem Takt. Begeistert grölten die Gäste mit, während einige von ihnen sich lauernd um die Stühle bewegten.

Es berauschte Liron, dass auf sein Kommando ein Rennen und Stoßen ausbrach, dass sie juchzend übereinander herfielen und mit strampelnden Beinen zwischen die Stühle krachten.

Seine Wangen glühten. Wie ein Dompteur kam er sich vor. Das also waren die vornehmen Lübecker Bürger, vor denen er respektvoll die Mütze ziehen sollte. Da verbargen sie sich hinter Masken und verrieten umso deutlicher ihre viehische Natur.

Und ihnen hatte Liron die Glocken gespielt. Verächtlich stimmte er die Melodie an, die jeden Abend über ihren Dächern erklungen war.

Auch jetzt johlten sie mit. Sogar die Braut der Nacht regte sich in ihrem Sessel und begann zu summen.

Liron stockte.

Er hatte diese Stimme so oft im Geiste gehört.

«Thiedemann! Schnell, es ist Cäcilie!», brüllte er und pflügte sich durch die Menge.

Als die Männer begriffen, dass er ihnen die Braut stehlen wollte, stürzten sie sich auf ihn. Liron schlug nicht erst zurück, er versuchte auszuweichen, zerrte sich aus ihren Griffen, dachte nur daran vorwärtszukommen. Ein Tritt in die Kniekehle warf ihn zu Boden. Als er sich halb aufgerichtet hatte, traf ihn ein Stiefel ins Gesicht, ein weiterer in die Seite. Jemand warf sich auf seinen Rücken und prügelte wild drauflos. Das Gewicht hielt ihn unten. Er hatte das Gefühl, als sei die ganze Gesellschaft jetzt über ihm, als ob nun jeder auf jeden eindrosch.

Er spuckte Blut. Grimmig wischte er sich die Lippen und robbte voran. Boxend und tretend kämpfte er sich aus dem johlenden Knäuel.

«Da ist er. Passt auf, er flieht», kreischte eine Frau, doch im Tumult achtete niemand auf sie.

Liron stolperte auf den Sessel zu. Was hatten sie nur mit Cäcilie gemacht, wie eine Mumie war sie eingewickelt. Vorsichtig zog er ihr den Schleier vom Gesicht. Sie glühte, aber sie lächelte mit geschlossenen Augen. Er hob sie auf und rannte mit ihr in die Dunkelheit hinaus.

«Warte», keuchte Thiedemann hinter ihm. «Verdammt, bleib stehen, wo willst du denn hin?»

«Es ist Cäcilie», sagte Liron und ließ den Junker herangekommen.

Thiedemanns Gesicht war tränenverschmiert, als er vorsichtig ihre Wange streichelte. «Ich habe nichts davon gewusst. Wieso hab ich nichts davon gewusst?»

Liron zitterte. All seine Kraft verließ ihn plötzlich, und er ging mit seiner Last in die Knie. «Wie kommt sie nur hierher? Die Schweine haben um sie gespielt, als Braut der Nacht sollte sie herhalten.»

«Wir sollten schleunigst verschwinden.» Thiedemann pfiff nach seinem Wagen.

Sie betteten Cäcilie hinein und deckten sie mit ihren Jacken zu.

«Wohin?», fragte der Kutscher.

15. Kapitel

Thiedemann starrte aus dem Wagenfenster und kaute auf seiner Unterlippe. «Wenn Hinrich nicht mein Onkel wäre, würde ich ihn grün und blau schlagen. Ich kann mir ja vorstellen, dass Cäcilie Kunden verschreckt hat, aber das ist kein Grund, sie in ein solches Loch zu stecken! Ich hoffe für ihn, dass er nicht ahnte, welche Zustände dort herrschen.»

Cäcilies Kopf lag auf Lirons Beinen und schaukelte sanft hin und her. Er hielt ihre Schultern, damit sie bei dem Geruckel nicht hinunterrutschte. Ganz schmal war sie geworden.

«Ihr dürft sie nicht nach Hause bringen. Euer Onkel hat sie fortgeschafft und könnte es jederzeit wieder tun. Was ist, wenn wir sie das nächste Mal nicht rechtzeitig finden?»

Thiedemann bollerte gegen die Wagenwand. «Umdrehen. Zum Speicher, Kleine Petersgrowe.»

Offenbar hatte Trine den ganzen Abend auf ihrem Sack in der Diele des Speicherhauses gewartet. Als Thiedemann und Liron eintraten, drückte sie sich schüchtern an die Warenstapel und begann, sich zu bedanken. Sobald sie aber Cäcilie erkannte, verflog ihre Scheu. Sie befahl, den Kamin zu feuern, sorgte dafür, dass die Polstermöbel zu einer Liege zusammengestellt wurden, verlangte nach Decken und Licht.

«Und warmes Wasser, ich muss ihr die Farbe vom Gesicht waschen.»

Dann warf sie Thiedemann und Liron hinaus. Ewigkeiten standen sie in dem vollgestellten kalten Gang, bis Trine endlich aus dem Salon kam und leise die Tür hinter sich schloss.

«Was habt ihr mit Cäcilie gemacht?»

Thiedemann klärte sie knapp über die Situation auf, was ihren feindseligen Blick jedoch nicht minderte.

«Und jetzt?», fragte sie. «Wollt Ihr sie in eine Ecke zu Euren feinen Sesseln stellen?»

«Natürlich nicht, oben gibt es ein bequemes Schlafgemach. Vater nutzt es, wenn er in Lübeck ...»

«Das schlagt Euch aus dem Kopf. Ein junger Hagestolz wie Ihr mit der ledigen Cousine unter einem Dach – Cäcilies Ehrbarkeit wäre keinen Pfennig mehr wert. Glaubt mir, ich habe am eigenen Leib erfahren, was es bedeutet, wenn die Leute erst Schande wittern.»

«Es muss ja niemand wissen.»

«Ihr wollt sie einsperren?», rief Trine. «Hinter verschlossenen Türen und Fenstern, ohne Sonne, ohne Luft? Dann bringt sie doch gleich ins Unsinnigenhaus zurück.»

«Sie hat recht», meinte Liron. «Hier gehen täglich Träger ein und aus, Cäcilies Anwesenheit würde nicht lange geheim bleiben. Außerdem wird Euer Onkel bald nach ihr suchen. Wir haben sie vor aller Augen entführt.»

Thiedemann trat gegen einen Stoffballen. «Dann bleibt nur noch das Landgut.»

«Zu Eurem Vater.» Liron schluckte. Görgen war der Letzte, dem er sich anvertraut hätte. Aber ihm fiel keine andere Lösung ein. «Ich werde Cäcilie auf jeden Fall begleiten», sagte er fest. «Vielleicht kann ich in einer Scheune unterkommen, zur Not frage ich bei den Bauern der Umgebung.»

Thiedemann lächelte säuerlich. «Was du auch von Vater halten magst, für die Familie hat er sich immer eingesetzt. Wahrscheinlich ist die Angelegenheit in seinen Händen viel besser aufgehoben als in meinen. Lass uns schlafen gehen. Ich möchte ausgeruht sein, wenn ich ihm gegenübertrete.»

Cäcilie tastete nach Lirons Hand, als sie in der Ferne die Allee erkannte, die zum Gutshaus hinaufführte.

Wie konnten sie nur alle glauben, ihre eigenen Eltern hätten sie verstoßen? Es war doch Görgens Kutsche gewesen, die sie ins Unsinnigenhaus gebracht hatte, das wusste sie genau. Und nun sollte sie ausgerechnet unter seinen Schutz gestellt werden?

Sie hatte alles versucht, geweint, geschrien, sich an den Möbeln festgeklammert. Sogar aus dem Wagen war sie gesprungen, mit dem Ergebnis, dass nun auch Trine mitkommen musste mit ihrem dicken Bauch. Als Vertraute. Oder als Aufpasserin. Zumindest saß sie breit vor dem Wagenschlag.

Sonderbarerweise beruhigte es sie keineswegs, Trine bei sich zu wissen. Im Gegenteil, beim Anblick der schwangeren Magd kroch Angst in ihr hinauf, unbestimmt, aber gespenstisch vertraut.

Nein, es war nicht gut, dass sie zu Görgen fuhren. Wenn man sie nur nicht mit dem Onkel allein ließ.

Hinter den kahlen Bäumen tauchte das Gutshaus auf. Grau wie eine dicke Ratte hockte es auf dem Berg. Cäcilie war nie im Winter hier gewesen, immer nur, wenn dichtes Weinlaub die Mauern verbarg, wenn der Garten grün und voller Vögel war. Das Haus hatte zwei Gesichter.

Wie Görgen.

Wie sie selbst.

Sie würde ihm nur das eine zeigen, das heitere, das stille, damit er keinen Anlass sah, sich näher mit ihr zu befassen.

Schwarze Hunde sprangen am Fuhrwerk hoch. Der Kutscher fluchte und knallte mit der Peitsche über ihre Köpfe hinweg, was sie jedoch nur noch wilder machte.

«Ist denn niemand da?», rief er.

Kurz ließ sich ein Stallbursche im Scheunentor sehen, zog sich aber sofort wieder zurück.

«Bei allem Respekt, Junker, hier steige ich nicht ab. Ihr müsst Euch selbst aus dem Wagen helfen.»

«Mein Vater hält wohl nicht viel von überraschendem Besuch.» Thiedemann zwinkerte Cäcilie zu. «Machst du mit? Wie früher?»

Aber sie senkte den Kopf. So ließ Thiedemann allein den durchdringenden Pfiff ertönen. Die Hunde hielten inne und stoben davon.

«Huberts Futterruf», erklärte er, kletterte hinaus und bot Cäcilie die Hand.

Wie erwartet kam der alte Waidmann gleich darauf wütend aus dem Haus gestapft. Er hatte sich überhaupt nicht verändert, bloß seine Mütze, die er schon seit Jahren trug, war ein wenig verblasst.

«Wer, zum Donner . . Oh Verzeihung, Herr Thiedemann, und das ist doch die kleine … mein Gott, wie die

Zeit vergeht, ich meine das verehrte junge Fräulein. Ich hatte keine Ahnung von Eurer Ankunft.»

«Ich auch nicht, Hubert», erwiderte Thiedemann. «Sei so gut und hilf dem Kutscher mit den Kisten. Das bleibt alles hier. Ist Vater in der Jagdstube?»

Ohne eine Antwort abzuwarten, hakte er sich bei Cäcilie ein und spazierte mit ihr zum Hauptgebäude. Sie blickte sich nach Liron um. Erleichtert sah sie, dass er und Trine ihnen folgten.

Das Haus roch anders als früher, vielleicht weil nun wegen der Kälte Fenster und Türen geschlossen waren. Die Bilder fehlten, und der Flur schien gestrichen worden zu sein. Cäcilie fühlte sich fremd, es kam ihr wie ein Frevel vor, dass sich in ihrer Abwesenheit so viel verändert hatte. Am liebsten wäre sie gleich hinaufgelaufen, um nach der Kammer zu sehen, in der sie immer geschlafen hatte.

Aber sie standen schon vor dem Jagdsalon. Thiedemann legte seine Hand auf die Klinke.

«Bereit?», fragte er, atmete tief ein und stieß die Tür auf.

Onkel Görgen fuhr hoch. Seine Tasse zerschellte auf den Steinfliesen. Er rang nach Luft und formte mit den Lippen Cäcilies Namen.

«Ich kann dir alles erklären, Vater.»

«Hatte ich dich nicht deutlich genug gebeten, deine Cousine in Frieden zu lassen? Was soll der Überfall? Und was bringst du mir all diese Leute ins Haus?»

«Ich kann alles erklären», wiederholte Thiedemann. Er klang schon weniger forsch. «Bitte, höre mich an, bevor du mich verdammst, du wirst noch genügend Anlass bekommen, dich aufzuregen. Und ausnahmsweise bin ich diesmal nicht der Schuldige.»

Görgen kam auf Cäcilie zu. «Mein Gott, so blass und völlig abgemagert. Thiedemann, was hast du dir dabei gedacht, das kranke Kind durch die Gegend zu schleifen? Himmel, wer prügelt diesem Ignoranten endlich Hirn ein?»

Er selbst war ebenfalls bleich und seine Hände eisig kalt, als er Cäcilie zu einem Sessel führte und sie hineindrückte. Dann stellte er sich vor sie, schnitt sie ab von Thiedemann und Liron.

«Ihr verschwindet. Alle. Ich werde einen Boten zu Hinrich schicken, nein, lieber gleich einen Wagen, damit er sie abholen kann. Ich frage mich, was ihn geritten hat, ausgerechnet dir seine Tochter anzuvertrauen?»

«Ja, lass Hinrich nur kommen, und Grethke gleich mit», sagte Thiedemann. «Ich für meinen Teil wüsste nämlich gern, was sie geritten hat, ihre Tochter ins Unsinnigenhaus zu schaffen.»

Görgen krampfte seine Hände auf dem Rücken zusammen. «Setz dich», sagte er. «Was ist passiert?»

«Liron hat sie dort entdeckt und zum Glück sofort gehandelt. Wer weiß, ob sie sonst noch leben würde. Ich konnte sie einfach nicht nach Hause bringen, womöglich hätte Hinrich sie wieder fortgeschafft. Aber im Speicher darf ich sie auch nicht behalten, wenn ich ihren Ruf nicht gefährden will. Deshalb sind wir hier. Du wirst keine Last mit ihr haben, die Magd weiß mit ihr umzugehen. Das Nötigste hat sie heute Morgen auf dem Markt besorgt, Kleider, Kamm, was man so braucht. Liron und ich bleiben auch, wenn du erlaubst. Schicke Cäcilie nur nicht blind nach Lübeck zurück.»

«Ins Unsinnigenhaus.» Görgen schloss die Augen. «Und du glaubst, Hinrich hätte sie dort abgeladen?»

«Wer sonst?»

«Ja, wer sonst. Meinem Bruder muss das Wasser bis zum Hals gestanden haben. Mal wieder.»

Er ging auf Liron zu und bot ihm die Hand. «Wir sind dir zu Dank verpflichtet, junger Mann. Du hast dir wahrhaftig eine Belohnung verdient. Wie ich hörte, ist dein Dienst in Lübeck beendet, darum möchte ich dir den Start in einer neuen Stadt erleichtern. Hauke Horn wird dir einen Beleg ausstellen, den du bei jeder Bank einlösen kannst. Sag, wohin du möchtest und ich sorge auch für die Reise.»

«Herr von Kortholt, bitte versteht mich nicht falsch, Euer Angebot ist überaus großzügig, aber ich hatte nicht vor, mich irgendwo anders anzusiedeln. Lieber würde ich vorerst in der Nähe Eurer Nichte bleiben, nur für eine Weile, bis es ihr wieder besser geht. Ich habe sie dort herausgeholt, nicht wahr? Viel brauche ich nicht. Ein Platz im Stall oder in der Scheune würde mir reichen.»

Görgen lächelte. «Umso besser. Nein, es kann gar nicht schaden, dich auf meinem Gut zu wissen, ganz im Gegenteil. Natürlich bist du mein Gast, und gewiss finden wir eine Kammer im Haus für dich.»

Er klopfte Liron auf die Schulter und wandte sich dann an Trine. Lange musterte er sie nur. «Zwei, drei Monate bis zur Geburt?»

Trine hatte ihren Kopf so sehr gesenkt, dass ihr Nicken kaum zu sehen war.

«Gut. Melde dich bei der Köchin, sie wird dir alles Weitere zeigen. Bei der Gelegenheit sag ihr gleich, dass sie zwei Kammern herrichten soll.»

Als Trine geknickst hatte und den Raum verlassen wollte, rief er sie noch einmal zurück. «Was ist mit deinem Mann?

Er hat dir hoffentlich erlaubt, mit meiner Nichte zu reisen, schließlich könnte sich das hinziehen.»

«Mein Mann ...», stotterte sie. «Der hat nichts dagegen gesagt. Überhaupt nichts.»

«Sehr schön. Du darfst gehen.»

Thiedemann streckte sich auf einem Lehnstuhl aus und sah sich in der Jagdstube um. «Ungewohnt, ohne die Bilder. Schön fand ich die alten Herrschaften zwar nicht, aber ich hatte mich an sie gewöhnt, sie gehörten zu meinem Zuhause. Ziemlich kahl, das Ganze.»

«Beschwere dich bei dem Handwerkerpack, wenn du zurück in Lübeck bist.» Mit einem Blick auf Liron fügte Görgen hinzu: «Du scheinst dich ja gern in fragwürdiger Gesellschaft aufzuhalten.»

«Mag sein, Vater, im Moment habe ich deine Gesellschaft gewählt. Ich bleibe natürlich erst einmal hier.» Zur Bekräftigung legte Thiedemann seine Füße auf den nächsten Sessel. «Wenn Hinrich die Jungs und Tante Grethke mitbringt, haben wir die ganze fragwürdige Familie beisammen, das Ereignis lass ich mir bestimmt nicht entgehen. Oh, der alte Knabe muss mir einiges erklären, ich hoffe für ihn, dass er gute Gründe nennen kann.»

«Das hoffe ich auch.» Görgen trat zum Fenster und sah hinaus. «Du überlässt ihn mir, Thiedemann. Er ist mein Bruder, ich kann ihn zur Vernunft bringen. Aber nicht hier auf dem Gut. Ich halte es für wenig förderlich, diese Dinge in Cäcilies Beisein zu klären. Nein, ich werde mich in Lübeck mit ihm treffen. Allerdings habe ich eine Menge zu erledigen, vor allem in Mecklenburg.»

Ruckartig drehte er sich um. «Du fährst an meiner Stelle. Mach dich sofort auf den Weg. Hauke Horn weiß über alles Bescheid, er soll dich instruieren und dann den Speicher übernehmen.»

«Sofort? Ist das denn nötig.» Thiedemann erhob sich widerstrebend. «Was ist mit Hinrich? Wenn er nach seiner Tochter sucht, wird er schnell auf mich kommen. Es gab mindestens ein Dutzend Zeugen.»

«Er wird sie nicht suchen, verlasse dich darauf.» Görgen kam zu ihm herüber und fasste ihn an den Schultern. «Hör zu, Thiedemann, kein Wort über Cäcilie, zu niemandem. Du weißt gar nichts von ihr, weder vom Unsinnigenhaus noch von ihrem Verbleib. Bis ich mit Hinrich gesprochen habe, glaubst du sie in der Fleischhauerstraße, hast du verstanden?»

Thiedemann riss sich los. «Was soll diese Heimlichkrämerei? Ich sehe schon, du willst das Ganze unter den Tisch kehren. Nicht mit mir. Wenn du dich nicht traust, stelle ich Hinrich zur Rede. Heute noch. Ich bin ihm viel zu lange aus dem Weg gegangen.»

Er wollte zur Tür eilen, aber Görgen trat ihm in den Weg. Seine Augen hatten sich zu Schlitzen verengt, und seine Hände zitterten leicht, als er dicht vor seinem Sohn stand. Er war etwas kleiner und sein Haar nicht mehr schwarz, dennoch strahlte er mindestens so viel Entschlossenheit aus wie Thiedemann.

«Du tust, was ich dir sage», zischte er. «Willst du, dass die Familie zerbricht? Was glaubst du, wie Hinrich reagiert, wenn du derart hitzig bei ihm einfällst? Ich möchte keinen von euch in der Pahlinger Heide aus dem Gras sammeln müssen.»

«Mich bestimmt nicht. Falls Hinrich so dumm sein sollte, mich zu fordern, muss er die Konsequenzen eben tragen.»

«Das meinst du nicht ernst, Thiedemann.»

«Ach, lass mich.» Mit einer abfälligen Geste ließ er Görgen stehen und marschierte unruhig durchs Zimmer.

Sein Vater sah ihm ausdruckslos dabei zu, dann rief er ihm nach: «Ob du es nun begreifst oder nicht, Hinrich ist im Recht. Nach dem Gesetz kann er über den Aufenthalt seiner Kinder bestimmen, wie es ihm beliebt. Demnach bist du der Übeltäter, nicht er. Du und der Kalkant, ihr habt seine Tochter verschleppt, vor Zeugen, wie du sagtest. Keine gute Position, um einen Streit zu provozieren.»

Thiedemann warf ihm einen giftigen Blick zu und kniete sich vor Cäcilie hin. Eine Weile schaute er ihr in die Augen.

Schnell nahm sie seine Hand und hielt sie ganz fest.

Geh nicht, dachte sie mit aller Kraft, oder nimm mich mit. Aber bitte, lass mich nicht allein hier.

Thiedemann verstand sie nicht, er war zu sehr mit sich selbst beschäftigt.

«Ich will keinen Streit», murmelte er vor sich hin. «Ich will ja nur, dass es ihr gut geht.»

«Das wollen wir alle», sagte Onkel Görgen. «Ich kümmere mich darum. Hinrich wird auf mich hören, und wenn ich ihn dazu zwingen muss. Aber du fährst inzwischen nach Rostock, und wehe, wenn du mir in die Schusslinie gerätst.»

«Rostock? Na, das ist immerhin ein Lichtblick.»

Cäcilie klammerte sich noch fester an seine Hand. Geh nicht, schrie es in ihr.

Sanft löste er ihre Finger. «Ich komme ja wieder, meine Schöne. Erhole dich in der Zwischenzeit, ich möchte rote Wangen sehen, wenn ich zurückkomme.»

Liron gewöhnte sich schneller an das bequeme Leben auf dem Gut, als er sich jemals hätte träumen lassen. Er brauchte sich um nichts zu kümmern, nicht ums Heizen, nicht ums Essen. Die Kammer, in der er schlief, war immer sauber, und sogar sein Hemd wurde gebügelt. Görgen hatte freundlicherweise ein paar abgelegte Sachen zur Verfügung gestellt und eine Magd beauftragt, sie für Liron weiter zu machen.

Nachdem er sich angezogen hatte, spazierte er wie jeden Morgen über den Hof, vorbei an lärmenden Ställen und Werkstätten. Es war mild geworden, fast frühlingshaft. Die Knechte hatten den Pflug herausgeholt, vielleicht wollten sie heute zum ersten Mal aufs Feld. Im Stall stampften die Ochsen und neben ihm galoppierten ein paar Pferde am Koppelzaun entlang.

Er hatte die Laute mitgenommen. Am Waldrand gab es eine umgestürzte Eiche, zu der er sich gerne zurückzog. Beim Komponieren hätten ihn Zuhörer verunsichert, besonders wenn es sich um kundige Zuhörer wie Cäcilies Onkel handelte.

Der alte Kaufmann beherrschte nicht nur die Gambe, er besaß auch eine Sammlung ausgezeichneter Instrumente. So musizierten sie bisweilen zu dritt, ein richtiges kleines Orchester. Herr von Kortholt bestand allerdings auf Noten und spielte dann genauestens ab, was Liron stümperhaft hingekrickelt hatte. Oft löste sich ihr Hauskonzert deshalb in Gelächter auf.

Liron hätte es nicht gewundert, auch Cäcilie lachen zu hören. Seufzen konnte sie durchaus, und manchmal ließ sie sich zu kleinen Lauten animieren, vor allem, wenn er sie überraschend auf den Nacken küsste.

Das wagte er aber nur in unbeobachteten Momenten,

und nur dann, wenn sie sich absichtlich nicht zu ihm umdrehte.

Überhaupt war sie in der kurzen Zeit auf dem Landgut deutlich aufgeblüht, fast ein bisschen wild für ein Fräulein aus ehrbarem Hause. Wenn Trine auf ihren Erkundungsausflügen nicht ständig gemault hätte, wäre Cäcilie sicherlich auch über Zäune mit ihm geklettert.

Ob sie wohl reiten konnte? Der Ratsherr unterhielt wundervolle Pferde, nicht nur Kaltblüter wie die Bauern in Mummendorf. Liron wäre gerne einmal wieder über die Felder getrabt. Das würde ihr bestimmt gefallen. Er würde sie sicher vor sich halten, und dann würden sie fliegen.

Er stutzte, sein Baumstamm war besetzt.

Cäcilie hatte sich rücklings darauf ausgestreckt, die Knie angewinkelt und eine Hand unter den Kopf geschoben. Sie war ganz und gar von Sonne beschienen und lag so gelöst da, als ob sie eingeschlafen wäre.

Liron blieb stehen.

Sie tat nur so, bestimmt hatte sie ihn kommen hören.

Sein Herz begann zu klopfen. Sie wollte, dass er sie fand.

Vorsichtig legte er die Laute ins Moos und schlich sich näher heran.

Er musste blinzeln, so sehr leuchtete ihr helles Gesicht. Nur auf ihren Wangen lag ein rosa Schimmer und etwas weniger deutlich an den Nasenflügeln. Ihre Lippen waren leicht geöffnet, ganz zart und weich.

Seine Augen brannten, er wagte nicht mehr zu atmen. In seinen Lenden pochte es. Als er sich über sie beugte, spürte er die Wärme, die von ihr ausging, sah den weißen, langen Hals, die festen Brüste unter dem Hemd.

Zaghaft streckte er die Hand nach ihr aus, immer in Erwartung, dass sie plötzlich aufsprang, ihm vielleicht ins Gesicht schlug für seine Dreistigkeit.

Doch als er sie berührte, öffnete sie nur kurz die Augen und lächelte.

Seine Finger glitten über ihre Wange und verschwanden in dem dichten schwarzen Haar. Er hielt ihren Kopf und streichelte mit den Daumen ihre Schläfen, während er sie sachte zu sich heranzog, um sie zu küssen, die Stirn, die Lider, den Mund. Kühl war es zwischen ihren Lippen und die kleinen Zähne so glatt. Ihre Zungen umwanden sich, sie kam ihm immer mehr entgegen, presste sich an ihn.

Zusammen rollten sie auf den Boden, in einen Wirbel aus Sonnenlicht und raschelndem Laub. Cäcilie keuchte unter ihm. Es klang, als ob sie seinen Namen hervorstieß. Sein Hemd war hochgerutscht und die Hose irgendwo in den Kniekehlen. Er spürte, wie ihre Brüste sich an ihm rieben, und er roch ihren Duft. Fast schmerzhaft schoss ihm das Blut in die Lenden.

«Ich liebe dich», flüsterte er.

Schauer flogen über ihren Leib, als seine Hand in ihren Schoß tauchte. Sie warf den Kopf nach hinten, und ihre Finger krallten sich in seine Schulter. Wild drückte Liron sie an sich.

Der Atem blieb ihm weg. Sonnenblitze hinter schwarzen Zweigen, er stöhnte auf und ergoss sich auf den Waldboden.

Ermattet fiel er von ihr ab.

Cäcilie legte ihren Kopf auf seine Brust und spielte mit seinem Haar. Eine Weile lagen sie beieinander, schauten in den klaren Himmel und genossen die Frühjahrssonne auf ihren Gesichtern.

Aber der Boden war kühl. Als Liron merkte, dass Cäcilie neben ihm fröstelte, stand er auf und zog sie hoch. Sie mussten lachen, als sie sich gegenseitig betrachteten. Er zupfte ihr Blätter und trockene Halme aus dem Haar, die Haube fand er hinter dem umgestürzten Baum.

«Was haben wir nur getan?», fragte er in gespieltem Entsetzen.

Aber Cäcilie fand das nicht komisch.

Sie lächelte auch nicht, als er hinzufügte: «Um Himmels willen, wie soll ich jetzt bloß die Sonatine fertig bekommen, die ich dem Ratsherrn versprochen habe?»

Mit fahrigen Bewegungen ruckte sie ihre Kleider zurecht.

«Cäcilie, bitte, gräme dich jetzt nicht. Ich habe nicht ... ich meine, du bist völlig unversehrt. Es kann nichts passieren, nicht wie bei Trine. Und ich liebe dich. Das werde ich immer.»

Plötzlich nahm sie sein Gesicht in die Hände, hauchte ihm einen Kuss auf die Lippen und rannte davon.

Liron blieb, denn er dachte, dass sie lieber nicht zu knapp nacheinander im Gutshaus eintreffen sollten. Er hob die Laute aus dem Moos und setzte sich auf den Baumstamm. Eine Sonatine gelang ihm nicht und auch nichts anderes, was er Görgen vorstellen mochte. Ihm gerieten nur ungestüme Weisen, wie sie die Schausteller auf dem Markt darboten, und er fühlte sich wie die Lerche, die sich über dem brachen Feld erhob und kraftvoll in den Tag schmetterte.

Als er sich auf dem Rückweg dem Backhaus näherte, hörte er Stimmen, besser gesagt, nur eine Stimme, es musste Trine sein, die dort jammerte. Liron beschleunigte seine Schritte. Die Magd trug inzwischen einen riesigen Bauch vor sich her, womöglich hatten ihre Wehen begonnen. Doch als er näher kam, sah er, dass sie einen Reisesack dabeihatte und hektisch Kleider herauszerrte.

«Du willst uns verlassen?», fragte Liron. «Aber warum packst du dann aus?»

Trine fuhr herum. «Gott sei Dank, du bist es nur. Ich werde noch wahnsinnig hier. Das Ding ist zu schwer, ich kann das nicht alles nach Lübeck schleppen.»

«Nach Lübeck?»

«Ich muss hier weg. Herr von Kortholt verfolgt mich, er macht mir Angst.»

«Du willst doch nicht behaupten, dass er dir nachstellt? Ich bitte dich, er ist ein alter Mann, und du bist hochschwanger.»

Trine schüttelte den Kopf. «Heute musste ich ihm in eine Kammer folgen, zum Saubermachen. Nicht, was du denkst, ich sollte wirklich fegen. Aber da waren lauter ramponierte Porträts, alle zerschnitten, manchmal quer durchs Gesicht. Sie haben mich die ganze Zeit angestarrt.»

Sie schauderte. «Als ich fertig war, stand der Alte plötzlich im Flur. Sein Atem sei lang, hat er gesagt, und er würde nicht vergessen, wem er was zu verdanken habe. Manche seiner Schuldner glaubten wohl, sie kämen um die Zinsen herum, aber dann müssten eben die Nachkommen zahlen. Das sei nur gerecht, und ich wüsste ja, dass ein Kortholt keine halben Geschäfte macht. Zum Schluss hat er sich wieder nach meinem Mann erkundigt.»

Trine drehte sich zur Mauer und weinte hemmungslos.

«Beruhige dich», sagte Liron. «Wenn es um Geld geht, werde ich Thiedemann um Hilfe bitten. So groß kann die Summe ja nicht sein.»

«Verstehst du nicht, Liron? Die Gemälde, der Aufstand.

Claas war dabei, als sie über die Güter zogen. Und jetzt ist er verschwunden, genau wie viele seiner Freunde. Ich glaube, dass er tot ist. Und als Nächstes bin ich an der Reihe oder das Kind. Ich wurde doch damals nach dem Glockenbruch ins Haus geholt, und da habe ich blöde Kuh gefragt, warum in der Diele eine Wagenladung Scherben liegen müsse. Das war Bronze, gestohlenes Kirchengut. Später dann das geschmuggelte Bier. Kortholt glaubt bestimmt, ich hätte Claas davon erzählt, und jetzt rächt er sich an einem nach dem anderen.»

«Trine, ist dir klar, was du da behauptest? Du verdächtigst einen ehrbaren Ratsherrn des Mordes und unterstellst ihm sogar, einen Säugling töten zu wollen.»

«Wenn es doch so ist», heulte sie. «Sonst wäre Claas zu mir zurückgekommen.»

Liron kam es vor, als würde die Zeit auf einmal stillstehen. Er selbst hatte dem Ratsherrn misstraut, aber seit er gesehen hatte, wie Cäcilie unter seiner Obhut genesen war, schämte er sich für seine Vorbehalte. Nein, es war ganz unmöglich, dass dieser kultivierte Mann heimlich herumlief und Leute umbrachte.

«Du musst dich irren, Trine. Mag sein, dass Herr von Kortholt verbittert ist. Man kann es ihm nicht verdenken nach dem Überfall, und nun erzählt er eben aller Welt davon. Wenn er dir wirklich an den Kragen wollte, hätte er das längst getan. Er ist Kaufmann und rechnet, was bringt es ihm zu warten? Und Claas … tut mir leid, aber was er unter Männern redete, hörte sich anders an als das, was er dir scheinbar versprochen hat. Ich glaube, er hat sich einfach mit seinen Kumpanen abgesetzt. Wann genau ist er denn verschwunden? Vielleicht kurz nachdem er von dem Kind erfuhr?»

«Du bist ein Mistkerl», sagte Trine. «Redest schon genau wie sie. Patrizierlakai.»

«Komm zum Gut zurück, ich helfe dir tragen. Wenn du wirklich nach Lübeck willst, würde ich an deiner Stelle auf den Junker warten. Er müsste jeden Tag eintreffen und nimmt dich dann bestimmt im Wagen mit.»

Cäcilie hatte das Gefühl, alle Knechte und Mägde würden ihr wissend nachstarren, als sie noch immer erhitzt den Hof überquerte.

Später bei Tisch wurde es noch schlimmer. Sie wagte gar nicht mehr, den Kopf zu heben, denn ihr gegenüber saß Liron. Allein der Gedanke, ihre Blicke könnten sich kreuzen, trieb ihr die Röte ins Gesicht. Dabei hätte sie ihn so gerne angeschaut. Sie wollte sehen, ob er glücklich war, ob er Sehnsucht nach ihr hatte, ob er sie immer noch liebte.

«Reichst du mir bitte das Salz?», fragte er.

Ihr Herz klopfte verräterisch. Zittrig schob sie ihm die Schale entgegen und zog ihre Hand rasch zurück, bevor er sie berühren konnte. Das hatte er nämlich beim Brotkorb getan, wie aus Versehen.

Merkte er denn nicht, dass der Onkel Görgen sie ständig im Auge behielt? Görgen sprach zwar die ganze Zeit mit Liron, sah aber sie dabei an. Irgendetwas von Frischlingen redete er, die Bachen hätten dieses Jahr besonders viel geworfen. «Sie sind angriffslustig, wenn sie Junge haben, besser man kommt ihnen nicht zu nahe. Cäcilie, ich möchte, dass du dich in nächster Zeit nicht allzu weit vom Hof entfernst.»

Nun, weit war es ja wirklich nicht zu dem Baumstamm,

nur ein kleines Stück um den Hügel herum und dann bis zum Wald.

«Hast du gehört, Kind?»

Sie beeilte sich zu nicken und wollte ihm ihr artigstes Lächeln zeigen, als sie merkte, dass sie offenbar die ganze Zeit gelächelt hatte.

Görgen trennte mit dem Messer den Schwanz seiner Makrele ab. «Besonders gefährlich ist es am Waldrand, dort wo die Eichen stehen.»

O Gott, wusste er Bescheid?

Sie mussten beobachtet worden sein.

Aber dann hätte er doch längst gehandelt und würde nicht in akribischer Ruhe die Gräten aus dem Fisch sortieren.

Sie blickte kurz zu Liron hinüber. Als hätte er darauf gewartet, blinzelte er ihr zu.

«Ich kann Euch nur zustimmen, verehrter Herr von Kortholt», tönte er. «Gerade am Waldrand lauert die Gefahr. Ich habe unter den Eichen sogar eine Stelle entdeckt, an der das Gras niedergedrückt war. Dort muss so ein Wildschwein gelegen haben.»

«Oder ein junger Bock», sagte Görgen ausdruckslos. «Wildschweine wühlen in der Erde, deren Suhlen sind meist morastig.»

«Dann war es wohl ein Bock.»

Himmel, wie sollte sie nur diesen Tag überstehen?

Gottlob traf Thiedemann am Nachmittag ein. Er wirbelte sie herum und schob sie dann auf Armeslänge von sich weg. «Ist das meine kranke Cousine? Was für eine Wandlung, du funkelst ja wie der Frühling.»

Er selbst hatte sich auch verändert, keine Feder am Hut, keine farbige Schärpe, und er wirkte ernster als sonst.

«Ich habe nachgedacht, Vater.» sagte er, als sie es sich in der Jagdstube bequem gemacht hatten.

«Freut mich, das soll noch nie geschadet haben.»

Thiedemann atmete tief ein. «Es tut mir leid, dass ich letztes Mal so unbeherrscht war. Ich möchte, dass die Familie wieder ins Lot kommt. Onkel Hinrich und Grethke haben bestimmt getan, was in ihren Möglichkeiten stand.»

Görgens Mundwinkel zuckte. «Leider ist das oft nicht sehr viel.»

«Eben. Deshalb sind sie auf Unterstützung angewiesen. Können wir uns nicht vernünftig zusammensetzen und alle gemeinsam überlegen, wie es weitergeht? Es wäre schön, wenn wir bei der Gelegenheit allen alten Groll endgültig begraben würden.»

«Nur Tote werden begraben», sagte Görgen.

Thiedemann seufzte. «Bitte, Vater, versuchen wir es doch einfach. Was hat Hinrich denn gesagt?»

«Ich hatte bisher keine Gelegenheit, ihn zu treffen.»

«Soll das heißen, er ahnt noch gar nicht, dass Cäcilie hier ist?»

Thiedemann war aufgesprungen, was Onkel Görgen mit hochgezogenen Brauen zur Kenntnis nahm. «Wolltest du nicht eben noch beherrscht und vernünftig darüber reden? Cäcilie geht es gut, wie du siehst. Ihr Zustand sollte aber stabiler sein, bevor wir sie erneut mit Veränderungen belasten. Umso leichter wird mein Bruder einlenken.»

«Aber Hinrich muss doch über sie Bescheid wissen, sie ist seine Tochter.»

«Was du nicht sagst.» Görgen erhob sich. «Deshalb werde ich mich auch mit ihm besprechen und nicht mit dir. Dich brauche ich morgen in Kiel.»

«Oh nein, Vater, ich bin eben erst aus Rostock gekommen.»

«Nun, dann müsste ich selber fahren. Wer weiß, wie lange ich aufgehalten werde. Das Gut würde inzwischen der Verwalter führen, und dem kann ich natürlich keine Gäste aufbürden. Willst du Cäcilie mit nach Lübeck nehmen? Zu Hinrich? Oder in den Speicher? Du bist bald monatelang auf der *Engel* unterwegs, wer kümmert sich dann um sie?»

«Ist ja gut, ich fahre nach Kiel. Aber wenn ich zurück bin, bereinigen wir die Sache.»

Als Görgen gegangen war, um die Papiere zusammenzustellen, rückte Thiedemann näher an Liron und Cäcilie heran. «Ich habe sie gefunden. Halb Rostock musste ich abklappern, aber ich habe sie gefunden.»

«Wen?»

«Marikke Zink natürlich. Dummerweise konnte ich nie mit ihr allein sein.»

Cäcilie spürte schon wieder Hitze in ihre Wangen aufsteigen und beugte sich tief über ihre Stickerei.

«Ich sag euch, das Frauenzimmer ist eine geborene Geschäftsfrau und so geradeheraus, dass ich mich tatsächlich ertappt habe, mich für die Kortholts zu schämen. Immer nur Argwohn und Hintergedanken bei uns, lauter unnötiges Leid. Aber ich werde alles klären, auch mit Vater. Zur Not muss ich lernen zu sparen und mir ein eigenes Speicherhaus zulegen. Ich möchte die Zukunft nicht auf wankende Prähmen bauen.»

Liron stierte in den Kamin. Cäcilie fand, dass er auf einmal bitter aussah, sein Kiefer war angespannt und alle Heiterkeit verschwunden. Was hatte er denn nur? Sie legte das Stickzeug beiseite und holte neues Garn aus dem Schrank.

Als sie nahe an ihm vorbeiging, fing sie seinen Blick auf. Wütende Leidenschaft lag darin, sodass sie sich scheute, seinen Arm zu streifen – und sich noch mehr danach sehnte.

Dieses Mal grämte sie sich nicht so sehr, dass Thiedemann das Gut gleich wieder verließ. Sie war sogar ein bisschen froh darüber, er wäre sonst überall dabei gewesen, und die umgestürzte Eiche wäre verwaist.

Bete endlich, schalt sie sich. Sie kniete schon eine ganze Weile mit gefalteten Händen vor dem Bett und war über ‹Unser täglich Brot gib uns heute› nicht hinausgekommen. Allmählich wurde ihr kalt.

Wie Liron sie vorhin angesehen hatte. Was mochte ihn so vergrämt haben? Es musste an Thiedemann liegen, denn vorher war er fast tollkühn gewesen, hatte sogar mit Onkel Görgen disputiert und dauernd Zweideutigkeiten in der Unterhaltung versteckt.

Wo war sie stehengeblieben? Noch mal von vorne. ‹Vater unser, der du bist ...›

Heute Morgen hatte sie seine Wildheit gespürt und die Kraft, die in ihm steckte. Kein Wunder, bei einem ehemaligen Hafenknecht. Dennoch hatte sie sich vollkommen sicher fühlen können. Sie lächelte. Ob ihm wohl bewusst war, dass sie ihn beim Namen genannt hatte?

Sicher nicht, es waren eher gekeuchte Laute gewesen. Leise probierte sie «Liron» zu sagen. Nun, mit etwas gutem Willen konnte man das Wort verstehen. Bei «Dulzian» hingegen widersetze sich ihre Zunge. Es klang ein bisschen wie Lallen, als sei sie betrunken. Offenbar hatten die Muskeln in Mund und Kehle vergessen wie sie sich rühren mussten. Wenn sie jeden Tag probierte, würde es mit der Zeit bestimmt besser gehen. «Liron Duian, Liron Duian ...»

Hinter ihr wurde die Tür aufgerissen. Görgen stand da, die Hände zu Fäusten geballt. Erschrocken floh Cäcilie auf ihr Lager.

«Du bist allein? Hier waren doch Stimmen.»

Er setzte sich zu ihr und ließ seinen Blick durch die Kammer schweifen. «Ich kann durchaus verstehen, dass du den Bälgetreter magst. Immerhin hat er dich aus dem Tollhaus befreit, ein guter Grund, ihm dankbar zu sein, nicht wahr? Er weiß sich auch erstaunlich gut auszudrücken, dazu die Musik. Seit der Bursche meine Sachen trägt, sieht er sogar manierlich aus. So weit hat er es schon gebracht.» Görgen lachte auf. «Der Windhund strebt noch höher hinaus, glaub mir, ich weiß wovon ich rede.»

Plötzlich fixierte er sie. Cäcilie fühlte sich wie aufgespießt.

«Stück für Stück macht er sich mit seiner Schöntuerei an die Schwächste heran. Pass auf, irgendwann wird er dir seine Liebe gestehen, und dann will er dich auf sein Lager locken.»

Görgen wandte sich ab.

«Hat er es schon versucht?», fragte er beiläufig.

Da Cäcilie äußerlich nicht reagierte, klopfte er ihr aufs Bein. «Keine Sorge, den werden wir los, bevor er die Familie vor vollendete Tatsachen stellen kann.»

An der Tür drehte er sich noch einmal um. «Seltsam, ich meine, ich hätte Stimmen in deiner Kammer gehört.»

Cäcilie zuckte mit den Schultern und sah ihm geradewegs ins Gesicht.

Kopfschüttelnd verließ er den Raum.

Sie schauderte. Liron hatte sich genauso verhalten, wie der Onkel prophezeite, und sie hatte sich darauf eingelassen. Aber sie verspürte keinerlei Scham. Im Gegenteil, sie war glücklich. Und das würde sie Liron sagen, morgen bei den Eichen, so wie sie es heute schon getan hatte. Dazu brauchte sie keine Worte.

Der Ratsherr ritt dicht neben Liron her, während sich seine Treiber und Waidmänner in großem Abstand parallel bewegten. Die überraschende Ehre, im Morgengrauen zur Jagd geladen zu werden, hatte Liron nicht ausschlagen können. Und er wollte es auch gar nicht mehr, als er erst auf der falben Stute saß. Von da an genoss er nur noch ihren mühelosen, raumgreifenden Gang. Etwas nervös kam sie ihm allerdings vor, was daran liegen mochte, dass er bisher nur Kaltblüter geritten war.

Eine Büchse, wie die anderen sie trugen, hatte man ihm nicht gegeben, aber er hätte sie ohnehin nicht handhaben können.

«Die Einladung hat natürlich einen Anlass», sagte Görgen. «Da du kein Geld annehmen wolltest, möchte ich mich hiermit erkenntlich zeigen, bevor du uns endgültig verlässt.»

«Ich würde durchaus noch bleiben.»

«Nein, nein, wir haben deinen Einsatz weit über Gebühr in Anspruch genommen. Cäcilie hat sich längst wieder gefangen.»

«Aber sie spricht noch nicht, Herr von Kortholt, und ich bin mir sicher, dass sie es könnte. Ihr habt sie selbst singen hören.»

«Meine Nichte wird niemals sprechen.»

Plötzlich richtete Görgen sich im Sattel auf; mit der Hand schirmte er seine Augen vor der Sonne ab und blickte zu den Waidmännern.

«Sie haben die Bache», rief er. «Nach links, Dulzian, dort rüber.»

Dann sprengte er den Hügel hinunter.

Liron wendete die Falbe in die angegebene Richtung und presste ihr die Schenkel in die Flanken. Sie trabte sofort an und fiel gleich darauf in einen gleichmäßigen Galopp.

Die Hunde kläfften. Eine Wildsau stob aus dem Unterholz. Von allen Seiten preschten die Jäger nun heran. Im Ritt luden sie ihre Büchsen, hielten die Pulverbeutel mit den Zähnen, legten an und schossen.

Plötzlich lief ein Zittern über den Hals der Stute. Ihre Kuppe sackte weg, im gleichen Moment bäumte sie sich auf und schlug mit den Hufen in die Luft. Liron konnte sich gerade noch nach vorne werfen. Mit einem gewaltigen Satz sprang sie los, sodass ihm beinahe die Zügel aus den Händen gerissen worden wären. In wildem Galopp ging es quer über den Acker, mit Karacho durchs Gebüsch, hinein in die Schonung … Liron hörte und sah nichts mehr, er kämpfte nur noch darum, sich im Sattel zu halten, während die Stute über Bäche sprang und durch die Binsen donnerte. Unter den wirbelnden Hufen sah er Wasserpfützen dahinfliegen.

Der Boden wurde nass, es spritzte, und Schlamm flog auf. Das Donnern des Galopps verlor sich auf dem federnden Grund.

Die Stute rannte geradewegs ins Moor.

Liron musste das Pferd unbedingt wenden und Kreise reiten, sodass er es allmählich in den Griff bekam. Keuchend lehnte er sich vor und schob seine Linke am Zügel entlang zu dem schaumspritzenden Maul. Mit aller Kraft versuchte er, den Kopf des Tieres zur Seite zu ziehen.

Vergeblich. Die Stute legte die Ohren an und streckte ruckartig den Hals. Er musste die Zügel fahren lassen.

Sie schossen auf ein Erlenwäldchen zu. Liron klammerte sich in der Mähne fest und beugte sich tief über den Pferdehals. Schon schlugen ihm die ersten Zweige entgegen. Ein Spießrutenlauf in mörderischem Tempo; wie Peitschen flatterten die Zügel um sein Gesicht, und die Äste der umstehenden Bäume droschen auf ihn ein wie immer härtere Prügel.

Dann fühlte er einen Stoß, blickte in einen Strudel aus Himmel und Gesträuch und verlor die Sinne.

«Verzeihung, hochwohlgeborenes Fräulein, aber Euer Onkel wünscht ausdrücklich, dass Ihr den Hof nicht verlasst.»

Cäcilie kniff die Augen zusammen.

Und ich wünsche ausdrücklich, spazieren zu gehen, dachte sie grimmig. Wie konnte dieser pickelige Stalljunge es wagen, ihr den Weg zu versperren. Sie würde ihn einfach nicht beachten. Er dürfte kaum so dreist sein, sie anzufassen. Den Blick stur auf den Wald gerichtet, marschierte sie an ihm vorbei.

Aber er lief ihr nach und stellte sich ihr wieder in den Weg. Diesmal nahm er die Mütze ab. «Ich darf Euch nicht gehen lassen. Was soll ich denn tun? Sie sind alle da draußen auf der Jagd, die beiden Herren und die Knechte. Nur mich haben sie zurückgelassen, damit ich auf Euch Acht gebe.»

Er senkte den Kopf. «Bitte, hochwohlgeborenes Fräulein, wenn Euch etwas geschähe ... Er würde mich totschlagen.»

Deshalb war es ihr heute so ruhig vorgekommen.

«Bleibt Ihr jetzt auf dem Hof, Fräulein?»

Sie seufzte. Dann nickte sie ihm zu und machte kehrt.

Der lästige Aufpasser trabte schräg hinter ihr her. Er gedachte doch nicht etwa, sie den ganzen Tag zu verfolgen?

«Das war eine Hetze heute morgen», plapperte er. «Wir ahnten ja nichts und sollten plötzlich alle Pferde satteln. Sogar die Falbe. So ein Wahnsinn, wo sie doch vor Schüssen scheut. Nun gut, sie ist die Schnellste, der Musikant muss aber ein verflucht guter Reiter sein, wenn er meint, mit ihr fertigzuwerden. Von uns hätte das niemand gewagt.»

Liron.

‹Keine Sorge, den werden wir los›, hatte Onkel Görgen gesagt.

Sie erwog, selbst ein Pferd zu satteln und ihm nachzureiten. Aber wie sollte sie dem Stallburschen entkommen?

Und wenn sie versuchte, sich ihm verständlich zu machen, mit Zeichen oder indem sie etwas in den Sand malte? Mit einem Blick auf den Jungen verwarf sie den Gedanken. Falls der sie tatsächlich verstehen sollte, würde er bloß zu Onkel Görgen rennen. Im Moment lief er ihr aber noch treulich nach und redete in einem fort. Vermutlich genoss er es, dass sie ihm nicht ins Wort fiel.

Die Miete. Görgen hatte seinen Erdkeller gegen Ratten oder andere Räuber mit einer schweren Klappe samt Eisenriegel versehen. Cäcilie überlegte einen Moment, dann blieb sie stehen, packte den Riegel und zog ihn zurück. Sie wuchtete die schräge Tür nach oben und stieg in das Dunkel hinab. Es stank nach alten Rüben und Kohl, vor allem stank es nach Schimmel. Sie musste würgen, der Geruch war ihr grässlich vertraut, die kalte feuchte Luft, die Finsternis …

Derweil blieb der Stalljunge gemütlich oben in der Sonne stehen. Warum hätte er ihr auch folgen sollen, hier gab es ja keinen anderen Ausgang.

Sie tat, als ob sie husten müsste.

Schrecklich husten.

Sie bekam kaum noch Luft.

«Geht es Euch gut?», fragte der Dummkopf.

Zur Antwort röchelte sie erbärmlich.

Endlich, endlich bequemte er sich zu ihr hinunter. Aber sie war, ach, so schwach. Sie sank ihm geradezu in die Arme.

Der Junge strauchelte.

«Ihr müsst an die Luft.»

Da es ihm nicht gelang sie die Stufen hochzutragen, schob er Cäcilie sanft vor sich her die Treppe hinauf. Die letzten Stufen nahm sie unvermittelt selbst, sprang hinaus, knallte die Tür zu und schob den Riegel vor.

«Verehrtes Fräulein», hörte sie ihn rufen. «Bitte lasst mich raus, es ist so dunkel.» Dann rief er nur noch um Hilfe.

Cäcilie schloss die Augen. Er würde nicht daran sterben, sagte sie sich, und es würde ja nicht für lange sein.

Im Pferdestall nahm sie ein Halfter von der Wand und griff sich aus der Futterkiste eine Hand voll Hafer. Der Stalljunge hatte nicht übertrieben, alle Reitpferde waren fort, nur die Zuggäuler standen noch auf der Weide.

Sie lief zur Koppel hinüber, streckte die Hand aus und lockte die Tiere. Das schnellste Pferd würde als erstes bei ihr sein, hatte sie gedacht. Aber keines war schnell. Gemächlich kamen einzelne ein paar Schritte auf sie zu, beäugten sie und spielten mit den Ohren. Schließlich bequemte sich der verfressenste Gaul näher heran. Während er sein weiches Maul in ihrer Haferhand versenkte, streifte sie ihm das Halfter über.

Ihre Knie zitterten, als sie sich auf den breiten Rücken

zog. Es war Jahre her, dass sie mit Thiedemann durchs Gelände gesprengt war. Aber so etwas verlernte man nicht. Sie raffte ihren Rock, da sie ohne Damensattel nun mal rittlings sitzen musste, schnalzte mit der Zunge und trieb dem Pferd die Fersen in die Flanken. Das Tier zottelte los, etwa in der Geschwindigkeit einer Jungfernschaukel. Durch ihre ständige Fersentreiberei fiel es nach einer Weile immerhin in einen schwerfälligen Trab.

Als Cäcilie durch die Allee geritten war und sich dem Weg nach Lübeck näherte, hörte sie ein langgezogenes Heulen. Zuerst musste sie an einen liebestollen Kater denken, doch dann sah sie die zusammengekrümmte Gestalt. Es war Trine. Sie kniete am Wegesrand, hielt sich den Bauch und schaukelte wimmernd vor und zurück.

Was machte sie hier draußen?

Cäcilie glitt vom Pferd, band die Zügel an einen Ast und lief zu ihr.

Trine griff sofort nach ihren Arm. «Cäcilie, Gott sei Dank bist du gekommen. Ich dachte, ich hätte noch Zeit, doch dann konnte ich nicht mehr weitergehen. So etwas Ähnliches habe ich ja schon ein paar Mal erlebt, aber eben tat es so furchtbar weh.»

Als Cäcilie versuchte, ihr aufzuhelfen, krümmte Trine sich plötzlich und keuchte entsetzlich. Ihr Gesicht war schweißbedeckt und ganz verschwollen.

«Was soll nur werden?», schluchzte sie. «Ich wollte doch nach Lübeck, im Wagen, mit dem Junker, und dann ist er auf einmal nach Kiel gefahren. Was soll ich nur machen?»

Bestimmt keinen langen Fußmarsch. Cäcilie musste Hilfe holen. Die Köchin fiel ihr ein, die von derlei Dingen etwas verstand. Doch Trine klammerte sich an ihr fest.

«Bleib bei mir, bitte. Ich muss nur etwas verschnaufen, es wird bestimmt gleich besser. Cäcilie, ich habe solche Angst.»

In der Ferne waren Schüsse zu hören. Cäcilie fuhr hoch.

O Gott, Liron. Lieber Jesus, mach, dass ihm nichts passiert ist. Was soll ich denn tun, ich kann doch Trine nicht hier liegen lassen.

Sie würde sich beeilen. Energisch fasste sie die Magd unter den Achseln und zerrte sie auf die Beine. Trine ächzte. Sie war schwer, unmöglich, sie aufs Pferd zu hieven. Dann musste sie eben selber laufen, wenn Cäcilie sie stützte, würde es schon gehen.

«Nein, nicht zum Gut zurück», stöhnte Trine. «Claas ist tot, jetzt hat der Ratsherr es auf mich abgesehen. Oder auf das Unglückskind.»

Cäcilie wurde schwindelig.

Der Tod berührt die Kinder nicht, der Tod berührt die Kinder nicht, ging es ihr durch den Kopf. Sie konnte den kleinen Körper in ihren Händen fühlen, sah die matten Bewegungen der winzigen Glieder. Und es war kein Blut, nur Erde, die sich ganz leicht von dem kleinen Mund wischen ließ.

Plötzlich heulte Trine auf. «Ich kann nicht mehr», japste sie. «Bring mich ins Küchenhaus, schnell. Aber lass mich dort nicht allein, bitte, versprich es.»

Gemeinsam schleppten sie sich zum Hof zurück, und der Gaul trottete hinter ihnen her.

Die Köchin blieb erstaunlich gelassen. Während Trine jammerte, schob sie in aller Ruhe die Bänke zu einem Lager zusammen. Dann befahl sie Trine, sich hinzulegen, schaute ihr unter den Rock und betastete sie.

«Heut kommt da noch nichts», sagte sie nur. Bedächtig goss sich einen Kräutersud auf und setzte sich bequem an den Herd.

«Keine Sorge, solche Krämpfe lassen bald wieder nach. Das kommt davon, wenn die Frauen unruhig sind und dumme Ängste schüren.»

Tatsächlich ging es Trine nach einer Weile besser. Sie konnte sich aufsetzen und bemühte sich sogar zu lächeln. Doch kaum versuchte Cäcilie, sich von ihrer Hand zu lösen, schossen der Magd wieder Tränen in die Augen. «Bitte, du darfst mich nicht allein lassen, du hast es versprochen.»

Cäcilie ballte die Fäuste, sie spürte, wie Wut in ihr zu brodeln begann. Auf Trine? Auf Görgen? Sie wusste es nicht. Auf jeden Fall war der Onkel nicht da. Trine konnte im Moment überhaupt nichts passieren, während Liron vielleicht gerade unter den Hufen eines tobenden Pferdes lag.

Sie riss sich los und stürmte hinaus.

Vor dem Tor tönten schon die Hörner, und die Hundemeute drängte kläffend in den Hof. Hinter ihnen ritten die Jäger ein. Sie führten die falbe Stute am Zügel – ohne Reiter.

Cäcilie rannte auf sie zu.

Onkel Görgen stieg ab und streckte ihr die Arme entgegen. «Es tut mir so leid. Er ist in die falsche Richtung galoppiert und wahrscheinlich irgendwann vom Pferd gestürzt. Die Falbe kam uns mit hängenden Zügeln nachgerannt. Warum musste dieser Hohlkopf auch behaupten, dass er reiten kann, ich hätte ihn doch sonst niemals mitgenommen.»

Lügner, dachte Cäcilie und wand sich aus seinen Armen.

«Reibt die Pferde trocken und lasst sie saufen», rief er den Männern zu. «Wo zum Henker steckt der Stalljunge? Der kann was erleben. Bereitet Fackeln für den Suchtrupp vor. Hubert, du kümmerst dich um die Beute. Die anderen erwarte ich in einer Stunde.»

Der alte Hubert sah ihm nach, schob seine Mütze nach hinten und kratzte sich an der Stirn. «Der konnte reiten, der Musikus, und gar nicht mal schlecht. Verflucht, wäre er bloß auf der anderen Seite des Waldes gewesen, aber so haben unsere Schüsse die Falbe direkt ins Moor gejagt. Hut ab, wenn Kortholt ihn dort im Dunkeln suchen will.»

Ins Moor!

Es dämmerte bereits. Warum wollten sie denn erst in einer Stunde losziehen, wenn doch jede Minute zählte?

Sie versuchte sich zu beruhigen. Liron konnte weich gefallen sein dort draußen am Moor. Im Wald zwischen Baumstümpfen und Steinen wäre ein Sturz weit gefährlicher. Und das Pferd war ja zurückgekommen, also musste es umgekehrt sein, noch bevor es sumpfigen Boden erreicht hatte. Liron lebte, bestimmt lebte er noch. Hoffentlich fanden sie ihn schnell.

Ein Schauder lief ihr über den Rücken.

Und wenn sie ihn fanden?

Was würde Görgen dann mit ihm tun?

16. Kapitel

Liron schloss die Augen und öffnete sie erneut. Doch der milchige Schleier blieb. Graue Riedgrasbüschel schienen im Nebel zu schweben, und dahinter nahm er gespenstische Schatten von Erlen und moosbehangenen Wurzeln wahr.

Überall um ihn herum gluckste und blubberte es. Eine Kröte plumpste neben ihm ins schwarze Wasser. Träge breiteten sich Wellenkreise aus.

Sein Arm fühlte sich taub und so kalt an, als sei er in schwere, nasse Tücher gewickelt. Als er ihn anheben wollte, spürte er, wie der Morast sich daran festsog. Es kostete ihn Kraft, seinen Arm so weit herauszuziehen, dass der Sumpf ihn endlich mit einem widerwilligen Schmatzlaut freigab. Der Geruch nach fauligen Pflanzen stieg auf.

Mühsam drückte Liron sich auf alle viere hoch. Sofort sanken Knie und Hände ein. Er erstarrte.

Gottlob sackte er nicht weiter.

Ruhig bleiben, befahl er sich.

Das Pferd. Es hieß, Tiere könnten instinktiv den sicheren Grund erahnen. Vorsichtig, ohne sein Gewicht zu verlagern, blickte er sich um. Die Falbe war nicht mehr da. Aber ihre Hufabdrücke konnte er sehen.

Mühsam zog er seine Hand aus dem Schlick. An eine

Wurzel geklammert, richtete er sich auf. Viel Zeit hatte er nicht mehr, den Spuren zu folgen, der Nebel wurde dichter, und bald würde es dunkel sein.

Der kalte Matsch saugte bei jedem Schritt an seinen Füßen, und manchmal sackte Liron unerwartet bis zu den Knien ein. Bald war sein linker Schuh vom Moor verschlungen, dann der rechte. Doch fast unmerklich wurde der Boden fester. Als er nur noch etwas schwappte und federte, war die Dunkelheit hereingebrochen.

Liron konnte kaum noch etwas sehen. Es wäre Wahnsinn gewesen, blind weiterzustolpern.

An einem Baumstamm ließ er sich nieder und rutschte ins nasse Moos. Er zitterte vor Erschöpfung und Kälte. Erst jetzt merkte er, wie müde er war. Schlafen und morgen bei Licht nach dem Weg suchen, das würde das Beste sein.

Die durchtränkten Kleider schlossen sich schwer und kalt um seine Glieder und zogen ihm gierig die Wärme aus dem Leib. Weit hinten glaubte er, Lichter zwischen den Bäumen tanzen zu sehen. Er hatte davon gehört, Irrlichter, die ihn zurück ins Moor locken wollten. Wie ihm schien, riefen sie sogar seinen Namen.

Ein andermal, dachte er und schloss die Augen.

Ganz allmählich ließ das Zittern nach. Sonderbarerweise fror er nicht mehr. Seine Füße konnte er überhaupt nicht mehr spüren. Es war ganz weich im Moos. Wenn es Gott gefiel, würde er jetzt also sterben. Und diese Erkenntnis machte ihm nicht das Geringste aus.

Er lauschte auf das klagende Käuzchen. Hinter ihm rauschte sanfter Wind durch Binsen und Ried, und in der Ferne spielte eine Bö mit trockenen Blättern, die bis zum neuen Austrieb an den Eichen hängen bleiben würden. Dort irgendwo hatte er Cäcilie geliebt.

Eichen wuchsen nicht in feuchter Erde.

Er zwang sich, die Augen zu öffnen.

Und Eichen rauschten anders als Birken oder Erlen. Solange der Wind anhielt, würde er die Richtung hören können. Das hatte er als Kind oft genug probiert.

Stöhnend stemmte er sich hoch und kam auf die Beine. Durch seine Füße schoss ein stechender Schmerz.

Er biss sich auf die Lippen und verschnaufte einen Moment.

Dann streckte er seine Hände vor, horchte und tat den ersten Schritt.

Im Osten war bereits ein schwacher Lichtschimmer am Himmel zu sehen, als Liron über die Allee taumelte. Er hatte einen Zustand erreicht, da seine Beine sich wie von selbst vorwärtsbewegten, und wenn er strauchelte, rappelte er sich wieder auf und schleppte sich weiter, immer nur vorwärts, bis ihm die Lider zufielen und er wieder strauchelte.

Die Wachhunde liefen ihm entgegen. Sie wedelten und schnüffelten aufgeregt an seinen Hosen. Wahrscheinlich hielten sie ihn für einen der ihren, er war genauso schwarz wie sie.

Bibbernd hob er den Kopf. Zwanzig, dreißig Ruten bis zum Tor, die würde er schaffen, dann nur noch die Treppe hinauf und endlich ins warme Lager sinken.

Eine der Mägde kam schlaftrunken vom Brunnen getrottet. Als sie Liron sah, begann sie zu schreien. Ihr Kübel fiel scheppernd zu Boden, Wasser spritzte, die Hunde schlugen an. Laut rufend rannte sie ins Haus.

Und dabei hatte Liron so sehr gehofft, unbemerkt in seine Kammer verschwinden zu können.

Bevor er den Hof überquert hatte, erschien Görgen auf

der Schwelle. Der alte Kaufmann steckte noch im Hemd, dürre Beine staken darunter hervor, und an den Füßen trug er ausgelatschte Bettpantoffeln. Sein Gesicht wurde kalkweiß. «Dulzian», stieß er kaum hörbar hervor. «Dich spuckt also selbst der Teufel noch aus.»

Liron erschrak. Der Hass in Görgens Stimme traf ihn fast körperlich. Sonst redete der Ratsherr stets gleichmütig und beherrscht, was es unmöglich machte, seine Stimmung einzuschätzen. Dieses Zischen dagegen war eindeutig: So sprach man einen Todfeind an.

Görgen kam langsam auf ihn zu. «Wir haben bis spät in die Nacht nach dir gesucht. Komm herein, du musst ja völlig erschöpft sein.»

Liron wich zurück. «Vorsicht, Herr von Kortholt, Ihr werdet Euch die Hände schmutzig machen. Mir hängt das halbe Moor in den Kleidern.»

«Und nicht nur in den Kleidern», erwiderte er. «Am besten nimmst du gleich ein heißes Bad.»

«Das ist eine Küche und kein Hospital», knurrte die Köchin, schob aber doch den Kessel übers Feuer. Cäcilie schöpfte zum dritten Mal Wasser hinein.

Liron war im Zuber eingeschlafen. Krautiger Dampf umgab ihn und legte sich auf sein Gesicht. Es war von winzigen Tropfen bedeckt, und an seinen Schläfen liefen kleine Rinnsale hinab. Vorsichtig, um ihn nicht zu wecken, tupfte Cäcilie ihm die Stirn.

Er musste fort von hier.

Görgen würde ihm wieder eine Falle stellen, er hatte ja deutlich gesagt, dass er ihn loswerden wollte.

Ihretwegen. Weil sie sich verführen lassen könnte.

Wenn der Onkel wüsste.

Sie ließ das Tuch sinken. Sie sollte lieber nicht bei Liron sein. Sie durfte überhaupt nicht mehr mit ihm umgehen, sonst brachte sie ihn in Gefahr. Und sie musste ihm alle Hoffnung nehmen, dass sie je wieder mit ihm verkehren wollte, damit er dem Gut den Rücken kehrte.

Seine Konturen verschwammen hinter dem wabernden Dunst.

Die Brust wurde ihr eng. Sie wandte sich ab und lief auf den Hof hinaus.

Sie wollte nur noch in ihre Kammer, sich auf ihr Bett werfen und heulen. Doch als sie das Haupthaus betrat, kam Onkel Görgen die Treppe herunter, aufrecht, korrekt, in tadellosem Schwarz.

Unmöglich, gleich mit ihm beim Frühmahl zu sitzen, zu lächeln und zu nicken, während er sich über Lirons glückliche Rückkehr ausließ.

Bei ihrem Anblick hielt er inne. «Was ist mit dir?»

Cäcilie klopfte sich auf die Brust und tat, als ob sie husten müsse. Das hatte ja schon auf den Stallburschen gewirkt.

Prompt nahm Görgen zwei Stufen auf einmal und fühlte ihr die Stirn. «Gottlob kein Fieber. Hundertmal habe ich dich gebeten, nicht ohne Umhang aus dem Haus zu gehen. Die Sonne täuscht, wir haben erst März. Du gehst sofort ins Bett.»

Rasch schlüpfte Cäcilie an ihm vorbei. Sie hörte noch, wie er nach Trine rief und heiße Steine und Hühnersuppe für sie verlangte, dann fiel die Tür hinter ihr ins Schloss.

Zittrig lehnte sie sich gegen das Holz.

Wie konnte ein Mensch nur derartig falsch sein? Erst

brachte er sie ins Unsinnigenhaus und jetzt sorgte er sich um einen vermeintlichen Huster von ihr?

Natürlich kannte der Onkel jedes seiner Pferde, er hatte Liron absichtlich die Falbe gegeben. Es konnte nur einen Grund geben, warum er ihn überhaupt so lange auf dem Gut geduldet hatte: Hier glaubte Görgen ihn unter Kontrolle, in Lübeck hätte Liron vielleicht über das Unsinnigenhaus geredet.

Mit Thiedemann verfuhr er ähnlich, der wurde jedes Mal mit neuen Aufträgen fortgeschickt, nach Rostock, nach Kiel, und bald für Monate nach Grönland, damit er nur ja nicht mit Vater zusammentraf.

Armer Vater, was mochte er wohl glauben, wo seine Tochter steckte?

Sie hörte Schritte. Hastig kletterte sie auf ihr Lager und zog sich die Decke bis zum Kinn. Gottlob war es nur Trine, die ein paar angewärmte Steine brachte.

Als sei Cäcilie wirklich krank, begann die Magd, ihr die heißen Ziegel unters Laken zu stopfen. Zwischendurch zog sie immer wieder die Brauen zusammen, richtete sich auf, und stemmte sich stöhnend die Fäuste in den Rücken.

Es war sicher nicht gut, dass sie in ihrem Zustand herumlief und Steine schleppte. Cäcilie setzte sich auf die Kante und zog Trine neben sich.

Die lächelte dankbar und fuhr sich mit dem Handrücken über die Stirn. «Ich glaube, es ist bald so weit. Es wird immer heftiger. Ein starkes Kind, wie Claas, stärker als ich.»

Sie war verschwitzt, und ihr Haar hing in Strähnen unter der Haube hervor, doch ihre Haut wirkte wie durchsichtig, und darunter lag ein rosiges Strahlen.

So hatte Mutter damals ausgesehen. Sie hatte auch genauso gerochen. Und dann waren die Schreie gekommen.

Unvermittelt bäumte Trine sich auf und wimmerte. Mit verzerrter Miene krallte sie ihre Finger ins Laken. Kaum verständlich presste sie hervor, dass Cäcilie sie auf keinen Fall allein lassen dürfe. Dann konnte sie nicht mehr reden, es war zu sehen, dass sie allen Atem für sich brauchte. Das Wimmern verdichtete sich zu einem Schrei, der lauter und lauter wurde und in einem Keuchen endete.

Schon war Getrampel auf der Treppe zu hören. Görgen riss die Tür auf, aber die Köchin, die dicht hinter ihm war, drängte ihn zur Seite und stürmte in die Kammer. Kopfschüttelnd umfasste sie Trine und zog sie hoch. «Du schreist ja das ganze Haus zusammen. Komm, das machen wir lieber drüben.»

Trine schnappte nach Luft und blickte über die Schulter nach Cäcilie, während die Köchin sie hinausführte.

«Du bleibst besser hier», sagte Onkel Görgen. «Wir würden nur stören. Außerdem bist du krank, also leg dich wenigstens ein paar Stunden zur Ruhe. Trine ist kräftig, und ihr Balg wahrscheinlich auch. Das kann bis in die Nacht dauern, an Schlaf wird dann kaum mehr zu denken sein.»

Zum Abendessen gab es nur Suppe und Brot, die Köchin hatte anderes zu tun. Gedämpft hörte man Trine schreien.

«Wir werden es überleben», meinte Görgen, fischte einen Hühnerknorpel aus seiner Schale und legte ihn zu den anderen auf den Tisch. Als stiller Vorwurf würden seine Funde die Magd erwarten, wenn sie zum Abräumen kam.

Cäcilie hatte keinen Hunger. Sie aß nur, um beschäftigt zu sein und weil sie Liron dann nicht ansehen musste. Wie sollte sie es nur anstellen, dass er das Gut verließ? Er wirkte überhaupt nicht mehr erschöpft, im Gegenteil, seine Augen schienen zu funkeln.

«Eine feurige Stute habt Ihr da im Stall», sagte er. «Sehr großmütig von Euch, dass ich sie reiten durfte, wirklich, sie ist bestimmt das schnellste Pferd, auf dem ich je gesessen habe.»

«Nur leider nicht verlässlich, wie sich herausgestellt hat, und damit zu nichts zu gebrauchen.»

Erneut drang Trines Wehenschrei durch die Mauern. Görgen zuckte zusammen. «Mein Gott, haben sie die Tür aufgelassen? Wann gibt das Weib endlich Ruhe?»

Das hatte er schon einmal gesagt.

Damals, als Mutter geschrien hatte und der unheimliche Fremde gekommen war. Cäcilie hatte sich vor ihm gefürchtet, vor seiner hässlichen Narbe und dem weißen Triefauge.

«Muss das jetzt sein?», hatte Görgen ihn angeherrscht.

«Ich habe meinen Teil getan, Euer Hochwohlgeboren. Wenn es losgeht, will ich bestimmt nicht in der Kirche sein, da sollte ich mit vielen Zeugen im Gasthaus sitzen. Aber wie, ohne den versprochenen Lohn?» Dann war der Mann frech hereinspaziert und hatte sich nach den Schmerzensrufen erkundigt.

«Meine Schwägerin ist fehlgetreten», erklärte Görgen und bat ihn in die Diele, «nicht der Rede wert, aber das muss nun mal eingerenkt werden.»

Sie setzten sich an den Tisch, klapperten mit dem Rechenbrett und verhandelten. Es kümmerte sie nicht im Mindesten, dass Mutter oben jammerte.

Warum durfte Cäcilie nicht zu ihr? Sie wollte ihr wenigstens etwas vorsingen, damit sie wusste, dass alles gut werden würde.

Doch Onkel Görgen hatte sie damals zum Schweigen gebracht.

Ohne den Kopf zu heben, spähte Cäcilie zu ihm hinüber. Ja, er hatte ihr den Mund verboten. Mit Erfolg, seitdem hatte sie keinen Ton mehr von sich gegeben – bis Liron aufgetaucht war.

Aber nun hatte der Onkel ihr Lallen gehört, als er vor ihrer Kammer gewesen war. Und am nächsten Morgen war Liron vom Pferd gestürzt.

Wollte Görgen nicht, dass sie ihre Stimme wiederfand? Warum?

Trines Schreie folgten jetzt dicht aufeinander, der Ton stieg immer höher, als würde ihr die Seele aus dem Leib fliegen.

Görgen tupfte sich den Mund. «Es wird wohl Zeit, ihren Gatten zu benachrichtigen. Wie hieß er noch?»

«Ich dachte, Ihr wüsstet das», sagte Liron. «Euch kommt doch sonst alles zu Ohren, was in Lübeck geschieht.»

Der Onkel kniff die Augen zusammen. «Ganz recht, und glaub mir, ich lasse mir keine faulen Eier ins Nest legen.»

Damit erhob er sich und verließ die Stube.

Durch das Fenster sah Cäcilie, wie er zum Küchenhaus hinüberging.

Kaum war er außer Sichtweite, kam Liron um den Tisch geeilt. «Cäcilie, wir müssen fort von hier. Es hört sich ungeheuerlich an, aber dein Onkel treibt ein falsches Spiel. Ich möchte nicht, dass du in seiner Nähe bleibst.» Er beugte sich über sie, legte seinen Kopf an ihre Wange und umfing sie mit seinen Armen. «Wir finden schon einen Weg.»

Wie gerne hätte sie sich ihm anvertraut. Aber das war zu gefährlich. Er musste allein gehen, irgendwohin, nur nicht nach Lübeck, dann ließ der Onkel ihn vielleicht ziehen. Cäcilie dagegen hätte er sofort verfolgt, besonders wenn er befürchten musste, dass sie sprechen lernen könnte. Wenn sie nur wüsste, was, um Himmels willen, sie hätte verraten können?

«Am besten verschwinden wir noch heute Nacht», sagte Liron.

Sie sprang auf und schlug ihm mit aller Kraft ins Gesicht.

Tränen schossen ihr in die Augen, als sie die Bestürzung sah, mit der er vor ihr zurückwich. Geh, verdammt! Verstehst du nicht? Zusammen würden wir ihm nie entkommen.

«Cäcilie ...»

Liron wollte schon auf sie zuzugehen, schluckte dann aber und blieb stehen. «Wie könntest du mir auch glauben? Er ist dein Onkel – und ich? Trotzdem bitte ich dich, mit mir zu kommen, zu Thiedemann, dem vertraust du doch, nicht wahr? Ich werde dich nicht anrühren, das verspreche ich. Morgen früh, bevor es hell wird, klopfe ich bei dir. Wie auch immer du dich entscheidest, ich liebe dich und werde nicht zulassen, dass dir ein Leid geschieht.»

Mit welcher Entschlossenheit er da stand. Seine Wange rötete sich, sie sah die Abdrücke ihrer Finger.

Was sollte sie denn noch tun, damit er sich von ihr abwendete, ihn anspucken oder sich dem nächstbesten Knecht an den Hals werfen?

Ja, zur Not musste sie das.

Liron hatte kaum ein Auge zugemacht, obwohl Trines Schreie irgendwann verstummt waren. Doch jetzt zerrte der Wind an der Fensterluke und kündigte einen Frühjahrssturm an. Es klapperte und brauste überall.

Umso besser, bei dem Gelärme würde niemand hören,

wenn er heimlich anschirrte. Cäcilie war leicht, schon einmal hatte er sie aus einem Haus getragen. Aber da hatte sie kaum noch gelebt und sich nicht wehren können. Seine Wange brannte, wenn er an ihre Ohrfeige dachte. Sie hatte Tränen in den Augen gehabt, so schrecklich musste sie seine Umarmung empfunden haben.

Dennoch musste sie mit ihm kommen.

Was Trine über den Ratsherrn gesagt hatte, glaubte er jetzt. Und mehr noch fiel ihm auf: Immer wenn es schien, als ginge es Cäcilie besser, war ihr kurz darauf etwas Schlimmes widerfahren. Und dann dieses Unsinnigenhaus, wo sie beinah als Fastelabendbraut für besoffene Organisten hergehalten hätte.

War es gar sein Bemühen, das sie gefährdete?

Und ihn selbst, so wie es aussah?

Keinen Tag länger durften sie bleiben. Am besten nahm er auch die Magd und ihr Kind mit.

Es wurde langsam Zeit, noch schlief das Gesinde.

Als er sich aus dem Haus stahl, stand schon ein Wagen bereit. Knechte liefen mit Fackeln herum, und aus dem Küchenhaus drang Licht. Liron fluchte und schlich sich näher an das offene Fenster heran.

«Nein, es ist nicht tot», wimmerte Trine, «es war stark, stärker als ich, es wollte leben.»

«Wo ist es dann?», hörte er Görgens nüchterne Stimme. «Lüg nicht. Es gibt keinen Vater für den Bastard, so sieht es doch aus. Also weg damit, stimmt's? Glaubst wohl, du könntest jetzt nach Lübeck zurückspazieren, als wäre nichts geschehen. Raus mit der Sprache, wo hast du das Balg versteckt?»

Trine beteuerte, sie habe das Kind lebendig im Arm gehalten und sei eingeschlafen. Als sie erwachte, sei es einfach fort gewesen.

Einer der Knechte schlurfte zur Tür hinein. «Im Stall ist nichts zu finden, Herr, und die Scheune haben wir auch durchsucht.»

«Dann muss sie es wohl gefressen haben», sagte Görgen lapidar. «Aber das wird ihr auch nichts nützen. Schafft mir die Kindsmörderin vom Hof.»

«Ihr seid der Mörder», schrie Trine. «Ihr habt meinen Mann getötet und jetzt meinen Sohn.»

«Es reicht!» Görgen griff sich den Knecht, der am nächsten bei ihm stand. «Bindet sie und lasst sie ja nicht entkommen. Du bist mir verantwortlich. Ich will die Hexe sicher in der Fronerei wissen, bis sich die Richter mit ihr befassen.»

«Oh ja, bringt mich zum Richter.» Trines Stimme überschlug sich, als die Knechte sie zum Wagen schleiften. «Ich werde ihm alles sagen, was ich selbst über Euch weiß, und Claas hat mir auch einiges erzählt.»

Der Ratsherr vergrub die Hände in den Taschen und sah zu, wie der Wagen zum Tor hinausrumpelte. «Nur weiter so, rede dich um Kopf und Kragen.»

Dann blickte er in den stürmischen Morgenhimmel, gähnte und stapfte zum Haus zurück.

Liron war kurz davor, dem Wagen nachzurennen, Trine herauszuzerren und den Ratsherrn zur Rede zu stellen. Görgen hatte das Kind wegschaffen lassen, daran zweifelte er keinen Moment. Aber er konnte nichts beweisen, und der Ratsherr hätte sicher nicht gezögert, ihn ebenfalls fortbringen zu lassen.

Starr vor Abscheu und Angst drückte er sich in den Mauerschatten.

So also sah die Rache dieses Mannes aus.

Sein Kiefer schmerzte vor Anspannung. Ein Pferd, sie konnten zu Pferde fliehen. Dann wären sie beweglicher als mit einem Fuhrwerk. Nur wohin? Lübeck kam nicht in Frage, dort würde Görgen zuerst suchen. Auf blauen Dunst nach Kiel und durch die fremde Stadt irren?

Oder nach Mummendorf. Davon wusste der Ratsherr nichts. Und Mutter würde Cäcilie mögen.

Das Gesinde machte sich bereits ans Tagewerk, als Liron unauffällig ins Haus zurückschlich.

«Sei doch nicht gleich beunruhigt, Kind.» Görgen strich Cäcilie über den Arm, doch sie versteifte sich noch mehr.

«Ich habe die Magd nach Lübeck geschickt, dort ist sie zu Hause. Du kannst nicht wollen, dass sie gleich wieder Dienste tut, sie muss sich erst an die neue Situation gewöhnen und wird damit mehr als beschäftigt sein.»

Liron widersprach ihm nicht. Er hoffte, dass Cäcilie niemals erfahren musste, was in Wirklichkeit mit ihrer Vertrauten geschehen war. Vor allem aber durfte der Ratsherr nicht wissen, dass Liron alles mit angesehen hatte. Im Gegenteil, Görgen musste sich in Sicherheit wiegen, nur so würde es möglich sein, ihm zu entkommen.

Cäcilie stand auf. Sie hatte ihre Morgengrütze nicht angerührt.

«Du willst doch nicht etwa hinaus? Das ist kein Wetter für einen Spaziergang.»

Sie verneinte mit einem Kopfschütteln, und so ließ er sie gehen. Hastig schlang Liron die letzten Bissen hinunter. Er wollte keine Gelegenheit verstreichen lassen, sie umzustimmen. Kein einziges Mal hatte sie ihn angesehen. Sie tat, als gäbe es ihn nicht, was fast noch schlimmer war als der Schlag ins Gesicht.

«Auch so eilig?», fragte Görgen. «Bleib sitzen, ich habe mit dir zu reden.»

Liron merkte, dass sein Atem sich beschleunigte, und zwang sich zur Ruhe.

«Was gedenkst du, mit deiner Zukunft anzufangen?», fragte der Ratsherr beiläufig.

Ach, gestand Görgen ihm jetzt tatsächlich eine Zukunft zu? Im Moor vielleicht? Liron hoffte, sein Lächeln würde arglos wirken. «Ich werde den neuen Marienorganisten bitten, mich wieder einzustellen. Aber noch habe ich Zeit, bis jetzt steht ja nicht fest, wer es wird.»

«Nun, so ziemlich. Der Rest ist Formsache, eine Versammlung, ein bisschen Für und Wider, beleidigte Mienen, nichts Weltbewegendes. Du weißt, dass vor allem ich für St. Marien zuständig bin, einerlei, wer dort Werkmeister wird?»

«Natürlich weiß ich das.» Worauf wollte der Alte hinaus?

«Wäre es da nicht angebracht, mich um die Stellung zu bitten? Sagen wir vorerst als offizieller Glöckner. Du würdest dann natürlich alles übernehmen, das Läuten, die Wartung, nicht nur das kleine Glockenspiel. Bei Festtagen musst du dir Konfirmanden rekrutieren. So kämest du auf einen schönen Lohn.» Mit gewinnendem Lächeln fügte Görgen hinzu: «Ich bin dir noch etwas schuldig, und ich mache nie halbe Geschäfte.»

Das klang nicht wie ein freundliches Angebot, es klang eher wie die Ankündigung von Lirons Untergang. Und ihm blieb nichts übrig, als sich dafür auch noch dankbar zu zeigen.

Bis Lübeck würde er mindestens einen halben Tag brauchen, und der größte Teil der Stecke führte durch brachliegende Felder ohne die geringste Deckung. Ein Knecht zu Pferd konnte ihn leicht einholen.

Görgen lachte. «Überwältigt? Warum so scheu? Da du nicht ablehnst, nehme ich die Sache als besiegelt. Ich freue mich sehr, dir doch noch einen Gefallen tun zu können.»

«Wann dachtet Ihr …»

«Wann immer du willst. Heute, morgen … spätestens, wenn Buxtehude sein Amt antritt. Die inoffizielle Zusage hat er bereits.»

Onkel Görgens Andeutung, Liron würde das Gut nun bald verlassen, brachte Cäcilie vollends aus dem Gleichgewicht. Sie hätte froh sein müssen, aber sie war es nicht. Weil sie ihn nicht missen wollte, und auch, weil sie schreckliche Angst um ihn hatte. Besonders, da er nach wie vor keine Anstalten machte zu gehen.

Er ließ sie nicht aus den Augen. Sie fand ihn auf dem Flur vor ihrer Kammer. Selbst zum Abtritt ging er ihr nach und lehnte an der Scheunenecke, bis sie wieder herauskam. Dabei wusste er doch, wie gefährlich ihr Onkel sein konnte, er selbst sagte es ihr jeden Tag.

Wenn niemand in der Nähe war, bat er sie inständig, ihm zu vertrauen. Es zerriss sie, seine Verzweiflung zu sehen, trotzdem wandte sie sich jedes Mal schroff von ihm ab, wenn er sich ihr näherte, selbst wenn er sie nur ansah.

Und immer hoffte sie, dass er endlich aufgab, ihr den Rücken kehren möge und sich in der Nacht davonmachte, hoffnungslos, ohne sich zu verabschieden. Dann würde ihm die Flucht vielleicht gelingen. Sie selbst würde bleiben müssen. Görgen fürchtete sie, das konnte sie spüren. Er fürchtete sie zu sehr, um sie entwischen zu lassen.

Das Landgut war ein tückisches Netz geworden. Liron

und sie hingen eingesponnen an dünnen Fäden und drehten sich immerzu. Ja, sie lebten, sie atmeten und konnten sich ein wenig rühren, allerdings nur so lange, wie die Spinne wünschte, dass sie leben sollten.

Das alles war kaum zu ertragen, und jetzt hatte Liron sich ans Spinett gesetzt und spielte ihr Lied.

Der Stickrahmen wurde nass. Ihre Tränen lösten die Farbe des Garns. Blassrote Flecken breiteten sich auf dem Leinen aus.

Selbst von der Ankunft eines Ratskuriers ließ Liron sich nicht unterbrechen, so vertieft schien er in die Musik zu sein. Onkel Görgen empfing ja häufig irgendwelche Boten, genauso oft entsandte er selbst welche. So blieb er von seinem Landgut aus mit der Welt verbunden.

Der Kurier kam, Görgen las und schrieb, der Kurier verschwand. Und noch immer klang das Lied.

«Ruhe», sagte der Onkel ungewöhnlich scharf. «Ich denke, Dulzian, du solltest jetzt packen.»

Liron spielte einen letzten Tusch und drehte sich auf seinem Hocker zu Görgen um. «Ich verstehe. Da Ihr mich nicht länger beherbergen wollt, danke ich für Eure Gastfreundschaft. Viel zu packen habe ich nicht, bis auf die Fastelabendgarderobe gehört alles Euch. Die Feldarbeit hat begonnen, einer der umliegenden Bauern wird mich sicher gebrauchen können. Ich falle Euch also nicht mehr zur Last und bleibe doch ganz in Eurer Nähe.»

«In meiner Nähe? Wenn du dich da nicht täuschst.» Onkel Görgen stand auf und rief nach einer Magd. Er wies sie an, ein paar Sachen für ihn und Cäcilie zusammenzusuchen. Die Kutsche sollte am nächsten Morgen um zehn bereitstehen.

«Was soll das heißen?», rief Liron. «Wo bringt Ihr Cäcilie hin?»

Görgen hob die Brauen. «Zu ihrer Familie, wohin sonst? Ich muss nach Lübeck, eine Hinrichtung steht an. Cäcilie lasse ich natürlich nicht allein auf dem Gut, es wird ohnehin Zeit, mit meinem Bruder zu sprechen. Du hättest mitfahren können, Dulzian. Solltest du nicht deinen Dienst in St. Marien antreten? Dort wartet man längst auf dich. Aber gut, wenn du lieber pflügen willst?»

«Nein, ich fahre mit.»

«Das freut mich.»

Görgen kam zu Cäcilie herüber, fasste sie am Ellenbogen und führte sie zur Tür. Kurz bevor sie den Raum verließen, wandte er sich noch einmal zu Liron um. «Tu mir den Gefallen und nimm meine alten Kleider mit, ich trage sie ja doch nicht mehr. Ein Glöckner im schwarzsilbernen Wams und einer Spitzenmaske vor den Augen, ich bitte dich.»

«Danke», stieß Liron zwischen den Zähnen hervor.

Liron folgte ihnen in den Flur, stieg hinter ihnen die Treppe empor und ging nicht eher in seine Kammer, bis Cäcilie in ihrer verschwunden war. Mehrmals in der Nacht hörte sie seine Tür klappen, und dann knarrten die Dielen vor ihrem Schlafgemach.

Er wachte.

Eine Welle von Zärtlichkeit durchströmte sie. Dabei war seine Sorge gar nicht mehr nötig, schon morgen würde sie zu Hause bei ihren Eltern sein. Dann konnten sie endlich wieder gefahrlos miteinander umgehen.

Bewegte sich die Klinke?

Tatsächlich. Sie bewegte sich ganz langsam.

Cäcilie zog die Decke hoch.

Nein, sie strampelte sie lieber ein wenig herunter, legte sich seitlich und ließ ihr Haar übers Kissen fallen, bevor sie ihren Kopf auf den Arm bettete.

Liron huschte herein und schloss lautlos die Tür. Aber er kam nicht näher. Konnte er überhaupt sehen, wie sie so dalag? Es war die letzte Nacht, die sie unter einem Dach verbrachten.

«Nicht erschrecken, ich bin's», flüsterte er. «Ich wollte dich nur bitten, morgen vorsichtig zu sein. Ich weiß ja, dass du mich zum Teufel wünschst, aber pass trotzdem auf dich auf und bleib wach in der Kutsche. Vielleicht gibt es einen Unfall, oder gedungene Räuber lauern uns auf. Und falls man dich gegen deinen Willen irgendwo hinbringen will, mach Krach, gib mir ein Zeichen, ich werde versuchen, da zu sein. Das wollte ich nur sagen. Gute Nacht.»

Cäcilie griff nach ihrer Decke, damit sie nicht ganz hinunterrutschte, und angelte gleichzeitig nach seiner Hand.

Lirons Finger schlossen sich um ihre. «Cäcilie …»

Als sie ihn heranzog, setze er sich auf die Bettkante. «Ich dachte, ich hätte dich verloren. Warum bist du so abweisend gewesen?»

Sie versuchte, ihm Zeichen zu machen, deutete an, wie jemandem die Kehle durchschnitten wurde, scheuchte ihn mit Gesten fort.

Er sah sie versonnen an und streichelte in einem fort ihre Hand.

Fahr nicht mit uns, dachte sie. Mit mir allein wird es keine Schwierigkeiten geben, aber dich will Onkel Görgen umbringen.

«Hast du Angst um mich?» Er hauchte ihr einen Kuss auf das innere Handgelenk. «Das brauchst du nicht. Die letzten Tage waren schlimm, aber jetzt ist alles anders. Du hast mich soeben stark gemacht, Cäcilie.»

Er drückte sie kurz und heftig an sich. «Ich sollte lieber gehen, bevor uns jemand hört. Du weißt ja, dass ich in der Nähe bin. Und bitte, tu mir so etwas nie wieder an.»

Cäcilie saß Liron gegenüber, und wenn die Kutsche holperte, berührten sich ihre Knie. Sie blickte stur aus dem Fenster. Wolken hetzten über die kahlen Felder, und die Bäume bogen sich im Wind. In der Ferne waren schon die sieben Türme zu sehen. Ein warmes Glücksgefühl breitete sich in ihr aus. Vater und Mutter würden staunen, wie sich ihre Tochter verändert hatte.

«Wo soll ich dich absetzen?», fragte Görgen.

Liron zuckte zusammen. «Macht Euch keine Umstände, ich kann von der Fleischhauerstraße aus weitergehen.»

«Zu Fuß? Mit deinem Packen? Unsinn, ich bringe dich zu deiner Herberge.»

«Das ist nicht nötig, Herr von Kortholt, der Packen stört mich nicht, ich bin Träger gewesen.»

«Wie du meinst. Du kommst in der Zollnbude unter, der Wirt weiß Bescheid.»

Mehr sprachen sie nicht auf der Fahrt. Jeder starrte in eine andere Richtung aus dem Fenster, Liron angespannt und lauernd, der Onkel neben Cäcilie beherrscht wie immer. Nur sie wurde von Rute zu Rute aufgeregter. Als sie am Holstein-Tor hinter mehreren Fuhrwerken warten mussten, wäre sie am liebsten ausgestiegen und zu Fuß nach Hause gerannt.

Endlich ließen die Wachen sie in das lebendige Treiben

der Stadt einfahren. Matrosen kletterten im Mastgewirr der Segler, an den Häuserecken lehnten Knechte und pfiffen jungen Damen nach, Mägde mit Körben eilten vorbei, Lastenträger, Kaufleute … Cäcilie hätte sie alle umarmen können.

Die Fleischhauerstraße aber schien ihr seltsam fremd, als hätte nicht sie, sondern eine andere hier gewohnt. Ungeduldig wartete sie, bis Görgen den Wagenschlag öffnete und ihr hinaushalf. Wie schäbig das Haus aussah. Es kam ihr auch kleiner vor als früher und nicht besonders einladend.

Der Kutscher warf Lirons Packen vom Wagendach und lud die anderen Kisten ab.

«Ich helfe gern, das Zeug hineinzutragen», sagte Liron, aber Görgen winkte ab. Das würden die Jungs schon erledigen, meinte er. Liron solle nur ja nicht vergessen, dass er morgen zur Hinrichtung an den Glocken erwartet würde.

So blieb Liron auf der Straße zurück, während Cäcilie an Görgens Arm die Treppen hinaufstieg. Bevor sie durch das Portal trat, sah sie sich nach ihm um und zwinkerte ihm zu. Sie würden sich bald wiedersehen, sie wusste ja, wo sie ihn finden konnte. Schon schob Görgen sie hinein, und die Tür fiel hinter ihr ins Schloss.

War der Flur schon immer derartig eng gewesen? Im Pflaster direkt hinter der Eingangstür fehlten Steine, und nie war ihr aufgefallen, dass Wände und Möbel im Laufe der Jahre so fleckig geworden waren. Dunkel und verwahrlost wirkte das alles. Und hier sollte sie zu Hause sein?

«Der Stockfisch ist wieder da!», rief Nils und rannte auf Cäcilie zu.

Mutter überholte ihn. Entgegen ihrer sonstigen Zurückhaltung kam sie durch den Flur gelaufen und drückte Cäcilie an sich. «Mein Kind», murmelte sie.

Vater strich ihr liebevoll über das Haar. Gleich darauf rückte er gegen Görgen vor und wedelte mit einem Brief. «Was soll dieser Wisch bedeuten? Ich möchte sofort wissen, was geschehen ist. Du hattest dich angeboten, Cäcilie ins Klosterhospital zu bringen. Und plötzlich schreibst du, sie sei stattdessen im Unsinnigenhaus gelandet? Und dann wagst du es noch, sie ohne mein Wissen wochenlang auf deinem Gut zu halten? Sie ist meine Tochter, Görgen.»

Der Onkel schob ihn zurück. «Ach, ist sie das? Dann benimm dich auch wie ihr Vater. Natürlich bin ich davon ausgegangen, dass du überprüfst, wie Cäcilie untergebracht ist. Der Kutscher hat sich offenbar verhört, so etwas kann passieren. Aber du bist nicht ein einziges Mal bei den Nonnen gewesen. Ein halbes Vermögen habe ich an das Kloster verschwendet, in dem Glauben, für meine Nichte zu zahlen. Ich hoffe, du hast dir Gedanken gemacht, wie du die Summe ausgleichen willst.»

«So weit kommt es noch. Du selbst hast doch davon abgeraten, Cäcilie zu besuchen. Ich habe deine Worte noch im Ohr, sie sollte erst einmal mit sich ins Reine kommen.»

«Ja, ja», sagte Görgen, «wenn du etwas versäumst, sind immer die anderen schuld.»

Mutter wischte sich die Tränen von den Wangen. «Hinrich, Görgen, bitte hört auf damit. Warum können wir nicht einfach froh sein, dass wir Cäcilie wiederhaben. Kommt in die Stube, heute ist ein Freudentag, den wir feiern sollten.»

Hinrich brummte zwar noch ein paar Verwünschungen vor sich hin, stellte aber trotzdem einen großen Krug Wein auf den Tisch.

Cäcilie saß neben den Jungs auf der Polsterbank. Ihre Wangen glühten, vielleicht vom Wein, vielleicht vor Erleichterung, dass sie wieder zu Hause war. Bei Vater siegte bald die Freude über den Groll gegen Görgen, sogar Mutter lachte manchmal.

Liron hätte auch dabei sein müssen. Cäcilie war an seine Gegenwart so sehr gewöhnt, dass sie ihn schon jetzt vermisste. Morgen würde sie ihn wiedersehen. Er musste ja läuten, deshalb hatte sie genau wie ihre Brüder eifrig genickt, als Görgen fragte, ob sie sich die Verurteilung anschauen wollten.

Sie ging zum Virginal hinüber, räumte die Keramiken ab und zog die Decke herunter. Einmal strich sie lautlos über die Tasten. Dann setzte sie sich und stimmte ein fröhliches Lied an, das sie von früher kannte. Thiedemanns Mutter hatte es manchmal gespielt. Die Jungs sangen erst zaghaft, dann aber grölend mit, und Vater schlug den Takt in die Luft. Mutter saß ganz still da, die Hände im Schoß gefaltet. Sie wischte sich nicht einmal die Tränen ab.

Draußen brauste der Frühjahrssturm durch die Straßen. Er rüttelte an den Fenstern, wirbelte alles fort, was in den Gassen herumlag, und fegte die Stadt rein für das neue frische Leben.

«Tut mir leid, ich muss jetzt gehen», sagte Onkel Görgen unvermittelt. «Ich habe noch etwas Dringendes zu erledigen. Wir treffen uns ja morgen auf dem Markt.»

Schon an der Breiten Straße setzte Liron seinen Packen ab, streckte sich und hievte ihn auf die andere Schulter.

Es war alles viel zu glattgegangen, eine ganz normale

Fahrt nach Lübeck ohne jeden Zwischenfall. Und der Ratsherr hatte Cäcilie nicht verschleppt, sondern sie, wie angekündigt, tatsächlich nur bei ihren Eltern abgeliefert. Trotzdem traute Liron dem Frieden nicht, schon gar nicht, wenn er daran dachte, was Trine und ihrem Kind geschehen war. Er wünschte, er hätte ihr helfen können.

Auf jeden Fall würde er dem Ratsherrn nicht in die Falle gehen. Am besten machte er einen großen Bogen um die alte Zollnbude, womöglich lauerten dort schon Görgens Schergen. Lieber quartierte er sich wieder in St. Marien ein.

Als er zum Mittelturm hinaufgestiegen war, löste sich Trumscheit aus einer Mauernische. «Dulzian? Ich dachte schon, der Küster. Warst du nicht ausgeflogen? So ist das wohl, kaum gibt es was zu holen, finden sich die Ratten wieder ein.»

«Was soll es zu holen geben? Herr von Kortholt hat mich offiziell als Glöckner angestellt, das ist alles.»

«Als Glöckner? Dich? Mit allem Drum und Dran?» Der Krüppel hob die Brauen, soweit das mit der Narbe möglich war. «Versteh einer die Ratsherrn.»

Plötzlich grinste er. «Aber ja, ich verstehe ihn ganz gut, du bist tatsächlich der beste Glöckner, den er finden konnte. Nun gibt es kein Zurück. Wirst sehen, bald tust du alles, was er verlangt.»

«Abwarten», sagte Liron. «Und was machst du hier? Soweit ich weiß, kommt Buxtehude erst im April, bis dahin wird kein Bälgetreter gebraucht.»

«Leider.» Trumscheit kaute an seinem Daumen. «Bin eben ein alter Kater, der aus Anhänglichkeit zum Gemäuer gern mal im Dach herumsteigt. Du sagst doch dem Küster nichts davon?»

Liron verneinte und machte sich daran, seinen Mauervorsprung einigermaßen wohnlich herzurichten. Das Stroh lag noch genau so am Boden, wie der Küster es vor Monaten heruntergewischt hatte. Selbst die Decken waren noch da.

Trumscheit half ihm halbherzig. «Da fällt mir ein, Dulzian, wenn du nun wirklich der Glöckner bist ... hast du schon einen Gehilfen, der für dich in die Verstrebungen klettert? Bis zu Tunders Tod bin ich ja regelmäßig oben gewesen. Viel Geld brauche ich nicht, hab selbst genug, will nur einen Platz in St. Marien, selbst wenn der neue Organist mich nicht mehr einstellen sollte. Du bräuchtest dich um nichts zu kümmern und könntest auf sicherem Boden bleiben.»

Liron lachte. «Das Angebot ist mehr als verlockend.»

«Aber erst ab Donnerstag. Morgen will ich auf dem Marktplatz sein. Da werden die Bürger mich überhaupt nicht bemerken und nur noch Augen für die Hexe haben. Tja, dann bin ich ihnen auf einmal gleich.»

Zur Besiegelung ihres Handels spendierte Trumscheit Bier und Branntwein. Er wollte aber nicht in einer Schenke sitzen, sondern zog Lirons Lager vor. Offenbar fand er es so bequem, dass Liron schon fürchten musste, einen Bettgenossen zu bekommen. Wenn der Krüppel in diesem Tempo weitersoff, würde er die Wendeltreppe jedenfalls nicht heil überstehen.

«Bist'n guter Kerl, Dulzian. Dass du hier mit mir sitzt, wie'n Freund ... Ich gebe dir was ab. Jawohl! Hast es verdient. Schon komisch, beim letzten Mal wurde ein Balg geboren, na ja, ein unsichtbares Balg, und diesmal muss eine Mutter dran glauben.»

«Oje, Trumscheit, wenn du schon unsichtbare Bälger siehst, hast du wirklich genug.»

«Nein, gib den Krug her. Ich hab's ja gar nicht gesehen, war doch unsichtbar. Durfte das Balg nämlich gar nicht geben, der werte Gatte war schon über ein Jahr auf See. Aber geboren hat sie's doch. Bin drüben gewesen bei den Kortholts, meine Belohnung abholen. Mann, was die Frau gebrüllt hat. Der Ratsherr ist ganz kopflos davon geworden, hat mir zu viel in den Sack gesteckt. Wetten, das war seine Brut?»

Liron war ebenfalls nicht mehr nüchtern, und sein Hirn reagierte träge. «Du meinst, Görgen von Kortholt hatte ein Kind mit Hinrichs Frau …»

«Nee, zwei. Aber psst! Ist lange her.»

«Wieso zwei?»

Trumscheit kicherte. «Sieh sie dir doch an, die blasse Schwarze. Die kommt bestimmt nicht nach dem ollen Hinrich, hat kein bisschen Ähnlichkeit mit den Kortholt'schen Strohköppen.»

Nein, sie ähnelte eher Thiedemann. Und der war eindeutig Görgens Sohn. Liron schloss die Augen. Wenn er doch nur klarer denken könnte. «Wer ist das zweite Kind?»

«Ach das. Gar nicht erst aufgetaucht, obwohl ich es schreien hören habe. Unsichtbar, sag ich doch. Muss wohl dann doch 'ne Totgeburt geworden sein. Aber ich hab nichts gesagt. Bist doch ein Freund, oder? Dann gebe ich dir diesmal auch was ab.»

«Wovon?»

«Na, von der großen Glocke», murmelte Trumscheit, rollte sich in Lirons Decken und fing sofort an zu schnarchen.

17. Kapitel

Trotz des stürmischen Wetters hatte sich die halbe Stadt auf dem Markt versammelt, um das Urteil zu vernehmen. Eine Hexe sollte hingerichtet werden, hieß es, sie habe Kinder gefressen, sogar ihr eigenes.

Cäcilie hörte kaum hin. Sie hatte sich bei Mutter eingehakt und reckte den Hals, um nach Liron Ausschau zu halten, wenn er zum Läuten ging. Der Onkel hatte auch gesagt, dass Thiedemann heute zurückkommen müsse.

«Wie lange dauert das denn noch?», schimpfte Vater. Den Schal bis über die Ohren gewickelt, stand er etwas verloren im Wind und hielt seinen Hut fest. Er hatte den ganzen Morgen über Kopfweh geklagt und fürchtete eine Erkältung. Cäcilie glaubte aber eher an die Nachwirkungen des Weins.

Onkel Görgen dagegen wirkte äußerst munter, und als er auf sie zukam, flogen seine schwarzen Mantelschöße übermütig hinter ihm her.

«Nanu, wo sind deine Söhne, Hinrich? Wollten sie nicht unbedingt dabei sein?»

Vater wies mit dem Kopf in Richtung St. Jürgen. «Die sind schon draußen am Verbrennungsplatz, damit sie nicht hinten stehen müssen, wenn es so weit ist. Wer weiß, ob der

Henker bei diesem Wetter überhaupt ein Feuer zustande bringt.»

«Ja, wer weiß?» Damit hakte Görgen sich bei Cäcilie ein. «Erstmal bin ich gespannt auf den Urteilsspruch, ich denke, er wird die Menge zum Beben bringen. Das heißt, wenn der neue Glöckner das Seil endlich findet.»

Mit schweren Beinen stieg Liron zur Glöcknerstube hinauf. Er möge beginnen, hatte der Ratsdiener befohlen, das Urteil sei gefällt.

Die Gloriosa erklang sonst nur an hohen Feiertagen und bei wichtigen Ereignissen, wie Kaiserkrönungen oder dergleichen. Ob das Urteil über eine Magd wirklich ein passender Anlass war? Nun, Ratsherr von Kortholt hatte es so angeordnet, also musste es wohl richtig sein.

Seine Hände schwitzten. Manchmal hatte er dem Küster beim Läuten geholfen, allerdings nie die große Glocke. Er fuhr mehrmals mit der Hand am Seil hinunter, bevor er es vorsichtig stramm zog und nach oben blickte. Sehen konnte er nichts Besonderes. Die Seile verschwanden in einem Loch in der Decke. Nur an der Spannung spürte er, dass sie weit, weit hinaufführten, durch den dunklen Turm ins Ständerwerk, wo reglos die Glocken hingen.

Was würde geschehen? Nach Trumscheits Andeutungen hielt Liron alles für möglich, nur nicht, dass dieser Tag ereignislos vorübergehen würde. Am meisten beunruhigte ihn, dass der Krüppel sich irgendwann in der Nacht davongemacht hatte, als wolle er auf keinen Fall in der Kirche sein, wenn es losging.

Ach was, wahrscheinlich hatte Trumscheit nur sein eigenes Bett bequemer gefunden.

Liron atmete ein und packte zu. Widerstrebend folgte

das Seil dem Zug und fuhr dann mit Schwung zurück nach oben, wobei es Liron auf die Zehenspitzen hob.

Ihm wurde mulmig. Immerhin schien das Seil zu halten, bis jetzt jedenfalls.

Beim nächsten Zug verlor er fast schon den Boden unter den Füßen. Höher und höher hob ihn die schwingende Glocke, doch erst, als er mannshoch hinaufgerissen wurde, erklang ein dunkler Ton. Es dauerte noch einmal so lange, bis schließlich die typischen, majestätischen Doppelschläge zu hören waren.

Doch der Wohlklang hielt nicht lange an. Je heftiger Liron sich ins Seil hängte, desto unregelmäßiger wurde der Anschlag. Als die Gloriosa anfing, dabei beängstigend zu bollern, sprang er sofort ab.

Irgendetwas stimmte nicht da oben.

«Na endlich», sagte Hinrich, als das Geläut über den Marktplatz schallte. Die Bürger unterbrachen ihre Gespräche und drängten sich näher an das Podest, auf dem nun die Hexe erscheinen sollte.

Eingehängt zwischen Mutter und Onkel Görgen wurde auch Cäcilie vorwärtsgeschoben, doch sie blickte nicht zum Podest, sondern schaute zu den Türmen hinauf.

Die Glocke klang nicht wie sonst.

Missmutiges Raunen brandete über den Platz. Zwar waren aus dem Rathaus Wachen angerückt und in ihrer Mitte zwei Bürgermeister, die Richter und ein Ausrufer – aber nicht die Verurteilte.

Umständlich versuchte der Herold seine Urkunde zu entrollen, doch das Papier flatterte so sehr, dass ein Soldat ihm helfen musste, es festzuhalten. Dann verlas er Namen über Namen, von Untersuchenden, Protokollanten, Zeugen …

Cäcilie befreite sich von Mutters Arm und hielt die Hand über ihre Augen, um besser sehen zu können. Raben wirbelten um die Turmspitzen. Sie krächzten ihr kehliges «klock, klock», als wollten sie den Glöckner und sein bollerndes Geläut verhöhnen. Hoffentlich hatte Liron an seinem ersten Tag nichts falsch gemacht.

«... die Magd Trine Hildebrands», verkündete der Ausrufer.

Cäcilie fuhr zusammen.

«... ist geständig, eine Hexe zu sein, und wurde somit zum Feuertod verurteilt.»

Eine Hexe? Trine? Das konnte nicht sein, das war völlig abwegig. Onkel Görgen hatte sie doch eigens mit ihrem Kind nach Lübeck bringen lassen, damit sie sich erholte.

«Und wie geständig sie war», raunte Görgen, «kaum aufzuhalten in ihrer Geschwätzigkeit.»

Cäcilies Finger verkrampften sich in ihrem Rock. Sie konnte nicht begreifen, was sie da hörte. Lieber Gott, mach, dass es nicht wahr ist.

«Wo bleibt die Schlampe?», rief jemand. «Bringt sie endlich heraus, wir wollen sie sehen.» Auf der anderen Seite des Marktes begannen die Leute, rhythmisch zu klatschen.

«Ruhe! Heute wird es keine Hinrichtung geben!»

Cäcilie atmete auf. Sie blickte unauffällig zu Onkel Görgen hinüber, der selbstzufrieden vor sich hin lächelte. War das sein Verdienst? Dann hatte sie ihm mit ihrem Misstrauen vielleicht Unrecht getan.

Doch in der Menge erhob sich Wutgebrüll. Schon flogen die ersten Brotkanten. Und Schlamm. Und Schlimmeres. All das, was der Hexe zugedacht war, richtete sich nun gegen den Ausrufer, der schützend die Urkunde vor sich hielt.

Dicht neben Cäcilie hüpfte ein Krüppel auf und nieder und kicherte. Als sie sich zu ihm umwandte, sah sie, dass er mit einer Schleuder kleine Steinchen abschoss. Und dann sah sie sein Gesicht: eine verzerrt grinsende Grimasse, schief gezogen von einer ausgefransten Narbe, die senkrecht sein Auge zerteilte.

Er war es, der ins Haus gekommen war, damals, als Mutter schrie – damals, als die Glocke aus den Fugen geriet. Cäcilie zog sich den Umhang enger um die Schultern, aber sie hörte nicht auf zu zittern.

Wachen rückten aus, rissen die Hetzer zu Boden und schleiften sie vom Platz. Den Krüppel erwischten sie nicht, der verschwand eilig in der Menge.

Die Edlen auf dem Podest gerieten ebenfalls in Unruhe. Ein Stadtdiener war hinaufgeklettert und sprach jetzt auf die Herren ein. Schließlich trat Bürgermeister von Wickede vor und hob die Arme.

«Gebt Ruhe, Bürger von Lübeck», rief er mit befehlsgewohnter Stimme. «Wir mussten soeben erfahren, dass die Verurteilte offenbar zu schwach war, ihre Seele zu retten.»

«Ja und? Wenn sie schuldig ist, muss sie brennen.» Viele der Zuschauer nickten.

Wickede hob die Hand. «Dafür ist es zu spät. Leider gelang es dem Weib gestern Abend, ein Messer zu entwenden und sich aus Angst vor dem Feuer die Kehle zu durchstoßen. Da sie bereits geständig war, hat der Henker alles versucht, sie am Leben zu erhalten und sofort Watte in die Wunde gestopft. Doch die armsinnige Person zog das Zeug immer wieder heraus. Jetzt ist sie ohne Läuterung zu Grunde gegangen, was wir zutiefst bedauern. Noch mehr bedauern wir allerdings das grausame Ende ihres unschuldigen Kindes, welches sie, wie unsere Untersuchungen ergaben, kurz nach der Geburt getötet und verspeist haben muss.»

Cäcilie erstarrte. Trine, die Süße … Sie hatte das Kind doch gewollt, es war von Claas, sie hatte sogar versucht, vom Landgut zu fliehen, um es nicht zu gefährden. Und das Kind war stark, stärker als sie, das hatte sie gesagt. Niemals hätte sie es getötet.

Cäcilie spürte, wie ihr Kinn zitterte, aber es kamen keine Tränen, nur dumpfe Leere war in ihr.

Wie war Trine überhaupt in die Fronerei geraten? Und woher hatte sie das Messer gehabt?

Görgen stand neben ihr im Wind und wippte auf den Zehenspitzen. Er hatte Trine nach Lübeck bringen lassen. Und gestern Abend war er plötzlich gegangen. Dringende Geschäfte. Cäcilie ahnte, dass er nicht weit fort gewesen war, nur im Gebäude hinter der Hofmauer, keinen Steinwurf entfernt, während sie selber Wein getrunken und alberne Lieder geklimpert hatte.

Sie hatte Trine allein gelassen.

Die Glocke bollerte. Weiter und weiter holte sie aus, gleich würde sie zerbersten und Gottes Zorn verkünden. Cäcilie schwindelte, rote Flecken tanzten vor ihren Augen.

Bürgermeister Wickede brüllte gegen den Lärm: «Beten wir, dass Gott das unglückliche Kind in seiner Gnade zu sich nehmen wird.»

Die Menschen auf dem Marktplatz senkten die Köpfe, einzelne knieten sich hin. Ohne es zu wollen, tat Cäcilie es ihnen nach, ihre Beine hielten sie nicht mehr.

«Langsam, langsam», sagte Onkel Görgen, fasste sie am Arm und zog sie hoch. «Es ist alles in Ordnung, die schwatzhafte Elster hat ausgesungen, die kann nichts mehr anrichten. Tja, hätte sie doch geschwiegen, so wie du, nicht wahr?»

Cäcilie nickte apathisch.

Sie selbst hatte das Stillschweigen immer gewahrt, wie es ihr angetragen worden war. Und doch hatte sie damals nachschauen wollen, nur ganz kurz, um zu sehen, ob es stimmte, was der Onkel versprochen hatte. *«Sie werden dann Engel sein und in den Himmel fliegen.»*

Die Erde war locker gewesen und hatte sich feucht unter ihren Händen angefühlt. Sie musste nicht tief graben, da spürte sie schon das Leinentuch. Behutsam vergrößerte sie das Loch, bis sie das Bündel fast freigelegt hatte. Aber sie konnte überhaupt nichts sehen, es war ja eingewickelt.

«Keine Angst, lieber Gott, ich lege es gleich wieder zurück.»

Wie winzig das Kind in dem Bündel war, und schon alles vorhanden, dichtes schwarzes Haar, Füße mit kleinen Zehen, und Hände, die sich bei der geringsten Berührung zu Fäusten ballten.

Aber so kalt. Und war das Blut?

Nein, nur ein bisschen Erde in dem weißen Gesicht. Mit dem Finger wischte sie ihm den Dreck aus Nase und Mund. Sie wünschte, das kleine Mädchen hätte sie angesehen, doch seine Augen bewegten sich nur langsam unter der straff gespannten Haut. Auch die Bewegungen der weichen Glieder wurden träger. Die kleine Faust öffnete sich und wollte sich dann gar nicht mehr schließen.

Cäcilie hatte über die zarten, schlaffen Schultern getastet.

Dort würden keine Flügel mehr wachsen.

Ihr Schwesterchen war tot. Gestorben in ihren Händen.

Das Glockenseil schlug ungebändigt Schleifen in der Glöcknerstube. Liron konnte die Gloriosa nicht mehr bremsen, dazu hätte er mindestens fünf Mann gebraucht. Irgendetwas stimmte nicht dort oben. Aber Trumscheit war nicht da, er musste selbst in den Turm hinauf.

Und zwar gleich.

Als er keuchend auf die wackelige Plattform des Glockenstuhls hinaustrat, wurde der Lärm unerträglich. Zudem blies ihm eisiger Wind entgegen, und bei jedem Schlag ging ein Zittern durch das Ständerwerk.

Hoch über ihm schlingerte das tonnenschwere Ungetüm gewaltig hin und her. Der Klöppel bollerte schief gegen den Schlagring, schlug Ellipsen, wurde von der Glocke überholt und krachte an die Gegenseite. Die ganze Glocke taumelte, als hätte sich eine der vier Aufhängungen gelöst. Vielleicht war ein Eisenband gebrochen, oder ein Haltebolzen war herausgeschlagen worden.

Lirons Ohren dröhnten. Wie gelähmt stand er auf der untersten Stufe und klammerte sich ans Geländer. Er musste nachsehen, was beschädigt war, vielleicht das Ding irgendwie sichern. Aber seine Füße bewegten sich keinen Zoll, sie weigerten sich, in die schwankenden Balken hinaufzuklettern.

Himmel, wenn sich nun Menschen unten im Turm aufhielten? Der Koloss konnte jederzeit abstürzen.

Stolpernd und rutschend stürmte er wieder hinunter. Die Schrammen spürte er nicht, er betete nur, dass er rechtzeitig ankommen würde, um die Leute aus der Kirche zu scheuchen.

Im Vorbeilaufen bemerkte er auf seinem Lager einen unförmigen Wulst. Auch das noch. Trumscheit hatte sich wohl wieder hingelegt. Wie konnte er bei diesem Krach nur schlafen?

«Raus hier», brüllte Liron, und da der Krüppel sich nicht rührte, zog er ihm die Decke weg.

Nur Stroh kam zum Vorschein.

Nein, darunter war noch etwas. Liron schob die Halme beiseite und legte einen Haufen graubrauner Scherben frei. Manche glänzten an den Bruchkanten metallisch.

Bronze. Und nicht gerade wenig, dafür hätte er lange läuten müssen.

So hatte der Ratsherr sich das also gedacht. Die Glocke würde reißen und umgegossen werden müssen. Schon vor zehn Jahren war bei einer solchen Gelegenheit eine Menge Metall verschwunden. Doch dieses Mal würde man den Kirchenschänder überführen, der so dumm war, das Diebesgut in seinem eigenen Lager zu verstecken.

Leugnen würde Liron nichts nützen, jeder Dieb behauptete, dass er unschuldig sei. Was galt das Wort eines Hafenknechts schon gegen das eines Ratsherrn.

Nein, das Zeug musste weg. Aber wohin? Es war viel zu viel, man hätte ihn auf frischer Tat ertappt. Er musste an Trine denken. Seine Knie gaben nach, und er sackte vor seiner Mauernische zusammen.

Cäcilie wand sich aus Görgens Arm. Seine Gegenwart entsetzte sie.

Ja, sie hatte geschwiegen, weil sie geglaubt hatte, es sei ihre Schuld, dass das kleine Mädchen kein Engel mehr werden konnte. Sie hatte die heilige Wandlung gestört, sodass der Tod gekommen war und es mitgenommen hatte.

Aber Görgen war es, der es in der Erde vergraben hatte, ihr Schwesterchen, geboren als Vater schon viele Monate nicht zu Hause gewesen war. Cäcilie wagte nicht mehr, ihn anzusehen, ihr Mund wurde trocken und sie fühlte Schweiß auf ihrer Stirn. Görgen musste der Vater gewesen sein, deshalb durfte das Kind nicht leben. Er hatte es lebendig verscharrt. Und nun war auch Trine tot.

Cäcilie rückte weiter von ihm ab, Angst überkam sie und hilflose Wut. Er war ein Mörder.

Görgen deutete mit dem Kopf zu den Türmen, wo die Glocke nun langsamer schlug, aber umso bedrohlicher dröhnte. «Da läutet schon der nächste Unglücksrabe seinen Untergang ein.»

Liron! Er war dort oben, was hatte Görgen mit ihm vor?

Was auch immer, sie musste ihn warnen. Zwei Schritte, und sie war in der Menge untergetaucht. Mühsam arbeitete sie sich in Richtung St. Marien vor. Gott, wie waren die Leute stur, keiner wollte auch nur einen Zoll von seinem Platz weichen. Stoßend und puffend drängte sie sich an den Schaulustigen vorbei, ungeachtet der zornigen Blicke und Proteste, die ihr folgten.

Als sie durch das Portal getreten war, atmete sie auf. Der Lärm blieb draußen zurück, selbst die Glocke hatte aufgehört zu schlagen. Kein Mensch war zu sehen, die Kirche war von Stille erfüllt.

Sie legte den Kopf in den Nacken und blickte ins Gewölbe hinauf.

«Liron?», stieß sie hervor. Doch nur der Hall ihrer eigenen Stimme antwortete ihr.

Wo mochte er sein? Wenn sie ihn bloß fand, bevor ihm etwas geschah.

Ohne weiter nachzudenken, durchquerte sie die Halle und eilte auf das Nordschiff zu, wo Liron sie einmal zur Orgel hinaufgeführt hatte.

Schritte.

Erschrocken wandte sie den Kopf. Nur einen Augenblick lang war Onkel Görgens Schatten hinter den Pfeilern zu sehen. Gänsehaut kroch ihr über die Arme. Sie begann zu laufen, dabei sah sie sich immer wieder um und versuchte, einen Blick auf den Onkel zu erhaschen. Endlich erreichte sie die schmale Tür, schlüpfte hindurch und rannte die Wendeltreppe hinauf. Ihre Hand glitt an der kalten Mittelsäule entlang.

Unten klappte die Türe zum zweiten Mal.

Cäcilie gelangte auf einen Flur. Sie erkannte die Luke in der Bretterwand, hinter der Lirons Kerzen gestanden hatten, und erreichte kurz darauf den Spieltisch der kleinen Orgel. «Liron?»

Er war nicht da.

Natürlich nicht, die Glocken hingen ja im Turm auf der Südseite. Sie hatte die falsche Treppe gewählt. Aber sie konnte nicht zurück. Gleich würde der Onkel sie einholen.

Panisch sah sie sich um. Da, eine Seitentür neben dem Pfeifenprospekt. Lieber Jesus, lass es keine Abstellkammer sein.

Als sie sie öffnete, riss ihr der Wind fast das Türblatt aus der Hand. Er zerrte an ihrem Kleid und blähte ihre Haube. Sie war auf dem Dach gelandet. Mächtige Backsteinbögen spannten sich über ihrem Kopf. Weiter vorne ragten die schlanken Zwillingstürme in den Himmel, umflattert von kreischenden Rabenvögeln. Ein schmaler Mauersteg führte hinüber, und wenn sie sich nicht täuschte, gab es dort auch einen Einlass. Eng an die Wand gedrückt schob sie sich voran.

Liron kauerte noch immer fassungslos vor seinem Lager, als er im Kirchenschiff Stimmen hörte.

Die Glocke hatte sich jetzt gottlob ausgependelt, aber wer wusste schon, wie lange die Aufhängung noch hielt. Er sollte die Leute aus der Kirche schaffen. Und er musste irgendjemandem die Bronze zeigen, und zwar bevor die Gloriosa abstürzte.

«Reiß dich zusammen», schalt er sich selbst und zwang sich auf die Beine. O Gott, bis er hinuntergelaufen war, könnte es für die Menschen zu spät sein. Von der Empore konnte er rufen.

Kurz entschlossen schnappte er sich einen Brocken und rannte zur großen Orgel. Ein Schloss hing vor der Brettertür, der Küster musste es angebracht haben. Ohne zu zögern trat Liron gegen das Holz bis es splitterte, quetschte sich durch den Spalt und lehnte sich über die Brüstung.

«Raus, alle raus», brüllte er in die Kirche hinunter. «Die Glocke hängt schief, beeilt euch!»

«Das gilt auch für dich», sagte plötzlich eine vertraute Stimme hinter ihm. Liron fuhr herum. Eggert. Wo kam der Kerl auf einmal her?

Der Hüne beugte sich durch den Spalt und winkte drängend. «Los jetzt, du musst hier verschwinden.»

«Eggert? Was tust du ...»

«Egal, komm schnell.»

Als Liron sich näherte, packte Eggert ihn am Ärmel und zog ihn einfach hinter sich her.

«Es tut mir leid, Liron», keuchte er im Laufen, «aber ich konnte nicht wissen, was der Pfeffersack vorhat. Der lässt mir keine Wahl, hat all meine Schuldscheine gesammelt. Da hab ich das ganze Zeug eben von der Zollnbude hierher verfrachtet. Wie soll ich auch ahnen, dass er dir damit an den Kragen will? Du musst dich sofort aus dem Staub machen. Und ich auch. Ich habe keine Lust, am Galgen zu baumeln, falls der Krüppel sich nicht wieder berappelt.»

«Trumscheit?»

«Ich musste ihn niederschlagen, er ist mir in die Quere gekommen.»

Cäcilie stemmte sich gegen den Wind und kniff die Augen zusammen. Die Tür hinter ihr schlug heftig auf und zu. Verflucht, warum hatte sie nicht daran gedacht, sie zu schließen, Görgen würde sofort wissen, wo sie hingelaufen war. Aber zurück traute sie sich nicht.

Schritt für Schritt kämpfte sie sich weiter und blickte zwischendurch über die Schulter, um zu sehen, ob er schon hinter ihr war. Der Rock peitschte um ihre Beine, als hätte ihr Onkel den Sturm heraufbeschworen, um sie am Gehen zu hindern.

Warum kam er nicht? Er hätte längst oben sein müssen, sie war schon fast beim Turm angelangt. Sie zögerte. Und wenn Görgen andersherum gegangen war? Wenn er hinter der Tür auf sie lauerte?

Aber Liron war irgendwo dort drin. Er würde in Görgens Falle tappen, worin auch immer diese bestand. Entschlossen griff sie nach der Klinke, öffnete und trat in den düsteren Turm.

Die Tür fiel hinter ihr ins Schloss, dann rührte sich nichts mehr.

Allmählich ließ ihre Anspannung nach, und ihre Augen gewöhnten sich an die Dunkelheit. Sie erkannte grobe Ziegelwände, Vorsprünge und Durchlässe, Bretter, Stiegen … ein Labyrinth.

«Liron?», fragte sie zaghaft ins Gemäuer hinein.

Plötzlich wurde es hell, eine kalte Bö streifte ihren Nacken, dann das Türenklappen und wieder Dunkelheit. Cäcilie wandte den Kopf. Sie konnte Görgen nicht sehen, aber sie wusste, dass er da war. In einer der Schattennischen musste er stehen.

«Meine Nichte ist stumm», hörte sie seine Stimme. «Und sie wird für immer stumm bleiben.»

Liron blieb abrupt stehen. Cäcilie hatte gerufen, leise, aber ganz deutlich.

«Komm schon», drängte Eggert, «wir haben keine Zeit.»

«Sei still», zischte Liron und lauschte.

Die Geräusche kamen von oben aus dem Südturm. Sofort riss er sich los und machte kehrt.

«Tu doch, was du willst», rief Eggert. «Ich verschwinde jedenfalls, hab getan, was ich konnte.»

Liron hörte zwei Personen über sich in der engen Treppenspindel, die eine lief überhastet und strauchelnd, die andere folgte forsch. Die beiden mussten schon fast am Glockenstuhl sein. Spätestens dort würde er sie einholen. Mehrere Stufen auf einmal nehmend, eilte er ihnen nach. Die Mauerröhre schien immer steiler zu werden. Irgendwann hörte er Cäcilies Schritte nicht mehr, auch nicht die ihres Verfolgers, nur noch seinen eigenen keuchenden Atem.

Der alte Kortholt mochte rüstig und zäh sein, auf sicherem Boden hätte er dennoch nicht die geringste Aussicht gehabt, einen Kampf gegen Liron zu gewinnen. Aber da oben auf den federnden Balken … Zudem trug er wie die meisten Zirkelbrüder immer einen Degen. Liron wünschte sich, er hätte ebenfalls eine Waffe, am besten einen dicken Prügel. Gefasst darauf, sich gegen einen Angriff behaupten zu müssen, nahm er die letzten Stufen und trat auf die hölzerne Plattform.

Zugluft pfiff um die Verstrebungen und rüttelte an den Klappen der Schallfenster. Hoch oben auf der gegenüberliegenden Seite des Turms sah er Cäcilie in den Stiegen des Glockenstuhls klettern.

Liron war drauf und dran nach ihr zu rufen, doch dann bemerkte er, dass sie Mühe hatte, sich festzuhalten. Immer wieder stockte sie, weil sie auf ihren Rock trat oder sich die Schürze im rauen Holz verhakte. Kortholt war dicht hinter ihr. Sein Degen schlug gegen die Verstrebungen, und die Augen hielt er starr auf sein Opfer gerichtet. Noch hatte der Alte Liron nicht bemerkt.

Die Leitern. Sie führten direkter hinauf als die Stiegen, die sich Ebene für Ebene um das ganze Turmviereck zogen. Über die Leitern konnte Liron ihnen den Weg abschneiden und bei Cäcilie sein, bevor der Kaufmann sie einholte. Er schluckte und griff nach der ersten Sprosse. Das Holz knackte unter seinem Gewicht. Er spürte die schwarze Tiefe, die gierig an ihm sog und schon dabei war, seine Leiter in einen schwankenden Riedhalm zu verwandeln.

Auf einmal drang dumpfes Kampfgetöse aus dem Kirchenschiff herauf.

Nicht hinuntersehen, befahl Liron sich und beschwor Cäcilie lautlos, sich ebenfalls nicht beirren zu lassen.

Doch in diesem Moment drehte sich Görgen um. «Dulzian», fauchte er, als er Liron erkannte.

Cäcilie musste ihn gehört haben. Sie blickte über die Schulter und gleich darauf rutschte ihr Fuß ab. Sofort streckte Görgen den Arm danach aus.

«Weiter Cäcilie», rief Liron. «Schnell, gleich kommt ein Steg.»

Die Angst trieb ihn hinauf. Er wusste, dass die Bretter auf der nächsten Plattform lose waren, dass er selbst sie nicht überqueren konnte. Aber wenn Cäcilie es zu ihm herüber schaffte, konnte er sie vor Görgen schützen.

Von verschiedenen Seiten erreichten sie beide die Ebene, über der die Gloriosa hing. Liron starrte auf die kahlen Träger. Fast alle Bretter waren fort. Nur noch ein schmaler Querbalken führte unter der Glocke hindurch.

Cäcilie stand gegenüber und schaute Liron in die Augen. Sie griff nach der nächsten Verstrebung und setzte ihren Fuß auf die Bohle.

«Bist du närrisch geworden?», brüllte Görgen ihr von weiter unten nach.

Sie schien ihn gar nicht zu hören. Sie lächelte sogar. Ohne Liron aus den Augen zu lassen, schob sie ihre Füße vor.

Plötzlich hörte Liron, dass die Seile im Wind zu sirren begannen. Jemand musste sie angezogen haben.

Bitte nicht. Nicht jetzt. Er wagte nicht hinaufzusehen, er wusste auch so, dass die große Glocke wieder anfing zu schwingen. Und nicht nur diese, das ganze Geläut setzte sich langsam in Bewegung.

Zittrig richtete Liron sich auf, klammerte sich an einen Pfosten und streckte Cäcilie die Hand entgegen. Tausend Klafter lagen zwischen ihnen. Aber er hielt ihren Blick fest, als wäre das der Strick, an dem er sie zu sich herüberziehen konnte.

«Ganz vorsichtig, nicht stehen bleiben.»

Auf der anderen Seite erschien der Kopf des Ratsherrn. Der Alte zog sich hoch und kroch so weit vor, dass er sich rittlings auf den Träger setzen konnte. In dieser Haltung rutschte er langsam vorwärts.

Der Klöppel schleuderte. Cäcilie hatte die Bewegung über sich wohl gespürt und hob den Kopf.

«Nicht stehen bleiben», ermunterte Liron sie so ruhig wie möglich. «Nur noch ein paar Schritte.»

Sie reagierte nicht. Mit völlig verblüfftem Ausdruck starrte sie in die Glocke hinein.

«Cäcilie», rief Liron «Geh weiter! Bitte.»

Görgen kam immer näher. Gleich würde er ihren Fuß greifen können.

Da schlug der Klöppel an. Im ersten Moment nur ein dumpfes Pochen, doch dann brüllte die Gloriosa los, verzerrt und bollernd, als wollte sie ihren Unmut in die Welt hinauskrakeelen.

Liron schrak unwillkürlich zurück. Beinahe hätte er seinen Halt aufgegeben, um sich die Ohren zuzuhalten. Auch Görgen krümmte sich auf dem Balken zusammen, und als die anderen Glocken einsetzten, presste er sich die Arme um den Kopf.

Gefährlich eiernd sauste das schiefe Ungetüm über Cäcilie hinweg.

«Du musst weitergehen», schrie Liron in die bebende Luft. «Geh doch. Verflucht, hörst du mich denn nicht?»

O Gott, was machte sie nur?

Mit geschlossenen Augen stand sie auf der schmalen Bohle. Ihre Lippen bewegten sich. In dem Getöse war nichts zu hören, aber für Liron sah es aus, als würde sie singen.

Und über ihr schlug der Klöppel wild gegen den Schlagring. Die Glocke fand keinen Rhythmus mehr und schleuderte immer weiter aus der Bahn.

Wenn ich falle, dann falle ich, schoss es Liron durch den Kopf – dann fallen wir alle. Schon ließ sein Arm den Pfosten los. Der Balken war rau und griffig unter seinen Schuhen. Das Ständerwerk schwankte nur, weil die Glocken es in Schwingungen versetzten, das hatte nichts mit der Tiefe zu tun. Beherzt griff er nach den Streben rechts und links.

Dann gab es keine Verstrebung mehr. Mit ausgebreiteten Armen schob er seine Füße zollweise auf der Bohle vor. Den Blick hielt er starr auf Cäcilie gerichtet, die immer noch nach oben schaute und jetzt auch noch anfing, sich leicht mit dem Rhythmus der Glocke zu wiegen.

«Nein, Cäcilie! Sieh mich an, ich bin hier.»

Aber sie schien ganz und gar in sich selbst versunken zu sein und schwankte immer mehr. Selbst wenn er sie zu fassen bekäme, sie würden beide in den Abgrund stürzen.

Plötzlich krachte es oben im Glockenstuhl. Ein Träger zersplitterte.

Cäcilie zuckte zusammen.

«Ich bin hier», schrie Liron. Ein Schritt noch und er hatte sie. Sofort zog er sie zu sich heran, presste sie an sich, und griff hinter sich nach der Strebe. Doch ihr Gewicht riss ihn zur Seite, die Balken verschwammen vor Lirons Augen, alles, was eben noch fest zu sein schien, war dabei, sich im tosenden Läuten aufzulösen. Holz schlug gegen seine Hand. Instinktiv packte er zu und klammerte sich daran fest.

Cäcilie wimmerte in seinem Arm.

Liron verstärkte den Griff. Er glaubte, seine Muskeln würden reißen. Mit einem gewaltigen Ruck schwang er Cäcilie um sich herum und schleuderte sie auf die wenigen Bretter vor der Leiter.

Ein Bolzen brach, schlug mehrmals auf und verschwand in der Dunkelheit. Gefährlich knarzend rutschte die Gloriosa aus der Achse.

«Hilf mir!» Görgens Gesicht war angstverzerrt. Arme und Beine hatte er um den Träger geklammert und wagte nicht mehr sich zu rühren.

«Ihr müsst zurück», brüllte Liron. «Nicht unter der Glocke hindurch, sie stürzt ab.» Mit letzter Kraft zog er sich auf die Leiter und rief Cäcilie zu, dass sie sofort hinunterklettern sollte.

Er sah noch, wie Görgens Augen sich nach oben drehten. Dann krachte die Gloriosa auf ihn herab und zerbarst an dem Balken. Hunderte von Bronzestücken fielen in die Tiefe.

Liron hätte nicht sagen können, wie sie all die Leitern und Treppen hinuntergekommen waren. Im Kirchenschiff wimmelte es von Leuten, ein Haufen Soldaten trampelte ebenfalls herum. Erleichtert stellte Liron fest, dass die Turmhalle unversehrt geblieben war, die Bruchstücke hatten die Decke zum Glück nicht durchschlagen.

«Da ist er, das ist der Glöckner.» Trumscheit zappelte im festen Griff zwischen dem Junker und einem Bewaffneten.

Doch als Thiedemann Cäcilie entdeckte, ließ er den Krüppel los. Eilig lief er ihr entgegen und schloss sie in die Arme.

Trumscheit zeigte mit dem Finger auf Liron. «Der da hat mich eingestellt, als Gehilfen, nur darum hab ich fertig geläutet, das war schließlich meine Pflicht.»

Ein Stadtdiener kam auf Liron zu und fragte, ob die Behauptungen des Krüppels der Wahrheit entsprachen.

Liron nickte.

«Ratsherr Görgen von Kortholt ist tot», sagte er schwach.

«Was?» Ruckartig wandte sich der Junker zu ihm um. Seine Hand fuhr zum Degen. Bebend schritt er auf Liron zu. «Was ist mit meinem Vater?»

Liron wich zurück. «Er war hinter Cäcilie her, oben im Turm, und ...»

«Du hast ihn umgebracht», flüsterte der Junker. «Einen alten Mann.»

«Die Glocke hat ihn erschlagen, Thiedemann. Es tut mir leid, ich konnte nichts mehr tun.»

Thiedemanns Augen flackerten, und sein Atem ging rasch, während er Liron anstierte. Plötzlich machte er kehrt und rannte zur Wendeltreppe.

Sofort kommandierte der Ratsdiener einige Männer ab, die dem Junker in den Turm folgen sollten.

«Wartet», rief Liron ihnen nach. «Bei der Orgel werdet Ihr mein Lager finden, jemand hat mir dort Bronze untergeschoben. Es ist viel. Aber ich habe nichts gestohlen, das hätte ich gar nicht gekonnt, die Gloriosa ist ja eben erst zerbrochen. Das Material muss von einer anderen Glocke stammen.»

«Aha, und von welcher?» Der Stadtdiener klang durchaus freundlich, doch Liron bemerkte, dass er verstohlen einen Wachmann heranwinkte.

«Ich weiß es nicht. Wie gesagt, das Zeug ist mir untergeschoben worden.»

«Das war dieser Muskelprotz», rief Trumscheit, «sag ich doch die ganze Zeit. Den hättet Ihr festhalten sollen, nicht mich. Ich bin Zeuge. Er hat mich zu Boden geschlagen, als ich ihn mit der Bronze erwischte. Seht, hierhin hat er mich geschlagen.» Er wies auf sein Jochbein, aber wegen der Narbe konnte man kaum eine Verletzung erkennen.

Oben hörte man Thiedemann aufbrüllen.

«Wir werden das alles prüfen», sagte der Stadtdiener und wandte sich wieder an Liron. «Glöckner, nicht wahr? Warum bist du dann nicht an den Seilen gewesen, was hattest du mit dem Ratsherrn im Turm zu schaffen?»

Inzwischen waren Cäcilies Eltern hereingekommen und

stürzten auf ihre Tochter zu, umarmten und streichelten sie. Frau Grethke nahm sich das Schultertuch ab und legte es Cäcilie um. Sie war im Begriff, ihre Tochter aus der Kirche zu bringen. Fort von Liron.

«Hörst du nicht?», fragte der Stadtdiener. «Was hattest du da oben zu suchen?»

Lirons Muskeln zitterten, er hatte keine Kraft mehr, um zu kämpfen. Nur noch ihr Name brach aus ihm heraus.

«Ich bin nicht taub», sagte der Stadtdiener.

Cäcilie machte sich los, kam zurück und nahm Lirons Hand. Sie sagte etwas, das allerdings kaum zu verstehen war, weil die harten Laute fehlten.

Aber ihre Geste war eindeutig. Sie küsste ihn vor allen Leuten auf die Lippen.

18. Kapitel

Cäcilie schaute zu, wie die *Engel* aus dem Hafen manövrierte. Thiedemann stand oben an Deck, stolz und aufrecht, als ob er einem Maler Modell stehen würde. Niemand sah ihm an, wie sehr Görgens Tod und die schreckliche Wahrheit über seinen Vater ihn getroffen hatten. Es würde sicherlich eine ganze Weile dauern, bis er darüber hinwegkam. Doch bisher hatte er noch gar keine Ruhe gehabt. Er musste ja nicht nur die Geschäfte übernehmen, sondern auch Görgens Verpflichtungen im Rat.

Cäcilie würde für ihn da sein, wenn er sie brauchte. Jetzt hatte er nur noch sie.

Im Moment zeigte er sich aber ganz und gar als Schiffseigner, und der Dreimaster passte zu ihm. Der schlanke Segler hatte etwas Erwartungsvolles, vom Schlagen der Takelage angefangen bis zum Brausen in den Segeln. Die Masten reckten sich in den lauen Wind und sangen von großer Fahrt.

Zum Glück ging es vorerst nur nach Rostock. Thiedemann würde bald wieder zurück sein. Und vielleicht würde er dann eine junge Frau mitbringen.

Die *Engel* fuhr an der Beckergrowe vorüber und verschwand allmählich hinter den Häusern.

Cäcilie riss sich von dem Anblick los und spazierte am Wasser entlang. Eigentlich sollte sie nach Hause gehen und ihren Eltern beim Packen helfen. Die beiden wollten sich mit den Jungs auf das Landgut zurückziehen. Onkel Görgens Tod und die vielen Untersuchungen hatten sie furchtbar mitgenommen.

Doch das Schlimmste war jetzt überstanden. Auch für Liron, den man trotz Thiedemanns Einspruch zwei Tage lang in die Fronerei gesperrt hatte.

Cäcilies Aussage hatte den Richter schließlich von seiner Unschuld überzeugt. Sie war stolz darauf. Das Sprechen fiel ihr zwar immer noch schwer, aber sie konnte sich inzwischen gut verständlich machen.

Buxtehude, der neue Organist, hatte Liron mit Freuden wieder eingestellt. Er wollte ihn sogar unterrichten, sodass er später einmal vielleicht selbst Organist werden könnte. Nicht gerade in St. Marien, aber in irgendeiner kleineren Kirche.

Auf jeden Fall würden sie in Lübeck bleiben. Es gab noch schrecklich viel zu tun, das Pflaster in der Diele, die fleckigen Wände. Blumen wollten sie in den Garten pflanzen und natürlich die Instrumente in Ordnung bringen lassen, darauf hatte Liron bestanden. Das ganze Haus sollte hell und fröhlich werden.

Auch der Hof. Mit Thiedemann zusammen war Cäcilie beim Steinmetz gewesen. Sie hatten hellen Marmor ausgesucht. Der Meister sollte nur das Datum und einen kleinen Engel einritzen, es gab ja keinen Namen. Später würde der Stein hinten an der Mauer stehen, dort wo ihr Schwesterchen begraben lag.

Irgendwann mussten sie wohl auch wieder eine Magd

einstellen. Davor fürchtete Cäcilie sich ein wenig, es kam ihr falsch vor, einfach einer anderen die Stelle zu geben. Doch eines Tages würde sie dazu bereit sein. Schließlich war Trine nicht nur Magd gewesen, sondern eine Freundin, und die konnte niemand je ersetzen.

An der Dankwartsgrowe blieb sie stehen und winkte Liron zu. Er konnte nicht zurückwinken, denn er stand mit einigen anderen Bürgern im Wasser und stemmte einen Balken. Aber er lachte, als er sie sah.

Die Brücke musste verstärkt werden, bald sollte die neue Pulsglocke darüber fahren. Wenn sie an ihrem Platz hing und zum ersten Mal erklungen war, wollte der Glockenspieler von St. Marien um ihre Hand anhalten.

Cäcilie summte Lirons Lied vor sich hin. Die neue Glocke würde nicht wieder brechen, da war sie sich ganz sicher.

Nachwort

In der zweiten Hälfte des 17. Jahrhunderts sah die Hanse ihrem Niedergang entgegen, wodurch Lübeck als Handelsstadt erheblich an Bedeutung verlor. Die großen Geschäfte wurden inzwischen mit Amerika und Afrika gemacht, was die Ostseestädte ins Hintertreffen geraten ließ. Zudem hatte der Bau von umfangreichen Befestigungsanlagen aus dem Dreißigjährigen Krieg der Lübecker Kasse einen drückenden Schuldenberg hinterlassen.

Stadtsoldaten meuterten, weil sie über Monate keinen Sold bekommen hatten, und die Bürger richteten sich gegen ihren Rat, dessen Mitglieder sich zunehmend auf umliegende Güter zurückzogen, wo sie ein feudales Leben führten. Es kam zu gewaltsamen Auseinandersetzungen. Im Frühjahr 1665 zogen 600–700 Handwerker über die Landgüter und zerstörten dort Werkstätten und Handwerksgerät.

Doch während die Macht der Hanse allmählich erlosch, strebte die Kirchenmusik in Lübeck ihrer Blütezeit entgegen. Vor allem Dietrich Buxtehude schlug ein neues Kapitel europäischer Musikgeschichte auf.

Die Handlung dieses Romans ist weitgehend erfunden, lehnt sich aber an die geschichtlichen Ereignisse in Lübeck an und läuft zum Teil parallel dazu. Auch hier lösen sich bestehende Machtstrukturen auf und weichen einer neuen Sinnesart.

Neben einzelnen historisch belegten Personen wird das Geschehen vor allem von fiktiven Figuren bestimmt, welche zur Unterscheidung Nachnamen von alten Instrumenten tragen: Dulzian, Kortholt, Pommer, Zink, um nur einige zu nennen.

Das zeitweilige Rauchverbot für Soldaten ist tatsächlich damals in Lübeck erlassen worden, und auch der Prozess gegen Trine Hildebrands hat stattgefunden. Diesen habe ich allerdings aus dramaturgischen Gründen vorgezogen. Nach den Quellen wurde sie ein Jahr nach dem Glockenbruch als Hexe verurteilt.

Da die größte Glocke eines Geläuts auch Pulsglocke genannt wird, sollte die Gloriosa von St. Marien den «Puls» zum Romangeschehen beisteuern. Seit ihrem Bestehen musste sie ungewöhnlich oft repariert und umgegossen werden. Dabei verschwanden beträchtliche Mengen Metall, und die überlieferten Rechnungen sind teilweise eindeutig fehlerhaft.

Nach dem letzten Neuguss von Albert Benning hielt die Glocke dann weit über 200 Jahre. Erst bei der Vergeltungsbombardierung 1942 stürzte sie herunter und liegt bis heute unverändert in der Gedenkkapelle.

Wer die Gelegenheit hat, kann in St. Marien eine Führung durch das Gewölbe mitmachen und selbst in das Dach der Kirche steigen. Mich hat die Atmosphäre sehr beeindruckt. Aber mehr noch inspirierten mich Erinnerungen an Kinderzeiten. Da ich in einem Organistenhaushalt aufwuchs, haben wir Geschwister uns manchmal während der Konzertproben hinter die Orgel und in den Turm geschlichen. Ein solches Umfeld animiert zu aufregenden Spielen, besonders, wenn die Phantasie durch dramatische Musik noch angestachelt wird. Einiges davon ist nun in dieses Buch eingeflossen.

Glossar

32FUSS
die Tonhöhe der Orgelregister wird in Fuß nach der längsten Registerpfeife angegeben. Der 32Fuß ist das tiefste Register der Marienorgel (1 Fuß ~ 30 cm).

BLEIZUCKER
oxidiertes Blei löst sich in Säure zu Bleiacetat, früher wurde Wein damit gesüßt.

BÖNHASEN
norddeutscher Begriff für Handwerker, die illegal außerhalb der Zünfte produzierten.

BORDUNPFEIFEN
erzeugen einen tiefen Dauerton zur Melodiebegleitung. Bordun wird auch die tiefste Glocke im Geläut genannt.

CAFFA
Wollsamt, auch Männergewand aus diesem Material.

CANTUS FIRMUS
Hauptmelodie, die von anderen Stimmen umspielt wird.

CIMBELSTERN

Effektregister in der Orgel, drehbarer Stern mit angebrachten Glöckchen, der durch einen Luftstrom in Bewegung gesetzt wird.

CISTER

Zupfinstrument mit metallischen Doppelsaiten.

CLAVICIMBEL

alter Begriff für Cembalo.

DISKANT

Oberstimme, Sopran, auch die hohe Tonlage eines Instruments.

DORNSE

auch Kontor, beheizte Schreibstube in Kaufmannshäusern, oft direkt neben der Eingangstür.

DRÖGE

Gebäude zum Teeren und Trocknen der Schiffstaue, damals gegenüber der Engelsgrube.

DULZIAN

Holzblasinstrument mit Doppelrohrblatt, aus einem Stück gefertigt, Vorläufer des Fagotts, auch Orgelregister.

FLORETTE HOSEN

Hosen aus minderwertigem Seidenstoff.

FRONEREI
städtische Vollzugsanstalt, Gefängnis mit Foltereinrichtung, urspr. mitten in der Stadt auf dem Schrangen gelegen.

GAVOTTE
alter französischer Tanz in geradem Takt und raschem Tempo.

GEDACKT
Orgelregister mit oben abgedeckten Pfeifen, die dadurch eine Oktave tiefer klingen als gleichlange Pfeifen ohne Deckel.

GEISSFUSS
auch Kuhfuß, Hebelwerkzeug mit V-förmiger Einkerbung.

HEETWEGE
heiße Wecken, Milchbrötchen mit Kaneel, Kardamom und Korinthen, die zur Fastnachtszeit heiß gegessen wurden.

HEUERLING
grundsätzlich war jeder Bürger in Lübeck wachpflichtig, die meisten heuerten aber einen Ersatzmann an, den Heuerling oder Mietling.

HÖLZERNGLÄCHTER
hölzernes Gelächter, älterer Name für eine Art Xylophon, auch seltenes Orgelregister.

KALKANT

Bälgetreter an der Orgel.

KANTOR

Chorleiter.

KORTHOLT

(kurzes Holz) Holzblasinstrument mit Doppelrohrblatt.

LETTNER

Empore zwischen Altarraum und Gemeinderaum, auf welcher oft der Chor platziert wurde. In St. Marien befand sich auf dem Lettner auch eine Orgel.

MANDORA

Lautenähnliches Zupfinstrument, möglicher Vorläufer der Mandoline.

MANUAL

Tastatur der Orgel, oft liegen mehrere Manuale übereinander.

MIXTURA

typisches Orgelregister, das sich aus mehreren Pfeifenreihen zusammensetzt.

POMMER

Holzblasinstrument mit Doppelrohrblatt.

PORTATIV

kleine, transportable Pfeifenorgel mit seitlichem Blasebalg, der mit der Hand betätigt wird.

PRAHM/PRÄHMEN
schwimmende Anlegestege (20 × 7 m), die je mit einer Zollbude ausgestattet waren.

PRINZIPAL
Hauptregister der Orgel, das Fundament für den Klang.

PULSGLOCKE
die größte und tiefste Glocke in einem Geläut.

QUODLIBET
Musikstück, in welchem eigenständige Melodien miteinander kombiniert werden und gleichzeitig erklingen.

RANKETT
Holzblasinstrument mit Doppelrohrblatt.

REKEL
norddeutsch, grober, ungeschickter Mensch.

RUTE
Längenmaß (1 Hamburger Rute = 4,58 m).

SALÄR
Arbeitsentgelt, ursprünglich aus dem Lateinischen von Salz abgeleitet.

SCHARFF
Orgelregister mit hellem durchdringenden Ton.

SCHWEGEL

Flöte, die oft im Militär einhändig zur Trommel gespielt wurde.

SPINETT

kleinere Bauform des Cembalos mit schräg/seitlich zur Tastatur verlaufenden Saiten.

SYMBOLUM ATHANASII

auch *Quicumque* genannt, Bekenntnis, das im Hauptgottesdienst nach dem Eingangslied verlesen wurde.

TREMULANT

Vorrichtung in der Orgel, um die Töne zum Beben zu bringen, ähnlich wie das Vibrato eines Sängers.

TRUMSCHEIT

mannhohes, einsaitiges Streichinstrument mit schnarrendem Klang.

TUTTI

(lat. = alle) Registrierung an der Orgel, mit der alle Register gleichzeitig angesprochen werden, bei denen das technisch möglich ist.

VIRGINAL

Tasteninstrument, ähnlich dem Cembalo in kompakter, rechteckiger Bauweise mit quer zu den Tasten verlaufenden Saiten.

WINDLADEN
Holzkästen mit Ventilen, auf denen die Register stehen.

ZINK
Blasinstrument aus Holz oder Elfenbein, das wie eine Trompete angeblasen wird.

ZIRKELGESELLSCHAFT
auch Junkerkompanie, elitäre Vereinigung der städtischen Oberschicht.